În zorii timpurilor, doi adversari antici se luptau pentru controlul Pământului. Un singur bărbat s-a înălţat, pe atunci, de-a dreapta oamenilor. Un soldat al cărui nume ni-l amintim încă şi astăzi...

Doborât pe Pământ fără a avea vreo amintire din trecut, Colonelul Forţelor Speciale Angelice, Mikhail Mannuki'ili, nu are altă alegere decât să se integreze în satul Ninsiannei. Dar fiul Căpeteniei, Jamin, este hotărât să îl alunge. Atunci când cunoştinţele sale legate de tehnologie se dovedesc a fi inutile într-o cultură din Epoca de piatră, Mikhail este confruntat cu o alegere dificilă: să îşi încheie misiunea? Sau să rămână în Assur, cu Ninsianna?

Cât despre Ninsianna, *ultimul* lucru pe care şi-l doreşte este să se întoarcă în Assur. Atunci când încetează să mai primească viziuni, însă, tatăl ei insistă că *el* ar fi Alesul- până la urmă, ea este doar o femeie! Cea-Care-Este i-a promis o fărâmă din Rai. Dacă Mikhail nu îşi poate aminti cum să ajungă acolo, atunci ţine de *ea* să descopere semnificaţia profeţiei.

Între timp, în ceruri, Lucifer face o înţelegere cu Shay'tan. Această înţelegere va sfârşi prin a provoca un război galactic, purtat chiar până la porţile Assurului.

Epopeea „Sabia Zeilor" continuă în volumul al II-lea: *Aici nu e loc pentru îngeri căzuţi.*

Această carte NU este o creaţie cu caracter religios!

AICI NU E LOC PENTRU ÎNGERI CĂZUȚI

Anna Erishkigal

Volumul II al Epopeei Sabia Zeilor

Ediția în limba română

Drepturi de autor 2012, 2018

www.Seraphim-Press.com

SP Paperback ediţie
ISBN-13: 978-1943036875
ISBN-10: 1-943036-87-X

Ediţia electronică
eISBN-13: 9781943036868
eISBN-10: 1-943036-86-1

Tradus de: Alina Cristea & others
Mulţumiri speciale lui: Liana la Learningtofly

Dedicație

Dedic această carte tuturor femeilor și bărbaților bravi care slujesc în forțele armate. Vouă vă dedic cel mai mare, cel mai puternic super-erou care a călcat vreodată pe pământ. Arhanghelul Mihail. Un soldat... ca voi.

Sunteți asemenea vântului care ne poartă aripile. Mulțumim!

O notă despre timp...

Toate faptele din acest roman se petrec cronologic sau concomitent. Orice abatere este specificată - "în urmă cu trei ore" sau "în prezent". Deoarece povestea este relatată din punctul de vedere al unor personaje diferite, unele evenimente se pot suprapune temporal pentru a oferi cititorului o privire de ansamblu asupra acțiunii. Chiar și așa, de obicei, principiul cronologic este respectat.

Alianța Galactică și Imperiul Sata'anic deopotrivă măsoară scurgerea timpului prin raportarea la ziua în care Împăratul Etern a semnat acordul conform căruia Calea Lactee se diviza în două imperii (adică în urmă cu 152.000+ ani). *D.Î.* înseamnă "După Împărați". Punctul zecimal notat după an marchează luna, adică 02 = februarie. Toate datele Galactice Standard corespund timpului de pe Pământ, dacă nu se menționează altfel.

152,323.02 = 2 februarie 3390 î.H.

O notă despre limbaj...

Vechea limbă sumeriană a dispărut în jurul anului 2000 î. Hr. Deși cărturarii pot traduce antica limbă cuneiformă și pot ghici gramatica luând drept reper limbi proto-indo-europene precum lituaniana, nu știm cu exactitate cum suna limba sumeriană. Spre deosebire de limba egipteană antică, păstrată din fericire în unele rugăciuni ale Bisericii Ortodoxe Coptă, ultima slujbă ținută în sumeriana antică a avut loc în jurul anului 1000 î. Hr.

Am preferat, deci, ca personajele să vorbească într-un limbaj simplu, decât să risc să sune ca o interpretare penibilă a lui Shakespeare.

VOLUMUL II:
Aici nu e loc pentru îngeri căzuţi

Iar de va reuşi vreodat' din foc să mai renască
Şi hrana neîndoielnic îndată şi-o va cere,
O brav' Aleasă Cea-Care-Este va numi,
A revenirii veste în lume spre a răspândi.

Capitolul 1

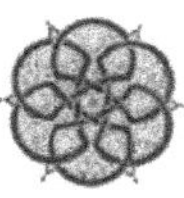

Data Galactică Standard: 152.323.05 D.Î.
Orbita Pământului: S.M.M. Peykaap
Locotenent Apausha

Lt. APAUSHA

Decolarea era întotdeauna o experienţă fascinantă, care îi făcea inima să bată nebuneşte. Era asemenea unui vot de încredere- mărturie a faptului că zeul veghea asupra trupurilor lor fragile şi muritoare, mai ales la bordul unei nave clasa Algol, care nu era nimic mai mult decât un uriaş spaţiu de depozitare şi dispunea de energia unui întreg quasar.[1]

Locotenentul Apausha porni cel de-al doilea motor cu impulsuri. Capetele li se izbiră de tetiere, în timp ce forţa gravitaţională G le împingea trupurile spre scaune.

- Aahh! mârâi el dezvelindu-şi colţii.

Nava se clătină pentru ceea ce păru a fi o eternitate: în realitate, era vorba despre 8 minute şi jumătate, de-a lungul cărora fiecare secundă se anunţa a fi, poate, ultima din viaţa lor. În cele din urmă, tremurul se linişti şi deveni aproape imperceptibil.

- Mezosfera liberă, domnule, strigă Specialistul Wajid, copilotul, încercând să acopere zgomotul motoarelor subluminice.

- Câţi kilometri mai avem până la termosferă? întrebă locotenentul.

- 175.

Apausha privi peste umăr către a treia şopârlă din echipaj – Specialistul Hanuud, responsabil de semnale radio şi sisteme de navigaţie.

Asigură-te că *Jamaran* nu ne confundă cu vreun inamic.

Toate cele trei şopârle îşi îndreptară privirile pline de stres către nava de luptă Sata'anică ce orbita deasupra lor, asemenea unui dragon gri şi gelos care îşi apără comoara.

Hanuud se chinuia să stabilească legătura în căşti:

- *Jamaran, Jamaran*, răsună vocea lui tremurătoare ca cea a unui pui. Aici nava *Peykaap*, din Flota Comercială Sata'anică. Am părăsit mezosfera. Repet: am părăsit mezosfera. Care sunt ordinele dumneavoastră?

---

[1] Quasarul este un nucleu galactic activ îndepărtat, care emite enorme cantităţi de energie.

O voce slabă răzbătu prin boxe:

- Te vedem, *Peykaap*. Decolare autorizată.

Apausha expiră uşurat; până în acea clipă, nici nu îşi dăduse seama, de fapt, că îşi ţinea respiraţia. Răspunsul era mult mai prietenos decât cel pe care îl oferise nava *Jamaran* atunci când îi alungase din ascunzătoarea lor, aflată în spatele satelitului acestei planete. Locotenentul se răsuci spre copilotul său, Specialistul Wajid:

- Pune în funcţiune hipermotoarele. Scoate-ne de aici imediat ce ieşim din exosferă.

- Înţeles, domnule!

Copilotul cu gât gros începu să treacă în revistă elementele de pe lista post-lansare. În ciuda lentorii şi a echilibrului perfect – care în mod normal constituiau un punct slab pentru oricine conducea operaţiuni secrete pentru armata comercială privată a lui Ba'al Zebub – Wajid le salvase cozile în numeroase ocazii graţie grijii sale.

Apausha se întoarse către navigatorul de la bord.

- Calculează saltul.

- Da, domnule! răspunse Hanuud, iar râtul său îngust se transformă într-un rânjet. Domnule, mergem acasă!

Hanuud începu să dicteze planurile de zbor către calculator în timp ce Wajid apăsa conştiincios zeci de butoane manuale. Spre deosebire de cele electronice, care se ardeau atunci când erau supuse unui impuls electromagnetic, aceste întrerupătoare manuale puteau fi resetate.

Aşa îl prinseseră cei din Alianţă pe tatăl său...

- Credeţi că Lordul Ba'al Zebub ne va răsplăti cu soţii? întrebă Wajid.

Apausha privi către zona de depozitare, care era plină până la refuz cu toate tipurile de plante şi animale care ar putea fi pe placul unui dragon lacom. Strânsă bine pe scaunul ei, femeia pământeană cu pielea ca de abanos – piesa centrală a Generalului Hudhafah – stătea sedată puternic, înfăşurată cu mai multe pături şi perne.

- Dacă va face asta, răspunse locotenentul în cele din urmă, nu va fi o răsplată.

- Ce vreţi să spuneţi, domnule? întrebă Wajid.

- Va face asta numai ca să ne determine să ne ţinem râturile închise, replică Apausha ridicând cheia de comandă pe care o primise de la general. Astfel, cu toţii am avea ceva de pierdut.

Locotenentul înclină nava *Peykaap* pentru a se bucura pentru ultima dată de priveliştea planetei albastre care se rotea liniştită în jurul unui soare galben obişnuit, fără să ştie că era pe punctul de a deveni carne de tun într-un război galactic.

- În regulă, *Peykaap*, ordonă *Jamaran*. Aveţi autorizaţie pentru lansare. Timp estimativ de sosire pe Hades-6, cinci săptămâni. Fie ca Shay'tan să vă îndrume spre casă!

Toți cei trei membrii ai echipajului își atinseră fruntea, râtul și inima cu ghearele:

- Lăudat fie Shaytan!

Cu o străfulgerare, *Peykaap* dispăru.

Capitolul 2

Mai – 3,390 î.Hr.
Pământ: Satul Assur
Colonel Mikhail Mannuki'ili

MIKHAIL

Praful de ocru se răspândea în împrejurimile deşertice interminabile, la fel de dezolate şi pustii ca mintea lui. Izvoare de mult secate împărţeau deşertul în zone de întuneric şi lumină, creând iluzia unor pătrate care alternau pe sol. Cu fiecare pas, destinul îl purta mai departe, ca şi cum un zeu antic îl folosea drept pion pe tabla sa de şah.

- Cine sunt? De ce sunt aici?

Îşi atinse plăcuţa metalică pe care o avea la gât încă de când se trezise. Aceasta scoase un sunet ascuţit şi gol, atât de reprezentativ pentru întreaga lui existenţă:

Colonel Mikhail Mannuki'ili
352d SOG
Flota Aeriană Angelică
A doua Alianţă Galactică

Numele nu evoca niciun fel de emoţie, niciun sentiment de apartenenţă, nicio licărire de recunoaştere. Numai broşa pe care o purta în dreptul inimii – arborele înscripţionat cu lozinca „În lumină este ordine, iar în ordine este viaţă." – trezea simţământul unei misiuni ce trebuia îndeplinită. Cât despre restul vieţii sale? Totul fusese şters în urma prăbuşirii, la fel cum nisipul care le acoperea urmele picioarele elimina orice dovadă a prezenţei lor în acel loc.

Privea drept înainte, căci nu voia ca frumoasa fată cu ochi bruni care mergea lângă el să îşi dea seama cât de mult îl durea să îşi abandoneze nava. Ninsianna îl scăpase din ghearele morţii, dar fiecare pas îl conducea mai departe de singurul lucru pe care îl cunoştea drept *al lui.*

„Ai eşuat," îi şoptea acel simţământ al misiunii neîndeplinite.

„Nu am avut de ales."

„Ai abandonat nava din cauza EI!"

„Tatăl ei spune că şamanii lor îmi pot spune cine SUNT!!!"

Vântul se înteţi, învăluindu-i penele maronii în acea mizerie galben-ocru. Nisipul îi pătrunse în nări, în pantaloni şi în cizme, iar rafalele laterale creară un adevărat vârtej. Mikhail își umflă aripile pentru a o proteja pe Ninsianna din calea micii tornade.

- Aaah!

Fata se smuci înlături, tremurând ca o *madra*[2] înspăimântată. Capra se trase în față, aproape trântind-o în nisip.

- Scuze, murmură Mikhail.

Își strânse aripile la spate, lăsând-o pe Ninsianna din nou pradă rafalelor nemiloase ale vântului deșertic. Aceasta își coborî mâna pe care o ridicase pentru a-și proteja gâtul.

- Am crezut că e o albină, minți ea.

Întinse către el degetele tremurânde; o femeie plină de compasiune care se împrietenise cu un prădător rănit. Pretindea că nu îi era teamă, dar indiferent de cât de mult încerca să șteargă sângele de pe tăișul sabiei, Mikhail nu o putea face să uite că era capabil să ucidă în moduri de-a dreptul sălbatice.

„Ești un asasin!"

„Nu, nu sunt. Ei m-au atacat pe mine!"

„Nici măcar nu îți amintești să îi fi omorât! Cum poți să spui că a fost justificat?"

Mikhail își îndesă mâinile în buzunarele pantalonilor de uniformă, tresărind în momentul în care degetele îi atinseră rana de la coapsă, provocată de sulița unui războinic. Continuă să meargă în liniște, în timp ce mintea îi rătăcea temătoare. Aveau șamanii să îl ajute să își găsească într-adevăr oamenii? Sau aveau să se comporte la fel de irațional ca bărbații care își găsiseră moartea lângă nava lui?

Capra behăi și trase de sfoara cu care era legată. Mikhail se opri, umflându-și aripile.

- Miros apă.

Buzele Ninsiannei se arcuiră într-un zâmbet copleșitor. Mikhail fu cuprins de o trăire aparte, de parcă soarele tocmai ar fi răsărit în acest univers întunecat și izolat.

- Ți-am spus eu că vom ajunge în sat astăzi! zise fata.

Pământul devenea din ce în ce mai neted sub picioarele lor. Aerul era, la rândul său, din ce în ce mai bogat, dominat de aroma fertilității. În depărtare, un fluviu asemenea unui colier albastru, strălucitor, își croia drum prin deșert, umflat de zăpada topită pe munții de pe alte meleaguri. De o parte și de alta a sa se înălța vegetație luxuriantă, de un verde smarald.

- Uite, arătă Ninsianna. Acela e fluviul Hiddekel.[3]

Pe malul fluviului se întrezăreau mai multe case care alcătuiau un inel perfect, cu pereți impenetrabili. Judecând după modul în care Ninsianna descrisese satul, Assur căpătase aura unui adevărat oraș de poveste, mult

---

[2] Termen care desemnează o specie de capră intergalactică.
[3] Hiddekel este denumirea sumeriană dată fluviului Tigru din zilele noastre.

superior aşezării de case de chirpici care se desfăta sub soare în faţa ochilor lui.

- Haide, o îndemnă Mikhail, grăbind pasul. I-am promis tatălui tău că te aduc acasă în siguranţă.

Fata smuci sfoara cu care era legată capra pentru a o obliga să ţină ritmul rapid impus de Mikhail. Deodată, liniştea fu străbătută de avertismentul unui corn cu glas adânc:

„Păzea! Păzea! Păzea!"

Angelicul privi peste umăr pentru a se asigura că nu erau urmăriţi de Hailifieni. Nu îi urmărea nimeni. Se părea că satul se alarma din cauza *lui*.

Se opri la câteva sute de metri de zid; chiar la limita razei de acţiune a suliţelor. Zidul era atât de înalt încât ar fi fost nevoie ca cinci bărbaţi să se înalţe unul pe umerii celuilalt pentru a ajunge în vârf.

„Pentru tine ar fi nevoie doar de o scurtă bătaie din aripi..."

„Dacă aripa mea nu ar fi ruptă."

„Păcat că nu ţi-ai adus un cârlig pentru căţărat..."

Pentru prima dată era de acord cu propriul subconştient.

Ninsianna arătă către porţile uriaşe de lemn care le blocau trecerea.

- Bunicul meu a supravegheat construcţia acestei intrări, spuse ea cu mândrie. Obişnuia să spună că niciun inamic nu ar putea să o străpungă.

- Bunicul tău era... era *innealtói*, ăă...

Mikhail se chinuia să găsească o traducere potrivită:

- Era un bărbat care construia lucruri?

- Nu, replică Ninsianna indignată. Bunicul meu era şaman. Unul chiar mai bun decât tata.

Sprâncenele Angelicului se arcuiră în semn de neîncredere:

- Bunicul tău a ridicat poarta asta folosindu-se de magie?

- Behnam a făcut-o, răspunse fata. Dar s-a folosit de planurile care i s-au arătat bunicului într-o viziune.

Mikhail analiză construcţia, asimilând fiecare detaliu. În ciuda pierderii de memorie, cunoaşterea instinctivă a metodelor tactice de apărare nu îl părăsise:

- Pare să fie bine ancorată în ziduri, zise el indicând cele două trunchiuri uriaşe de copac care fuseseră ataşate la pereţii caselor adiacente. Dar nu ar rezista la *asta...*

Arătă spre arma cu impulsuri, aşezată în siguranţă la brâu.

- Magia bunicului meu ar rezista înaintea a *orice*, replică Ninsianna tăios.

- Magia nu se poate compara cu o armă cu plasmă.

Cu coada ochiului, Mikhail întrezări o sclipire ciudată. Îşi înclină capul, ţinând o aripă ridicată. Aripa frântă se pleoşti ca o *madra* cu urechi blege. Angelicul încerca să sape adânc în subconştient după o anume amintire.

- Am mai văzut o astfel de poartă, murmură trasând contururile în aer şi luptându-se să recupereze o amintire pe care nu o putea *vedea*, dar despre care ştia că o simţise. Mai mare decât asta. Cu un copac gravat. Cred că era aurit?...

- Ai văzut poarta spre Rai?

Angelicul lovi uşor locul în care Ninsianna îi prinsese copcile pe scalp.

- Îmi amintesc doar o poartă, zise el. Nimic altceva.

Expresia fetei era dezamăgită. O *fascina* gândul că Mikhail era căzut din ceruri. Dar pentru el, aceasta nu era decât o poartă.

Câteva voci înfundate le atraseră atenţia spre zona superioară a zidului. Cu toate că străjerii rămâneau ascunşi, Mikhail putea detecta prezenţa a aproximativ două duzini de bărbaţi.

- Mă tem că tatăl tău nu a clarificat situaţia cu Căpetenia, spuse el.

- Este doar o măsură de precauţie, răspunse Ninsianna. Jamin i-a umplut capul cu minciuni.

Angelicul privi în jos către ea, această femeie fragilă căreia îi datora propria viaţă. Fără prezenţa ei acolo care să îl distragă, poate că ar fi reuşit să repare nava. Fără ca ea să fi fost acolo, având nevoie de protecţie, nu ar mai fi *contat* dacă ar fi luptat împotriva Halifienilor. Fără să îşi facă mereu griji pentru *ea*, ar fi putut să îşi încheie misiunea sau cel puţin să moară încercând.

- Mergi înăuntru, o îndemnă.

- Ai promis că vom face asta împreună.

- Am *promis* că te voi duce acasă!

Expresia fetei deveni frenetică.

- Nu! insistă ea apucându-l de braţ. Cum rămâne cu şamanii? Nu vrei să ştii despre oamenii tăi?

- Ninsianna, o linişti el cu blândeţe. Asta este casa *ta*.

Cuvintele îi răsunară în minte într-un mod de-a dreptul tulburător. *Acasă.* El nu *avea* nicio „acasă". Iar dacă avea, nimănui de acolo nu îi păsase suficient de mult de el încât să îl caute.

Ochii Ninsiannei străluceau cu o nuanţă ca de cupru – era o anomalie a luminii, pe care Mikhail o observase la ea de fiecare dată când se enerva. Fata se răsuci spre poartă şi agită un deget în sus, spre santinele:

- Eu sunt Ninsianna, nepoată a lui Lugalbanda, strigă ea. De ce nu mi se permite accesul prin poarta bunicului meu?

Un bărbat cu pielea negricioasă, pe care Mikhail îl recunoştea de la prima confruntare pe care o avusese cu Jamin, trase cu ochiul peste marginea acoperişului.

- Pentru că aduci un duşman la poarta noastră, răspunse acesta.

- *Ştii* că nu e adevărat! replică Ninsianna. Siamek, erai *acolo*! Mikhail a atacat abia *după* ce Jamin a încercat să mă înece!

O lungă tăcere se aşternu în timp ce vocile din spatele zidului îşi transmiteau mesaje şoptite încolo şi încoace. Siamek reveni la marginea acoperişului.

- *Tu* poţi intra, răspunse el. Dar prietenul tău trebuie să plece.

Mikhail atinse umărul fetei:

- Ninsianna, i se adresă acesta. Mergi înăuntru. Te rog!

Ea însă îşi îndreptă bărbia hotărâtă.

- Atunci când am avut nevoie de adăpost, tu mi l-ai oferit. Acum *tu* ai nevoie de adăpost pentru că Jamin a adus necazuri asupra bărcii tale cereşti.

Se răsuci înapoi spre poartă şi îşi înălţă mâinile în aer:

- Atunci transmite-i Căpeteniei că voi ridica vraja pe care bunicul meu a folosit-o pentru a proteja aceste ziduri!

Un hohot general de râs se răspândi printre bărbaţi, care începură să o imite cu răutate de la adăpostul porţilor.

- Hai, dă-i înainte! o tachinară ei. Femeile nu pot face vrăji!

Ninsianna începu să intoneze o invocaţie cu voce gravă.

Vântul se înteţi. Părul ei se unduia purtat de curent, asemenea steagului afişat de un rebel. O rază de soare se reflectă asupra zidurilor de chirpici, iar ochii Ninsiannei căpătară strălucirea aurului cel mai pur.

Mikhail simţi cum i se ridică părul de pe ceafă în timp ce vocea fetei devenea din ce în ce mai puternică, de parcă toate cuvintele sale se încărcau cu energia celui mai puternic motor intergalactic.

Deschide! Deschide!
Barieră a zeilor!
Ceea ce e ferecat
Eu acum dobor!

Ninsianna îşi îndreptă mâinile către poartă. Cu un murmur, aceasta se deschise.

- Vedeţi? strigă ea triumfătoare. Eu sunt nepoata lui Lugalbanda!

Poarta continua să se deschidă. Siamek privi în afară. Ochii lui căprui sclipeau în umbra unui hohot de râs.

- Poţi să te opreşti din a te face de râs! îi spuse acesta. Firouz a fugit la Căpetenie. A acceptat să îţi întâlnească prietenul.

Ninsianna se opri în mijlocul mişcărilor.

- Bine, răspunse ea cu o voce ascuţită.

Siamek făcu un semn către *el:*

- Să nu faci mişcări bruşte!

Douăzeci şi patru de războinici năvăliră în afara zidurilor, inclusiv Siamek, agitând suliţe grele. Toţi purtau kilturi şi aveau piepturile dezgolite, dezvăluind muşchii atât de bine antrenaţi pentru luptă. Mikhail îşi umflă penele şi se ghemui uşor, ţinând o mână pe arma cu impulsuri.

- Nu mă atingeţi, îi avertiză el pe bărbaţi.

Pe chipul lui Siamek se citi surprinderea.

- Vorbești limba noastră?

- Da, răspunse Mikhail, încercând din greu să articuleze cuvintele în mod corect. Ninsianna m-a învățat.

- În doar trei luni?

- Vorbește mult, replică din nou Mikhail, arătând apoi către capră. Vorbește chiar și cu animalele.

Siamek râse. Se părea că și el cunoștea prea bine această ciudățenie a fetei. Dar își ascunse cu rapiditate amuzamentul în spatele unei expresii serioase.

- Ar trebui să te dezarmez, spuse el indicând către sabie.

Mikhail clătină din cap:

- Nu atâta vreme cât încă mai respir.

Mai mulți războinici se iviră pe acoperiș, cărând o plasă mare de peste. Un sentiment de déjà vu străbătu trupul Angelicului. *Furie dezlănțuită.* Ultima dată când acest lucru se întâmplase, își pierduse controlul asupra propriei conștiințe și omorâse optsprezece oameni.

Un sentiment de *răceală* îi cuprinse limba. Ochii bruni ai Ninsiannei erau stăpâniți de teroare.

- Nu îi răni, șopti ea cu glas tremurând.

Sentimentul acela de presiune se accentuă. Lumea părea să se contracte, să se închidă în jurul lui; părea ca percepea totul printr-un tunel. Făcu îndată câțiva pași înapoi, distanțându-se de fată:

- Ar trebui să plec.

Simți furnicături în braț imediat ce Ninsianna îl atinse.

- Dar nu vrei să vorbești cu șamanii?

- Nu, răspunse Angelicul și vocea i se pierdu treptat. *„Nu dacă asta înseamnă că trebuie mai întâi să măcelăresc acești bărbați."*

Ochii fetei străluceau cu nuanțe aurii în lumina soarelui, plini de lacrimi. Mikhail simți emoția răspândindu-i-se prin braț.

Singur...

O amintire răzbi la suprafață din subconștientul său.

Scântei sărind. Senzația de cădere. O frumoasă creatură de legendă, pășind chiar din lumina soarelui, cu ochii auriți de parcă ea însăși ar fi fost soarele.

Mikhail căută cu degetele locul în care un fragment din epavă îi zdrobise cutia toracică, înjunghiindu-l periculos de aproape de inimă. Același loc în care își prinsese și agrafa cu arborele. Se refugiase atâta vreme către vid, unde nu era lumină. Dacă nu ar fi fost ea, în acel moment el ar fi fost mort.

- Mă voi întâlni cu șamanii voștri, rosti în cele din urmă, reprimându-și sentimentul de dezolare. Dar apoi trebuie să îmi caut oamenii sau, cel puțin, să mă întorc la nava mea și să o fac să zboare din nou.

Ninsianna aprobă din cap, poate mult prea entuziastă.

- Rămâi? zise ea cu voce tremurătoare. Ai promis că ne vei da o şansă.

Sentimentul datoriei se lupta înlăuntrul lui Mikhail cu promisiunea pe care i-o făcuse Ninsiannei de a o aduce acasă. Arătă către războinicii care îi încercuiseră cu suliţe.

- Nu am încredere în voi, rosti către Siamek. Lăsaţi-o pe Ninsianna să îmi care armele.

- Dar e femeie, răspunse Siamek.

- Da. E femeie, replică Mikhail. Deci nu ar trebui să fie o problemă, nu-i aşa?

Ochii Ninsiannei căpătară o nuanţă ameninţătoare de cupru, însă dispunea de suficientă înţelepciune încât să nu îl contrazică. Mikhail apucă arma de la şold.

- Mai întâi îi voi da sabia, zise Angelicul cu glas calm, măsurat.

- Fă-o *foarte* încet!

Siamek aştepta într-o poziţie fals relaxată. Judecând însă după modul în care ochii săi căprui alergau continuu către privirea lui Mikhail, precum şi după încordarea muşchilor, era evident însă că războinicul era gata să atace la cea mai mică mişcare.

Mikhail întinse sabia către Ninsianna, pentru ca aceasta să o preia. Luptătorii şopteau:

- *Chiar asta e? Sabia din profeţie?*

- *Jamin spune că a ucis optsprezece bărbaţi cu arma aceea.*

- *Optsprezece bărbaţi? De unul singur?*

- *Immanu spune că el este Sabia zeilor.*

Mână Ninsiannei tremura în momentul în care luă arma dintre degetele lui Mikhail. Îşi înfăşură cureaua în jurul taliei şi, de vreme ce nu ştia cum să folosească încheietoarea, o legă pur şi simplu cu un nod. Mikhail îşi redirecţionă degetele către arma cu impulsuri, de această dată.

- Ooooho! exclamă Siamek, îndreptându-şi suliţa către pieptul Angelicului.

Acesta reacţionă umflându-şi penele. Războinicii făcură imediat câţiva paşi înapoi, pentru a ieşi din raza de acţiune de zece metri a aripilor.

- Ninsianna nu ştie cum să scoată pistolul din suportul lui! spuse Mikhail.

- Dar eu cum ştiu că nu ai de gând să îl foloseşti? întrebă Siamek.

- M-ai văzut manevrându-l în ziua în care ai venit la nava mea cerească, răspunse Angelicul. Dacă aş fi vrut să îţi atac satul, poarta aceea nu ar mai fi încă în picioare.

Expresia lui Siamek se întunecă.

- Da, am văzut fulgerul albastru.

Bărbatul le făcu oamenilor săi să se retragă încet.

Mikhail scoase arma din teacă. Aceasta era lungă de jumătate de metru, avea mâner ajustabil, iar la putere maximă era capabilă să dărâme zidurile satului. Cu o mişcare antrenată, Angelicul scoase încărcătorul, după care îi întinse arma Ninsiannei. În timp ce războinicii se holbau mirați la aceasta, Mikhail profită de ocazie pentru a-și strecura încărcătorul în buzunarul din dreptul coapsei. Probabil că mai avea doar unul sau două focuri rămase, însă *ultimul* lucru pe care și-l dorea era să le dea acestor ființe primitive un asemenea tip de armă pe mână.

- Cum rămâne cu lama ta? insistă Siamek, arătând spre cuțitul de supraviețuire din titan pe care Mikhail îl avea prins în dreptul șoldului.

- Voi păstra cuțitul, răspunse acesta. Pentru a mânca.

- Nu și dacă vrei să ne întâlnești Căpetenia, replică Siamek, îngustându-și privirea. Ai putea foarte bine să fi venit ca să îl ucizi.

Ninsianna atinse brațul către Angelic:

- E procedura standard, zise ea. *Nimănui* nu îi este permis să vadă Căpetenia înarmat. Singura excepție este paznicul lui personal.

Mikhail scoase și cuțitul din suport, răscolindu-și penele. Fără a rosti vreun cuvânt, Ninsianna îl îndesă în săculețul ei de piele.

- Asta este tot? întrebă Siamek.

- Avem și o capră.

Mikhail arătă spre creatura care se cuibărea sub aripile sale:

- O numesc Nemesis. Are obiceiul de a-ți mânca lucrurile în timp ce dormi.

Buzele lui Siamek tresăriră.

- De ce nu aduci chiar *tu* capra? spuse acesta, reușind într-un fel sau altul să nu izbucnească în râs. Așa îți vei ține mâinile undeva unde le pot vedea bine.

Mikhail apucă sfoara pe care o foloseau drept lesă.

- Hai, mormăi către mica Nemesis. Să nu îmi faci probleme!

Poarta scrâșni în timp ce santinelele o deschideau în întregime. Ușile se dădură în lături, eliberând calea spre interior...

...și dezvăluindu-l pe Jamin, care aștepta pe alee.

Capitolul 3

Mai – 3,390 î.Hr.
Pământ: Satul Assur
Colonel Mikhail Mannuki'ili

MIKHAIL

Mikhail se aplecă, pregătit să îşi ia zborul, însă aripa încă nevindecată reacţionă îndată, răspândind o durere îngrozitoare în muşchii săi axilari.

- Luaţi armele! strigă Jamin.

Războinicii năvăliră între Angelic şi Ninsianna. Capra behăi speriată. Mikhail îşi întinse mâna către arma cu impulsuri care *ar fi trebuit* să se afle în dreptului şoldului...

...Ninsianna bâjbâi până o smulse din propria curea.

- Înapoi! urlă ea.

Debloca apoi arma cu aceeaşi mişcare rapidă pe care o văzuse la Mikhail în fiecare dimineaţă în care acesta se antrena. Era doar o singură problemă...

...încărcătorul aproape golit era în buzunarul de la piciorul lui.

Jamin înlemni cu suliţa deasupra capului, aceasta fiind îndreptată spre *adevăratul* său adversar... Angelicul.

- Nu ştii cum să o foloseşti, îşi tachină tânărul fosta logodnică.

- Doar priveşte-mă! răspunse aceasta cu voce tremurândă. Băţul acesta de foc face magii deosebite!

- Femeile nu pot face vrăji!

Jamin făcu un gest către războinicii săi:

- Despărţiţi-i!

Bărbaţii îi înconjurară pe cei doi asemenea unei haite de hiene. Un bărbat scund şi slab îşi întinse suliţa între Ninsianna şi Mikhail, încercând să determine animalul mai vulnerabil – Ninsianna – să se desprindă de grup. Mikhail îşi înfoie aripile, obligând războinicii să se retragă datorită forţei incredibile, asemănătoare aceleia a unor bâte, pe care o poseda. Ninsianna se lipi de el, agitând arma cu impulsuri de la un bărbat la altul.

- Immanu a jurat că sunteţi oameni onorabili! zise Mikhail către luptători. Mi-aţi cerut să îmi predau armele şi asta am făcut!

- Onoare? scuipă nenorocitul cu ochi negri. Cum poţi vorbi despre onoare când *pretinzi* că nu îţi poţi aminti propriul nume?

Mikhail îşi atinse plăcuţa hexagonală, singurul indiciu în legătura cu identitatea sa.

- Îmi *ştiu* numele.

- Dar pe cine *slujești*? îl provocă Jamin. O armată? Un dușman? Un zeu?

Angelicul deschise gura pentru a-i răspunde fiului Căpeteniei, însă niciun cuvânt nu răzbi. Niciun cuvânt. Nicio amintire. Tot ce știa era că făcea parte din armată Flotei Aeriene Angelice.

Un soldat al Forțelor Speciale...

Ceea ce înseamna, poate, că Jamin avea dreptate?

- Ninsianna, șopti el atingând brațul fetei. Trebuie să plec.

Doi dintre războinici se apropiară cu sulițele întinse. Siamek, care deschisese poartă, își înfipse degetele între buze și fluieră asurzitor.

- Retrageți-vă! ordonă el.

- Ai primit un ordin direct! interveni Jamin. Nu îl putem lăsa pe acest nenorocit în satul nostru!

- Nu, replică Siamek cu glas scăzut. Nu *acestea* au fost ordinele tatălui tău. El a spus că trebuie să ne întâlnim cu străinul și să îl escortăm înăuntru.

Fiul Căpeteniei privi către arma care tremura în mâinile Ninsiannei: dorința, nevoia, *foamea* de a poseda o asemenea armă se citea clar în expresia lui.

- Avem *nevoie* de acele arme!

Cu un urlet teribil, Jamin se aruncă asupra Ninsiannei. Aceasta eliberă un strigăt ascuțit. Apăsă trăgaciul, însă nu se întâmplă nimic.

Mikhail dădu drumul sforii cu care era legată capra.

- Niii! exclamă el lovind-o pe Nemesis pe spate.

Capra se avântă înainte, forțându-l pe Jamin să se abată din drumul său. Acesta încercă să înșface arma cu impulsuri, însă nu reuși. Ninsianna se strecură din calea lui.

Urlând asemenea unui prădător furios, Jamin își coborî sulița și ținti drept spre *el*.

Timpul încetini în ritmul unei bătăi de inimă. Intuiția șopti: „*aceasta este traiectoria.*"

Cu o mișcare pe care nu își amintea să și-o fi *amintit*, Mikhail apucă instrumentul de lemn, îl trase înainte pentru a accelera inerția fiului Căpeteniei, îl dezechilibră și apoi îl izbi la pământ, lovindu-l cu cotul în ceafă.

Jamin se prăbuși.

Mikhail apucă sulița. Privi în jos către inamicul său, aproape la fel de surprins ca acesta pentru că știuse acea mișcare. Războinicii se retraseră, neștiind cum să lupte împotriva unei ființe înarmate, care avea pe deasupra și o rază de acțiune a aripilor de douăzeci de metri.

- L-a omorât! strigă unul dintre bărbați.

Ninsianna își înghionti fostul logodnic.

- Mai vrea și *altcineva* să moară? zise ea agitând arma goală cu impulsuri, de parcă ar fi fost beată.

Jamin gemu.

- Doarme numai, explică Mikhail, luptând împotriva pornirii de a-şi ucide adversarul. Dar ea, continuă acesta arătând către Ninsianna, este de-a dreptul furioasă.

Ambii se regrupară. Războinicii se mişcară odată cu ei, blocându-le orice cale de scăpare.

- Aşteptaţi! se auzi un strigăt de pe alee.

Două femei vârstnice, ambele atât de năpădite de riduri încât semănau cu nişte fructe uscate, păşiră din dreptul umbrei zidurilor. Cea mai tânără dintre ele îşi ajută sora mai bătrână să se deplaseze. Cea care vorbise se sprijinea cu greu într-un baston.

- Ce înseamnă asta? i se adresă bătrâna lui Siamek.

- Demonul înaripat a încercat să pătrundă prin zidurile noastre, răspunse acesta.

- Asta nu e ceea ce am văzut *eu*, răspunse femeia. I-aţi cerut să îşi predea armele, iar el a *făcut-o*.

- Ni s-a ordonat să îi luăm armele.

- Cine v-a dat ordinul? Căpetenia?

- Nu, replică Siamek cu o expresie nesigură. Jamin.

Bătrâna arătă spre fostul logodnic al Ninsiannei, care zăcea inconştient.

- Nu este ironic cum întotdeauna problemele încep şi se termină cu Jamin?

Cea mai tânără dintre surori îl împunse pe tânăr cu piciorul.

- Nu am mai văzut pe nimeni care să respingă o suliţă într-un asemenea mod, rosti aceasta. Şi mai ales nu împotriva unui adversar atât de priceput.

- Da, aprobă sora mai înaintată în vârstă. Dacă şi-ar fi dorit, ar fi putut să îl ucidă.

- Mă întreb ce altceva mai ştie cel înaripat, continuă sora mai tânără.

- Poate că ne-ar învăţa şi pe noi...

Cele două se opriră în faţa *lui*.

- Ce treabă ai cu Căpetenia noastră? vru să afle sora mai bătrână.

- Avem nevoie... începu Ninsianna.

- Linişte! replică femeia ridicând o mână. Vreau să aud de la *el*.

Buzele Ninsiannei se întredeschiseră, de parcă ar fi fost un peşte indignat.

- Ei bine? îl încurajă bătrâna.

Sentimentul de presiune se disipă în timp ce Mikhail privea în acei ochi căprui, inteligenţi, care răsăreau din mijlocul unui chip pe cât de ridat, pe atât de curat pentru vârsta înaintată.

- Halifienii au venit la barca mea cerească, începu Angelicul folosindu-se de expresia Ubaidă. Nu mai sunt în siguranţă acolo, aşa că Immanu mi-a cerut să îi aduc fiica înapoi acasă.

Privirea bătrânei deveni deodată extrem de alertă.

- Deci acum încerci să abați războiul tău cu Halifienii asupra *noastră?*

Aripile lui Mikhail fură străbătute de un fior de indignare.

- Nu am căutat probleme de unul singur, replică el tăios. Jamin a abătut acest război asupra *mea.*

Sora mai tânără îi șopti ceva celei mai în vârstă. Ambele aprobară din cap, de parcă ar fi avut exact aceleași gânduri în aceeași minte. Apoi, sora mai în vârstă arătă către Siamek.

- Suntem oameni onorabili, zise ea făcând un gest care includea toți războinicii. Dacă i-ați spus acestui bărbat că Ninsianna va avea grijă de armele lui, atunci asta este *legea.*

- Dar e femeie! ripostă Siamek.

- Și ce dacă?

Replica femeii era acidă. Siamek nu mai rosti niciun cuvânt.

- Păziți-l! continuă bătrâna hotărâtă. Și pentru numele zeiței, copilă, continuă aceasta arătând către arma din mâna Ninsiannei. Pune nebunia aceea deoparte până nu rănești pe cineva!

Cu o expresie vinovată, fata așeză pistolul înapoi în suportul prins de curea. Pieptul lui Mikhail fu inundat de căldură. Cu toate că nu avea nicio amintire a vreunei femei care să îl fi protejat înainte, cu siguranță niciodată nu fusese vreuna atât de frumoasă și de *puternică.*

- Hai, îl îndemnă Siamek. Să mergem la Căpetenie!

Cercul format de războinici se disipă, eliberând drumul care pornea de la poarta de intrare în sat. Ninsianna îi făcu un semn cu mâna, chemându-l. Mikhail o urmă pe alee.

Luptători cu chipuri ostile îl urmăreau de pe acoperișuri înalte de aproximativ zece metri și late de douăzeci, având sulițele îndreptate chiar spre trupul său. Cu toate că erau construite din chirpici, zidurile păreau foarte solide. Chiar dacă un inamic ar fi reușit într-adevăr să le penetreze în vreun fel, ar fi avut mari probleme încercând să ajungă în viață în celălalt capăt al acestei veritabile „cutii" de ucis.

- De ce nu ne-a acordat Căpetenia voastră o întrevedere de la bun început? întrebă Mikhail.

- Probabil că a *făcut-o*, răspunse Ninsianna dându-și ochii peste cap. Dar nu ar fi prima dată când Jamin răstălmăcește unul dintre ordinele tatălui său pentru a-și satisface propriile capricii.

Mikhail privi în urmă, către cele două femei bătrâne care stăteau în afara porților.

- Parcă spuneai că toate femeile sunt tratate ca niște animale pe aici.

- Yalda e diferită, explică fata ridicând din umeri. E membră a Tribunalului.

Un amalgam de zgomote supărătoare năvăli în urechile Angelicului în timp ce se lăsa condus de războinici printr-un adevărat labirint de case înălțate de o parte și de alta a unei străzi înguste. Mirosuri diferite îi asaltară nările – mireasma pâinii proaspăt scoase din cuptor se amesteca în mod straniu cu duhoarea transpirației umane. O femeie de vârstă mijlocie mergea pe stradă, lovind cu bastonul toți sătenii pe care îi prindea golindu-și oala de noapte în șanț. Alți săteni, îmbrăcați în haine ponosite, alungau copii cu ochi ca de bufnițe din calea lor. Oameni înalți. Oameni scunzi. Oameni tineri. Oameni bătrâni. Atât de mulți oameni! Și aveau cu toții aceeași înfățișare oacheșă și păr negru, exact ca Ninsianna.

Grupul coti brusc la stânga, spre o altă alee dublă, iar apoi brusc la dreapta. În această zonă, casele erau mai mari și mai bine întreținute. Majoritatea femeilor purtau rochii albe tip șal, ca a Ninsiannei. Prelate improvizate protejau mesele pline de legume de lumina soarelui, în timp ce câte o masă doldora de bunătăți marca ici și colo locuința vreunui comerciant.

Strada se unduia lin. Toate casele aveau la parter ferestre mici, ferecate cu gratii, însă la etajele superioare, toate geamurile lăsau să pătrundă aerul deșertic. Pe acoperișuri, copiii alergau asemenea unor maimuțe, sărind de pe un acoperiș pe celălalt, bucurându-se de clădirile atât de strâns legate.

- Satul acesta este construit în formă de cerc? întrebă Mikhail.

- Zonele mai noi, răspunse Ninsianna. În regiunea veche, există locuri care seamănă mai mult cu niște dreptunghiuri.

- Locul ăsta *inchosanta*, se chinui Angelicul să explice.

- Ușor de apărat?

- Da.

Ninsianna zâmbi larg:

- Bunicul meu și tatăl Căpeteniei au făcut planuri pentru extinderea satului. Pe măsură ce populația a crescut, Căpetenia Kiyan și *tatăl* meu au lucrat conform vechilor planuri.

Mikhail aprobă din cap, cu toate că simțea o anume ranchiună. Oricare ar fi fost părerea lui despre Jamin, trebuia să recunoască, totuși, că tatăl lui era un conducător cu adevărat responsabil.

Războinicii satului îi conduseră spre o a treia alee după o altă curbă strânsă la stânga. Și aceasta era la fel de ușor de apărat ca celelalte două. Trei cercuri concentrice, fiecare delimitat de o alee înconjurată de ziduri – o cutie de ucis. Câteva santinele ordonară grupului ciudat care îi urma să dispară.

Ieșiră cu toții de pe alee, pătrunzând într-o piață centrală plină de oameni. Cei mai mulți dintre aceștia erau îmbrăcați elegant, cu toate că ici, colo se mai arăta și câte un băiețel slab care se agita să vândă vreun coș cu mâncare. De o parte a pieței se înălța o clădire impunătoare, iar în mijloc se afla un inel jos, format din pietre legate de trei butuci, care alcătuiau împreună un soi de pârghie.

- Acela este Templul Celei-Care-Este, explică Ninsianna indicând clădirea în timp ce Siamek îi conducea pe partea opusă. Iar aceea, continuă ea, este fântâna sacră a zeiței. Avem trei la fel, dar celelalte seacă adesea în timpul verii.

- Nu puteți să vă aprovizionați cu apă din fluviu?

- Am putea, însă ascunde spirite malefice. Apa din fântâna este mereu curată și pură.

Siamek îi direcționă spre o casă mare, cu două etaje și o ușă ornată elegant cu plăci. În fața acesteia se afla un paznic de vârstă mijlocie, care purta un kilt și o capă, ambele foarte franjurate. Îmbrăcămintea nu era, totuși, ornată în niciun fel.

- De ce v-a luat atât de mult? întrebă străjerul.

- Am avut ceva probleme la poartă, explică Siamek.

- Cu *el?*

- Nu. El a predat armele, exact așa cum a ordonat *Căpetenia*, zise Siamek accentuând cuvântul „Căpetenie".

Expresia paznicului deveni ironică:

- Unde e? mârâi el.

- La poartă, veni răspunsul prompt.

Străjerul pufni. Niciunul dintre războinici nu menționă că Mikhail tocmai îl doborâse pe Jamin, lăsându-l inconștient.

Paznicul îl analiză pe Angelic cu o privire ostilă:

- Numele meu este Kiaresh. Înainte de a intra, trebuie să mă asigur că nu mai ai nicio armă.

Mikhail privi către luptătorii care îl înconjurau. Ninsianna strânse ferm pistolul cu impulsuri.

- Doar tu, replică Angelicul. Nu am încredere în ceilalți.

- Nu ai încredere nici în *mine.*

Mikhail se uită la Ninsianna.

- Kiaresh este un om de cuvânt, îl asigură ea în șoaptă.

Angelicul aprobă din cap:

- Câteodata trebuie să îți asumi și riscuri, bănuiesc?

- Aha, interveni Kiaresh cu o expresie întunecată. Asta e valabil pentru amândoi.

Mikhail își depărtă mâinile și picioarele. Aripile îi tresăriră în timp ce se lăsă pipăit de străjer din dreptul gâtului până la glezne. Se forță să nu își smucească aripile înapoi în momentul în care Kiaresh le examină și pe acestea.

- Dar ce *opinci!* exclamă străjerul analizând bocancii de luptă ai Angelicului, pentru a se asigura că nu avea arme ascunse în ele.

- Noi le numim *bocanci,* explică Mikhail folosind cuvântul galactic standard.

- Pariez că poți să înfunzi capul inamicului între umeri cu ele.

Mikhail intuia jocul acesta, chiar dacă nu și-l putea aminti propriu-zis. Doi războinici, măsurându-se unul pe celălalt.

- Nu e frumos să lovești un aliat în cap.

Kiaresh se ridică şi îşi aşeză capa. Deschise apoi uşa- o invenţie alcătuită din scânduri cioplite neglijent şi legate împreună cu piele netăbăcită. În lemn fuseseră sculptaţi snopi de cereale. Mikhail îşi strânse aripile la spate. Kiaresh îi făcu un semn să meargă înăuntru.

Ninsianna făcu la rândul ei câţiva paşi spre prag.

- Tu nu! o opri Kiaresh, blocându-i drumul cu mâna.

- De ce nu? întrebă fata,

- Eşti *femeie.* Asta e treabă de bărbaţi.

- Dar cum rămâne cu armele? interveni Mikhail.

- Poate să aibă grijă de ele şi aici, *afară.*

Mikhail pipăi pătrăţelul pe care îl ascunsese în buzunar. Fără încărcător, pistolul cu impulsuri era inutil, dar până şi cel mai primitiv şi neantrenat ţăran putea provoca un haos uriaş cu *sabia.* Angelicul abordă limbajul galactic standard.

- Ce faci dacă cineva încearcă să te dezarmeze?

Ninsianna scoase arma:

- Dacă se apropie de mine, replică ea încercând să pară curajoasă, îl fac bucăţi.

Buzele Angelicului se arcuiră uşor. În numele zeilor! Ar fi fost în stare să urmeze această femeie până la porţile iadului! Nu avu tăria de a îi spune că încărcătorul era încă la el, în buzunar, şi nici că, odată tras ultimul foc, nu ar rămâne cu nimic mai avansat decât aveau şi sătenii.

Mikhail reveni la Ubaida lui stricată:

- Dacă o atinge careva, zise arătând spre Siamek, *tu* vei avea de-a face cu *mine*!

Siamek aprobă din cap. Mikhail tocmai demonstrase că ştia foarte bine să ţină piept oricui chiar şi fără arme.

Angelicul se aplecă pentru a nu se lovi cu capul de tocul uşii, iar apoi păşi înăuntru.

Capitolul 4

NINSIANNA

Faptul că îi ținea pe războinici la distanță o făcea să se simtă foarte puternică. Dar chiar dacă avea la dispoziție armele lui Mikhail, aceștia continuau să se apropie ușor, ușor, refuzând să o creadă capabilă de a folosi aceste arme împotriva lor.

- Înapoi! mârâi ea.

- Nu facem nimic, răspunse Siamek cu o nonșalanță jucată.

- Vă tot apropiați!

- În cazul în care *ai uitat*, replică războinicul, noul tău iubit tocmai m-a amenințat că voi plăti *personal* dacă se întâmplă ceva cu armele lui.

- Deci mă protejezi?

- Da.

Siamek privi către vest, spre poarta prin care tocmai veniseră. Nu pronunță numele, dar Ninsianna știa ca se gândea la Jamin.

- Nu am nevoie de ajutorul tău, zise fata așezându-și o mână în șold. După cum poți vedea, sunt perfect capabilă să am grijă de mine însămi!

Continuară să aștepte. Și să aștepte. Ninsianna își sprijini coatele de șolduri pentru a putea menține bățul cu flăcări ridicat. Sătenii se perindau prin jur, curioși în legătură cu arma. Ceilalți războinici se plictisiră și plecară, dar Siamek rămase, sprijinindu-se de sulița sa.

- Mai ții mult bățul cu flăcări îndreptat spre mine? întrebă el după aproape o eternitate.

- Da.

- Pare greu.

- Nu este! zise Ninsianna forțându-și încheietura să nu tremure sub greutatea armei.

În final, se așeză pe scaunul pe care stătea de obicei Kiaresh atunci când păzea ușa Căpeteniei. Așeză bățul cu flăcări în poală așa cum o făcuse Mikhail prima dată când tatăl ei vizitase barca cerească, însă o menținu îndreptată spre Siamek în eventualitatea în care acesta ar fi încercat să o atace. Era o armă de-a dreptul magnifică! Neagră și rece, asemănătoare obsidianului lustruit, îndreptat cu o piatră și tăvălit prin butoi până când suprafața ajungea să reflecte lumina soarelui.

Păcat că magia funcţiona doar pentru Mikhail. În numele zeiţei, ce faţă făcuse Jamin!...

- Ai provocat o grămadă de probleme, spuse Siamek, întrerupând gândurile lăudăroase ale Ninsiannei.

- Nu am cerut eu să se întâmple nimic.

- Nu, dar ai făcut să se întâmple.

- *Ştiai* că nu voiam să mă mărit cu el! se răsti Ninsianna. Am fost de acord doar pentru că tata şi Căpetenia insistau.

Ochii căprui ai lui Siamek deveniră foarte duri.

- Da. Ştiam cu toţii! răspunse acesta. Am încercat să îl avertizăm, dar nu ne-a ascultat. I-ai făcut o vrajă. Iar acum, după cum pot vedea, i-ai făcut una şi celui înaripat.

Ninsianna păli.

- Nu am făcut aşa ceva.

- Mincinoaso! strigă Siamek îndreptând un deget ameninţător spre faţa fetei, fără să îi pese de arma pe care aceasta o ţinea în mână. Orice ai măsluit, ai face bine să repari, înainte ca ăştia doi să se omoare unul pe altul!

Bărbatul se răsuci apoi brusc, cu o mişcare ce îi amintea Ninsiannei de Mikhail, şi plecă.

Fata privi îndelung spre piaţă, la Templul Celei-Care-Este. Sub o boltă menită să o ferească de lumina soarelui, o statuie voluptoasă din argilă o privea înapoi cu ochi goi; în mână ţinea un pai de grâu şi o seceră din piatră, simboluri ale fertilităţii şi ale belşugului.

Ninsianna îşi înălţă rugăciunea către această zeiţă care îi purtase de la bun început paşii către Mikhail:

- L-am convins să vină aici, zise ea. Acum ce trebuie să fac pentru a-l convinge să şi rămână?

Cea-Care-Este se uita la ea cu o expresie enigmatică. Fata aştepta acel semn grăitor de care avea nevoie: un şoim, o insectă, o viziune care să o ajute... însă zeiţa nu răspunse. EA doar zâmbi.

Capitolul 5

Mai - 3.390 î.Hr.
Pământ: satul Assur
Colonel Mikhail Mannuki'ili

MIKHAIL

În casa Căpeteniei, tavanul era suficient de înalt încât să îi permită lui Mikhail să stea drept fără a se lovi la cap. O a doua strajă, mai precis o bestie uriașă cu la fel de mult păr pe mâini pe cât avea și în barba stufoasă, stătea cu brațele încrucișate. Cu toate că era mai scund decât Angelicul, cu siguranță nu și-ar fi dorit nimeni să se pună cu acest bărbat.

- Eu sunt Varshab, rosti paznicul al doilea cu o voce groasă. Căpetenia te va primi acum.

Îl conduse apoi printr-o draperie care despărțea acea încăpere de o alta, colorată viu. Pereții erau împodobiți cu un tapet cu imagini alambicate. Pe podea, covorul scârțâia sub cizmele lui Mikhail. Tot pe podea erau înșirate și o mulțime de perne groase, care înconjurau toți cei patru pereți ai camerei. În mijloc se mai afla o cârpă curată, pentru șezut. Acolo, cu un recipient plin cu un lichid fierbinte în față, stătea tatăl Ninsiannei. Alături de el mai era și o versiune mai bătrână, cu părul grizonat, a lui Jamin. Căpetenia și Immanu stăteau aproape, dar judecând după poziția încordată și formală pe care o mențineau, era evident că nu ar fi putut fi mai departe unul de celălalt nici măcar dacă ar fi ocupat zone opuse în galaxie.

- Domnule! salută Mikhail în modul concis, caracteristic Alianței.

- Poți lua loc, zise Căpetenia arătând către o pernă.

Străjerul masiv se așeză aproape de ușă.

Mikhail se apleacă cu grijă, pentru a nu-și turti penele. Angelicii preferau locurile înalte pentru simplul motiv că era destul de dificil să își târască aripile pe pământ, nemaipunând la socoteală cât de inconfortabil era să trebuiască apoi să își culeagă mizeria adunată între pene.

Immanu apucă o cană maro de lut și îi turnă Căpeteniei ceai, într-un mod voit grav; apoi îi turnă și lui Mikhail. Fiecare luă câte o înghițitură, analizându-se reciproc pe deasupra ceștii. Compoziția avea un gust lemnos, completat de o aromă fructată.

Mikhail studie veșmintele Căpeteniei: un kilt cu cinci straturi de franjuri și un șal vopsit roșu aprins, aruncat artistic peste umeri, într-o manieră care doar *părea* indiferentă. În jurul gâtului avea un colier care îl evidenția drept Căpetenie. La încheieturi i se întrezăreau niște benzi aurite, ceva mai mult decât brăţări. Erau genul de accesorii care ar fi putut bara un cuţit. Părul şi barba îi străluceau ca pielea unei vidre de apă, fiind strânse în cârlionţi şi ornate cu mărgele. Toate acestea reconstituiau un adevărat spectacol al bogăţiei, menit să impresioneze conducătorul oricărui trib opozant.

- Aşadar, spune-mi cum s-a întâmplat să fii pe punctul de a-mi ucide fiul, începu el scurt.

Nimic nu se compară cu a intra direct în subiect...

- *Ei* m-au atacat pe mine, răspunse Mikhail. Nu am avut de ales.

- De ce nu ai negociat? replică abrupt Căpetenia.

- Nu vorbesc limba Halifienilor, iar ei nu ştiu o boabă de Ubaidă.

- Atunci de ce nu ai vorbit cu *fiul meu*?

Mikhail analiză expresia de pe chipul Căpeteniei. Nu i-ar fi inspirat deloc încredere dacă ar fi mărturisit că nu îşi amintea deloc acele evenimente, din momentul în care Halifienii îl încolţiseră cu plasa şi până în clipa în care îşi recăpătase cunoştinţa şi se trezise cu sabia plină de sânge la gâtul Ninsiannei. Dar nici nu putea minţi...

- Nu l-am văzut pe Jamin până când nu mi-a spus Ninsianna să mă opresc, răspunse aşadar Angelicul cu sinceritate.

- Deci nu te-a atacat personal?

„Nu îmi amintesc...?"

- Era întuneric. Nu am *aitheantas,* ăă...

Mikhail îşi găsi cu greu cuvintele:

- Nu l-am *văzut* pe Jamin până când Ninsianna nu s-a aruncat asupra lui.

- Recunoscut, traduse Immanu. Nu l-a *recunoscut* pe Jamin până când nu i-a atras atenţia Ninsianna asupra lui.

Căpetenia îi aruncă o privire şamanului prin care voia în mod evident să transmită mesajul „Vezi? Ţi-am zis eu!". Indiferent de ce conversaţie avusese loc între cei doi înainte de apariţia lui Mikhail, Immanu alese să nu elaboreze. Dar cu siguranţă că fusese una extrem de tensionată.

- Dar în legătură cu acea confruntare anterioară? insistă Căpetenia. Jamin a spus că suliţa ta argintată aproape că a făcut ca părul să îi ia foc.

„Antena mea subspaţială?"

Cum i-ar fi putut explica despre comunicaţiile radio realizate prin intermediul micro-găurilor negre unui om care era încă blocat în Epoca de Piatră?

- Aruncă diverse cuvinte, încercă Mikhail să explice atingându-şi buzele. Ca şi cum ai arunca o suliţă – îşi întinse mâinile spre exterior – unui prieten care locuieşte printre stele. Când le arunci, provoacă un mare fulger. Noi nu ştiam că Jamin era pe acoperiş atunci.

Ochii Căpeteniei străluciră, cuprinşi de curiozitate.

- Explică-mi cum funcţionează acest fulger.

Angelicul adoptă o expresie imposibil de descifrat. Aceeaşi voce din subconştient care *refuza* să îi dezvăluie propriul nume îl avertiza acum să nu le ofere acestor oameni informaţii despre tehnologia sa. Până în acel moment, fiinţele umane se dovediseră în mare parte ostile.

- Este ca magia, răspunse Mikhail cu o grijă aproape dureroasă, încercând să nu mintă. Ştiu doar câte puţin despre cum funcţionează, nu totul.

Pe chipul Căpeteniei se citi supărarea.

- Nu îţi aminteşti?

- Dacă ştiu ceva, corpul meu pur şi simplu execută, explică Mikhail onest. Dar dacă încerc să mă gândesc la acel ceva, nu îmi amintesc absolut nimic.

- Te aştepţi ca noi să credem asta? se înfurie Căpetenia.

- Să credeţi că nu îmi amintesc?

- Da.

Mikhail îşi privi propriile mâini.

- Dacă aş fi în locul vostru, nici *eu* nu m-aş crede, zise el, atingându-şi părul în locul în care încă putea simţi copcile pe care Ninsianna i le aplicase pentru a-i reaşeza scalpul. Totuşi, acesta este adevărul.

Angelicul ridică privirea şi se uită în ochii Căpeteniei.

- Ne-ai spune dacă ţi-ai *putea* aminti? întrebă acesta din urmă.

- Nu, replică Mikhail încet. Armele mele sunt foarte rele. Mă tem că dacă vă divulg aceste cunoştinţe, le veţi folosi împotriva duşmanilor voştri.

- Duşmanii *tăi*! răspunse Căpetenia cu asprime.

- Halifienii nu mi-au fost duşmani până în momentul în care Jamin i-a adus să mă atace.

- Chiar tu ai spus-o! insistă conducătorul satului. Nu l-ai *văzut* până când nu a încercat să o ajute pe Ninsianna să fugă.

În momentul în care încercă să răspundă, Mikhail fu întrerupt de agitaţia din dreptul intrării. Varshab, paznicul masiv, îşi strecură capul prin draperie:

- Domnule? zise acesta. Behnam a sosit şi doreşte să vă vadă.

- Spune-i să aştepte, răspunse Căpetenia aspru.

Varshab aruncă o privire către Mikhail.

- Nu. Trebuie să vorbiţi cu el *acum*.

Pufnind supărat, Căpetenia Kiyan se ridică de pe perna pe care stătea şi păşi în încăperea alăturată. Cu toate că era mai scund decât fiul său, se deplasa cu eleganţa cuiva care făcea în mod evident mult mai mult decât să stea pe nişte perne comode de conducător şi să dea ordine.

Mikhail întrezări un bărbat în vârstă, năpădit de riduri, însă vioi. Draperia fu trasă în spatele său. În camera alăturată, vocile murmurau o discuţie pe care Angelicul abia de putea să o audă; cu excepţia unui singur cuvânt – Ninsianna.

Mikhail privi către Immanu, care rămăsese sobru pe perna lui pe toată durată acestei interacţiuni.

- Nu mă place, zise Angelicul.

- L-ai pus într-o poziţie teribilă, îi răspunse Immanu. Trebuie să aleagă între *mine* şi unicul său fiu.

- Să te aleagă pe *tine*?

- Da, spuse şamanul. Jamin a adunat toţi bărbaţii satului împotriva ta. Aşa că i-am spus Căpeteniei că dacă refuză să îţi vorbească şi să îşi ia *propria* decizie, atunci Ninsianna nu va fi singura persoană care alege să plece.

Sprâncenele lui Mikhail se înălţară în semn de uimire:

- Tu l-ai făcut să îmi vorbească?

- Da.

- De cât timp sunteţi prieteni?

- De patruzeci şi şapte de ani.

Mikhail expiră adânc.

- Îmi pare rău...

- Nu trebuie, replică Immanu cu o voce iritată. Asta este alegerea *mea*. Nu ar fi trebuit niciodată să o presez pe Ninsianna să se logodească astfel.

- Dar...

Căpetenia reveni în cameră înainte ca Mikhail să apuce să adreseze întrebarea. Conducătorul satului se aşeză înapoi pe perna sa, provocând un zgomot înfundat. Le aruncă apoi *amândurora* o privire acră.

- Eşti dispus să garantezi pentru comportamentul lui? zise arătând nervos dinspre Immanu spre Mikhail.

De această dată, sprâncenele lui Immanu se arcuiră în semn de uimire.

- Da. Desigur.

- Atunci *ia-l*! spuse Căpetenia Kiyan. Poate să rămână cât este nevoie pentru a se întâlni cu şamanii, dar apoi îl vreau *afară* din satul meu!

Capitolul 6

Februarie – 3.390 î.Hr.
Pământ: satul Assur

JAMIN

Pereții șușoteau pretutindeni în jurul lui. Slujnica îl trase de umăr.

- Pleacă, Urda! zise Jamin plesnindu-i mâna.

Lumina soarelui pătrundea prin fereastră, alimentând durerea care părea să îi pulseze în cap. Slujnica îl împinse din nou.

- Spune-i tatei că sunt bolnav, insistă Jamin, simțind cum stomacul i se strângea. Trage draperiile. Siamek poate să supravegheze santinelele.

Încercă să își acopere ochii cu pătura, dar femeia din casă nu înceta să îl dezvelească. Jamin bâjbâi după mâna acesteia, dar o descoperi mare, caldă și...

...păroasă?

Tânărul deschise ochii și regretă instantaneu decizia. O durere copleșitoare năvăli dinspre ceafă.

- Au!... mârâi el.

De ce dormea în mijlocul aleii?

„Slujnica" mesteca liniștită din capa sa. De mărime mijlocie și maro, era, de altfel, o capră ca oricare alta, afișând și un smoc alb. Sfoara folosită pe post de lesă era însă lucrată din niște fire colorate, care păreau nepământești în rigiditatea lor.

- Dispari! se răsti Jamin către capra Ninsiannei.

Aceasta behăi de parcă ar fi hohotit indignată. Tânărul se ridică în șezut.

În jurul său, sătenii îi bârfeau înfrângerea umilitoare.

- La ce vă uitați? strigă el. Plecați de aici! Înainte să vă crăp capetele!

Dadbeh îngenunche în dreptul lui. Bărbatul mic și slăbănog îi aruncă un zâmbet strâmb:

- Nu glumeai, zise acesta. Demonul înaripat este rapid.

Jamin își frecă ceafa.

- L-ați omorât?

- Siamek l-a dus la Căpetenie, să îi vorbească.

Jamin privi cu gura căscată:

- L-ați lăsat să intre în sat?

- Nu am avut de ales, răspunse Dadbeh ridicând din umeri. A intervenit Yalda.

Frica îi cuprinse testiculele şi păru să îl lovească în stomac.

- Yalda? murmură Jamin cu respiraţia tăiată.

- Mda, zise Dadbeh. A urmărit totul.

Sentimentul ciudat de a fi prins în apele unui râu după furtună şi tras spre gura de vărsare în timp ce valurile învolburate se izbesc de orice, oriunde, făcu bârfele sătenilor să pară foarte îndepărtate. Avusese nevoie de un efort eroic pentru a-şi convinge tatăl că nu făcea altceva decât să *supravegheze* zona în momentul în care Halifienii atacaseră. Dacă Tribunalul ar fi hotărât să cerceteze trezoreria Căpeteniei...

- De ce, în numele zeiţei, i-aţi permis să intre?

- Yalda a spus că trebuie să onorăm promisiunea pe care i-ai făcut-o, răspunse Dadbeh.

- Planul era să îl *provocaţi,* pentru a avea un motiv să îl ucidem!

Expresia lui Dadbeh deveni precaută:

- Am făcut tot ce am putut ca să îl enervăm, zise el. Dar i-a dat toate armele Ninsiannei fără să se opună.

Jamin gemu. Ceafa îl durea de parcă ar fi fost pe punctul să explodeze. Dadbeh, aleea, sătenii, toate păreau a fi înconjurate de o aură, de parcă totul ar fi fost în dublu exemplar.

Iar capra...

Capra stătea la capătul aleii, privindu-l cu urechile ciulite, de parcă l-ar fi provocat la o luptă.

- Păcat că nu ai murit când ai căzut, mârâi Jamin.

Se răsuci pentru a se sprijini pe mâini şi pe genunchi, iar apoi se ridică nesigur în picioare. Lumea se clătina de parcă ar fi fost o barcă pe cale de a se scufunda în apele râului. Dadbeh vru să îl ajute, însă Jamin îi împinse mâna la o parte, aşa că acesta doar îi înapoie suliţa.

- Mai e şi altceva ce vrei să îmi spui? mormăi Jamin.

- Da, răspunse Dadbeh. Căpetenia a trimis ordin să, citez, „*îţi ridici fundul de pe jos şi să mergi la el să-ţi rupă urechile.* "

Jamin se întristă. Tatăl său nu îl lua prea des în misiuni, însă de când Ninsianna anulase logodna, acesta îi ceruse constant să rămână acasă, de parcă ar fi fost vreun fermier pasiv, în loc să îşi adune războinicii şi să ucidă ameninţarea care se instalase chiar la marginea teritoriului lor.

„În satul meu acum..."

Tânărul îşi ridică privirea. Doisprezece soldaţi îl studiau de pe acoperişurile ce se întrezăreau de o parte şi de alta a aleii; fiecare avea pe chip o expresie înfumurată.

- Treceţi înapoi la muncă! strigă Jamin către ei. Acum avem un inamic înăuntrul zidurilor!

Se clătină apoi asemenea unui bărbat beat prin dreptul sătenilor care îl priveau curioşi. Încă vedea dublu. De ce oare tot insista să se facă de râs din cauza unei *femei*? Nu era ca și cum avusese vreodată vreo problemă în a le băga în pat!

- Nu am crezut niciodată că o să îl văd pe marele Jamin doborât cu o singură lovitură, îl tachină o voce feminină ascuțită.

Femeia se desprinse de restul grupului, ținându-și o mână pe șoldul împins ostentativ spre înainte. Avea înălțime medie și trup zvelt, iar rochia de tip șal îi era legată cu măiestrie, astfel încât să expună unul dintre sâni. Tot ceea ce compunea imaginea acestei femei îmbrăcate bine era menit să îi accentueze voluptatea. Ar fi fost de-a dreptul superbă dacă buzele sale nu ar fi rămas veșnic înghețate într-un surâs disprețuitor.

- Dispari din calea mea, Shala, mârâi Jamin.

- Mai întâi ți-a luat *logodnica*, replică ea geloasă, iar apoi te-a bătut în fața întregului sat! Ce o să faci mai departe? O să o implori pe Ninsianna să te ia drept al doilea soț?

Jamin se aruncă asupra ei. O umbră mică și întunecată se materializă chiar în fața lui.

- Jamin! NU!

Tânărul privi în jos, către copilul sfrijit care îl apucase de încheietură. O pereche de ochi negri mult prea mari se prefigurau pe fundalul unui chip mic și palid, precum și al unui trup hrănit insuficient. Dacă nu ar fi avut acei sâni mici, toată lumea ar fi confundat-o pe Gita cu un băiețel de zece ani.

- Nu face asta, îl rugă aceasta. Știi că îi place să te tachineze!

- Dă-te din calea mea!

- Ești mai *bun* decât atât, Jamin!

Ochii negri ai fetei îl sfredelirâ până în adâncul sufletului. Mama lui avusese ochi asemănători. Ochii de vrăjitoare. Doar că mama lui nu fusese niciodată atât de plină de vânătăi încât abia să își poată ține unul dintre ochi deschiși.

Furia lui Jamin se disipă.

- Ce s-a întâmplat cu fața ta?

- Nimic, zise Gina și se grăbi să își acopere ochiul înnegrit care o trăda.

- Nu am timp să mă ocup de asta, mormăi tânărul.

- Ți-am *cerut* cumva ajutor? replică fata înălțându-și bărbia cu mândrie.

- Da, Jamin, întrerupse Shahla cu glas pătrunzător. De ce nu îți verși furia pe Merariy? Arată-i că încă ești *bărbat*!

Jamin își făcu însă drum printre cele două, determinat să se îndepărteze cât mai mult de Shahla și de șirul ei interminabil de certuri urmate de sex de împăcare. Până când fusese străpuns de bour, căutase întotdeauna jocul. Dar după Ninsianna...?

O femeie *adevărată*. Nu gunoaie care se băgau de bunăvoie în patul lui...

Înaintă pe străzile aglomerate, ignorând vocile pe care le auzea în urma lui:

- *L-ai văzut?*

- *Ai văzut omul înaripat?*

- *Immanu a avut dreptate! Arată ca o creatură coborâtă din ceruri.*

Varshab stătea în faţa casei tatălui său, având mâinile masive încrucişate la piept; era cel care îndeplinea ordinele Căpeteniei. Jamin încercă să ignore sentimentul că lumea tocmai se prăbuşise în haos; era, cu siguranţă, un efect secundar al loviturii pe care tocmai o primise în ceafă.

- De ce ai întors ordinul Căpeteniei? ceru să ştie Varshab.

- Care ordin?

- Ca Siamek să îl escorteze pe cel înaripat aici, pentru o întrevedere.

- Le-am cerut să îl dezarmeze la poartă, răspunse Jamin. Am considerat că e prudent aşa, având în vedere...

Varshab îl întrerupse mârâind:

- *Eu* trebuia să îl dezarmez. *Tu* trebuia să stai departe de el.

- În cazul în care ai uitat, răspunse Jamin aşezându-şi şalul în jurul umerilor, nu răspund în faţa ta. Îţi sunt superior.

Vershab arătă către uşă:

- Dar *tu* trebuie să îi răspunzi tatălui tău!

Jamin deschise uşa cu putere şi păşi înăuntru. O siluetă se mişcă în dreptul intrării, dar nu era decât Urda, *adevărata* slujnică, nu capra cu care tânărul o confundase când era încă inconştient.

- Unde este? o întrebă Jamin.

Bătrână arătă către încăperea mare unde primeau de obicei musafiri importanţi. Tânărul simţi un nod formându-i-se în stomac. Ura momentele în care tatăl său îl trata de parcă ar fi fost parte din „chestiunile oficiale".

Păşi însă dincolo de draperie. Furia tatălui îl lovi în plin, asemenea vântului puternic ce anticipează o furtună de nisip.

- Ce *naiba* a fost în capul tău?

- Mă asiguram că inamicul rămâne în afara satului.

- *Adevăraţii* noştri inamici sunt Halifienii şi cei din neamul Uruk! spuse Căpetenia. Cei cu care tu ai ales să conspiri!

Toată furia adunată de-a lungul a luni de zile îi ardea pielea.

- Dă-mi voie să îţi vorbesc despre *adevăraţii* noştri duşmani! ţipă Jamin la tatăl său. Vin din ceruri ca să se alăture femeilor muritoare, iar în momentul în care ne vor înţelege mecanismele de apărare, vor veni şi *ceilalţi*! Aşa cum au făcut şi cei din neamul Uruk pe vremea bunicului — vor veni să măcelărească bărbaţii şi să ne folosească femeile drept sclave!

- Lugalbanda a oprit acest lucru.

- Lugalbanda nu a făcut *nimic*! strigă Jamin. Eram la poartă! Ninsianna tocmai a rupt vraja!

Chipul tatălui său deveni sumbru.

- Nu poate face asta, răspunse Căpetenia. Tu nu știi ce a făcut Lugalbanda pentru a fortifica acea poartă. Ninsianna e doar o *femeie*.

Mâna lui Jamin se mișcă brusc spre cicatricea care îi acoperea abdomenul, parcă pentru a o proteja. Cum ar fi putut explica faptul că *simțise* vraja? La fel cum simțise și în ziua în care ea se așezase la căpătâiul său și șoptise o rugăciune care făcuse ca intestinele să i se vindece și să revină la locul lor.

- O subestimezi, spuse Jamin cu o voce spartă. *Eu* am subestimat-o. De aceea a plecat. A plecat pentru că am luat-o în râs! Pentru că am *provocat-o* să plece!

Tânărul se întoarse cu spatele pentru ca tatăl să nu îi poată citi emoția de pe chip. O tratase pe Ninsianna la fel cum o tratase întotdeauna pe Shahla, iar acest lucru se întorsese asupra lui într-un mod teribil de dureros. Jamin își ținu respirația, încercând din răsputeri să își reprime sentimentele. Era mult mai ușor să fie nervos.

Expresia tatălui său devenise mai blândă.

- Immanu s-a oferit să ne dea înapoi banii oferiți pentru mireasă.

- Nu îi *vreau* înapoi! replică Jamin. Vreau ca ea să își onoreze jurământul.

- Poți găsi alta mai bună...

- Pe cine? insistă tânărul. Vreau o parteneră care să îmi fie egală.

Privi îndelung micul covor împletit care stătea agățat la loc de onoare pe perete. Nu fusese terminat, la fel cum nici viața mamei lui Jamin nu fusese cu adevărat încheiată. Tânărul îl dădu jos de pe perete și își trecu degetele prin urzeală. Și-o putea aminti stând în dreptul războiului de țesut și fredonând în timp ce țesea firele colorate; era însărcinată cu sora lui mai mică.

- Mama ți-a urmat ordinele, spuse Jamin cu glas tremurător. Nu te-a dezonorat niciodată în fața întregului trib.

Căpetenia râse cu o expresie jalnică.

- Dacă ai senzația că mama ta era genul de persoană care să urmeze ordine, ar trebui să te mai gândești puțin, răspunse acesta, concentrându-și privirea melancolică asupra unui trecut îndepărtat. Era exact la fel de încăpățânată ca mama Ninsiannei.

Căpetenia luă covorul și îl așeză cu venerație înapoi pe perete. De cincisprezece ani era văduv, și nu numai că alesese să nu se recăsătorească, dar, din câte știa Jamin, nici nu se lăsase consolat de vreo altă femeie.

- Aș da la schimb tot ce am, oftă conducătorul satului, doar pentru a primi încă o zi cu mama ta.

Trase apoi adânc aer în piept:

- Vreau să găsești pe cineva care să te iubească la fel de mult. Cer prea mult? Pentru unicul copil pe care îl mai am în viață?

Cei doi erau în impas.

- Demonul înaripat reprezintă o ameninţare, zise Jamin.

- Este doar un bărbat, răspunse Căpetenia. Un bărbat cu aripi.

- Tu nu l-ai *văzut* când a ucis acei Halifieni. Nu am văzut niciodată o creatură care să ucidă cu atâta sălbăticie.

- Nu depinde de mine, zise Căpetenia. Tribunalul şi-a invocat dreptul de a investiga.

Tribunalul...

Jamin simţea cum trupul îi era învăluit încet, încet de frică.

- Ai mai multă încredere în cuvântul *lui* decât în al meu?

- Nu este o problemă de încredere, îi explică tatăl său. Această chestiune afectează întregul sat. Chiar dacă i-ai provocat sau nu, tu erai *acolo* când Halifienii au fost ucişi.

- Ai *spus* că o să îi permiţi doar să le vorbească şamanilor! replică Jamin aspru.

Tatăl îl privi cu tristeţe.

- Nu pot, zise acesta. Immanu a jurat că, dacă refuzăm să îi oferim azil celui înaripat, el, soţia şi fiica sa îl vor însoţi spre Nineveh. Ne vom pierde şamanul, tămăduitoarea şi ucenica acesteia – toţi într-o singură zi.

- Immanu nu ar îndrăzni!

Căpetenia îşi menţinu aceeaşi expresie tristă.

- O pletină de trestie tocmai a ajuns din Nineveh, spuse acesta. Căpetenia Sinalshu nu numai că a promis azil, ci a trimis în plus şi un vas plin cu aur, asigurându-l pe Immanu că îi va oferi o întreagă turmă de oi dacă Ninsianna este de acord să se mărite cu fiul său cel mai mare.

Capitolul 7

Mai – 3.390 î.Hr.
Pământ: satul Assur

NINSIANNA

Fata îl conduse pe Mikhail spre cel de-al doilea inel al satului, departe de agitaţia comercianţilor, până la locuinţa modestă, din chirpici, a părinţilor săi. Cu toate că această casă era mai mare decât cea mai mare parte a celor care alcătuiau aşezarea, Ninsianna se obişnuise deja cu liniile elegante ale navei cereşti, iar acum podeaua de pământ şi rafturile aglomerate i se păreau de-a dreptul sărăcăcioase.

Mikhail se aplecă pentru a încăpea pe uşă, însă tot îşi lovi aripile de tocul de sus şi lăsă să îi scape o înjurătură printre buze. Grămezi de plante stăteau agăţate la uscat de tavanul şi aşa foarte jos, iar acest fapt îl forţa să îşi direcţioneze capul doar spre acele zone în care căpriorii se intercalau. Angelicul îşi ascundea gândurile în spatele unei măşti impenetrabile, dar, judecând după foşnetul aripilor lui, Ninsianna aproape că îi putea *simţi* pe propria piele claustrofobia; aşadar, se întinse spre tavan şi înşfăcă ierburile.

- Acestea sunt tratamentele mamei, explică ea ruşinată. Le foloseşte pentru a prepara alifii şi ceaiuri.

- Dar unde este mama ta? întrebă Mikhail. Mi-ar plăcea să îmi inspecteze aripa.

Angelicul îşi înălţă membrul rănit, pe care *încă* nu îl putea ridica la o înălţime mai mare decât aceea a propriului umăr. Ninsianna simţi o undă de regret. Făcuse tot ce îi stătuse în putinţă, dar nu fusese suficient pentru a-l ajuta să zboare din nou.

- A fost prin zonă când tu vorbeai cu Căpetenia, explică fata. Dar apoi a fost chemată în alt loc. Mi-a spus să te ajut să te instalezi.

Făcu apoi un gest către tejgheaua goală pe care mama ei ţinea de obicei coşuri pline de poţiuni şi faşe. În locul lor, lăsase de această dată un vas cu o tocană de linte, ceapă şi carne - ceea ce mâncau ei *de obicei* la cină atunci când femeia era ocupată cu un pacient.

Mikhail arătă către armele pe care Ninsiana încă le purta legate în talie. Cu un zâmbet ruşinat, aceasta desfăcu încet cureaua şi i le înapoie, alături de cuţit.

- Băţul cu flăcări...? spuse însă ridicându-şi sprâncenele. Nu a funcţionat.

- Nu.

Fata aşteptă ca Mikhail să continue cu detalii, însă având în vedere expresia închisă de pe chipul lui, era evident că nu avea nicio intenţie să spună mai multe.

Aşadar, Ninsianna îi întinse pur şi simplu arma.

- Păstreaz-o, răspunse Mikhail. Aceasta a fost înţelegerea pe care am făcut-o cu Căpetenia.

- Cum rămâne cu sabia?

- Doar cuţitul, zise el. Va trebui să ascundem celelalte arme într-un loc sigur.

Angelicul analiză apoi încăperea, căutând fără îndoială chiar acel loc.

- Le-am putea depozita în camera ta, sugeră Ninsianna.

- Şi unde ar fi această cameră?

- La etajul al doilea.

Îl conduse pe Mikhail spre un rând de trepte – nu cu mult mai avansate decât o simplă scară. Acestea duceau până la acoperiş, printr-o gaură pe care locuitorii casei o acopereau cu un covor; chiar şi în timpul primăverii, temperaturile scădeau destul de mult pe parcursul nopţii. Angelicul îşi strânse aripile pentru a încăpea prin gaură. Ninsianna trase la o parte o draperie şi îi prezentă noua sa cameră.

- Tu vei dormi aici, spuse ea. Poţi să îţi depozitezi armele sub pat.

Mikhail analiză salteaua pentru dormit, care avea o dimensiune mai mult decât confortabilă.

- Acesta este cel mai mare pat din casă? întrebă el.

- Da, îi răspunse Ninsianna zâmbind larg. Este cea mai bună cameră pe care o avem.

- Nu aş vrea să le creez neplăceri părinţilor tăi.

Fata se întristă brusc.

- Este modul nostru de...

- Dar nu este modul *meu*! replică Mikhail, încordându-şi maxilarul într-un mod grăitor.

- Parcă nu îţi puteai *aminti* modul tău.

Doar pentru un moment, pe chipul Angelicului se citi vulnerabilitatea.

- Te rog? insistă acesta. Nu există o altă cameră?

Aripile i se pleoştiră: era un semnal ce exprima mai curând nesiguranţa, şi nu răceala pe care încerca să o imprime propriilor trăsături. Cât de umilitor era să fie forţat să îşi abandoneze nava cerească şi să vină *aici*! O creatură a văzduhului. Doborâtă pe Pământ şi obligată să se umilească. Dacă nu ar fi fost atacaţi, ar fi venit, de fapt, cu ea?

„*Nu,*" şopti inima Ninsiannei. „*Dacă nu erai tu, ar fi rămas la barca lui cerească şi ar fi încercat să o repare până în ziua în care ar fi murit.*"

Fata trase o draperie mică şi colorată, lângă încăperea în care dormeau părinţii ei.

- Mai e şi camera asta, spuse fără a răsufla. E mică, dar cred că încapi.

Mikhail păși în interiorul dulapului care fusese secționat din dormitorul părinților și delimitat cu un covor zdravăn și mai multe straturi de bețe. Un pat îngust fusese înghesuit în dreptul ferestrei; nu era tocmai un „prici", după cum numea Angelicul paturile de la bordul navei, ci doar un palet de lemn, înălțat suficient cât să descurajeze șobolanii, și căptușit cu o cuvertură împăturită. Pe peretele de deasupra, mai multe rafturi reuneau toate obiectele pe care le avea Ninsianna, inclusiv un altar închinat Celei-Care-Este.

Ninsianna se strecură în spatele lui Mikhail și îngenunche pe pat, căci nu era suficient spațiu astfel încât doi adulți să stea în picioare. *Mai ales* dacă unul dintre ei avea aripi.

- Asta este camera ta? întrebă Angelicul.

- Da.

- Dar *tu* unde vei dormi?

- Aici, răspunse Ninsianna cu o voce în care răzbătea speranța. Nu ar fi prea diferit față de cum dormeam pe nava ta cerească.

Sprâncenele întunecate ale lui Mikhail se împreunară:

- Nu e decât un pat.

- Am putea să îl împărțim? șopti fata plina de speranță.

Mikhail păși mai aproape și atinse mica statuie de argilă pe care Ninsianna o păstra pe raft; era decorată cu scoici și flori, precum și o cunună împletită din paie de grâu. Aceasta din urmă simboliza dorința fetei de a se căsători, de a avea o familie fericită, sănătate și fertilitate. De-a lungul întregii sale vieți, *EA* îi șoptise să se păstreze pentru cineva cu adevărat special, să formeze o uniune din care să rezulte un copil sacru. Tot *EA* șoptea altceva în acel moment. Dacă Mikhail s-ar îndrăgosti de ea, ar rămâne pentru a îndeplini profeția?

Angelicul mirosea atât de frumos – un parfum puternic de mosc. Ninsianna oftă cu plăcere, simțind câteva pene care îi mângâiau spatele. Un val de căldură năvăli între picioarele sale, de parcă întregul trup i s-ar fi trezit la viață.

Mikhail își ridică o mână și îi îndepărtă blând, aproape stângaci, câteva șuvițe de păr care îi acopereau chipul. Se aplecă asupra ei, incapabil să se elibereze de această pânză pe care Cea-Care-Este o țesuse. Zeița șoptea.

„Aceasta este Aleasa Mea. Ia-o... Este a ta."

- Ninsianna...

Vocea Angelicului părea acum răgușită. Fata închise ochii, așteptând sărutul. Buzele i se despărțiră, anticipând, în timp ce respirația lui caldă îi mângâia obrazul.

- Nu pot rămâne aici, murmură Mikhail. Trebuie să îmi închei misiunea.

Acesta făcu apoi câţiva paşi îndărăt. Ochii săi de un albastru nepământesc erau inundaţi de un soi de *emoţie*. Dezgust pentru că Ninsianna se aruncase asupra lui? Sau poate că era regret?

Angelicul îşi strânse aripile la spate.

- Voi dormi la parter, spuse el. Pentru moment, poţi ţine armele sub patul tău.

Fără a privi în urmă, se strecură în spatele draperiei şi o lăsă pe Ninsianna în urmă, înghenuncheată în dreptul statuetei ce o întruchipa pe zeiţă.

Respinsă...

Capitolul 8

ΔΥƆΠΔΤΙϟ

*Şi nu este de mirare, căci chiar Satana se preface
într-un înger de lumină.*

2 Corinteni 11:14

*Data Galactică Standard: 152.323.05 D.Î.
Sectorul Alfa: Nava Amiral "Lumina Eternă"
Comandant Suprem – General Jophiel*

JOPHIEL

Numită „Lumina Eternă", această navă militară supremă fusese construită conform specificaţiilor Împăratului Etern – de la liniile zvelte, contemporane, care se inspirau din toate cele patru ramuri ale armatei, până la steaua cu treisprezece colţuri care reflecta lumina asupra fuzelajului alb ca de zăpadă. Tot ceea ce alcătuia nava îi demonstra puterea înfricoşătoare, însă se delimitau şi linii feminine, graţioase.

Jophiel stătea aplecată asupra mesei de lucru din zona ei privată foarte spaţioasă, încercând să se concentreze asupra muncii, şi nu asupra miilor de impulsuri confuze care i se învălmăşeau în minte. Fizicul său începuse deja să îşi recapete forma obişnuită mulţumită orelor extenuante pe care le petrecuse antrenându-se în lupta corp la corp. Graţioasă şi puternică, ea însăşi constituia întruchiparea navei, iar nava, la rândul ei, era un simbol al Alianţei.

Sistemul AP fluieră.

- Comandant General Suprem? se auzi glasul Majorului Klikrr, un Mantoid care reprezenta mâna ei dreaptă. Aveţi un mesaj de tip alfa-prioritate-unu de la biroul Primului-ministru.

- Lucifer?

- Da, doamnă, răspunse Klikrr. Spune că este important.

Jophiel sâsâi într-un mod care abia de putea fi auzit.

- Spune-i să se ducă naibii, mormăi ea.

- Doamnă?! replică vocea confuză a lui Klikrr de la celălalt capăt al sistemului.

O stare de iritare acută năvăli în trupul lui Jophiel. Sau poate că erau doar fluctuaţii hormonale provocate de naşterea recentă? Producea şi lapte, dar, spre deosebire de celelalte naşteri pe care le avusese, de această dată laptele nu se mai oprea, ceea ce făcea ca sânii să îi fie întotdeauna umflaţi şi să elibereze lichid. Fireşte, acest lucru îi exacerba nervozitatea.

- Spune-i că sunt indispusă.

Întrerupse comunicaţia mult mai brusc decât era acceptabil şi îşi îngropă din nou nasul în ecranul plat din faţa ei. Câteva minute mai târziu, sistemul răsună din nou.

- Ce mai e acum? oftă Jophiel.

- Insistă că este urgent.

- Suficient de urgent încât să întrerupă...

Privi către rapoartele extrem de plictisitoare cu privire la alocarea torpilelor de plasmă şi continuă:

- Aceste *chestiuni foarte importante?!*

- Doamnă, ciripi Klikrr cu un glas ascuţit şi panicat. Este vorba despre *Primul-ministru*, doamnă!

Nu era prima dată când bietul nenorocit se trezise prins între general şi Prim-ministru.

Jophiel privi tableta electronică prin intermediul căreia semna de ceva vreme rapoarte. Semnătura îi semăna mai mult cu o lovitură de cuţit decât cu un simbol al Alianţei.

- Foarte bine atunci, mormăi în final. Fă-mi legătura.

Îşi recompuse expresia feţei pentru a nu dezvălui niciun fel de emoţie în timp ce mijlocul încăperii începu să licărească. Însă nu îşi aşeză penele şi nici nu îşi îndreptă uniforma. Lucifer se materializă de partea cealaltă a biroului, aşezat cu măiestrie pe un scaun, astfel încât să exprime sinceritate şi autoritate.

Nu era decât un teatru ieftin!

- Ce *vrei*, Lucifer? întrebă Jophiel încleştându-şi pumnii pe sub masă, pentru ca mişcarea să nu fie vizibilă pe holograma bidirecţională.

- Am primit numeroase plângeri cu privire la gaşca ta de terorişti care hărţuieşte comercianţi oneşti, zise Lucifer, iar ochii îi străluceau în timp ce vorbea. Trebuie să le ordoni să se oprească.

- De ce? replică Jophiel cu asprime.

- Pentru că nu e *prietenos.*

Comandantul General Suprem rezista tentaţiei de a urma pur şi simplu ceea ce îi spunea fiul adoptat al Împăratului. Din experienţele anterioare, ştia foarte bine cât de *manipulativ* putea fi Lucifer.

- Sunt comercianţi *Sata'anici...*

Lucifer ridică o mână pentru a o întrerupe:

- Conform noului tratat votat în Parlament, teritoriile neexplorate sunt considerate neutre. Aceşti comercianţi sunt la fel de îndreptăţiţi ca noi să se afle acolo.

- Nu şi când fac contrabandă cu bunuri contrafăcute, replică Jophiel. Bunuri pe care le lasă pe capul localnicilor neştiutori, care trebuie apoi să se descurce cu ele de-a lungul întregii recolte!

- Caveat emptor! Cumpărătorul este cel responsabil de calitatea produselor pe care le achiziţionează, Jophie, replică Lucifer, folosindu-i numele de animal cu un rânjet înfumurat. Ştii cât de mult ţine Împăratul la libera alegere.

- Înainte ca cineva să aleagă liber, trebuie să cunoască toate datele.

- Care date? râse Primul-ministru. Că Împăratul e deranjat de faptul că propriile sale creaţii se tot plimbă pe aici, gândind singure?

- Shay'tan face *dumping* cu bunurile acelea: le vinde la preţuri sub costul de producţie şi astfel îi descurajează din a-şi dezvolta propria industrie, replică Jophiel. În momentul în care vor deveni dependenţi, le va tăia toate resursele şi îi va obliga să îi îndeplinească cererile la schimb!

- Se numeşte avantaj comparat.

Lucifer zâmbi într-un mod lasciv, despre care ştia că o enerva la culme pe femeie.

- Dacă ne legăm economia de a lor, vor fi prea dependenţi de noi ca să mai poată merge la război, continuă el apoi.

- Nu prea îl văd pe Shay'tan cumpărând o grămadă de bunuri de la planetele Alianţei! Văd numai bani câştigaţi cu greu în cadrul Alianţei, care ajung direct în cuferele Sata'anice!

- Nu trebuie să îţi placă, replică Primul-ministru dur. Trebuie doar să aplici.

- Nu şi dacă eu consider că asta pune în pericol Alianţa.

Lucifer renunţă la a mai juca teatru. O ură absolută radia din trăsăturile lui chipeşe în timp ce se apleca spre proiector; imaginea făcea să pară că s-ar fi aflat chiar în încăpere.

- Ba *o vei face*, parvenită inutilă ce eşti! zise el umflându-şi penele asemenea unui prădător. Sau îi voi prezenta chestiunea Împăratului însuşi.

- Dacă faci asta...

Jophiel îşi înfoie propriile aripi albe; cu toate că erau mai mici decât ale lui Lucifer, erau de asemenea şi mai puternice. Apoi continuă, lovindu-şi penele unele de altele cu putere:

- Până atunci, dacă oamenii mei consideră că se face contrabadă, vom opri orice proces!

Ochii Primului-ministru străluceau cu răutate. Îşi îndreptă privirea către sânii Comandantului, care se umflaseră de trei ori faţă de mărimea lor obişnuită, în ciuda sutienului.

- Apropo, replică el cu o voce care exprima numai lipsă de sinceritate. Ţi-am transmis cumva felicitările mele pentru ultimul tău bebeluş? Eşti atât de prolifică! Să îţi perpetuezi genomul cu toţi acei nimeni de rang inferior...

Jophiel îşi strânse pumnul, simţind cum suliţa aruncată de Lucifer tocmai îşi atinsese ţinta.

- Acei *nimeni* au fost aleşi datorită loialităţii lor faţă de Împărat!

- Eu nu am auzit acelaşi lucru, totuşi, râse Lucifer batjocoritor. Conform ştirilor din presă, Împăratul a hotărât să rezolve problema infertilităţii cu o infuzie foarte *personală* a propriului ADN.

Jophiel rămase cu gura căscată.

- Nu ar fi prima dată când ar deveni interesat de o femeie frumoasă, continuă Primul-ministru. Ţi-am spus vreodată cum s-a ţinut după mama mea? Ei bine...

Lucifer îşi aşeză mâinile de o parte şi de alta a bărbiei, într-un gest foarte copilăresc pe care l-ar fi făcut modelele în faţa camerelor.

- ... cu excepţia culorii părului, voi două aţi putea fi chiar gemene.

- Cum... îndrăzneşti?! bolborosi Jophiel.

Lucifer se aplecă spre ea:

- Iar *tu*, draga mea, dulce nimeni, spuse acesta cu ochii strălucindu-i de ură, te aştepţi să cred că te-ai culcat cu vreun *Colonel* fără însemnătate, în loc să tragi tronul cu totul de sub drăguţul meu tată?

Comandatul îşi reveni şi aruncă la rândul său o suliţă spre adversar:

- Eşti pur şi simplu gelos pentru că eu am avut o *singură* încercare de împerechere care a eşuat vreodată!

Întrerupse apoi conexiunea înainte ca Lucifer să aibă şansa de a răspunde; se bucura de expresia lui încremenită, pe care o întrezărise în momentul în care pixelii se disipau. O picătură roşiatică se scurse pe birou. Îşi dădu seama că îşi înfipsese unghiile în propriile palme până când îi dăduse sângele.

- La naiba cu tine, Lucifer!

Jophiel îşi luă capul în mâini şi gemu. Poate că era un nemernic, dar era de asemenea şi cel mai interesant nemernic cu care fusese suficient de proastă să se culce.

Femeia se ridică şi îşi umflă aripile, păşind înainte şi înapoi prin încăpere pentru a se distrage de la dorinţa copleşitoare de a ordona *Luminii Eterne* să vâneze *Prinţul din Tyre* şi să îl distrugă pe cer, împreună cu proprietarul său arogant şi snob.

- Sunt mai bună decât tine! strigă ea către holograma care acum era goală. Eu nu duc de nas taţii copiilor mei cu promisiuni pe care nu le voi putea ţine niciodată!

Căută apoi în sertarul biroului şi scoase o scrisoare redactată de mână, pe care o păstra acolo pentru a-şi aminti întotdeauna ce şarpe era Primul-ministru. Scrisoarea era datată în urmă cu douăzeci şi şase de ani, mai precis cu un an înainte ca Împăratul să se întoarcă.

EXPEDITOR: Soldat Clasa a III-a Jophi'el-Ohim
Academia Forţelor Aeriene ale Alianţei

DESTINATAR: Onorabilul Prim-ministru Lucifer
Parlamentul Alianţei – Haven-2

Mâzgâlit cu litere roşii, nervoase, stătea scris pe plic cuvântul:

RESPINS – A se returna Expeditorului

În interiorul plicului se afla o plângere scrisă formal, redactată cu antetul oficial al Primului-ministru şi care era adresată comandantului lui Jophiel, ordonându-i-se să înceteze orice încercare de a-l mai contacta pe Lucifer. Plângerea era semnată de Lucifer însuşi şi pregătită de Şeful său de Personal, Zepar.

Din fericire, Lucifer nu înaintase plângerea.

Dar Jophiel recepţionase mesajul...

... fiecare cuvânt care ieşea din gura lui Lucifer era o minciună!

Deschise plicul şi scoase din el o scrisoare a cărei hârtie era acoperită de lacrimi.

*

Dragul meu *iolar*,

Ai jurat că, indiferent dacă întâlnirea noastră pentru împerechere avea să fie încununată de succes sau nu, ne vom întâlni din nou. Ai spus că sunt specială, că nu ai mai simţit niciodată asemenea lucruri faţă de o altă fiinţă... că nu te-ai simţit atât de *legat*. De parcă fiecare dintre noi ar fi fost jumătatea care îi lipsea celuilalt.

Poate că am înţeles greşit când mi-ai spus că mă iubeşti?

Susţinătoarea ta cea mai înfocată,
Jophiel

*

- Ce toantă! murmură ea.

Ordonă apoi sistemului de inteligenţă artificială să pregătească toate rapoartele pe care le păstra cu privire la copiii ei şi să le proiecteze fotografiile în spaţiul pe care Lucifer tocmai îl pătase prin prezenţa lui electronică. Doisprezece bebeluşi purtase în pântec pentru Alianţă! Doisprezece bebeluşi superbi, fiecare dintre ei crescuţi pentru a-l iubi şi a-l sluji pe Împărat. Cel mai mare dintre ei absolvise deja Academia Forţelor Aeriene şi înainta pe scara ierarhică; alţi trei deja reuşiseră să procreeze la rândul lor.

- Cred că *eu* sunt cea care râde la urmă, râse Jophiel cu amărăciune. Nu-i aşa, Lucifer?

Trecu apoi în revistă fotografiile taţilor, cu toţii veritabile stele în ascensiune, aleşi pentru a întări sprijinul militar acordat Împăratului. Pe măsură ce privea pozele, îşi dădea seama că şi bărbaţii deveneau tot mai tineri. Acest lucru se datora nevoii de a evita încurcăturile politice cu totul inconfortabile în care ofiţerul, al cărui fiu tocmai l-ai fi născut, să aibă suficientă autoritate încât să îi oprească drumul ulterior spre Academie.

Jophiel se opri asupra unei fotografii cu Uriel – chipul lui micuţ era roşu din cauza plânsului. Încă de la naştere, încercase să se menţină întotdeauna ocupată, pentru a nu cădea pradă impulsului de a-l vizita pe el... sau pe tatăl lui.

- L-am avertizat! se adresă Comandantul fotografiei. L-am convins pe tatăl tău să semneze un ordin prin care renunţa la drepturile asupra ta! Nu i-am spus niciodată că îl iubesc!

Lacrimile i se revărsau pe obraji în timp ce urmărea cu degetul conturul gropiţei triste a lui Uriel. Semăna atât de mult cu cea a tatălui său încât îi provoca durere. Nu îl mai contactase pe Raphael în mod direct din ziua în care începuse travaliul, căci nu putuse suporta expresia lui îndurerată, datorată faptului că practic ea îi smulsese inima din piept şi o înapoiase ulterior de parcă nu ar fi contat.

- Of, Mikhail! Aveai dreptate!

Jophiel ordonă sistemului de inteligenţă artificială să oprească hologramele. Totul era din vina lui Mikhail, serios! Angelic prostuţ, idiot, *taciturn*! Împăratul voia ca ultimul Seraphim rămas în viaţă să se reproducă, aşa că ea formase o legătură cu el prin intermediul antrenamentelor militare şi tactice, îl îndrumase în bătălie până în punctul în care totul căpătase forma unui preludiu. *Ştia* că Serafimul acela visător nutrea sentimente pentru ea, aşa că îi ceruse *lui* să fie tatăl acestui ultim copil!

Timpul se oprise în loc în momentul în care Angelicul îşi înfăşurase aripile în jurul ei şi îi spusese:

- Serafimii nu aleg decât un singur partener pe viaţă.

Apoi, îi sărutase fruntea şi continuase:

- ... *asta* este ceva ce tu nu îmi poţi oferi.

După care se îndepărtase, lăsând-o să aştepte un sărut ce nu mai avea să vină...

...şi apoi ceruse să primească altă însărcinare.

- La naiba cu tine, Mikhail! La naiba cu tine şi cu standardele tale morale imuabile!

Nu era cu nimic mai bună decât Lucifer. Îi ceruse lui Raphael să se împerecheze cu ea pentru acest copil doar fiindcă îşi dorise să îl *rănească* pe Mikhail, începând o relaţie cu prietenul lui cel mai bun! Doar că această glumă se întorsese asupra *ei*! De-a lungul acestor cinci amărâte de zile, Raphael reuşise să şteargă din mintea sa orice gând legat de Mikhail, de experienţa ei de cadet care se împerechease cu Lucifer, precum şi de ceilalţi unsprezece bărbaţi cu care procrease *de atunci*.

Iar acum Mikhail era mort pentru că ea îi trimisese pe amândoi în cele mai îndepărtate colţuri ale galaxiei, cu însărcinări stupide, doar pentru a nu fi nevoită să se gândească la niciunul dintre ei!

Soneria de la uşă îi întrerupse gândurile. Jophiel aşeză plicul înapoi în sertar şi înşfăcă ecranul subţire care expunea rapoartele privitoare la alocarea torpilelor de plasmă. Îşi şterse ochii şi se poziţionă într-un mod relaxat şi încrezător.

- Intră! spuse în final.

Majorul Klikrr îşi arătă capul verde în prag.

- Mă scuzaţi, doamnă, zise el. M-am gândit că aţi dori să trimiteţi aceste rapoarte chiar dumneavoastră.

Îşi întinse apoi braţul verde, dezvăluind cu grijă un alt ecran plat care se întrezărea printre cele trei tibii ce îi serveau drept degete. Judecând după freamătul preocupat al aripilor sale, nu era foarte sigur dacă Jophiel avea să semneze rapoartele sau să îi rupă lui capul.

- Ce sunt? întrebă aceasta, adulmecând.

- Acele rapoarte de expediere pe care le-a cerut Colonelul Israfa, ciripi Klikrr cu grijă. Ne-a spus să îi trimitem informaţii despre orice activitate dinăuntrul sau din afara braţului spiralat pe care îl cercetează.

Jophiel simţea un nod formându-i-se în gât. Folosise orice scuză posibilă pentru a menţine contactul, îl sunase pe Raphael în fiecare săptămână, însă refuzase să îi permită să se apropie suficient încât să îi distrugă apărarea. Dacă mai avea vreo fărâmă de integritate, ar chema *Răsăritul de Lumină* la bază şi l-ar trimite în alt loc, suficient de aproape încât Raphael să îşi poată vizita fiul.

Suficient de aproape încât să o viziteze pe *ea...*

Suficient de aproape pentru ca prezenţa ei să îl tachineze, în acelaşi mod în care Lucifer suna în fiecare săptămână pentru a o tachina pe *ea...*

- Ai putea să le trimiţi tu, te rog? spuse Jophiel cu glas tremurător. Vreau de asemenea să te asiguri că domnul Colonel primeşte orice îi trebuie. Spune-i să continue căutările.

Atâta timp cât rămâne acolo...

Femeia privi apoi către locul gol din care holograma lui Lucifer dispăruse ceva mai devreme. Expresia îi deveni mai dură.

- Şi transmite ordin tuturor navelor care alcătuiesc flota să îmbunătăţească inspecţiile sanitare şi de securitate. Vreau ca orice zboară să fie inventariat.

Capitolul 9

Mai– 3,390 î.Hr.
Pământ: satul Assur
Colonel Mikhail Mannuki'ili

MIKHAIL

Se foia continuu, de parcă ar fi fost un cerb urmărit de o haită de câini. Totuşi, spre deosebire de celelalte coşmaruri pe care le avusese, de această dată o femeie vânător cu ochii aurii îl urma în ceruri. Se trezi brusc, gâfâind. Impulsul de a merge la *ea* era atât de copleşitor încât fu nevoie de toată puterea de care dispunea pentru a nu ceda tentaţiei dintre picioare.

- Am promis, mârâi Angelicul.

Se ridică de pe pătura pe care o folosise drept pat şi cotrobăi prin întuneric până când găsi capa de lână de care se dezbrăcase Ninsianna în seara precedentă; mirosea a săpun de ierburi şi a ceva feminin. Mikhail îşi afundă nasul în gulerul veşmântului şi încercă să îi absoarbă parfumul. Distanţa dintre ei aproape că îl făcuse să cedeze, mult mai uşor decât atunci când fata dormea chiar în partea opusă a încăperii, aproape dezbrăcată, cu excepţia cârpei cu care îşi acoperea zona intimă.

- E doar pentru câteva săptămâni, promise Angelicul. Sunt aici pentru a le vorbi şamanilor, iar apoi voi pleca pentru a-i găsi pe ceilalţi asemenea mie.

În final, adormi cu capa Ninsiannei întinsă pe el asemenea unei pături, meditând la legendele antice ale sătenilor. Dacă şamanii puteau vorbi limba lui, trebuia să existe undeva pe această planetă un soi de rămăşiţă a vreunei colonii. Tot ce trebuia să facă era să o gasească, iar apoi şi-ar fi putut da seama cum ajunsese în acest loc.

Nu se trezi până când nu auzi uşa din faţă deschizându-se.

- Ninsianna? reacţionă Mikhail, ridicându-se imediat în şezut.

O femeie cu o capă neagră stătea în prag, luminată de la spate de strălucirea răsăritului; umerii îi erau încovoiaţi, de parcă ar fi purtat asupra lor întreaga greutate a lumii.

- Sunt doar eu, oftă Needa. Mama Ninsiannei.

Păşi înăuntru şi aşeză pe masă un coş plin cu faşe acoperite de sânge. Era o femeie frumoasă, inteligentă şi încăpăţânată, îmbătrânită înainte de vreme din cauza faptului că purta asupra sa grijile tuturor sătenilor.

Mikhail se ridică în picioare şi se lovi cu capul de tavan. O durere ascuţită îl fulgeră până în adâncul creierului. Îşi strânse aripile la spate, nesigur despre cum ar trebui să i se adreseze mamei Ninsiannei; nu o mai văzuse din ziua în care aceasta venise să îi viziteze nava.

- Doamnă? zise el cu același ton pe care l-ar fi folosit în fața unui ofițer comandant.

Femeia îi zâmbi cu o grimasă tristă.

- E o fetiță, zise ea ridicând una dintre fașele însângerate. Probabil de șase *manû*. S-a născut având cordonul ombilical înfășurat în jurul gâtului, dar am reușit să o fac să respire.

- A fost nevoie să o resuscitați? întrebă Mikhail înainte de a-și da seama că folosea limba galactică standard. Ăăă... să... îi respirați în gură?

- Cunoști genul acesta de magie?

Sprâncenele Needei se împreunară.

- Da, răspunse Angelicul. Cel puțin *cred* că o cunosc.

Needa mârâi de parcă ar fi fost parteneri de afaceri.

- Imediat ce reușesc să mă odihnesc puțin, noi doi vom avea o discuție lungă despre *tot* ce știi în legătură cu tămăduirea.

Păși apoi cu greutate către un cuptor de argilă lângă care Immanu așezase cu mare efort un morman de lemne în seara precedentă.

- Bănuiesc că vrei să mănânci ceva la micul-dejun, zise femeia cu o voce obosită.

- E în regulă, doamnă, răspunse Mikhail. Mă descurc singur.

Needa îi ignoră însă cuvintele și aruncă mai multe lemne printre cărbunii de la baza cuptorului. Întrucât acesta era construit din chirpici în forma unui stup de albine, fumul se înălța spre trepte, printr-o gaură tăiată în acoperiș.

- Ai putea să dai la o parte covorul de pe tavan? întrebă femeia.

Angelicul urcă treptele, dornic să se facă util, și îndepărtă acoperământul de stuf al cărui rol era să oprească aerul rece în timpul nopții. Soarele aflat încă în ascensiune își strecură razele înăuntru, luminând bucătăria. De acolo, de sus, Mikhail putea zări muntele mic unde nava sa își găsise sfârșitul. Privi cu dor către draperia care delimita camera Ninsiannei în timp ce cobora înapoi.

Needa îi întinse o găleată imediat ce picioarele sale atinseră podeaua. Găleata era făcută din bețe legate cu piele de capră, iar o sfoară lucrată grosolan servea drept mâner.

- Îți amintești unde este fântâna? întrebă femeia.

- Da, doamnă, răspunse Angelicul. În piața centrală?

- Cea din dreptul porții de nord e mai bună, îl îndrumă Needa. Sunt mai puține șanse să te întâlnești cu Jamin dacă mergi aolo.

Mikhail mai luă două găleți și își croi drum spre inelul exterior al satului, trecând prin fața unei porți ce nu arăta la fel de impresionant, dar era la fel de bine păzită. În final, ajunse la un inel de pietre care marcau una dintre cele trei fântâni ale satului Assur. Cu toate că abia răsărise soarele, zeci de copii pricăjiţi şi femei murdare aşteptau la coadă pentru a-şi coborî propriile găleţi în gaura din pământ.

Toate discuţiile încetară imediat ce Mikhail se aşeză la capătul cozii. Femeile şi copiii eliberară calea.

- Continuaţi, zise Angelicul. Îmi voi aştepta rândul.

Niciunul dintre ei nu se mişcă. Era evident că *nimeni* nu avea să scoată apă până când el nu pleca din acel loc. Aşadar, Angelicul se apropie de fântână cu penele fremătând din cauza atenţiei nedorite, şi agăţă găleata de sfoara suspendată deasupra vasului din lemn masiv. Reuşi să ridice prima găleată foarte uşor, însă a doua rămase blocată în ceva de la fund. Mikhail trase uşor de sfoară, dar nu îndrăzni să folosească mai multă forţă, având în vedere fragilitatea găleţilor. Îşi întinse aripile pentru a se echilibra şi se aplecă, privind în fântână.

- Ce faci? întrebă o voce.

Mikhail ridică privirea. O fată înaltă şi zveltă, încă nu suficient de matură pentru a fi numită "femeie", stătea de partea cealaltă a fântânii, strângând o găleată la piept. Deşi era mai bine hrănită decât ceilalţi, hainele sale erau simple – opinci din piele de capră şi o rochie de tip şal vizibil uzată.

- S-a prins în ceva, răspunse Angelicul.

- O piatră, explică fata. Trebuie să o arunci spre stânga.

- Cum o scot?

- Desfă sfoara şi plimbă-te cu ea în jurul găurii.

Mikhail făcu după cum îl instructase tânăra, agitând uşor sfoara odată ce mai parcurgea câţiva metri în jurul fântânii. Fata se apropie; privirea ei alerga dinspre faţa Angelicului către aripile lui. Era încă prea tânără pentru a-şi putea ascunde curiozitatea. Totuşi, era în acelaşi timp suficient de matură încât să reprime dorinţa de a-l mângâia ca pe un câine. Într-un final, Mikhail simţi cum găleata se eliberă.

- Nu mai e prinsă, zise el.

- Acum arunc-o spre dreapta.

- Dar tocmai ai zis să o arunc spre stânga.

- Asta e din partea *aia*, explică fata arătând spre colţul din care plecase Mikhail. De aici, trebuie să o arunci spre dreapta, altfel vei lovi din nou piatra.

Încă o dată, Angelicul urmă instrucţiunile întocmai. Reuşi să ridice găleată plină cu apă fără a mai întâmpina şi alte probleme. Apoi aşeză şi cea de-a treia găleată pe sfoară.

- De ce nu face Ninsianna asta? întrebă fata.

- Pentru că vreau să ajut.

- Dar tu eşti *bărbat*.

Mikhail privi către spectatori şi, pentru prima dată, realiză că era singurul mascul mai în vârstă de nouă ani care stătea la coadă.

- Ce legătură are asta?

- Bărbații nu aduc apă, explică tânăra.

- Eu aduc.

- De ce?

Angelicul își coborî găleata spre acel loc în care putea evita piatra. Cu toate că fata avea părul negru și ochii căprui ai neamului Ubaid, nasul drept și înălțimea ei sugerau că, de fapt, strămoșii săi proveneau din altă parte.

- Eu sunt Mikhail, se prezentă Angelicul.

- Știu, răspunse ea. Ești singurul bărbat din sat care are aripi.

- De unde știi cum mă cheamă?

- Needa a fost azi-noapte la mine acasă.

- Oh, exclamă Mikhail. Am auzit că ai o nouă surioară.

- Da, răspunse fata încrețindu-și nasul. Mama e într-o stare destul de proastă, așa că acum tata se așteaptă ca *eu* să am grijă de frații și surorile mele.

Mikhail se aplecă să așeze gălețile pentru a le putea manevra pe toate trei cu toate că nu avea decât două mâini.

- Tu a trebuit să faci asta vreodată? întrebă tânăra. Să ai grijă de frații tăi mai mici?

- Nu prea am de unde să știu, răspunse Angelicul.

- Nu *ai* frați și surori?

Mikhail privi către ceilalți copii mai mici care se zăreau în spatele ei, încurajați de îndrăzneala fetei. *Nimic* în legătură cu aceste ființe miniaturale nu i se părea cunoscut. De fapt, nu făceau altceva decât să declanșeze niște alarme interioare.

- Nu, zise Mikhail în final.

„Cel puțin nu cred...”

- Nu am nicio idee cum este să ai grijă de copii.

- Ei bine, *eu* știu. Asta *se așteaptă* de la mine, fiindcă sunt fată.

Expresia tinerei îi amintea Angelicului de cea de pe chipul Ninsiannei, în momentele în care aceasta se plângea de faptul că, în sat, femeile erau percepute drept nimic mai mult decât simple animale.

- Care este numele tău? întrebă Mikhail.

- Pareesa, răspunse fata. Înseamnă „Zână Mică”.

Angelicul îi întinse mâna:

- Încântat să te cunosc, Mică Zână.

Tânăra îi privi mâna, parcă nesigură de cum ar trebui să interpreteze gestul. Mikhail își putea da seama, judecând după modul în care aceasta privea către ceilalți din jur, că nu știa dacă să întindă și ea mâna sau să o rupă la fugă.

- Ești altfel decât a spus Jamin, zise Pareesa.

- Cum așa?

Mikhail își fremătă aripile, în defensivă.

- Păi... nu ai ucis pe nimeni. Încă.

- Nu ucid oameni decât dacă o merită.

- Asta a spus şi Needa, răspunse fata strângând găleata la piept. A spus că, dacă te văd, trebuie să îţi acord o şansă.

Angelicul analiză femeile şi copiii care se adunaseră la marginea pieţei şuşotind, cu ochii mari aţintiţi spre el. Se îndepărtaseră cât de mult putuseră de el, dar chiar şi aşa, încă nu plecaseră.

- Dă-mi găleata ta, îi spuse Mikhail fetei.

- De ce?

- Ca să îţi scot nişte apă.

- Scosul apei e treabă de femeie.

- Nu şi în locul din care vin eu.

Se rugă să nu fi spus cumva vreo minciună.

*

Needa ridică privirea în momentul în care Mikhail păşi înăuntru cu găleţile. Bluza, pantalonii şi aripile lui erau acoperite de stropi de apă.

- Vreo problemă? întrebă femeia.

- Nu, doamnă, răspunse el.

Pentru prima dată de când o cunoscuse, mama Ninsiannei zâmbi.

Capitolul 10

Mai – 3.390 î.Hr.
Pământ: satul Assur

NINSIANNA

În fiecare dimineață, încă de când era copil, Ninsianna avea sarcina de a pregăti micul-dejun pentru tatăl ei, căci în majoritatea dimineților mama sa era chemată pentru diferite cazuri. Timp de *trei* zile, Ninsianna reușise să își evite mama, însă de această dată nu mai venise niciun sătean agitat care să aibă nevoie de o tămăduitoare.

Fata coborî treptele spre bucătărie, unde Mikhail, treaz încă de dinainte să răsară soarele, tocmai adunase gălețile goale de apă.

- Mă ocup eu, zise ea privind temătoare către mama sa, care învârtea un terci în dreptul cuptorului.

- Lasă-l pe *el* să o facă, răspunse mama fără a se întoarce.

- Dar e *bărbat!*

Mikhail se uită la Ninsianna de la înălțimea sa copleșitoare, cu o sprânceană ridicată întrebător.

- Nu mă deranjează.

Angelicul înșfăcă apoi găleata pe care fata o ținea la piept și, cu o înclinare a capului către Needa – „Doamnă!" – ieși pe ușă. Scotea apă din fântâna situată în cea mai săracă parte a satului – nu doar pentru *ei*, ci și pentru femeile însărcinate, pentru bătrâni și copii. Cu acest simplu act de modestie reușise să submineze tertipurile lui Jamin mult mai ușor decât o făcuse Immanu, care insistase că Angelicul se afla acolo pentru a îndeplini o profeție.

Ninsianna țâșni spre ușa dinspre curte.

- Trebuie să mulg capra.

- Stai jos!

Needa bătu ușor în masa cioplită stângaci pe care o trăseseră în mijlocul încăperii, astfel încât Mikhail să nu fie nevoit să își stâlcească penele pe podea.

Ninsianna se așeză pe o bancă improvizată, având stomacul năpădit de groază. Mama sa luă terciul de pe foc și îi întinse un sac de ceapă.

- Curăță, ordonă aceasta, după care luă o lamă de piatră și, cu mișcările agile ale unei tămăduitoare, începu să decojească fiecare ceapă și să o așeze apoi într-un coș.

Ninsianna urmă exemplul mamei ei. După o vreme, liniştea deveni insuportabilă.

- Doar spune-o! se plânse fata. Orice ai avea de spus, spune-o.

- Ai pus familia asta într-o situaţie îngrozitoare.

- Poate că dacă aţi fi intervenit ca să mă ajutaţi, replică Ninsianna cu duritate, nu aş mai fi fugit.

Sprâncenele groase ale mamei se împreunară, formând o unică linie întunecată.

- Nu voi tolera acest ton!

- Cum rămâne cu respectul *meu* de sine? continuă Ninsianna. Aţi luat banii de zestre de la Căpetenie, iar acum sunteţi prea *lacomi* ca să îi înapoiaţi!

Buzele Needei se strânseră într-o linie sumbră. Privi îndelung ceapa pe care o curăţa. Ţac. Ţac. Ţac. Le decojea pe toate, de vii; bietele cepe care nu îi greşiseră niciodată cu nimic...

- Tatăl tău nu a fost niciodată econom, răspunse aceasta într-un sfârşit. A cheltuit banii de zestre...

- Şi de ce ar fi asta problema *mea*? o întrerupse Ninsianna.

- Practic, ai semnat un contract.

- M-am răzgândit!

- Ai revocat, explică mama. În unele sate, o astfel de decizie este un motiv suficient pentru a omorî femeia cu pietre.

- Dar nu şi în Assur!

- Asta pentru că soţia Căpeteniei Kiyan l-a învăţat pe acesta să fie blând cu femeile, insistă Needa. Dar ai rupt un contract, continuă aceasta aplecându-se către fiica sa. Un contract cu băiatul *lui.*

- Era şi timpul ca cineva să îl mai trezească pe Jamin la realitate.

Vocea femeii coborî până la tonalitatea unui mârâit de lupoaică:

- Cândva, foarte curând, Jamin va prelua conducerea satului, iar atunci când o va face, impresia *lui* cu privire la femei va fi pătată de modul în care *tu* l-ai uimilit!

- Până când va deveni Căpetenie, va uita de tot de mine, pufni Ninsianna.

- Aşa crezi, hm? replică mama sa ridicând o ceapă din coş şi înjunghiind-o drept prin mijloc. Nu şi dacă vei continua să îl stârneşti.

- Eu? Să îl stârnesc pe el?

- Da! izbucni Needa, trântind cuţitul pe masă. Tu şi tatăl tău ar fi trebuit să fi înţeles *destule* pentru a nu-l aduce pe Mikhail aici!

- Nu îţi place de el?

- *Bineînţeles* că îmi place de el, zise femeia. De ce crezi că le tot promit favoruri oamenilor care se poartă frumos cu el?

- Fântâna? ghici Ninsianna.

- Da, răspunse mama ei. Jamin îi tratează cu superioritate pe cei care locuiesc în zona săracă a satului. Așa că l-am trimis pe Mikhail să aducă apă de acolo pentru ca acei oameni să aibă pe cineva pe care să *admire*!

- Dar dacă îți place de el, de ce ești atât de furioasă? întrebă fata.

- Pentru ca Mikhail va *pleca*! Dar tu? Tu trebuie să rămâi aici.

Ochii Ninsiannei se umplură de lacrimi.

- Dar nu *vreau* să rămân! Vreau să văd cerurile!

Needa pufni.

- Te-a încurajat în vreun fel cumva?

- Nu.

- Ți-ai spus vreodată că ar avea sentimente pentru tine?

- Nimic, răspunse Ninsianna, simțindu-se deodată de parcă ar fi fost bolnavă. Nu vorbește niciodată despre *nimic* altceva decât misiunea pe care trebuie să o încheie.

- Ți-a promis că te va duce în ceruri?

- De fiecare dată când îl întreb vorbește despre altceva! suspină Ninsianna.

Mama îi întinse mâna peste masă.

- Mikhail este un bărbat minunat, zise ea. Nu își *dorește* să aibă putere, în ciuda tuturor bănuielilor prostești ale tatălui tău.

- Nu este o bănuială! spuse fata. L-am văzut luptând!

- Te încrezi mult prea mult în zeiță.

- Sau poate că tu ar trebui să ai *mai multă* credință!

- Poate că EA este puternică, zise mama, dar și EA este tot atât de oarbă, egoistă și *capricioasă* ca oricare alt muritor!

- Este atât de greșit să vrei să ai puțină putere?

- Râvnești la așa ceva?

- Da, recunoscu Ninsianna. Tata spune că e bine să câștigi favoruri din partea zeilor.

Mama pufni.

- Tatăl tău este *orb* când vine vorba de putere! Seamănă prea mult cu tatăl lui. Cel puțin poți fi recunoscătoare că nu a fost niciodată dispus să plătească prețul.

- Poate că ar fi trebuit să o facă, replică fata. Așa, în loc să se umilească în umbra Căpeteniei, ar fi putut să spună pur și simplu „fă asta", așa cum proceda Lugalbanda. Toată lumea l-ar fi ascultat!

Chipul mamei fu cuprins de furie, căpătând irizări întunecate:

- Ar trebui să îi mulțumești *zeiței* că tatăl tău e un bărbat mai bun decât tatăl lui! șuieră ea. Dacă nu era, tu nu ai mai fi fost aici ca să faci o asemenea afirmație prostească!

Înșfăcă apoi cepele și le cără spre curte, acolo unde un cuptor mult mai mare încălzea un vas uriaș de argilă; era atât de mare încât s-ar fi putut găti o oaie întreagă în el.

- De ce, mamă? insistă Ninsianna, urmând-o afară pe Needa. De ce îl urăşti atât pe bunicul, având în vedere că el ne-a alungat toţi duşmanii?

Femeia aşeză cepele în vasul în care, încă de noaptea trecută, fiersese picioare de oaie pentru a pregăti supă *pacha* pentru şamani.

- Unele lucruri sunt prea îngrozitoare pentru a discuta despre ele, răspunse aceasta.

- Magia lui?

- Da.

Apoi, mama refuză să mai vorbească. Tribunalul hotărâse ca toate discuţiile legate de magia bunicului Ninsiannei să fie interzise, sub pretextul că altfel ar fi putut ajunge la urechile inamicilor. Tot ceea ce ştia Ninsianna era că toată lumea – şi mai ales duşmanii lor – era mult prea terifiată pentru a rosti numele lui Lugalbanda mai tare decât o şoaptă, chiar şi după moartea lui.

- Nu mă voi căsători cu Jamin! zise fata încrucişându-şi braţele la piept. Nu îmi pasă ce *spui*. Mai degrabă rămân fată bătrână!

Needa oftă.

- Nu îţi *cer* să te căsătoreşti cu el. Doar să faceţi pace pentru ca noi să nu fim nevoiţi să plecăm.

- Să plecăm? De ce ar trebui să plecăm?

- Tatăl tău crede că Jamin este Alesul din cântec, explică mama. Iar dacă este, Mikhail va avea nevoie de el pentru a duce la bun sfârşit presupusa misiune măreaţă pe care i-a hărăzit-o zeiţa.

- Mikhail nu crede în legendă.

- Nu *contează* ce crede el! insistă Needa. Ceea ce contează este că Jamin nu se va lăsa înduplecat decât dacă te măriţi cu *el* sau cu altcineva suficient de puternic pentru a-l descuraja.

- Pot să am grijă de mine însămi.

Privirile celor două se întâlnniră.

- Serios? întrebă mama. Şi cine te-a salvat atunci când Jamin ţi-a scufundat capul sub apă?

- Mikhail mă va proteja.

Mama se întinse pe deasupra masei şi îi strânse mâna fiicei sale.

- Mikhail este o creatură a cerurilor. Nu e drept să îi ceri să zăboveauscă *aici* când ştii că el aparţine acelei lumi.

Femeia arătă apoi către acoperişul pe care Mikhail îşi petrecea cea mai mare parte a timpului, privind îndelung spre vest – locul unde se afla muntele ce îi sfâşiase barca cerească. Din noaptea atacului, Angelicul se retrăsese atât de mult în sine încât, uneori, Ninsianna simţea că vorbea mai curând cu o piatră decât cu o fiinţă vie.

Umerii fetei căzură în semn de dezamăgire.

- Ce vrei să fac?

- Tatăl tău a dat de veste că ne vom muta în oricare sat în care va primi şi Mikhail adăpost, răspunse Needa. Nineveh a răspuns. Vor dedica toate resursele pe care le au ajutorării lui Mikhail dacă *tu* ești de acord să te căsătorești cu fiul cel mare al Căpeteniei Sinalshu.

Ninsianna își privi mama cu gura căscată.

- Qishtea?

- Da.

- Dar Qishtea e un nenorocit și mai mare decât Jamin! exclamă ea. Singurul motiv pentru care mă vrea este ca să îi arate lui Jamin că i-a înșfăcat premiul chiar de sub nas!

- Astea sunt alegerile tale, răspunse Needa, dând drumul mâinii fiicei sale. Fă pace cu Jamin – indiferent dacă asta înseamnă căsătorie sau pur și simplu să îl faci să înțeleagă faptul că voi doi nu sunteți *potriviți* unul pentru celălalt - sau tatăl tău ne va muta pe *toți* în Nineveh. Iar odată ce ajungem acolo, vei fi nevoită să îți onorezi jurământul; altfel, te vor arunca într-o groapă și îți vor zdrobi capul acela frumos!

Capitolul 11

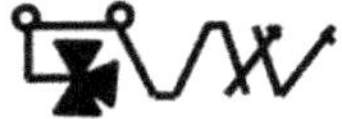

Mai – 3,390 î.Hr.
Pământ: satul Assur
Colonel Mikhail Mannuki'ili

Două săptămâni mai târziu...

MIKHAIL

Penele i se răscoliră în timp ce se lăsa condus de Ninsianna dincolo de santinelele ce păzeau interiorul, drept în cutia de ucidere a unei alei care conducea spre piaţa centrală. Spre deosebire de inelul exterior, unde oamenii începuseră să îi tolereze prezenţa, aici sătenii strigau de spaimă şi se lipeau imediat de ziduri.

- Aminteşte-ţi să mănânci, îi spuse Ninsianna în încercarea de a îl distrage de la şuşotelile din jur. Câte o bucată din tot ce primeşti.

- Mama ta m-a hrănit deja, răspunse Mikhail.

- Dar aceea era mâncare *obişnuită*, explică fata. Mâncarea pe care o vei primi acum este o ofrandă din partea fiecărui sat pentru a face pace cu zeii tăi.

- Nici nu îmi *amintesc* ceva despre zeii mei, zise Angelicul. Cum aş putea să îi implic într-un tratat de pace?

- Totul este ceremonial. Trebuie să te prefaci că îţi place. Şi nu uita de sare!

- Sare?

- Da. Niciun tratat nu se validează dacă nu presari un praf de sare pe mâncare.

Penele lui Mikhail fremătară.

- Cum pot fi de acord cu un tratat înainte de a cunoaşte termenii?

Ninsianna ridică din umeri.

- Pur şi simplu aşa se fac lucrurile.

Cei doi străbătură aleea şi ajunseră în piaţa centrală. Ninsianna îl escortă dincolo de războinicii care se adunaseră în faţa casei Căpeteniei şi îşi întăreau capetele suliţelor cu învelişuri de piele proaspătă de capră sau făceau orice altceva considerau necesar pentru a părea intimidanţi. Slavă zeilor că nu era nici urmă de Jamin în preajmă!

Templul Celei-Care-Este era de departe cea mai înaltă clădire din Assur: mai înaltă decât o clădire cu trei etaje şi construită în cea mai înaltă zonă. Ninsianna îl conduse pe Mikhail sub un pavilion sprijinit de o latură a construcției; acesta era construit din lemn de curmal, iar scândurile fuseseră legate cu fire de in, pentru a crea umbră. Într-o firidă se întrezărea statuia de argilă a unei femei cu piept mare, care zâmbea cu ochi goi către săteni. Ninsianna își înălță palmele în aer.

- Slăvită Mamă, zise ea, înalț rugăciune către tine, pentru ca Mikhail să găsească răspunsurile de care are nevoie.

Apoi, se întinse către Angelic și îi smulse o pană mică din straturile de dedesubt ale aripilor.

- Hei! protestă Mikhail.

- Trebuie să aduci un sacrificiu, așa se cade, explică Ninsianna.

Așeză, așadar, pana maronie la picioarele zeiței, alături de o ghirlandă pe care o împletise mai devreme din fire de iarbă.

Mikhail privi către sătenii care se uitau la el cu gura căscată, așteptând ca acesta să *facă ceva* în fața statuii zeiței lor. Dar cum să le explice că nu își amintea nici măcar cum îl cheamă, darămite la cine se închina, sau la cine *nu*? Prin urmare, își înclină capul și își strânse aripile, murmurând:

- Doamnă?... Aș fi foarte mulțumit dacă pur și simplu mi-aș aminti cine sunt.

Angelicul își strânse plăcuța de la gât, așteptând un soi de revelație divină, alta decât simpla cuneiformă gravată pe metal. Însă nu simți niciun fel de recunoaștere, niciun fel de apartenență. Se simțea pur și simplu... gol? De parcă întreaga lui viață fusese aruncată aiurea într-o manieră nu prea ceremonioasă, așa cum sătenii își aruncau în fiecare dimineață deșeurile din oala de noapte.

- Vino, zise Ninsianna atingându-i brațul. Șamanii sunt pregătiți să te întâlnească.

- Eu eram pregătit să îi întâlnesc acum două săptămâni, mormăi Mikhail.

- Dacă doar *unul* dintre șamani s-ar fi întâlnit cu tine mai devreme, toți ceilalți s-ar fi simțit ofensați. De aceea s-au adunat cu toții atât de repede. Ei cred că tu vei alege pe cineva dintre ei pentru rolul de Ales.

Angelicul își scutură penele. Nu îi *păsa* de profeția prostească a lui Immanu, ci doar de faptul că undeva pe această planetă se afla și o colonie a oamenilor săi.

- Hai să terminăm odată cu asta, zise el. Cu cât le vorbesc mai repede, cu atât pot pleca mai curând.

Chipul Ninsiannei fu învăluit de o expresie îndurerată. Mikhail încercase să îi explice că *trebuia* să își încheie misiunea. Oricât de mult și-ar fi dorit să o sărute, rangul inscripționat pe plăcuța de la gâtul lui îi sugera că viața sa nu era ceva ce își permitea să ofere altcuiva.

Ninsianna păși dincolo de pavilionul de lemn, purtând geanta sabiei lui pe umăr asemenea unui suport pentru arcuri; avea spatele drept și bărbia ridicată cu mândrie. Angelicul o urmă ascultător către intrarea în templu, căci nu își dorea să o mai stârnească. Fata se opri o vreme înainte de a ajunge în dreptul uşii, privind către războinicii care se adunaseră peste drum de curte. Le făcu uşor cu mâna.

Mikhail se uită în direcţia în care Ninsianna făcuse cu mâna pentru a vedea despre cine era vorba şi îngheţă. O pereche de ochi negri îl priveau ameninţător înapoi. Un fior rece i se instală în pântece.

- Sper că *el* nu va fi acolo, zise Angelicul.

- Şi ce dacă este? izbucni Ninsianna. Este fiul Căpeteniei. *Bineînţeles* că are un cuvânt de spus!

Fata se răsuci spre cealaltă parte, reproducând gestul universal al femeilor care încearcă să spună: *„Nu îmi pasă de tine!"* Apoi, zâmbi timid către Jamin.

O emoţie cu totul nefamiliară năvăli în sufletul lui Mikhail.

„Credeam că nu îi place de el..."

Ninsianna îşi ciufuli părul şaten.

- Haide, spuse ea ţâfnoasă. Dacă tot ai de gând să pleci, măcar să scap mai repede de tine.

Angelicul fu izbit de un sentiment ciudat, de parcă ar fi stat chiar la marginea unei găuri negre, pe punctul de a fi spulberat de izvorul gravitaţional. Fata urcă treptele templului fără a mai privi în urmă, după el. El însă o urmă cuminte, cu totul perplex.

Bărbatul care îl percheziţionase în ziua în care se întâlnise cu Căpetenia stătea de pază la intrarea în templu.

- Ţi-ai adus armele? întrebă Kiaresh.

- Ninsianna le are, răspunse Mikhail. Exact aşa cum am stabilit.

Fata aruncă pe trepte geanta în care se afla sabia, pufnind indignată. Kiaresh ridică o sprânceană, privind către Angelic. Acesta rămase însă cu chipul împietrit, căci nu îşi dorea să arate cât de mult îl supăra comportamentul ei.

- Poţi să îţi iei armele şi să mergi înăuntru, zise străjerul. Dar tu, continuă apoi blocându-i calea Ninsiannei cu braţul, tu nu ai voie.

- Dar şamanii...

- Cunoşti *legea*, insistă Kiaresh.

Ochii fetei fură inundaţi de lacrimi. Apucă braţul lui Mikhail cu putere.

- Dar are *nevoie* de mine ca să traduc...

- După câte pot vedea, zise Kiaresh, prietenul tău vorbeşte limba *noastră* foarte bine.

Buza fetei tremură. Angelicul simţi o durere mult mai puternică decât cea provocată de mica scenă de mai devreme.

- Are dreptate, spuse Mikhail cu blândeţe. Deşi pot înţelege cuvintele, îmi este greu să înţeleg şi contextul.

- Femeilor nu le este permis să pângărească templul.

Mikhail ridică o sprânceană.

- Vorbeşti serios?

Kiaresh păru surprins. Angelicul făcu un gest către pavilionul de sub care tocmai veniseră.

- Sunt aici pentru a asculta o profeție despre o zeiță care a născut o *altă* zeiță, despre care se spune că a creat universul, spuse Mikhail. Voi asculta această profeție într-un *templu* dedicat acelei zeițe, iar tu îmi spui că femeile nu au voie înăuntru?

Kiaresh îl privi cu gura căscată. Angelicul o luă de mână pe Ninsianna.

- Ea rămâne cu *mine*, spuse apoi. Dacă nu, *eu* și armele pe care le vreți atât de mult- ridică geanta în care avea sabia – vom pleca.

- Nu vrem...

- Nu sunt *prost!* izbucni Mikhail aplecându-se spre străjer și amintindu-i astfel că era mult mai înalt decât el. Singurul motiv pentru care conducătorul vostru mi-a permis să intru în sat a fost că își dorește să cunoască secretele magiei mele mai mult decât prețuiește opinia propriului fiu!

Angelicul își frământă aripile a deznădejde.

- Vino, *chol beag*,[4] spuse apoi. E timpul să ne întoarcem la barca mea cerească.

Din interiorul templului se auziră zgomote. Cineva îl strigă în limba lui:

- Înaripatule! Așteaptă!

Un bătrân ce părea a fi desprins din timpuri antice șchiopătă până în dreptul ușii, susținut de Immanu, tatăl Ninsiannei. Ambii bărbați erau îmbrăcați elegant, în kilturi cu cinci straturi de franjuri, decorate din abundență cu nestemate; purtau, de asemenea, cape din piele de leopard și coliere modelate din dinți de animal. Totodată, bătrânul avea pe cap un soi de acoperământ din oase de animale și pene lungi, maronii.

Ninsianna își înclină capul în semn de respect.

- Zartosht, murmură ea.

Bărbatul își întinse mâna noduroasă ca o gheară către Mikhail. Ochii inteligenți, care fuseseră căprui cândva, dar căpătaseră o nuanță albăstrie din cauza cataractei, îl priveau mijiți, printre riduri, pe Mikhail.

- Ești adevărat, zise bătrânul cu un accent puternic de limbă galactică standard.

- Bineînțeles că sunt.

Bărbatul își atinse bărbia.

- Fără barbă, continuă el. Exact ca în legende.

Mikhail aruncă o privire către Immanu. *Acela* nu era un detaliu cuprins în cântecul sabiei.

---

[4] „Mic Porumbel" în limba *celtă*. Este un termen de alint folosit pentru cei dragi, surori mai mici sau copii.

- Este după cum am spus, interveni tatăl Ninsiannei zâmbind larg. Cei înaripați s-au întors.

Bătrânul atinse penele din veșmântul pe care îl purta pe cap, iar apoi se întinse pentru a le atinge pe cele din aripile lui Mikhail.

- E descendentul vulturilor, spuse el. Exact cum spun legendele.

Angelicul se aplecă spre bărbat și întrebă:

- Ce altceva mai spun legendele?

- Există multe legende, răspunse el. Multe dintre ele sunt, de fapt, doar fragmente. Vino înăuntru și îți vom împărtăși tot ce știm.

Impulsul de a afla mai multe despre oamenii săi se izbea în conștiința lui Mikhail de dezgustul pe care îl resimțea cu privire la modul în care sătenii tratau femeile. Ninsianna îl strânse de braț; temerea pe care o simțea pentru că era exclusă devenise palpabilă. Angelicul îi strânse mâna cu *a lui.*

- Avem o problemă, zise apoi în limba galactică standard cu totul modernă, evitând dialectul antic. Nu pot să iau parte la această negociere fără cineva în care am încredere să intermedieze discuția.

- Dar de aceea mă aflu *eu* aici, interveni Immanu. Cea-Care-Este m-a desemnat pe *mine* drept Alesul tău.

- În lumea mea, femeile și bărbații sunt egali, replică Mikhail. Ninsianna mi-a salvat viața. Ar fi o decizie vrednică de dispreț să o alung acum.

În mintea sa, se ruga să nu spună cumva vreo minciună.

- Foarte bine, răspunse Zartosht făcând un gest scurt din mână.

- Dar tatăl meu a spus... interveni Immanu.

- O creatură a cerurilor a coborât printre noi, îl întrerupse bătrânul. Dacă Assurul nu îi permite să își aleagă interpretul, atunci Ninsianna îl poate aduce la noi, în Nineveh – îi făcu Ninsiannei cu ochiul – unde fiul Căpeteniei noastre va avea grijă să îi îndeplinească orice capriciu.

Fata păli.

Bărbatul îi făcu semn cu degetul lui Mikhail să îl urmeze în templu. Ninsianna continua să îl strângă pe Angelic de braț; animozitatea demonstrată ceva mai devreme dispăruse deodată.

- Cine e acela? o întrebă Angelicul.

- Zartosht din Nineveh, șopti ea. Păstrătorul legendelor. Este șamanul cu cel mai înalt statut din întregul teritoriu Ubaid.

Bărbații îl conduseră pe Mikhail într-o încăpere cu tavan înalt. Razele soarelui din amurg se întrezăreau prin lucarnă, aducând cu sine un praf auriu. Pe masa enormă, așezată în centrul camerei ca un altar, se afla un levier care juca rolul unui cântar, fiind sprijinit în zona centrală pe o piatră. Unul dintre talerele sale era potrivit pentru a susține un coș, în timp ce celălalt fusese umplut cu o grămăjoară de pietre negre, așezate în ordinea dimensiunilor.

Peste toate lucrurile din încăpere domnea o versiune diafană, înaripată, a zeității la care Mikhail și Ninsianna se rugaseră afară; aceasta zâmbea acum către ei dintr-un basorelief ce fusese lucrat cu mare migală pe o dală de gresie.

Ninsianna se aruncă în genunchi şi se închină înaintea acelei întruchipări.

- Slăvită Mamă! exclamă ea. Eşti exact aşa cum mi te-am imaginat!

Angelicul se cutremură uşor; o amintire îi şoptea vag în subconştient, dar refuza să se materializeze la suprafaţă. Urmări conturul imaginii. Deşi nu *cunoştea* zeitatea, era sigur că, totuşi, cunoştea ceva *despre* ea.

- Aici este camera menită cântăririi, spuse Immanu arătând cu mândrie împrejurimile. Sătenii îşi aduc o parte din grâne la fiecare recoltă pentru a o oferi drept ofrandă zeiţei. În vremurile grele, este de datoria preotului – făcu un semn cu degetul către sine – să împartă aceste grâne la un preţ rezonabil oamenilor din sat.

Pe fiecare perete se afla câte o uşă. Dincolo de acestea erau încăperi în care se găseau coşuri acoperite. Câteva zeci de perechi de ochi aurii pândeau din umbră.

- Pisici? întrebă Mikhail.

- Cea-Care-Este le consideră sacre, explică Ninsianna.

- De ce?

- Pentru că îi împiedică pe şobolani să pângărească grânele.

Immanu îi conduse apoi pe amândoi într-o cameră interioară, de dimensiune medie. Alţi şaptesprezece şamani îi aşteptau acolo, aşezaţi pe perne aliniate în dreptul pereţilor. În partea opusă a încăperii se întrezărea o altă firidă, ce adăpostea o statuie de argilă, asemănătoare celei de sub pavilion; totuşi, aceasta era mai mare şi lucrată mai în detaliu. La picioarele fiinţei întruchipate se odihneau bucate ce alcătuiau un adevărat festin, precum şi buchete de flori.

Zartosht arătă un scaun din lemn care fusese aşezat sub ochii goi ai zeiţei.

- Vino, aşează-te, zise şi Immanu.

Mikhail îşi strânse aripile pentru a nu îşi rupe vreo pană. Ninsianna îl urmă, stând chiar între spatele lui şi una dintre aripi; fata îşi aşezase într-o manieră vizibil posesivă una dintre mâini pe umărul drept al Angelicului. Unii dintre şamani se plângeau în şoaptă de prezenţa ei, dar niciunul nu îndrăzni să se opună deciziei şamanului din Nineveh.

Mikhail îi privi, pe rând, pe fiecare dintre ei; îi analiză din cap până în picioare şi îi salută politicos, aplecându-şi uşor capul, în timp ce Immanu turuia numele tuturor. Şamanii salutară înapoi, prin acelaşi gest. Indiferent de ce aşteptări avuseseră, păreau mulţumiţi.

- Am pregătit un festin în onoarea ta, spuse Immanu. Îţi este foame?

- Da, răspunse Angelicul, cu toate că deja mâncase.

Immanu binecuvântă bucatele cu pompa şi grandoarea impuse, în timp ce ceilalţi şamani intonau rugăciuni grave, care păreau să vibreze până în oasele lui Mikhail. Ninsianna împărţi apoi felii de pâine, iar şamanii, platouri cu diferite cărnuri condimentate şi tuberculi. Unul câte unul, aceştia din urmă îşi testară abilitatea de a vorbi limba Angelicului. El se luptă să rămână răbdător în timp ce asculta lucrurile mediocre pe care le spuneau bărbaţii.

- Este gustoasă pâinea? întrebă unul dintre şamani.

- Da. Este bună.

- Ai putea, te rog, să îmi dai sarea? adăugă un altul.

- Poftiţi, răspunse Mikhail.

- Mulţumesc!

Şamanii adăugau foarte multe sare cărnii şi o ridicau apoi pentru a aduce laude zeiţei înainte de a o mânca. Angelicul muşcă din propria porţie; era atât de îmbibată în sare, încât gura i se uscă în totalitate.

Cel mai tânăr dintre şamani, Sagal-zimu, îşi exersă propriile abilităţi lingvistice:

- Ţi se pare că vremea e bună astăzi? întrebă el.

- Da. E frumos afară.

- Crezi că va ploua?

- Nu ştiu. Nu sunt meteorolog.

Tânărul şaman răspunse printr-o expresie perplexă. Deşi vorbeau aceeaşi limbă, se pare că acesta nu înţelegea şi tehnologia aferentă. Îndată, întrebările deveniră mult mai personale: ce mănâncă Angelicii? De ce nu îşi lasă barba să crească? Folosesc şi Angelicii oale de noapte? Este adevărat că nava cerească a căzut din văzduh?

Într-un final, fu adresată şi întrebarea pe care Mikhail o aştepta de ceva vreme:

- Ce crezi despre Cântecul Sabiei?

Angelicul încercă să îşi adune gândurile pentru a oferi un răspuns sincer, dar fără a le insulta credinţele religioase.

- Se aseamănă cu un cântec pe care i l-ai fredona unui copil, zise el. Nu îmi *amintesc* de el, dar ştiu că l-am mai auzit în trecut.

Întrebările continuară. După o vreme, şamanii începură să îl sâcâie. Ninsianna îl strânse de umăr. El îi atinse mâna, fiind poate prea conştient de căldura care radia din degetele fetei.

Într-un final, Immanu bătu din palme.

- De ajuns cu întrebările! spuse acesta. Este timpul să ne ajutăm musafirul să îşi amintească.

Aşadar, şamanii îşi pregătiră tobele din piele şi o serie de alte instrumente, după care începură să intoneze Cântecul Sabiei:

În ora tumultoasă a lui Ki, şi cea mai dureroasă,
Când lumea înghiţit-a fost de zarea-ntunecoasă
Ea şi-a cântat duios un Cânt al Plăsmuirii
Şi Întunericul degrab' i s-a supus Luminii.

Lumină cea dintâi, o, sfânt făptuitor,
O, fiică a lui Ki, Cea-Care-Este și va fi,
Al Celui-Care-Nu-i tu Întuneric l-ai străpuns
Și Viață ai creat, tot ce există și va fi.

Dar într-o zi cumplită durere-a revenit,
Căci al lui Ki dușman, un aprig zis Moloch,
Malefic soț de altădat' sosit,
S-a întors și tot în cale-a frânt, a prigonit.

În marele văzduh doar Rău a semănat
Și-n drumul lui prea grabnic el lume-a răsturnat,
Și-a devorat și pruncii, propriii săi copii,
Ca să-nțeleagă Ki toate-ale lui furii.

Însă Acela-Care-Nu-i, al lumii Protector,
Al Haosului Lord, și-al Întunericului Lord,
Un Cântec al Distrugerii îndată a grăit
Pentru-a salva Lumina, pe care veșnic a iubit.

Cea-Care-Este și va fi amare lacrimi a vărsat
Vazându-și lumea-ntreagă drept spațiu devastat.
Lordul Întunecat nu suporta a ei durere
Și-i oferi prea blând o caldă mângâiere:

Pentru-a-și păstra puterea, pentru a o proteja,
Un joc de șah pe dată ei, ambii, vor juca.
Cea-Care-Este noile piese va crea,
Cel-Care-Nu-i, de restul se va ocupa.

Dar amândoi pe veci atenți au să rămână,
A lui Moloch întoarcere degrabă să prevină,
Căci el trimite-Agenți ca drumul să-i deschidă
Când va scăpa din Iadul în care arde-acum.

Iar de va reuși vreodat' din foc să mai renască
Și hrana neîndoielnic îndată și-o va cere,
O brav' Aleasă Cea-Care-Este va numi,
A revenirii veste în lume spre a răspândi.

Ea însăși va trimite un Campion înaripat,
Un semi-zeu prea drept, adus chiar din Înalt,
O Sabie a Zeilor ca lumea să păzească
Și-armate adormite din neguri să trezească.

Cum lui Moloch Agenții în Rău îi vor sluji,
Așa și Ki Protéctori din Ceruri va numi,
Iar din a deznădejdii mare,
Când totul pierdut pare,
Agenți ascunși să O servească vor gândi.

Iubire-adevărată pe Celălălt va inspira,
Iar inima ei blândă cu țepi va sulița,
Speranța s-o aducă de unde nici nu e.
Doar în uimire poți pătrunde a lui Ki Cântare.

Când jucătorii toți mișcările vor face,
Iar Steaua Dimineții pe cer va străluci,
El va lumina cărarea prin ora cea mai grea,
Și-o cale a Luminii sublim va reînvia.

Iar de aceste fapte vreo ființă vor trăda,
De protecțiile lui Ki cumva s-or spulbera,
Lordul Întunericului nava și-o va scoate
Și va proteja Lumina distrugând pe tot, și toate.

Fiecare dintre șamani cânta un vers diferit, iar ceilalți îl acompaniau sau se ridicau pentru a pune în scenă cele relatate. Apoi, prezentară un alt cântec, despre un bărbat care răpusese un șarpe, despre o plută care le purtase oamenii pe marea cea îngrozitoare, dar și despre creaturi pe jumătate umane, care conduseseră oamenii din peșteră spre o bătălie împotriva unei rase de giganți.

Oamenii *săi...*

Oamenii *săi* îi conduseseră pe *ai lor* spre libertate...

În timp ce șamanii cântau, Immanu le împărți tuturor celor din încăpere o băutură cu gust amar. Mikhail simți un fior plăcut cuprinzându-i extremitățile, făcându-l să se simtă de parcă ar fi plutit. O anume parte a creierului său îl certa pentru că folosea halucinogene, dar cealaltă parte, cea curioasă în legătură cu legendele, se adâncea în fiecare poveste până când părea că și el, și ei, erau martorii unei istorii cu adevărat trăite, și nu doar puneau în scenă un cântec.

Ritualul continuă câteva ore bune, timp în care fiecare șaman cântă un fragment dintr-un cântec, după care un altul reinterpreta același cântec cu unele modificări ale versurilor; la un moment dat, Mikhail reuși să descifreze anumite pasaje care se refereau la o tehnologie pierdută de-a lungul timpului.

Camera deveni mai întunecată. Immanu aprinse lămpile cu seu. Cu toții continuară apoi să consume narcotice, să mănânce și, bineînțeles, să împartă constant sarea. În final, șamanii intonară un cântec conform căruia oamenii lui Mikhail îmbătrâniseră și muriseră, dar promiseseră că, într-o zi, urmașul lor va reveni.

Angelicul împietri.

- Acum cât timp s-a întâmplat asta?

- Cântecul este antic, explică Zartosht. Era chiar și în vremea bunicului bunicului bunicului meu. Dar se spune că există un templu în care cei înaripați își dorm somnul de veci.

- Unde?

- Nimeni nu știe, zise șamanul. O dată la o generație, câte un călător vine cu povești despre un grup de preotese care mențin cântecele vii. Dar, din câte știu, templul a fost distrus.

Aripile lui Mikhail se încovoiară.

- Aveți cumva idee din ce direcție au venit acești călători? întrebă.

- Tot ce știu este că această călătorie dura mai multe luni, răspunse Zartosht. De-a lungul unui deșert pe care doar cei mai curajoși – sau cei mai inconștienți – ar avea îndrăzneala de a-l străbate.

Mikhail își înclină capul și își privi mâinile.

- Mai aveți și alte povești?

Vocea îi suna răgușit. Totuși, continuă:

- Despre vreo altă creatură care a căzut din ceruri?

- Odată, un călător a cântat o melodie despre o rasă numită Cerubim, zise Zartosht. În ziua în care ai venit tu, ziua în care stelele au căzut din ceruri, am avut o viziune despre un zeu învăluit într-o puternică lumină albastră. Mi-a amintit de cântecul acesta și mi-am zis că trebuie să îl cânt.

Penele lui Mikhail se frământară mânate de sentimentul anticipării.

- Să cânți cântecul Cerubimilor?

Zartosht începu să intoneze cu o voce atât de slabă și tremurătoare încât Angelicul fu nevoit să se aplece spre el și să se concentreze foarte mult pentru a-l desluși. Ceilalți șamani rămaseră tăcuți în timp ce Păstrătorul Legendelor fredona un cântec despre cel mai înalt ordin al ființelor cerești, apărători ai unui mare împărat care jurase să protejeze lumina.

Mikhail atinse agrafa pe care o avea prinsă la piept. Gravate în jurul unui copac, următoarele cuvinte formau un cerc: *„În lumină este ordine, iar în ordine este viață."*

Cântecul se schimbă. Bătrânul recită un vers într-o limbă necunoscută. Una alcătuită din fluierături și pocnete.

Ninsianna încremeni...

- Asta este limba pe care ai vorbit-o în ziua în care Jamin te-a atacat alături de Halifieni, șopti ea.

Mikhail repetă cuvintele pe care tocmai le rostise Zartosht, însă acestea alunecau mult mai uşor de pe buzele sale.

- Îmi amintesc acest cântec! exclamă încântat Angelicul. Este o rugăciune de înfrânare.

- Cunoşti Cerubimii? întrebară şamanii.

- Cred...

Mikhail privi dincolo de ei, întrezărind în colţul ochilor o lumină albastră.

- ... cred că am crescut printre ei?...

O briză se abătu dinspre lucarnă, făcând ca lumina lămpii să pâlpâie; umbrele şamanilor se distorsionară, astfel că aceştia păreau să aibă mai multe braţe. Efectul halucinogenelor accentua impresia. Angelicul se simţea de parcă se afla la graniţa către un alt timp şi o altă lume, zăcând pe spate, la umbra înfiorătoare a unui războinic puternic, îmbrăcat în armură.

Războinicul se apleacă şi îl apucă de braţ.

„Ai reacţionat mânat de furie, Nidan Mannuki'ili. Atunci când acţionezi necugetat, îi oferi putere adversarului."

- Maestre Yoritomo? strigă Mikhail.

Sări apoi în picioare, urmând scenariul din amintire, în care războinicul cu multe arme îl trăgea în sus şi îi curăţa praful de pe roba simplă, maro pe care o purta. Îşi scoase sabia din geanta din piele de capră şi recită rugăciunea; legăna sabia în aer în timp ce războinicul din amintire rostea exact aceleaşi cuvinte pe care le spusese ceva mai devreme Zartosht.

O amintire...

...clară ca lumina zilei...

......o amintire în care fusese izbit cu spatele de spământ...

.........şi ajutat să se ridice...

......şi i se spusese să mai încerce o dată...

...răzbind la suprafaţă din adâncurile subconştientului, alături de toată emoţia, toată frustrarea, dar mai ales toată *mândria* pe care o resimţise în acea zi.

- Este o kata de antrenament! exclamă Mikhail triumfător. Maestrul Yoritomo m-a învăţat această rugăciune ca să nu ucid niciodată pe cineva din furie.

Se concentră asupra războinicului din amintire. Aproape că putea *vedea* zeci de alţi luptători Cerubimi aruncându-se unul pe altul la pământ, exact la fel cum făcuse şi Maestrul Yoritomo cu *el*.

- Împăratul m-a trimis să trăiesc cu Cerubimii, continuă apoi extaziat. Voia ca eu să învăţ să îmi controlez furia, dar nu îmi pot aminti de ce eram atât de furios. Ştiu doar că eram tânăr.

- Cum arată aceşti Cerubimi? întrebă unul dintre şamani.

Cum ar fi putut să explice înfăţişarea unei specii extraterestre – *cu adevărat* extraterestră – unor fiinţe care credeau că *el* arăta ca un extraterestru?

- Seamănă cu furnicile, spuse Angelicul într-un sfârșit. Doar că sunt mai înalți decât mine – au înălțimea mea și încă jumătate. Sunt cei mai de încredere protectori ai Împăratului Etern.

- Furnici? Dar asta este ridicol! izbucni unul dintre șamani.

- La fel este și un bărbat cu aripi, îi răspunse un altul. Dar te uiți la unul chiar acum.

Mikhail se rugă să mai recupereze și alte amintiri, însă nicio alta nu reveni. Totuși, acea unică și foarte puternică amintire îi impunea un deosebit simț al *datoriei.*

O mișcare îi atrase atenția. Căpetenia Kiyan se afla în dreptul ușii, îmbrăcat în veșminte de ceremonie, iar alături de el stătea fiul său plin de ură. În numele zeilor, cât timp petrecuseră acolo, ascultând?

Immanu se grăbi să aducă o pernă pentru Căpetenie și o așeză pe scaunul pe care Mikhail tocmai îl eliberase, sub statuia Celei-Care-Este. Șamanii așteptară în liniște, în timp ce Căpetenia Kiyan – al doilea cel mai puternic lider din teritoriul Ubaid – urcă pe tronul său improvizat. Era flancat de străjerul lui cel mai de încredere, Varshab, dar și de fiul său, unicul lui moștenitor. Mikhail își strânse aripile la spate și se poziționă în atenția tuturor, cu sabia îndreptată spre pământ astfel încât vârful să se odihnească pe podea.

- Domnule, spuse el.

Nimeni nu se mișcă pentru a-l dezarma.

Ninsianna își înclină capul, arătându-și smerenia în fața Căpeteniei. Apoi, privirea i se întâlni cu cea a fostului său logodnic. Ochii lui Jamin străluceau cu o emoție intensă în timp ce tânărul își înclina capul pentru a-i demonstra fetei respectul cuvenit.

- Ninsianna, zise conducătorul cu cordialitate. Ne bucurăm că te-ai întors.

Ninsianna rămase înmărmurită.

Jamin își înălță bărbia; fiecare trăsătură a înfățișării sale denota *aroganța* dată de convingerea că avea să fie următorul conducător al satului. Când privirea îi alunecă dinspre Ninsianna spre *el,* însă, ochii lui negri aruncară adevărate pumnale de ură.

Jamin nu spuse nimic...

...niciun cuvânt...

......niciun fel de recunoaștere...

.........niciun salut...

......doar o privire plină de ură.

Câteva dintre penele încă slab dezvoltate ale lui Mikhail se ridicară în foliculii lor. Acea furie oarbă, cea pe care Cerubimul îl învățase să o reprime, se izbi de trupul lui și șopti: *„Acest om nu îți va acorda niciun fel de milă.”*

Protectorul Căpeteniei, Varshab, scoase un mârâit amenințător.

- Mik...hai...el, șuieră Jamin.

Era prima dată când se salutau faţă în faţă fără a încerca să se ucidă reciproc.

- *Muhafiz*, răspunse Angelicul folosindu-se de titlul onorar despre care fata de la fântână îi spusese că *ei*, oamenii obişnuiţi, se presupunea că trebuie să îl folosească atunci când se adresau viitoarei Căpetenii.

Nenorocitul cu ochi negri rămase o clipă captiv confuziei, însă chipul i se contorsionă rapid, formând din nou aceeaşi mască de ura.

Căpetenia mormăi cu satisfacţie.

Mikhail stătea drept, aşteptându-şi judecata.

Conducătorul satului privi către fiecare dintre şamani, enunţând o serie de saluturi; începu cu Zartosht din Nineveh şi continuă în ordine descrescătoare până la tânărul şaman îndrăzneţ, care venea dintr-un sat numit Gasur. În timp ce făcea acest lucru, fiul său repeta fiecare salut în parte cu atitudinea elegantă a celui care a fost crescut respectând tradiţia de-a lungul întregii sale vieţi.

Era doar o demonstraţie de forţă, pentru a-i dovedi lui Mikhail că era depăşit ierarhic: *„Chiar dacă ai căzut din ceruri, ne aşteptăm ca **tu** să te închini înaintea noastră, nu invers!"*

Într-un sfârşit, Căpetenia Kiyan privi către Angelic.

- Mikhail, membru al celei de-a Doua Alianţe Galactice, spuse el, citind titlul gravat pe plăcuţa de metal de la gâtul Angeliculului. Tocmai am venit de la o şedinţă a Tribunalului.

Greutatea aşteptării se abătu asupra încăperii.

- După cum mă temeam, continuă conducătorul satului, Halifienii au început să se strângă la graniţa teritoriului nostru. S-au aliat cu cei din neamul Uruk şi alte grupuri de mercenari care au râvnit întotdeauna la pământurile noastre.

Mikhail privi către Jamin. Acesta avea o expresie indescifrabilă.

- Nu am niciun conflict cu neamul Uruk, răspunse Angelicul.

- Dar *ei* au un conflict cu *noi*, zise Căpetenia. Mai ales acum că se tem că avem un nou vrăjitor printre noi.

Mikhail se uită la şamanii care îl înconjurau.

- Cine? Unul dintre ei?

- Tu! replică aspru conducătorul satului. S-a răspândit zvonul cum că ai ucis de unul singur optsprezece bărbaţi.

- Ei m-au atacat pe *mine*, protestă Angelicul. A fost pur şi simplu legitimă apărare.

- Singurul martor al atacului tinde să te contrazică.

Ninsianna izbucni:

- Jamin minte! Mi-a spus chiar el că i-a *angajat*!

- Linişte, femeie! mârâi Căpetenia. Ai provocat deja destule probleme! Sunt aproape tentat să accept înţelegerea cu Căpetenia Sinalshu ca să scap de tine!

Ninsianna rămase cu capul plecat, dar, judecând după nuanța ca de cupru a strălucirii din ochii ei, singurul lucru care o oprea din a scoate sabia și a-l lovi pe fostul ei logodnic peste fund cu ea era faptul că i se spusese o viață întreagă „taci din gură, femeie!" Jamin rânji satisfăcut. Îl *convinsese* pe tatăl său că varianta lui era cea adevărată.

- Așadar, mă aflu într-o situație foarte incomodă, continuă conducătorul satului. Tocmai cel care i-a provocat pe dușmanii noștri să se alieze împotriva Assurului este și singurul capabil să îi țină la distanță. Spune-mi, deci, creatură a cerurilor... ce ar vrea zeul tău să fac?

Șamanul bătrân pe jume Zartosht se ridică:

- Ar fi o onoare pentru noi – tonul său sugera că i se adresa unui egal – să ne asumăm această problemă. Avantajul pe care și-l dorește Căpetenia Sinalshu nu presupune ca el să se întoarcă împotriva satului Assur.

Kiyan își încovoie spatele, odihnindu-și bărbia în mâini în timp ce îi scruta pe amândoi cu o privire inteligentă și vigilentă.

- Nu am venit aici decât ca să aflu despre oamenii mei, spuse Mikhail.

- Sunt morți, replică scurt Căpetenia.

Aripile Angelicului se înălțară în semn de uimire.

- Ați știut tot timpul?

- Da.

- Cum?

Între Căpetenia Kiyan și Immanu avu loc un schimb de priviri pe furiș.

- Dispun de sursele mele, zise apoi conducătorul Assurului. Dar înainte ca tu să ai parte de această întrevedere, m-am întâlnit în privat cu fiecare dintre șamani.

- Voiați să mă lăsați în ceață? întrebă Mikhail.

- Bineînțeles că nu îi pot permite unui potențial inamic să îmi asalteze aliații în căutare de informații fără a mă asigura mai întâi de valoarea acestor informații. Ți-au spus ceea ce știu și, din câte îmi pot da seama, ceea ce știu ei e un puțin foarte prețios.

Părerea lui Mikhail cu privire la Căpetenia Kiyan se îmbunătăți și mai mult. Cu toate că era orb când venea vorba despre propriul fiu, liderul satului era, în toate celelalte situații, un bărbat extrem de ager.

- Se pare că oamenii mei s-au prăbușit pe acest teritoriu, la fel ca mine, și au *murit* aici cu multe generații în urmă, explică Angelicul.

O urmă de empatie îmblânzi pentru o clipă expresia Căpeteniei.

- Nu știu nimic despre aceste lucruri, zise el. Tot ce știu este că, odată, exista un templu în care ei venerau o zeiță despre care pretindeau că ar fi mama Celei-Care-Este, continuă arătând către statuia de argilă. O dată la fiecare generație aveau obiceiul de a trimite un emisar care să avertizeze în legătură cu magia neagră. Iar apoi dispăreau pentru încă o generație.

- Când a fost trimis ultimul emisar?

Expresia Căpeteniei deveni mai rezervată.

- Templul a fost distrus, explică acesta. Asta ştiu sigur. Dacă nu ar fi fost, aş fi scăpat bucuros de tine.

- Doar spune-mi în ce direcţie trebuie să merg şi voi căuta ruinele, spuse Mikhail în timp ce aripile sale se încovoiau a dezamăgire.

Ninsianna scăpă un strigăt uşor, ca o rugăminte slabă. Angelicul se întoarse către ea. Această femeie oacheşă care îi salvase viaţa...

- Am venit aici cu o misiune, insistă Mikhail. Nu mi-o *amintesc,* dar ştiu că e importantă.

- Cum rămâne cu noi? întrebă Ninsianna. Conform cântecului, se presupune că trebuie să o protejezi pe *ea* – arătă către statuia de argilă – nu o zeitate mai puţin importantă.

- Dar nu o *cunosc,* explică Angelicul.

- Îţi aminteşti de zeul tău?

- Îmi amintesc antrenamentele cu Maestrul Yoritomo, spuse Mikhail. Şi ştiu ce înseamnă asta, la fel cum îmi amintesc şi cum să mânuiesc sabia.

- Dar despre zeul tău? interveni Căpetenia. Ce îţi aminteşti în legătură cu el?

Mikhail deschise gura pentru a răspunde, însă nu putea minţi. Îşi amintea cât de mult îl admirau Cerubimii pe Împărat. Ştia că protejau cu toţii un *ideal,* şi că ar fi fost dispus să protejeze acest ideal până la ultima suflare. Totuşi, atunci când încerca să şi-l imagineze pe Împăratul Etern însuşi, nu şi-o putea aminti decât pe Ninsianna păşind prin lumină, cu ochii strălucindu-i aurii în timp ce îngenuncheasе lângă el şi îi atinsese obrazul.

Îşi duse mâna către buzunarul de la piept, deasupra coastelor rupte. Acolo se afla mica agrafă cu acele cuvinte gravate în jurul copacului: *„ În lumină este ordine, iar în ordine este viaţă. "*

- Eu protejez lumina, spuse Mikhail într-un sfârşit. Şi voi continua să protejez lumina, oriunde o voi găsi.

Zartosht, şamanul bătrân din Nineveh, arătă către statuia de argilă şi cântă:

Ea însăşi va trimite un Campion înaripat,
Un semi-zeu prea drept, adus chiar din Înalt,
O Sabie a Zeilor ca lumea să păzească
Şi-armate adormite din neguri să trezească.

Ceilalţi şamani îi urmară exemplul, recitând versurile până când melodia începu să reverbereze în zidurile templului.

- Încă mai aveţi îndoieli? i se adresă Zartosht Căpeteniei Kiyan. Încă mai credeţi că această creatură care stă înaintea noastră nu este sabia zeilor?

Căpetenia Kiyan ridică un pumn. În cameră se aşternu liniştea. Jamin privea drept înainte; maxilarul îi tresărea, căci fiecare muşchi din trupul său era încordat, pregătit să se lanseze. Varshab aşeză o mână pe braţul lui, în semn de constrângere, şi mârâi un avertisment aproape imposibil de auzit.

Căpetenia făcu un gest sarcastic spre şamani.

- Dacă versurile sunt corecte, atunci un mare rău se va abate asupra teritoriului nostru. Aşa că spune-ne, Angelicule. Cum vei trezi armate din neguri dacă nici măcar nu îţi aminteşti propriul nume?

Mikhail îşi coborî aripile. Şi lui i se părea la fel de ridicol cum i se părea, după cum prea bine ştia, şi Căpeteniei pragmatice a satului. Aşadar, nu făcu altceva decât să exprime singurul lucru pe care şi-l amintea:

- Un Cerubim nu are nevoie de o altă armă în afară de cea pe care Cea-Care-Este i-o aşează în mână.

Ochii conducătorului se îngustară, privirea lui fiind pătrunzătoare.

- Foarte bine, răspunse acesta. Ai timp până la solstiţiul de vară să îmi antrenezi oamenii pentru a ţine la distanţă inamicii pe care mi i-ai adus la poartă, într-un mod atât de puţin convenabil. Altfel, vei *pleca*.

Capitolul 12

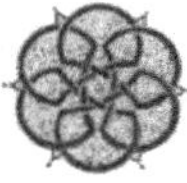

Data Galactică Standard: 152,323.05 D.Î.
F.C.S. Peykaap
Graniţă: Sectoarele Yaris şi Zulu
Locotenent Apausha

Lt. APAUSHA

Trei şopârle stresate se aflau în carlinga navei *Peykaap* din Flota Comercială Sata'anică, urmărind ceasul care înainta spre zero. Deşi, teoretic, urmau să pătrundă într-o zonă a galaxiei care fusese cartografiată, zona de graniţă era încă plină de asteroizi nemarcaţi, de gărzi ostile la frontiere şi de piraţi spaţiali.

Sistemul de inteligenţă artificială raportă un avertisment.

Locotenentul Apausha înşfăcă manetele de control ale motorului subspaţial. Cea mai periculoasă parte a călătoriilor hiperspaţiale era reprezentată de momentul în care părăseau gaura neagră. Nu puteau şti niciodată dacă o altă navă, un asteroid sau chiar gunoi spaţial nu pătrusese între timp în zona cartografiată oarecum deficitar cu ajutor unor senzori cu rază largă.

- Un minut, spuse el. Calculează următoarea săritură în momentul în care ajungem în spaţiul real.

- Credeţi că cineva monitorizează graniţa? întrebă copilotul său, Specialistul Wajid.

- De ce să riscăm? spuse Apausha. Nu putem să ne asumăm riscul ca Alianţa să afle ce a descoperit Generalul Hudhafah.

Cel de-al treilea membru al echipajului, specialistul în navigaţie Hanuud, începu să numere în timp ce ceasul digital număra la rândul său spre zero.

- Cinci, patru, trei, doi, unu... Decuplare...

O senzaţie ciudată năvăli în trupul locotenentului, care se simţea de parcă s-ar fi holbat la propria reflexie distorsionată într-o sală a oglinzilor; Apausha îşi simţea capul vâjâind. Se forţă să respire adânc – un obicei dobândit după zeci de mii de hipersărituri – până când ţiuitul din urechi cedă.

- Hanuud! izbucni apoi. Vreun contact?

- Nu, domnule, răspunse Hanuud. Văd... aşteptaţi! E un punct aici!

- O altă navă de transport?

- Nu, zise Hanuud privind atent radarul spațial. Alianța. E un distrugător Leonid!

Apausha mârâi din adâncul pieptului.

- Timpul estimativ al sosirii?

- Șapte minute.

- Rahat Leonid!

Ceasul măsura secundele de care aveau nevoie pentru ca senzorii cu rază largă să analizeze zona în care urmau să sară – cincisprezece minute. Locotenentul privi către copilotul său.

- Wajid?

- Deja lucrez la asta, domnule.

Copilotul apăsa pe zeci de butoane manuale, resetând în mod fizic următorul pas al călătoriei. Da, sistemul de inteligență artificială ar fi putut face același lucru, dar butoanele electronice erau susceptibile să provoace impulsuri electromagnetice, iar asta nu ar fi ajutat cu *nimic* la rezolvarea *adevăratei* probleme: timpul necesar pentru ca Hanuud să se asigure că următoarea săritură nu avea să îi transporte drept în mijlocul soarelui.

Apausha alimentă motoarele subluminoase.

- Ne somează! strigă Hanuud.

- Întreabă-i ce vor.

- Sunt aici pentru o inspecție sanitară și de siguranță.

- Inspecție pe naiba, mormăi Wajid.

O voce aspră transmitea o serie de informații legate de îmbarcare. Apausha răspunse:

- Vas necunoscut, aici căpitanul. Vă auzim cu întreruperi!

- Am spus să vă pregătiți pentru îmbarcare! mârâi Leonidul la fel de clar ca o rază gamma.

- Ai spus cumva „pregătiți-vă să ne vindeți prostituate"?

- Nu face pe deșteptul, replică Leonidul furios. Supuneți-vă cererii de inspecție sau vă trimitem puțin la răcoare în închisoarea Alianței.

Apausha își moderă glasul, impunându-și un calm exersat:

- Suntem o navă comercială pașnică, minți el. Bineînțeles că ne vom supune. Nu avem nimic de ascuns.

Toate cele trei șopârle priviră către peretele despărțitor, recunoscători pentru faptul că aruncaseră femeia umană în cea mai îndepărtată zonă de depozitare; aceasta obișnuia să țipe de fiecare dată când părăseau hiperspațiul.

- Vom executa o săritură scurtă, zise Apausha. Într-un loc pentru care nu avem nevoie de prea multă energie. Iar apoi vom sări din nou.

Analiză harta celui mai apropiat sistem solar și apoi continuă:

- Aici este o centură de asteroizi, zise arătând către un anume punct. Este o ascunzătoare bună pentru energie minimă și risc minim.

Un zdrăngănit slab vibră în pereții navei în timp ce vasul de luptă Leonid se apropia. Era construit la fel ca Leonizii însăși – alb și masiv, incredibil de puternic, acoperit cu dinți ascuțiți și gheare.

Wajid fluieră:

- Fac pe mine de frică de fiecare dată când văd chestiile astea.

Și eu...

Un soi de determinare mută se materializă în trupul locotenentului. Legea spunea că niciun vas de luptă nu avea voie să se predea. Și mai ales nu unul care purta la bord ceea ce le trebuia acestor nenorociți ca să se reproducă...

- Să dispară cu totul, murmură el.

Ar fi direcționat mai degrabă *Peykaap-ul* drept prin soare decât să își umilească familia în același mod în care o făcuse tatăl său.

- Domnule? rosti Hanuud, a cărui gușă căpătase o nuanță albă, bolnăvicioasă.

- Nu încă, murmură Apausha.

Un duduit metalic zgudui *Peykaap-ul* în timp ce rampa de îmbarcare a distrugătorului lovi ușa secundară de încărcare. Apausha stimulă ușor motoarele cu impulsuri – doar cât să se asigure că rampa de îmbarcare nu se poate atașa de nava sa.

- Ce credeți că faceți, în numele lui *Hades*? se auzi o voce furioasă răbufnind la radio.

- Mă scuzați, domnule, minți Apausha calm. Avem ceva probleme. Voi alinia nava imediat.

- Își încarcă pulsul electromagnetic, îl avertiză Hanuud, după care apăsă un buton menit să oprească imediat alimentarea sistemului lor sensibil de inteligența artificială.

Apausha redirecționa puterea dinspre motorul cu impulsuri de la tribord către portul hiperdrive-ului său, folosindu-se de portul motorului cu impulsuri care era încă activ pentru a masca acumularea de energie; în același timp, alinia nava *Peykaap* cu rampa de îmbarcare.

- Am spus să vă opriți! strigă Leonidul.

Nava leonidă eliberă un puls exponențial dublu. Toate cele trei șopârle își acoperiră urechile cu mâinile. Vasul lor se cutremură în timp ce undele sinusoidale se luptau cu protecția propriilor lor electronice.

- Scade viteza portului hiperdrive-ului, anunță Wajid.

- Nu *funcționează* decât dacă merge motorul! râse Apausha. E nevoie de trei minute pentru a reîncarca pulsul electromagnetic!

Reactorul se tânguia sub puterea manevrelor lui Wajid, care îl redirecționa manual pentru a porni hiperdrive-ul de la tribord. Motorul, încă oprit în momentul în care fusese lovit de pulsul electromagnetic, prinse viață îndată.

- Leonizii își încarcă sistemele de tragere, domnule, strigă Hanuud.

- La naiba!

Apausha izbi cu violență regulatorul pentru câteva secunde, până când acesta fu pregătit. Provocând o senzație amețitoare, nava *Peykaap* sări dintr-un punct care era mult prea apropiat de o altă navă atât din punct de vedere rațional, cât și etic sau legal, spre cealaltă parte a...

Fir-ar să fie!

Conturându-se chiar în fața lor...

- Pe sprâncenele stufoase ale lui Hashem! urlă Wajid.

Apausha cuplă motorul cu impulsuri și evită asteroidul chiar înainte de a se izbi de el. O rocă lovi carena.

- Ne-am deplasat prea puțin! strigă Hanuud. Am aterizat *în* centura de asteroizi, nu pe partea cealaltă a ei.

- Resetează butoanele! ordonă Apausha. Distrugătorul Leonid ne va da de urmă în câteva secunde.

Radarul bipăi, indicând apropierea distrugătorului; înainta tot mai mult în timp ce Hanuud recalcula următoarea săritură, iar Wajid reprograma butoanele. Apausha manevră nava deasupra centurii gravitaționale care menținea sistemul de asteroizi al sistemului solar în forma unui inel aproape perfect.

- Unde e distrugătorul ăla? întrebă Apausha.

- Chiar în urma noastră, răspunse Hanuud cu o voce ascuțită.

Apausha redirecționă toată energia pentru a porni cel de-al doilea hiperdrive, ceea ce îi făcea extrem de vulnerabili.

- Câte secunde?

- Douăzeci și șapte.

- Hai, hai, hai, se rugă locotenentul.

Dacă nu reușeau să încarce cel de-al doilea hiperdrive, puterea impulsului nu avea să mai conteze.

- Avem încă un contact, domnule, avertiză Hanuud.

- Încă un distrugător?

- Nu sunt sigur, domnule, răspunse Hanuud. Vine din zona coordonatelor spre care trebuia să sărim *noi*.

O formă uriașă se contură dincolo de centura de asteroizi- la fel de mare ca un vas amiral și burdușit cu arme asemănătoare unor sulițe.

- Un cuirasat Tokoloshe... șoptiră toți cei trei membri ai echipajului în același timp.

Zvonurile care se răspândiseră spuneau că această specie asemănătoare urșilor era, de fapt, un experiment eșuat; materialul lor genetic fusese alterat de către Hashem, după care Shay'tan îl preluase și îl prelucrase *social,* în urma unei provocări. Specia foarte agresivă preluase tehnologia *ambelor* părți și o folosise pentru a-și crea propriul imperiu galactic, mâncând – da, literal vorbind, MÂNCÂND DE VIE – orice specie care le tăia calea. Totul în numele zeului lor.

Moloch...

...Devoratorul Copiilor...

......răul încarnat...

...unicul duşman care îi determinase vreodată pe Shay'tan şi pe Împăratul Etern să îşi unească forţele.

- Cuirasatul îşi încarcă armele! strigă Hanuud.

Apausha apucă manetele de control şi se rugă din toată fiinţa lui ca cel de-al doilea hiperdrive să pornească din nou. O explozie de plasmă alb-albastră ţâşni din nava înfiorătoare...

...şi trecu la doar câţiva metri de parbrizul lor...

......către distrugătorul Leonid care îi urmărea.

- Shay'tan fie slăvit! urlă Apausha.

Vasul Alianţei ripostă în faţa formei îngrozitoare care se întorsese acum asupra *lor*, ratând la mustaţă.

- Coordonatele pregătite, domnule, anunţă Wajid, ridicând privirea dinspre butoanele sale.

Apausha aruncă o privire pe fereastră, către nava Leonidă. Depăşită. Surclasată. Inferioară din punctul de vedere al armamentului, expusă în faţa singurului vas din galaxie care ar fi putut fi înarmat superior faţă de o triremă Sata'anică sau, uneori, chiar faţă de un vas amiral al Alianţei. Dacă cei din Tokoloshe reuşeau să îi prindă, aveau să îi *mănânce* pe Leonizi într-un uriaş ceremonial al canibalismului.

Aproape că îi părea rău pentru ei.

Aproape...

...dar nu suficient încât să rişte să fie prins cu încărcătura lui top secretă.

Un jet de plasmă roşie ca focul ţâşni din conul cuirasatului.

- Domnule! E direcţionat către noi! urlă Hanuud.

Apausha trase ambele manete de control ale hiperdrive-ului spre înainte. Cu o explozie de lumină, *Peykaap* dispăru.

Capitolul 13

Mai – 3.390 î.Hr.
Pământ: satul Assur
Colonel Mikhail Mannuki'ili

MIKHAIL

Mikhail așeză o găleată veche plină cu apă pe pământ. Pe cea de-a doua – o, în numele zeilor! – o strânse la piept. Sau, mai precis, strânse la piept o grămăjoară de bețe rupte.

- Doamnă, spuse el salutând-o pe mama Ninsiannei.

Needa privi către crenguțele rupte.

- Asta e a doua pe săptămâna asta! zise ea cu asprime.

- O voi repara, răspunse Angelicul, încovoindu-și aripile în semn de rușine.

Expresia de pe chipul Needei deveni mai blândă.

- Vino. Așează-te, îi spuse arătând către bancă. Lasă-mă să arunc o privire la aripă.

Mikhail se așeză cuminte și își întinse una dintre aripile negre-maronii, lungă de cinci metri, care aproape că putea cuprinde întreaga încăpere. Mâinile abile ale Needei se strecurară sub penele lui și testară mușchii axilari altădată puternici, dar care între timp începuseră să se atrofieze din cauza lipsei exercițiului. Angelicul mormăi atunci când simți degetele femeii înfigându-se în locul în care principalul tendon ce îl ajuta să zboare se desprinsese parțial de os. Radiusul se vindecase, dar încă nu își putea înălța aripa mai sus de nivelul umărului.

- Te doare? întrebă Needa.

- Nu, doamnă.

- Cum te-aș putea ajuta dacă mă minți?

Mikhail se răsuci și o privi în ochi, spunând:

- Eu nu mint niciodată.

- Voi, bărbații... mormăi femeia. Sunteți toți la fel.

Angelicul își alese un punct de pe perete asupra căruia se concentră cu toată ființa sa, păstrându-și expresia impasivă în timp ce Needa încerca să forțeze osul radius să se întindă mai mult decât o putea face Mikhail de unul singur. Ritmul respirației lui se precipită în momentul în care Needa forță blând, dar ferm, metacarpusul – osul aripii – să se întindă deasupra capului Angelicului.

- E bine că nu îmi eşti duşman, spuse Mikhail, expirând pentru a-şi controla durerea.

O clipă mai târziu, muşchii lui încetară să mai tremure uşor şi se zguduiră de-a dreptul, cu o intensitate care părea să îi răscolească până şi oasele. Needa încercă să ridice aripa mai sus. Spre deosebire de Ninsianna, mama ei nu avea nicio reţinere în a provoca durere.

- De ajuns, femeie! strigă brusc Angelicul.

Needa dădu drumul aripii. Din instinct, Mikhail fâlfâi uşor din ea pentru a scăpa de durere. Penele sale lungi, primare, se loviră de perete, răsturnând mai multe coşuri de pe rafturi şi împrăştiind astfel bandajele frumos aşezate din ele direct pe podea.

- Le ridic eu, zise acesta.

- Cu siguranţă că da!!

Micile riduri care îi încreţeau colţul ochilor arătau că nu era nervoasă. Continuă, însă, spunând:

- Eşti prea *mare* pentru casa mea.

- Da, doamnă.

Needa mângâie aripa cu afecţiune.

- Acum o ridici, te rog, cât de mult poţi?

Mikhail înălţă aripa până când aceasta începu să tremure, iar apoi o forţă şi mai sus doar pentru a demonstra că *poate*.

Needa murmură în semn de aprobare câteva cuvinte care sunau mai frumos decât o mie de harpe cereşti la un loc:

- Cu două palme mai sus ca ieri. Bine.

- Da, doamnă, răspunse Angelicul printre dinţi.

Uşa de la intrare se deschise. Ninsianna păşi înăuntru, cu ochii strălucind a furie şi a lacrimi. Îşi făcu drum drept în spatele lui Mikhail şi aşteptă sfidătoare, privind către uşă. Tatăl ei o ajunse din urmă şi se aşeză de partea cealaltă a mesei.

- Trebuie să vorbesc cu Mikhail între patru ochi, spuse Immanu făcându-le semn Ninsiannei şi mamei ei să plece.

Ninsianna se uită la Angelic parcă spunând „te rog nu îl lăsa să facă asta", dar începu să urce furioasă treptele spre camera ei fără să spună faţă *de ce* avea nevoie să fie protejată.

Mikhail privi către Needa cu o sprânceană ridicată. Femeia vraci îşi ridică bandajele de pe podea cu o expresie indescifrabilă.

- Merg să reîmpăturesc astea, declară ea şi ieşi prin spate în curtea mică, zidită, în care ţineau capra. Lăsă totuşi uşa deschisă pentru a putea trage cu urechea.

- Ei bine? începu Angelicul, aşteptând ca şamanul să îi dea veştile proaste.

Immanu însă îi zâmbi larg:

- Totul e aranjat, spuse el. Începând de azi, îi vei învăţa pe membrii Tribunalului tot ce ştii.

- Membrii Tribunalului? întrebă Mikhail. Credeam că trebuia să îi învăț pe războinicii voștri cum să lupte.

Zâmbetul șamanului căpătă o nuanță forțată.

- Ne-am gândit să începem cu unele activități mai... *practice.*

Vocea Ninsiannei răzbătu de la etaj:

- Minte! strigă ea. Jamin refuză să își lase războinicii să se antreneze cu tine!

- Ninsianna! replică Needa din curte. Nu îi vorbi tatălui tău folosind tonul acela!

- De ce nu? Pentru că nu îl las să mă dea la schimb pe o turmă de oi? plânse ea.

Mikhail își răscoli penele perplex.

- Credeam că decizia a fost luată deja de Căpetenia voastră.

Immanu oftă.

- Tribunalul se teme că, dacă Jamin e forțat să se antreneze cu tine, lucrurile nu se vor termina prea bine. Așa că preferă ca tu să îți demonstrezi întâi cunoștințele și abia apoi să îl forțăm cumva pe Jamin să treacă peste orgoliul lui rănit.

- Un test?

- Nu test, se eschivă Immanu. Gândește-te la asta mai mult ca la... o împărtășire a informațiilor.

- Dar nu *știu* ce știu! Tot ce știu cu siguranță este că Cerubimii m-au antrenat pentru lupte corp la corp.

- Cum rămâne cu sabia ta? întrebă șamanul.

Mikhail adoptă o expresie imposibil de pătruns.

- Da. Sabia mea, replică el în aparență indiferent, căci nu își dorea să recunoască: *„Nu îmi amintesc să fi învățat cum se folosește și nici lupta în care am ucis optsprezece oameni!"*

Poate că ar fi fost o idee bună să își testeze cunoștințele în legătură cu niște preocupări ceva mai puțin... fatale?

- Bine, răspunse în schimb. Când începem?

Immanu își recăpătă zâmbetul.

- Chiar acum, zise el. Rakshan, mânuitorul de cremene, a aranjat o demonstrație.

Șamanul se ridică. Mikhail privi în sus, către scările din dreptul cărora se întrezăreau ochii roșii și umflați de plâns ai Ninsiannei.

- Cum rămâne cu Ninsianna? întrebă Angelicul.

- Ea se pregătește să devină tămăduitoare, replică Immanu, făcând un gest indiferent cu mâna. Trebuie să își ajute mama.

Mikhail își canaliză fiecare dram de disciplină de care dispunea pentru a se abține din a da fuga pe scări și a strânge în brațe frumusețea cu ochi înlăcrimați. Ieși pe ușă, aplecându-se în dreptul tocului, și îl urmă pe tatăl ei de-a lungul celui de-al doilea inel, până în partea opusă a satului. Sătenii le eliberau mereu calea, dar nu mai fugeau în case trântind ușile.

- De ce era atât de supărată Ninsianna? întrebă Angelicul într-un sfârşit.

- Ah, nu era nimic important, răspunse şamanul. E supărată pentru că Tribunalul m-a numit *pe mine* să fiu vocea zeiţei.

- Zeiţa?

- Da, zise Immanu. În calitate de Ales, este treaba mea să te îndrum.

Mikhail îşi strânse buzele pentru a nu spune „*Nu cred în profeţiile tale prosteşti.*"

Străzile îşi modificau aspectul pe măsură ce pătrundeau în acele zone ale satului în care locuiau sătenii calificaţi. Olarii. Cei care împleteau coşuri. Tâmplarii. Ţesătorii. Întinse de-a lungul întregii străzi stăteau bucăţi de pânză lucrate rudimentar, a căror menire era de a proteja atelierele de lucru de afară de soarele orbitor al deşertului. În faţa celei mai mari dintre case, un grup de săteni se adunase într-o atmosferă festivă, aproape ca de circ, alături de aproximativ douăzeci şi patru de luptători.

- Credeam că ai spus că nu vor să se antreneze.

- Rakshan se bucură de foarte mult respect din partea războinicilor, răspunse Immanu, ridicând din umeri. Dacă reuşeşti să câştigi respectul lui, ceilalţi luptători îl vor forţa pe Jamin să îi lase să se antreneze.

Un sentiment vecin cu lipsa aerului cuprinse pieptul Angelicului; aproape la fel ca atunci când femeile de la fântână încercau să îi atingă aripile. Se simţea de parcă ar fi căzut în fântână şi ar fi rămas blocat acolo, în timp ce sute de perechi de ochi îl priveau printre pietre.

Aripile i se înfoiară.

- Nu am putea face asta în privat?

- Nu, nu, zise Immanu zâmbind larg. Vreau ca întregul sat să vadă ce poţi face!

Mikhail îşi întinse mâna către şold; şi pistolul cu impulsuri, şi sabia sa stăteau ascunse sub patul Ninsiannei.

- Nu mi-am adus decât cuţitul de supravieţuire, spuse el.

- Nu e nicio problemă. Rakshan este mai interesat să înveţe cum se *fac* armele tale decât cum se folosesc.

Angelicul îşi strânse aripile la spate pentru a ieşi mai puţin în evidenţă, dar şi pentru a împiedica gesturile constante ale celor care încercau să îl tragă uşor de pene. Alături de Immanu, îşi făcu drum spre spaţiul de lucru al mânuitorului de cremene. În faţa casei lui se afla un covor uzat, alături de mai multe tipuri de beţe şi bare, precum şi coşuri masive cu tot felul de pietre colorate.

Rakshan se ridică în picioare. Era un bărbat în vârstă – probabil avea aproximativ şaizeci de ani – dar era cel mai tânăr membru al Tribunalului. Purta un kilt simplu, de lucru, şi o capă de lână, precum şi un colier de piele la gât, care întruchipa o mică lance frântă.

- Ahh, Mikhail! exclamă el. Îţi mulţumesc pentru că ai venit!

- Domnule, salută rigid Angelicul.

Mânuitorul de cremene făcu un semn către un scaun care fusese așezat lângă cei trei fii ai săi. În jurul fiecăruia dintre bărbați, covorul era plin cu bucăți de piatră spartă.

Mikhail se așeză.

- Căpetenia ne-a explicat că refuzi să ne înveți secretele bățului tău cu flăcări, spuse Rakshan.

- Nu *refuz*, răspunse Mikhail. Știu doar cum se folosește, dar nu și cum se construiește.

- Dar sabia ta?

- Nu îmi amintesc să fi fabricat arma, spuse Angelicul cu sinceritate. Dar atunci când o am în mână, știu că e făcută din piatră forjată în foc până se întărește.

- Aa, magie? replică Rakshan aprobând din cap.

- Noi numim această magie „metal”.

- Meh-tal? pronunță Rakshen cuvântul nefamiliar lui. Și cum rămâne cu acea lamă pe care o porți la șold? Și ea e făcută cu aceleași vrăji magice?

- Da, domnule.

Mikhail desprinse mica siguranță care nu permitea cuțitului să îi cadă de la șold și îl întinse lui Rakshan. Ochii bărbatului sclipiră atunci când apăsă lama cu degetul și reuși să se taie suficient de puțin încât să curgă doar o singură bobiță de sânge roșu aprins.

- E mai ușoară decât credeam.

- Da, domnule, răspunse Angelicul indiferent.

- Dar și ascuțită.

- Da. Este mai ascuțită decât cremenele. Dar o lamă de obsidian pare să taie la fel de bine.

- Ce poți face cu acest cuțit? întrebă Rakshen. În afară de a tăia carne.

- Tot ce l-am văzut pe Immanu făcând și cu o lamă de piatră, răspunse Mikhail. În plus, îl poți folosi ca să te aperi.

- Îți amintești să fi învățat cum se folosește? vru să știe Rakshen.

Mikhail închise ochii și își imagină cum ținea cuțitul într-o poziție defensivă. Deși simțea furnicături în mușchi, fiind pregătit să execute toate mișcările, nu își putea aminti propriu-zis să fi învățat cum să se lupte cu cuțite.

- Nu, domnule, răspunse el încet. Atunci când am nevoie de ceva, corpul meu face acel ceva, dar nu îmi dau seama ce știu.

Rakshan ridică o lamă de piatră care, judecând după strălucirea albă pe care o avea, tocmai fusese făurită. Era o lamă fină, prelucrată din cel mai bun tip de cremene, și avea un mâner elegant din corn.

- Deci ce ar trebui să fac pentru a transforma cuțitul acesta de piatră în unul ca al tău? întrebă bărbatul.

Mikhail îl întoarse pe toate părțile în mâinile sale. Încă de când se vindecase suficient pentru a-și repara nava, se chinuise să redescopere secretul forjării metalului. Dar, cu toate că își dădea seama în care dintre pietrele din zonă ar putea găsi mineralele potrivite, nu avea nicio idee cum să obţină metal din ele şi cu atât mai puţin cum să fabrice fuzelaj pentru exteriorul navei.

- Nu cred că tipul acesta de piatră este potrivit.

- Dar astea? insistă Rakshen arătând către coşurile cu roci. Am adunat toate tipurile de pietre la care ne-am putut gândi.

Immanu zâmbi cu satisfacţie. Se părea că el şi Tribunalul făcuseră tot ce le stătea în putinţă pentru a aduna informaţiile necesare din amintirile refractare ale lui Mikhail. Angelicul îngenunche în faţa coşurilor şi examină fiecare piatră. Deşi unele erau chiar frumoase, niciuna nu avea greutatea sau consistenţa necesară.

- Arată ca asta, zise ridicând o rocă de cocleală care stătea de una singură într-o cutie de lemn. Vedeţi vinişoara aceasta portocalie? Substanţa de care aveţi nevoie este asemănătoare. Dar nu sunt sigur că acesta e metalul potrivit.

Apăsă uşor cu unghia linia fină de cupru.

- De fapt, sunt *sigur* că nu e metalul potrivit. Totuşi, procesul de extracţie a metalului ar fi asemănător.

Un bărbat de vârstă mijlocie care se afla în rândul din faţă al mulţimii spuse cu entuziasm:

- Asta mi-a spus şi negustorul care mi-a vândut piatra!

Immanu arătă către bărbat:

- Mikhail, acesta este Lagash, aurarul nostru.

- Lucrezi cu metal? întrebă Angelicul plin de speranţă.

- Cu aur şi argint, explică Lagash. Dar nu am descoperit încă secretul extragerii cuprului.

Întinse o brăţară metalică care avea nuanţa verde a coclelii. În zona în care aceasta se freca de încheietură, se întrezărea şi un fir subţire de cupru. Mikhail luă brăţara şi o înălţă la lumină. Cu toate că recunoştea piatra şi metalul ce putea fi extras din ea drept importante, bijuteria nu îi transmitea cu adevărat ştiinţa extragerii metalului din rocă.

- Îmi pare rău, spuse el dându-i brăţara lui Rakshan. Mă tem că nu am forjat niciodată metal personal, cel puţin nu într-un stadiu incipient.

O voce se desprinse din spatele mulţimii:

- La ce bun, atunci? Un bărbat care refuză să ne împărtăşească secretele lui?

Pe deasupra capetelor curioşilor, ochii negri şi plini de ură ai lui Jamn răzbăteau până la Mikhail. Mulţimea se disipă uşor, lăsându-i calea liberă, căci cu toţii se temeau să stea între fiul răzbunător al Căpeteniei şi prada sa.

- Nu am pretins niciodată că aş deţine secretul extragerii metalului, răspunse Angelicul.

- Dar ai jurat că ne vei învăţa ceea ce ştii.

- Nu îmi amintesc...

- Te aştepţi să *credem* asta? insistă Jamin păşind înainte, cu braţele deschise larg, de parcă ar fi îmbrăţişat mulţimea.

- Erai acolo în ziua în care m-am prăbuşit. Ai văzut cât de grav rănit eram. Abia de puteam sta în picioare.

- Tot ceea ce am *văzut*, şuieră Jamin, a fost un inamic expulzat din ceruri, care a hotărât să îmi răpească *femeia*!

Fiul Căpeteniei îşi întinse mâna către cuţit. Mikhail îşi umflă aripile. Mulţimea se dădu înapoi, pentru a le face loc celor doi să se omoare.

- Jamin! interveni mânuitorul de cremene. Am vorbit deja despre toate astea!

- Ai spus că ne va învăţa ceva important! mârâi tânărul.

Rakshan îşi întinse o mână în faţă:

- Tatăl tău ne-a acordat nouă puterea de a lua această decizie, spuse el. Noi am ales să îi oferim acestui străin timp să se integreze în satul nostru, iar, dacă nu, să plece pe drumul său ca prieten al nostru.

Jamin agită un deget către Mikhail, pe deasupra capului lui Rakshan.

- Nu îşi poate aminti nimic! Ne-a adus toţi inamicii la poartă. Nici măcar nu poate să *zboare*! Şi te aştepţi ca sătenii noştri să îl *hrănească*?

Aripile lui Mikhail se încovoiară. Dacă mercenarii şi asaltul propriu-zis eşuaseră, ei bine, *cuvintele* adversarului său loviseră drept la ţintă.

- De ajuns! izbucni Rakshan. Tribunalul te-a avertizat în legătură cu posibilele consecinţe ale agresivităţii tale continue!

Jamin făcu un gest către războinicii care stăteau în spatele lui, fiecare dintre ei fiind înarmat cu suliţe.

- Nu e nimic de văzut aici! strigă el. După cum puteţi vedea, Angelicul nu ne aduce NIMIC!

Fiul Căpeteniei se îndepărtă, fără a-şi lua vreo secundă ochii de la Mikhail – exact aşa cum se şi presupunea că trebuia să procedeze un războinic în faţa inamicului său. Mimând un salut derizoriu al Alianţei, tânărul plin de ură dispăru.

Mikhail respiră adânc şi lent, şoptind rugăciunea Cerubimă care îl împiedica să îşi ucidă duşmanii din cauza furiei. Mulţimea se dispersă: unii dintre ei îşi asumau părerea lui Jamin cum că Angelicul era pur şi simplu o povară, în timp ce alţii murmurau că nu ar fi fost de bun augur să îşi înfurie viitorul lider. Aurarul, totuşi, rămase pe loc.

- Vino, spuse Rakshan. Am stabilit că asta va fi o ocazie să *împărtăşim* idei. Hai să îţi arătăm că nu suntem, poate, pe cât de primitivi părem.

Capitolul 14

Mai– 3.390 î.Hr.
Pământ: satul Assur

NINSIANNA

Fata îl găsi aşezat pe acoperiş, privind soarele care apunea, împrăştiindu-şi ultimele raze pe creasta muntelui în care se prăbuşise nava cerească.

- Mikhail? îl chemă ea.

Acesta coborî o aripă şi o privi cu o expresie imposibil de descifrat. Ninsianna luă o băncuţă şi se aşeză lângă el. Apusul se reflecta pe pielea lui, accentuându-i trăsăturile fine şi dând impresia că ar fi fost sculptat în piatră.

- Am auzit ce s-a întâmplat, spuse Ninsianna.

Mikhail se uită în jos, la o pereche de pietre pe care le avea în mână. În jurul său stăteau împrăştiate sute de bucăţi de cremene.

- Nu a fost nimic, răspunse el. Ştiam de când am venit aici că *logodnicul* tău nu mă place.

Îşi îndreptă apoi privirea spre apus. Dacă ar fi putut zbura, Ninsianna era sigură că ar fi plecat deja înapoi la nava sa cerească, dispus mai curând să se lupte până la moarte cu Halifienii decât să încerce să se integreze în Assur.

- Nu e logodnicul meu, răspunse ea.

Mikhail continuă să lovească cremenele cu percutorul. Pac! Pac! Pac! O bucată se desprinse. Angelicul o aruncă în grămăjoara deja formată şi apoi prelucră mai departe materialul pe margini, pregătind piatra pentru a forma încă o bucată ascuţită. O picătură roşie căzu la picioarele lui. Apoi încă una. Nu era o rază de soare, ci propriul sânge.

- Mikhail? Mâinile tale...

Ninsianna îi luă mâinile în ale ei şi îl forţă să se oprească. Atât percutorul, cât şi roca erau îmbibate în sânge.

- Ce s-a întâmplat? întrebă ea.

- Pot spune cu absolută siguranţă, răspunse el acru, că nu am mai cioplit niciodată un cap de suliţă.

Ninsianna desprinse cremenele dintre degetele Angelicului, dezvăluind zeci de tăieturi şi o rană foarte adâncă ce încă sângera abundent.

- De ce nu ai spus nimic? întrebă ea.

- Nu e nimic, murmură Mikhail drept răspuns.

- Dacă se infectează cu spirite rele?

Angelicul atinse ușor agrafa aurie pe care o avea prinsă la piept și, deci, deasupra rănii pe care o ascundea dedesubtul tricoului.

- După spusele tatălui tău, sunt un fel de semi-zeu, spuse el. Dar dacă nu sunt- ridică din umeri- ce contează?

Ninsianna îl privi uimită, buzele ei formând un „O" timid. Era prima dată când îl auzea plângându-se măcar vag de propria situație din ziua în care Jamin îi distrusese acel lucru pe care el îl numea „antenă". Alergă însă pe scări pentru a-și aduce coșul de tămăduitoare, precum și un săculeț din piele de capră plin cu apă. Când reveni, îl găsi pe Mikhail privind îngândurat spre apus, solemn asemenea unei statui. Nu reacționă în niciun fel atunci când Ninsianna îi curăță sângele din palme.

- Să înțeleg că Rakshan te-a învățat arta prelucrării cremenelui?

- Da, răspunse Angelicul.

Fata examină tăietura cea mai mare, asigurându-se că o curăță complet.

- Câte vârfuri de suliță ai făcut? întrebă ea.

- Niciunul, replică Mikhail categoric. Am stricat toate pietrele pe care le-am atins, inclusiv o lamă de obsidian.

Ninsianna încercă să își păstreze expresia feței neutră. Obsidianul era comercializat de un trib care locuia la mare distanță, așa că doar cei mai experimentați dintre prelucrătorii de cremene îndrăzneau să îl modeleze. Chiar și resturile care ar fi trebuit aruncate erau de fapt lucrate până căpătau forma unei lame rezonabile, și apoi așezate pe bețe pentru a obține instrumente de tăiat sau de luptă, precum și sule.

Fata își îmbibă degetele într-o tinctură de miere amestecată cu smirnă și cenușă. Își dădea seama că îl ustura după modul în care îi tresărea aripa; însă Mikhail nu scoase niciun cuvânt în timp ce ea îi acoperea mâinile cu acea alifie, fredonând un cântec de vindecare.

Fărâma de putere care o lega de zeiță i se prelingea, parcă, prin întreg corpul, transferându-se în palmele Angelicului. Aproape că îi putea simți groaza, tot ceea ce trăise fiind umilit în fața întregului sat. Îl ținu de mână mult mai mult decât ar fi fost necesar, însă Mikhail nu se retrase chiar și după ce cântecul se încheie.

- De ce erai supărată dimineață? o întrebă acesta, privind-o adânc cu acei ochi de un albastru aproape nepământesc.

- Știi deja.

- Banii pentru cununie?

- Da.

Angelicul privi din nou către apus și spuse:

- Acolo unde m-am născut eu, nu cred că ai fi văzută drept plată pentru o datorie.

Ninsianna se forță să pară senină:

- Au decis doar că trebuie să plătim banii înapoi până la solstiţiul de vară, nu şi că trebuie să mă mărit cu el.

- Asta pentru că te măriţi cu cineva mai rău?

Ninsianna înghiţi nodul din gât.

- Dacă de asta este nevoie...

Mikhail îşi îndreptă privirea spre depărtări.

- Tatăl tău a spus că a folosit banii pentru a cumpăra ce a adus la nava mea, zise el, ochii săi întâlnindu-i în final pe ai Ninsiannei. Asta înseamnă că trebuie să porţi povara aceasta din cauza mea.

- Nu e vina ta.

- Dacă te-aş fi obligat să pleci, nu ţi-ar mai fi hotărât singur viitorul.

- Aş fi fost legată de Jamin.

- Se pare că eşti legată de el oricum.

Mikhail luă cremenele şi îşi reîncepu munca sordidă.

- Dacă îţi deschizi iar rana aceea, zise Ninsianna adoptând tonul şi fermitatea mamei ei, o să te ard de nu te vezi!

Buzele Angelicului tresăriră, mânate de ceea ce fata bănui a fi o urmă de amuzament. Pentru o creatură coborâtă din ceruri, odată ce ajungeai să îl cunoşti, Mikhail se purta teribil de asemănător cu orice altă fiinţă umană.

- Vreau să învăţ, explică el modelând mai departe, ca să îl pot răsplăti pe tatăl tău pentru ceea ce îi datorez.

- Durează foarte mult să înveţi să modelezi cremenele, îi zise Ninsianna.

- Sunt perseverent.

- Poate că te pricepi mai bine la altceva.

Aripile lui Mikhail foşnirâ, dezvăluind tumultul din mintea sa.

- Nu îmi amintesc la ce mă pricep, zise el cu amărăciune. Nici măcar coşmaruri nu mai am acum!

Ninsianna se simţi cuprinsă de un sentiment de vinovăţie.

„Ce ar trebui să spun? Că Cea-Care-Este m-a ajutat să te scap şi de puţinele amintiri pe cre le mai aveai?”

- Spune-mi despre ele, îl rugă ea. Despre ce visezi atunci când te trezeşti ţipând?

Mikhail privi adânc spre munţii luminaţi în nuanţe de roz, roşu şi galben.

- De fiecare dată când aveam acele coşmaruri mă rugam să nu fie reale. Dar acum că nu le mai am- vocea i se îngroşă brusc- acum că au dispărut, simt că am pierdut şi puţinul acela din mine care supravieţuise accidentului!

Ninsianna îl apucă de încheietură, căci era pe punctul de a ciopli o altă bucată de piatră care fără îndoială i-ar fi redeschis rana de la mână.

- Uneori, dacă îi spui unui şaman despre visele tale, el te poate ajuta să le recapitulezi.

- Să le recapitulez?

- Da, răspunse fata. Să reîncorporezi amintirile rele în mintea ta pentru ca ele să nu mai servească drept invitație pentru demoni.

Mikhail privi din nou spre apus.

- Nu îmi pot aminti acele vise, explică el făcând un gest către propriul șold. Dar au ceva de-a face cu sabia mea.

Ninsianna văzuse copilul întunecat din coșmar întinzându-se după sabie, însă ceea ce o înspăimântase cu adevărat era modul în care se mișcau umbrele de fiecare dată când acesta striga după mama lui.

- Ți-a fost vreodată frică de întuneric? șopti ea.

- Nu, replică Angelicul. Cerubimii consideră că întunericul îți poate fi prieten.

Sprâncenele Ninsiannei se împreunară în semn de confuzie.

- Asta este o amintire?

Gândurile lui Mikhail se focalizară spre interiorul ființei sale, căutând sursa acelei afirmații.

- Presupun că este, zise el.

- De unde știi?

Expresia Angelicului căpătă o umbră melancolică:

- La fel cum știu și să folosesc sabia- ridică apoi cremenele și instrumentul cu care încerca să îl modeleze- sau cum nu știu să fac un vârf de suliță.

Liniștea se așternu între ei. Singurul sunet era cel provocat de piatra care se lovea de cealaltă piatră. Ninsianna nu mai întâlnise niciodată pe cineva care să fie atât de determinat să reușească ceva fără a primi ajutor de la altcineva...

...nici măcar de la zei...

„*Preaslăvită Mamă, cum îl pot ajuta?*" se rugă ea.

Așteptă o vreme acea anume preștiință care o ghidase în fiecare lucru pe care îl făcuse când se aflaseră la nava cerească, însă de când se întorsese în Assur, zeița se încăpățânase să nu îi mai transmită nimic.

Dacă tatăl ei avea dreptate? Dacă *el* era, de fapt, Alesul, iar ea nu reprezenta altceva decât momeala de care fusese nevoie pentru a-l aduce pe Mikhail aici?

În numele zeilor! Părea că Cea-Care-Este aștepta să se întâmple ceva. Până când avea să se întâmple acel ceva, însă, Ninsianna avea să se folosească de propria minte.

- Dar dacă ai încerca puțin din fiecare? sugeră ea. Vezi dacă poți face anumite lucruri, iar dacă poți, asta îți va spune ceva despre trecutul tău.

- Iar dacă nu pot?

- Așa vei ști că nu ai învățat niciodată să faci acel lucru, iar asta îți va spune de asemenea ceva despre trecutul tău.

Amândoi priviră spre depărtări, către munții învăluiți în întuneric, pe stâncile cărora se întrezărea doar o nuanță slabă de gri. Vântul purta cu sine umezeala fluviului. Alături de răcoarea care se instalase, aceasta dădea impresia traiului într-o peşteră.

Ninsianna se cutremură.

- Urăsc întunericul, spuse ea. Odată, când eram mică, m-am speriat şi am fugit.

- În deşert?

- Într-o peşteră.

- Câţi ani aveai? o întrebă Mikhail.

- Trei, şopti fata. Am fugit în ziua în care a murit bunicul.

Ninsianna se simţi pătrunsă de frică, acea groază copleşitoare pe care o resimţea de fiecare dată când o urmăreau umbrele. Nu avusese niciodată sens- acel instinct pe care îl avusese atunci de a coborî în fântână. Părea doar că umbrele însele o mânaseră într-acolo.

- Dar ai reuşit să urci înapoi, nu-i aşa?

Ninsianna clătină din cap.

- Am reuşit să urc abia după trei zile...

Îşi înfăşură braţele în jurul corpului, retrăind sunetul apei care clipocea, modul în care stomacul i se strânsese de foame, dar şi formele întunecate care i se perindaseră înaintea ochilor.

- De fiecare dată când mă trezesc ţipând, zise ea, eu despre asta visez.

Mikhail ridică o aripă şi o aşeză în jurul fetei, pentru a o proteja de vânt. Îşi încreţi aripile, împărtăşindu-i şi ei din căldura lor blândă, atotcuprinzătoare, şi umplându-i plămânii cu aroma glorioasă de mosc ce îi amintea de diferitele condimente pe care le foloseau pentru a prepara mâncare.

- Nu de întuneric trebuie să îţi fie frică, spuse Angelicul. Ci de ceea ce se arată în afară, pretinzând a fi lumină.

Capitolul 15

Data Galactică Standard: 152.323.05
51-Pegasi-4 — Memorialul genocidului
Prim-ministrul Lucifer

LUCIFER

Memorialul Serafimilor reprezenta o rană vie, întunecată, care se împlântase în pământul altădată fertil asemenea unui mormânt deschis. Era un monument sculptat în obsidian negru, adus de la un vulcan îndepărtat, iar la dezvelirea lui asistase doar un grup select, venit pentru a rememora trecerea în neființă a unei întregi specii.

Lucifer coborî treptele care duceau în adâncul acelui sol pe care strămoșii săi îl adoraseră mai mult decât adoraseră Alianța însăși, cu politicile ei murdare sau cu hibrizii modificați genetic ce eșuaseră în a atinge standardele morale impecabile așteptate din partea lor. Aripile albe ca zăpada ale Prim-ministrului se încovoiară când acesta ajunse în dreptul pereților negri pe care se aflau gravate numele celor care fuseseră uciși. Dacă i-ar fi păsat cuiva, imaginea aceasta ar fi fost una deosebită pentru presă.

Un cuplu de șopârle Sata'anice îmbrăcate în veșminte de ceremonie îngenunche în fața peretelui, așezând un buchet de flori în dreptul zonei în care erau rememorați fermierii Sata'anici. Un singur reporter făcu o poză. Lucifer privi către discursul pe care îl pregătise, după care îl așeză la o parte.

- Astăzi este cea de-a douăzeci și cincea aniversare a genocidului 51-Pegasi-4, spuse el. Pe această planetă trăiau unsprezece milioane de specii, inclusiv rase care în alte locuri ar fi fost considerate inamice, continuă apoi arătând către emisarii Sata'anici. Erau ființe spirituale, care se dezvoltaseră dincolo de impulsurile de bază, atingând nivelul perfecțiunii pure; se aprecia că, în doar câteva alte vieți, aveau să devină zei.

Prim-ministrul își înclină capul.

- Din păcate, au uitat că Utopia nu este decât un vis. Au ales o planetă prea îndepărtată de protecția Alianței. Au vrut să fie lăsați singuri, așa că i-am lăsat singuri.

Vocea îi tremura.

- Eu i-am lăsat singuri. Era în puterea mea să trimit nave de război spre a staționa aici cât timp tatăl meu era absent, însă ei nu aveau resurse.

Nu aveau nimic să comercializeze la schimb. Alcătuiau o lume complet închisă în sine, care nu voia nimic de-a face cu noi, iar noi, la rândul nostru, nu voiam nimic de-a face cu ei.

Îşi închise ochii, încercând să îşi recapete ritmul constant al respiraţiei. Aproape că putea simţi strigătele celor care se stingeau în timp ce vorbea.

- Cei din neamul mamei mele se trăgeau de pe această planetă, continuă apoi. Ar fi trebuit să îi protejez, dar nu am făcut-o, pentru că eram atât de furios în legătură cu plecarea ei încât am refuzat să stabilesc vreo legătură diplomatică după dispariţia lui Hashem!

Lacrimile i se scurgeau pe obraji, exprimându-i durerea şi sentimentul copleşitor de pierdere.

- Aş vrea să ţinem un moment de reculegere.

Ceremonia se destrămă imediat ce Lucifer îşi încheie discursul. Circul mediatic ce îl urmărea la fiecare pas era la fel de evident absent ca toţi cei care ar fi trebuit să locuiască în acel loc şi nu o mai făceau. Nimănui nu îi păsa că Serafimii luaseră cu ei unica speranţă a evoluţiei viitoare. Aşa cum nici tatălui său nu îi păsa că hibrizii care îl apărau erau pe cale de dispariţie.

Un cuplu în vârstă, care atinsese de mult 900 de ani de existenţă, se apropie de locul în care se afla Lucifer; nu erau cuprinşi de admiraţie, la fel ca celelalte fiinţe care se aflau de obicei în preajma Prim-ministrului Alianţei, ci exercitau acel sentiment ciudat de egalitate pe care îl provoca şi mama lui Lucifer, cu toate că nu păşise niciodată în lumea Serafimilor. Părul gri, asemenea oţelului, precum şi aripile altădată întunecate, le trădau identitatea: Serafimi pur-sânge, doi dintre cei câţiva care nu se aflaseră pe planeta aceea în ziua genocidului.

- Am cunoscut-o pe bunica ta, îi spuse femeia în vârstă Prim-ministrului, dând mâna cu el.

- A fost de-a dreptul tragic, zise apoi bătrânul, a cărui mână tremura de bătrâneţe. Ce i-a făcut Zuriel... au!

Femeia tocmai îşi lovise partenerul în coaste.

- Nu i-am cunoscut, explică Lucifer. Au murit amândoi înainte ca eu să mă nasc.

Mama sa nu îi spusese niciodată de ce strămoşii lui fuseseră alungaţi de pe planeta aceea. Poate că nu ştiuse nici ea? Ar fi trebuit să întrebe? Nu. Nu ar fi făcut altceva decât să adâncească rana provocată de faptul că mama sa alesese să îl abandoneze.

- Genocidul nu s-a petrecut din vina ta, rosti bărbatul vârstnic, întrerupând şirul gândurilor lui Lucifer. Noi am ales această planetă pentru că singura ei resursă era pământul fertil.

Prim-ministrul remarcă umbrele de sub ochii Serafimului; spiritul începuse deja să i se desprindă de trup. Nu avea să mai dureze mult până când boala care îl chinuia- oricare ar fi fost aceea- avea să îl ucidă.

- În curând vom fi reuniţi cu fiii şi nepoţii noştri, zise femeia, luându-şi de mână soţul.

- Pot să îi simt aşteptându-ne, insistă acesta. Chiar dincolo, de cealaltă parte.

Un val de emoţie îi tăie respiraţia lui Lucifer. Acelea fuseseră exact cuvintele pe care le şoptise şi mama lui înainte de a-şi da ultima suflare. Privi în altă parte, pentru ca cei doi să nu poată observa că ochii îi erau mult prea luminoşi şi strălucitori din cauza lacrimilor.

Cuplul vârstnic păşi uşor spre lumina soarelui care apunea. Femeia fragilă îşi ajuta soţul şi mai fragil să înainteze- se numărau printre ultimii exponenţi ai unei specii aflate pe cale de disparţie.

Instrumentul de comunicare pe care Lucifer îl purta la el scoase un sunet ascuţit. Acesta aruncă o privire către codul cheie şi lăsă mesajul să treacă direct pe înregistrare automată. Zepar tot încerca să îl trimită într-o misiune diplomatică în Regatul Tokoloshe. Naiba să îi ia pe canibali! Erau ultima specie cu care Lucifer voia să aibă ceva de-a face!

Tastând o altă frecvenţă de transmisie, acesta îl contactă pe comandatul navei *Prinţul din Tyre*.

- Da, domnule? veni răspunsul Comandantului Marbas.

- Spune-i lui Zepar că voi rămâne în noaptea aceasta pe planetă.

- E înnebunit, căci tot încearcă să dea de dumneavoastră, domnule, îi zise comandantul. S-a înfuriat foarte tare când i-am spus că ne-aţi ordonat să nu asigurăm transportul spre planetă.

- Nu îi dau socoteală lui Zepar, replică Lucifer cu hotărâre. Spune-i că mă voi întoarce dimineaţă.

Întrerupse legătura cu Marbas înainte ca acesta să mai apuce să contracareze cumva. Îşi căută apoi în buzunarul interior sticluţa plină cu „otrava" preferată şi luă o gură.

Se bucură din plin de arsura provocată de alcoolul verde al Mantoizilor, care îşi răspândea magia în întregul său corp, alinându-i suferinţele. Choledzeretsa era practic interzisă prin lege, căci avea efect haluginogen moderat, dar Lucifer eliminase legislaţia care ar fi dus la punerea în aplicare a acestei reguli, astfel încât băutura să poată fi comercializată fără vreo pedeapsă.

Puţinele creaturi care fuseseră prezente la comemorare depuneau flori şi aprindeau lumânări de-a lungul peretelui negru şi lung, după care urcau în navele lor şi plecau. Nu exista nicio formă de cazare pe acea planetă. Niciun hotel. Niciun restaurant. Doar ferme arse până în temelii, asupra cărora Mama Natură îşi lăsase deja amprenta în mod definitiv, precum şi kilometri întregi de terenuri goale.

Lucifer se sprijini cu spatele de obsidianul negru şi rece, prăbuşindu-se la pământ, pentru prima oară singur în ultimele decenii. Îşi înfăşură aripile în jurul propriului corp şi luă încă o înghiţitură din acea băutură, contemplând decăderea speciei sale în timp ce soarele se lăsa înlocuit de luna argintie, a cărei formă rotundă se afla în descreştere.

- Locul acesta este ocupat? se auzi reverberând o voce.

Prim-ministrul îşi coborî una dintre aripile albe. Un Leonid de vârstă mijlocie stătea în faţa lui, îmbrăcat în ţinută civilă; chiar şi aşa, nu era nimic care ar fi putut să ascundă constituţia sa musculoasă, de luptător în marina spaţială. Ochii Locotenentului General Valepor reflectau lumina slabă a lunii.

- E o planetă goală, replică Lucifer.

Nu se simţea dispus să accepte compania, însă era adevărat că locul reprezenta un memorial public. Leonidul se aşeză; coada îi tresărea uşor în timp ce şi el, şi Lucifer priveau adânc în întuneric. Lucifer luă încă o înghiţitură, iar apoi îi întinse recipientul lui Valepor. Leonidul sorbi mult, după care îşi şterse mustăţile cu podul palmei.

- Nava mea a fost prima dintre cele ale Alianţei care a ajuns la faţa locului, spuse el. Am văzut ceva lucruri oribile la viaţa mea, dar ăştia măcelăriseră toate creaturile vii şi le arseseră trupurile.

- Era pe undeva vreun indiciu cu privire la motivul pentru care au făcut asta?

Deşi ştia prea bine că nu existase niciun asemenea indiciu, Lucifer era de asemenea conştient că multe dintre detalii nu ajungeau în raportele oficiale.

- Nu a fost vorba despre resurse aici, zise Valepor. Cineva a vrut să transmită un mesaj folosindu-se de fiinţele astea.

- Singurul martor a declarat că erau soldaţi Sata'anici.

- Uniformele erau în stilul vechi, explică Valepor clătinând din coama sa bogată. Trecute deja de mai bine de un secol. Shay'tan e un adevărat călău, dar ce s-a întâmplat aici nu a fost stilul lui.

- Ce a spus martorul când te-ai întâlnit prima dată cu el? întrebă Lucifer. Ce a spus chiar în momentul acela, nu ce l-a făcut tata să declare în raport.

- Aproape a ucis jumătate din escadron cu sabia aia pe care o avea când am încercat să îndepărtăm trupul mamei lui, răspunse Leonidul. Striga ceva despre o şopârlă grasă. Sabia era mai mare decât el, dar era hotărât să o protejeze.

- În raportul oficial scrie că era catatonic.

- Asta a fost după ce i-am luat sabia, zise Valepor. S-a târât înapoi sub patul lui şi a refuzat să iasă până când nu a apărut Împăratul însuşi, promiţând că nu va mai dispărea niciodată.

Leonidul pufni.

- Două sute de ani. Şi revine apoi ca să îi vorbească unui copil?

Lucifer apucă sticluţa şi luă o înghiţitură zdravănă pentru a-şi potoli resentimentele. După genocid, Hashem revenise din tărâmurile transcedentale şi preluase din nou cârma imperiului său. Doar că Împăratul nu mai era interesat de el, ci de ideea de a face teste genetice pe primul Serafim pur-sânge care scăpase de pe 51-Pegasi-4; nu pentru că micuțul ar fi fost defect, ci pentru că era prea tânăr ca să îi spună Împăratului „în numele lui Hades, du-te naibii!”

- Deci de ce ai venit? întrebă Lucifer.

- Sunt încă staționat în sectorul ăsta, răspunse Valepor. Mi s-a părut corect să vin. Sunt dezamăgit că doar câțiva alții au făcut-o.

- Șeful meu de Personal aproape că a început să scuipe flăcări când a auzit că voi veni. Aparent, nu e nicio valoare publicitară în a te arăta pe o planetă moartă. Încă trăiește cu impresia că programul de împerechere al tatălui meu o să ne salveze.

- Pe dracu'! zise Valepor încet. Nu a mers pentru noi. În toți anii ăstia în care am încercat, nu am reușit să ajut decât la nașterea a doi pui. Majoritatea celorlalți nici măcar atât nu pot face. Ne ducem cu toții pe apa sâmbetei.

- Iar noi o să vă ajungem imediat din urmă, spuse Lucifer luând încă o înghițitură. M-am tot rugat de Împărat să fie mai atent, dar nu știe cum să ne repare. Deja a trimis ordin să vi se refacă portavioanele astfel încât să se potrivească fizicului Arahnoizilor.

Îi întinse sticluța lui Valepor, care replică trist:

- Nu mă deranjează cu nimic gândacii. Își fac treaba. Pur și simplu nu îmi place că asta e o problemă cu care nu putem lupta! Nu e în natura noastră să ne dăm la fund fără să luptăm întâi.

- Nu înțeleg de ce Serafimii nu s-au bătut cu ucigașii lor, zise Lucifer.

- Cine i-a omorât a ucis chiar și civili Sata'anici, explică Valepor, arătând cu degetul pe o placă inscripționată cu un nume de familie Sata'anic ce se încheia cu terminația Serafinilor- „il”. Shay'tan ține femeile captive în aglomerarea Hades, așa că odată ce se defectează, nu mai au nicio șansă să înceapă o nouă familie. Am găsit o șopârlă înfășurată în jurul unui copil Serafim, încercând să se folosească de corpul lui drept scut pentru a se salva. I-au omorât pe amândoi. Singurul care a luptat și a reușit să și supraviețuiască a fost băiatul acela.

- Utopia e minunată în teorie, zise Lucifer, dar în realitate există prea mulți care așteaptă să ți-o fure.

Prim-ministrul își răsuci una dintre penele albe ca zăpada în jurul degetelor; era un obicei nervos pe care îl moștenise de la mama lui. Apoi, continuă:

- Nu ar trebui să vorbesc. Sunt la fel de lacom ca oricare dintre ei.

- Totuși, ești singurul care a venit, remarcă Valepor.

Liniștea se așternu între ei. Da. De ce venise?

- Specia noastră moare, zise Lucifer. A părut a fi cel mai potrivit loc în care să îmi petrec după-amiaza.

Dispozitivul de comunicare al generalului ciripi. Transportul lui venise. Cei doi dădură mâna, după care se despărţiră, astfel că Prim-ministrul rămase singur cu fantomele care bântuiau acea lume.

Ce ar face dacă s-ar putea întoarce în timp pentru a se avertiza pe sine? Ar proteja resursele genetice ale acestei planete? Sau ar face aceeaşi greşeală pe care o făcuse Hashem- să lase de izbelişte această lume pentru că mama lui îl lăsase de izbelişte pe el?

Uşor, uşor, aţipi şi visă la Serafimi care îşi urmau partenerii spre tărâmul viselor, dar şi o creatură întunecată şi malefică ce devora tot ceea ce îi ieşea în cale. Cântecul unei păsări îl trezi înainte de răsărit. Lucifer urmări sunetul până când ajunse la o curte din apropiere- era plină de fructe, chiar dacă nimeni nu se ocupase de acele pământuri de douăzeci şi cinci de ani. Găsi pasărea într-un copac cu coroană bogată. Nu acel copac, ci cântecul era plăcut, deşi nu era decât un ecou slab al celui pe care îşi dorea cu adevărat să îl audă. Sub crengile arborelui dormea cuplul de Serafimi vârstnici pe care îi întâlnise în ziua precedentă; se ţineau strâns în braţe, aşezaţi fiind în iarba neîngrijită, printre mormintele care se întrezăreau.

Pasărea zbură, aşezându-se pe un mormânt pe care stătea scris ultimul nume menţionat de bătrâni în ziua de dinainte, şi îşi înclină capul înainte şi înapoi, privind către Lucifer cu ochi galbeni, aproape obraznici. Cuplul nu se mişcă. Lucifer se aplecă şi atinse trupurile; expresiile de pe chipurile lor palide reflectau o pace profundă.

Apăsă dispozitivul de comunicaţii, tastând o anume frecvenţă:

- Eligor? întrebă el.

- Da, domnule, răspunse vocea.

- Sunt pregătit să plec.

- Ajung în douăzeci de minute, domnule!

Lucifer atinse obrazul bătrânei. Ea ar fi avut încă destulă forţă pentru a mai trăi o viaţă viguroasă, dar preferase să îşi elibereze spiritul către tărâmul viselor în loc să trăiască fără partenerul ei.

- Eligor? zise Lucifer, simţind un nod în gât. Ai putea aduce, te rog, o sapă?

Urmă un moment scurt de linişte.

- Aţi avut vreo problemă, domnule?

- Nu, răspunse Prim-ministrul. Au venit aici pentru a fi înmormântaţi cu familia lor.

Capitolul 16

Mai - 3.390 î.Hr.
Pământ: satul Assur
Colonel Mikhail Mannuki'ili

MIKHAIL

Poarta dinspre nord se deschidea spre o zonă terasată pe care fluviul o erodase pentru a-şi face drum către pământurile fertile. Spre deosebire de poarta dinspre sud, care era învăluită de razele uscate, dar calde ale soarelui mesopotamian, cea dinspre nord dădea înspre apă şi arăta semne clare de decadenţă; scândurile erau acoperite de putregai, iar cele două trunchiuri de copac ancorate în zidurile adiacente erau pline de găuri de termite. Pe câmpul aluvial de dincolo de această poartă, fluviul începuse să se retragă, descoperind terenurile Ubaide care erau protejate în calea inundaţiilor de ziduri joase de piatră. Vântul purta cu sine aroma nămolului fertil. Sătenii obişnuiţi, cei care locuiau în inelul exterior, stăteau aplecaţi deasupra câmpurilor, plantându-şi raţia de grâne.

- Vom planta şi noi? întrebă Mikhail.

- Nu, replică Immanu pufnind. Noi nu suntem fermieri!

Îl conduse pe Angelic în josul terasamentului abrupt, înalt de aproximativ o sută de metri, iar apoi de-a lungul marginii terenurilor. O femeie însărcinată, înconjurată de trei copii, îşi îndreptă spatele şi făcu uşor cu mâna.

- O cunoşti? întrebă şamanul.

- I-am cărat apa acasă.

- Munca aia e sub demnitatea ta! pufni Immanu.

- Nu sunt bun la nimic altceva.

Străbătură apoi un mic podeţ, construit din câţiva buşteni care se întindeau deasupra unui izvor de alimentare ce îşi făcea drum cu greu, aproape secat fiind, prin deşert. De cealaltă parte, bărbatul în vârstă, dar vioi, care îi vorbise Căpeteniei supraveghea un grup de muncitori care tăiau un copac uriaş; acesta fusese scos din apă.

- Mikhail, el este Behnam, zise Immanu. Este membru al Tribunalului.

- Domnule, salută Mikhail strângându-şi aripile în jurul corpului.

Bătrânul îl privi cu ochi curioşi, năpădiţi de riduri.

- Am auzit că mânuieşti arme, dar nu ştii să le făureşti, spuse Behnam către Angelic.

- Da, domnule, replică acesta, iar aripile i se pleoştiră. Se pare că aşa este.

- Nu contează, răspunse bărbatul arătând către bărbaţii care munceau la buşteni. Singura abilitate de care ai nevoie pentru această sarcină este un spate puternic şi o oarecare pricepere în a mânui ciocanul.

Apoi, îl prezentă pe Mikhail celor care lucrau în soare; toţi muncitorii purtau doar un kilt de lucru şi stăteau în picioarele goale, în timp ce se foloseau de unelte de piatră pentru a tăia crengile mai mici. În jurul lor se agitau câţiva băieţi, care adunau crengile tăiate şi le organizau în grămezi diferite. În plus, o fată se plimba printre muncitori, împărţindu-le căni cu apă.

- Ai putea să îţi dai aia jos, spuse Behnam către Mikhail, arătând spre cămaşa de uniformă pe care acesta o purta.

Angelicul atinse locul în care cutia toracică îi fusese zdrobită ca urmare a prăbuşirii. Nu prea voia să spună în gura mare că partea stângă a corpului său era încă foarte slăbită: aripa era ruptă, încheietura îl mai durea şi acum, iar muşchiul pectoral rănit îi limita mobilitatea.

- Aş prefera să o port în continuare, dacă nu vă supăraţi.

- Bine atunci, răspunse Behnam, expunând un rânjet lipsit de dinţi. Dar până la finalul zilei o să îţi doreşti să te fi dezbrăcat.

Apoi, bărbatul se aplecă, demonstrând o uşurinţă a mişcărilor cu totul necaracteristică pentru cineva de vârsta lui, şi apucă un ciocan de piatră; unealta avea aproximativ un metru lungime, iar la mâner atârna o bucată lungă, ascuţită de cremene.

Mikhail îşi purtă degetele de-a lungul pietrei. Deşi nu era, în mod evident, la fel de bine prelucrată ca un cap de suliţă, roca era destul de ascuţită.

- Opera lui Rakshan? întrebă el.

- A unuia dintre nepoţii lui.

Bărbatul îl puse la treabă îndată, instructându-l să taie crengile. În timp ce muncea, acesta povestea despre cum în fiecare primăvară, când fluviul se umfla, tribul Anatolian ce locuia în nord lăsa să plutească în josul apei o mulţime de copaci cu lemn de esenţă tare. Cu cât venea vreunul de mai departe, dinspre Munţii Taurus, cu atât era mai mare şi preţul său. Aşa în sud, lemnul de esenţă tare atingea preţuri de-a dreptul considerabile.

- Ce e în neregulă cu copacii aceia? întrebă Mikhail arătând către o dumbravă care se arăta de cealaltă parte a câmpurilor.

- Aceia sunt curmali, explică Behnam. Buni pentru adăposturile caprelor, dar dacă vrei să înlocuieşti scândurile de la poartă, nu trebuie să te foloseşti de un lemn prin care un ciocan de luptă trece de la prima lovitură.

- Am observat că lemnul de la poartă a putrezit.

- În ultimii şase ani, Nineveh a cumpărat absolut fiecare buştean care a coborât de la negustori în josul apei, zise Behnam. Singurul motiv pentru care l-au lăsat pe acesta să treacă a fost că şamanul lor voia să îţi vorbească.

- Am crezut că Nineveh e aliatul vostru, spuse Mikhail.

Bătrânul îi zâmbi sumbru.

- Noțiunea de „aliat" este una care ține strict de convenție.

Muncitorii tăiară ultima creangă ce ieșea în afară, lăsând astfel gol un trunchi uriaș, de aproximativ șase metri lungime și unul grosime. Behnam îi întinse Angelicului un instrument de piatră- o pană de fixare- fără niciun fel de mâner.

- De ăsta ne folosim pentru a despica bușteanul, explică el.

- Nu este foarte ascuțit, remarcă Mikhail, mângâind marginea.

- Nici nu e nevoie să fie. Îl lovești cu bâta.

Bărbatul îi arătă cum să folosească toporul de piatră pentru a săpa un șanț mic, în care să înfigă apoi pana de fixare și să despice bușteanul în două.

- Cum te asiguri că se crapă tot lemnul? întrebă Mikhail.

- Muncă de echipă, răspunse Behnam arătând către ceilalți muncitori, care făceau același lucru. Și ceva pricepere, desigur.

Bătrânul se aplecă apoi pentru a analiza pana, făcând câteva aprecieri ochiometrice cu privire la pozițiile în care trebuia să le poziționeze și pe celelalte. Se deplasă înainte și înapoi, ajustând personal pana și strigând instrucțiuni către bărbații care așteptau.

- Fiecare copac conține un spirit, explică el. Dacă asculți copacul, trunchiul lui se va scinda în mod echilibrat, oferindu-ți lemnul de care ai nevoie.

Mikhail își așeză mâna pe trunchi, însă nu simți nimic.

- Ce se întâmplă dacă nu simți spiritul?

- Atunci bușteanul se va rupe în bucăți, explică Behnam. O să rămâi cu o adunătură de așchii și prea puțin lemn care să poată fi folosit.

O înțepătură ușoară în aripi îl determină pe Angelic să își ridice privirea. De pe mal, o pereche de ochi negri și plini de ură îl priveau cu răutate; posesorul lor era flancat de o parte și de alta de zeci de alți războinici curioși.

- Acum e rândul tău, îi spuse Behnam lui Mikhail, înmânându-i toporul de piatră. Fă un șanț și așează-ți pana.

- Dar dacă o așez greșit?

- Nu îți face grji, spuse bărbatul. Este prima dată când faci asta. O să ai nevoie de ceva exercițiu ca să reușești să faci un trunchi să se despice cu totul.

Angelicul se lăsă bătut ușor pe umăr în semn de încurajare. Apoi, își alese un punct din mijlocul bușteanului, încercând cu foarte mare efort să delimiteze șanțul perfect și să își așeze pana. Ciocanul însă părea prea greu și incomod în mâinile lui. Îl scăpă de două ori, iar într-una dintre ocazii își zdrobi și degetul. Sus, pe mal, războinicii râdeau de lipsa lui de pricepere. Mikhail se abținu din a le spune că avea și el o toporișcă, dar de oțel, la nava sa. O folosise pentru a o ajuta pe Ninsianna să improvizeze o perie de curăţat pentru focul cu ajutorul căruia găteau, dar o lăsase acolo, căci nu putuse să care foarte multe provizii cu el când plecaseră.

- Bine, copacule, murmură Angelicul către buştean. Fă-mă să arăt ceva mai bine de atât.

Îşi dădu seama că ceilalţi muncitori îşi fixaseră de mult penele. Făcu rapid câţiva paşi înapoi, ruşinat că le ţinuse munca în loc.

- Acum ce urmează? întrebă el.

Benham arătă către o bâtă lungă şi groasă, în vârful căreia era prinsă bine, cu un soi de praştie, o piatră de dimensiuni considerabile.

- Acum loveşti cu barosul.

Ceilalţi muncitori stăteau poziţionaţi bine deasupra penelor lor, pregătiţi să lovească. Mikhail apucă unealta. Părea să aibă aproximativ zece kilograme.

- Când ajung la trei, loviţi, zise Behnam. Cât de tare puteţi.

- Da, se auzi o voce batjocoritoare. Tipul ăla probabil că o să rateze şi o să-şi facă piciorul praf.

Aripile lui Mikhail se zburliră. Furia care părea să îi întunece judecata îl îndemna să le *arate* el lor. Să zdrobească aroganţa războinicului în acelaşi mod în care ar zdrobi creştetul duşmanului. Îşi înfoie aripile, ridicând barosul de piatră deasupra capului, încordând fiecare muşchi. Se folosea de aceeaşi mişcare pe care ar fi folosit-o pentru a-şi balansa sabia către lovitura de graţie.

- Uitaţi-vă, cel mai probabil o să rateze, se auzi vocea lui Jamin, purtată de vânt în josul apei.

„Vom vedea noi dacă ratez în cazul în care ne vom încleşta vreodată armele într-o luptă unu la unu..."

- Unu, începu Behnam numărătoarea.

Mikhail îşi imagină capul lui Jamin zăcând deasupra penei sale de fixare, cu ochii cei negri privindu-l adânc, râzând de el, batjocorindu-l...

- Doi, continuă bărbatul.

Îşi concentră fiecare dram de ură în muşchi. Tachinările, insultele, impulsul crescând de a ucide...

- TREI! strigă Behnam.

Mişcă barosul cu toată puterea, lovind capul imaginar al lui Jamin cu tot atâta forţă cu câtă ar fi trebuit să îl lovească atunci când îi atacase nava. Retrăi toată supărarea, tot întunericul, toată furia pe care le resimţise în acea noapte. Piatra de la capătul suportului de lemn atinse pana de fixare. Aceasta reverberă cu un scârţâi asurzitor, care pătrundea, parcă, până în măduva oaselor!!!

Mânerul se rupse...

... piatra tâşni în aer, se rostogoli în zbor şi îl lovi drept în frunte.

Stelele păreau că dansează.

Se simţea la fel ca un hiperdrive repezindu-se spre o gaură neagră.

Privea în sus către...

...feţe.

.....aroma sângelui.

........o pereche de ochi negri mult prea mari se prefigurară deasupra feţei lui.

„ Mikhail, vino să mă găseşti!"

Alerga acum prin livada înverzită, trăgând cu ochiul printre crengile copacilor.

- Olly-olly-encomtree! strigă.

Copacul chicoti. Băiatul îşi luă zborul, aşezându-se pe ramuri.

- Amhrán? zise el cu glas tremurând.

- Uite, bea asta.

Fata îi apropie un pahar cu un lichid de buze.

„Ştii că o să te găsesc!"

Nu putea să o vadă, dar ea era acolo, ascunsă printre frunze.

Se întinse spre ea.

- Hahahaha! răsunară glasurile războinicilor de pe mal. Nici măcar nu ştie să folosească un ciocan!

- Pleacă de lângă el, nenorocitule! se auzi o altă voce.

Ochii mult prea mari dispărură, înlocuiţi fiind de cei bej-roşiatici ai lui Immanu, care ţinea paharul. Mikhail luă o înghiţitură, iar stelele se opriră uşor, uşor din a dansa.

- Ce s-a întâmplat? mormăi el.

- Ai lovit cu ceva mai multă forţă decât ne-am aşteptat, răspunse şamanul.

Angelicul se ridică. Îşi atinse fruntea şi constată că sângera.

Immanu îl ajută apoi să se ridice. Îşi curăţă praful de pe aripi. Behnam şi ceilalţi muncitori stăteau deasupra buşteanului, privind cu tristeţe către centrul zdrobit, aplatizat aproape ca o felie de pâine. Dacă nu ar fi lipsit urmele de arsură, Mikhail ar fi putut să jure că trăsese în copac cu arma cu impulsuri.

Aripile i se încovoiară în semn de dezamăgire.

- Îmi pare rău, spuse el.

Chipul lui Behnam se destinse într-o expresie înţelegătoare.

- Vino înapoi mâine, zise acesta. Se pare că spiritul acestui copac pur şi simplu doreşte să fie transformat în altceva.

Capitolul 17

Data Galactică Standard: 152,323.05
51-Pegasi-4 – Memorialul genocidului
Prim-ministrul Lucifer

LUCIFER

Prinţul din Tyre: nava lungă şi elegantă, dotată cu hiperdrive-uri solide ascunse sub aripioarele de stabilizare, de parcă ar fi fost coada unui leviathan. Acesta era vasul amiral al lui Lucifer, a cărui eleganţă elocventă, aproape organică lipsea cu desăvârşire din structura vaselor contemporane ce alcătuiau actualmente flota Alianţei.

Lucifer îşi răsuci o pană albă ca zăpada, repetându-şi în minte cuvintele pe care le rostise pilotul în timp ce îngropau împreună trupurile celor doi Serafimi. Sau, mai precis, ceea ce pilotul dezvăluise, graţie abilităţii Prim-ministrului de a vedea dincolo de ceea ce spunea cineva. Nu vorbise niciodată prea mult cu acest Angelic taciturn numit Eligor, dar ştia că era mereu prin preajmă, asigurându-se că motoarele sunt întotdeauna în funcţiune şi, cu alte ocazii, ajutându-l să scape din vreo situaţie delicată.

- Cine era? întrebă Lucifer.

- Cine era cine? vru să ştie Eligor.

- Ruda ta, Serafimul, explică Prim-ministrul. Tata nu te-a inclus niciodată în armata lui.

Eligor trecea în revistă elementele de pe lista de pregătire a aterizării. Pentru o clipă, Lucifer se temu că acesta avea să îi spună să îşi vadă de ale lui, dar apoi observă că aripile i se înfoiaseră.

- Contează?

- Da.

Eligor evită să răspundă, alegând în schimb să contacteze controlorul de trafic aerian al *Prinţului din Tyre* pentru a anunţa intenţia de a ateriza. Această creatură era dificil de citit. Lucifer fusese întotdeauna mult prea ocupat pentru a remarca lipsa de gânduri a mercenarilor de sub comanda sa.

- Am avut un bunic Serafim, zise Eligor în cele din urmă. Când a fost alungat, s-a asigurat că fiii săi vor rămâne cât mai departe de Alianţă.

Lucifer îşi ciuguli uşor penele lungi din stratul primar.

- Ai idee de ce? întrebă el.

- De ce s-a ţinut departe?

- De ce a fost alungat.

Eligor mârâi.

- Nu îi plăcea să le urmeze toate regulile.

Radioul scoase un sunet scurt, marcând sosirea mesajului din partea controlorului de trafic aerian, care prezenta instrucţiunile de aterizare. În timp ce navigau prin dubla linie ermetică, acea voce mică şi nesuferită pe care Lucifer reuşise să o ignore atât de mult timp căpătă deodată forţă.

„Zepar e supărat.”

- Eu conduc Alianţa, mârâi Prim-ministrul.

„Asta spuneai înainte să se întoarcă tatăl tău.”

- Taci din gură! îi ordonă el vocii care părea să îi dezvăluie întotdeauna cele mai ascunse temeri.

Această tema era, într-adevăr, una controversată pentru Lucifer: el condusese Alianţa timp de mai bine de 200 de ani, până când tatăl său se întorsese şi anunţase că nu era mulţumit de modul în care îi gestionase imperiul.

Poate că ar fi trebuit să se scuze? Să îi spună tatălui său că acordul de comerţ era menit să ajute la evitarea morţilor inutile ale hibrizilor?

Eligor îl readuse la realitate în momentul în care a doua linie ermetică se deschise.

- Domnule, spuse el fără vreo inflexiune a vocii, se pare că aveţi o gardă de onoare.

Lucifer îşi desfăcu centura şi aruncă o privire pe parbriz. În hangarul de zbor, flancat fiind de o parte şi de alta de o pereche de Angelici masivi, cu aripi albe, aştepta Şeful de Personal Zepar. El era cel care condusese cu adevărat Alianţa, dacă se ţinea cont de cine ştia de fapt unde erau îngropaţi toţi scheleţii.

- Gardă de onoare pe naiba! murmură Lucifer.

- Domnule? ceru Eligor clarificări.

- Susţine-mă, bine? zise Prim-ministrul bătându-l uşor pe umăr. Spune-i – se gândi un timp la o scuză bună – spune-i că s-a stricat ceva la navă şi nu ai putut să mă aduci până azi. Da?

Eligor adoptă o expresie imposibil de descifrat. Poate că era un mercenar dur, dar Pruflas şi Furcas, perechea de Angelici pe care o numise Zepar pentru a-l proteja, speriau pe toată lumea. Inclusiv pe Eligor...

Lucifer păşi mândru către Angelicul cu aripi murdare, ignorând cea mai servilă expresie pe care acesta o afişase, în momentul în care rampa atinse puntea de aterizare.

- Ei, Zepar, exclamă Prim-ministrul prelungind „r”-ul. Ai văzut pozele acelea publicitare magnifice pe care le-a făcut reporterul?

Îşi umflă aripile albe ca zăpada, reconstituind o postură elegantă, de politician şi zise:

- Le vreau difuzate către întreaga Alianţă.

Ochii de un albastru spălăcit ai lui Zepar împrumutaseră ceva din nuanţa luminii artificiale, astfel că acum păreau roşii.

- Ce ai gândit?! urlă el. Aveam o întrevedere stabilită cu regele neamului Tokoloshe pentru a discuta drepturile asupra mineralelor de promeţiu!

Lucifer se aplecă spre Şeful său de Personal.

- Am gândit, mârâi el, nefiind în starea potrivită pentru a juca rolul prinţului-păpuşă, că ultimul lucru pe care îl vreau e să fiu invitat la cină de canibali! Mai ales pentru ceva atât de trivial ca vopseaua fosforescentă!

- Ei bine, în timp ce tu te agitai de ochii presei, replică Zepar agitând un deget strâmb către Prim-ministru, regele Tokoloshe ţi-a interpretat absenţă drept o umilinţă!

- Trimite-le nişte flori în ghiveci, atunci, spuse Lucifer făcând un gest indiferent din mână. Îmi pare aşa de rău că ţi-am ratat cina de stat. Pe cine aţi mâncat, mai exact? Pe bunica ta- îşi aşeză o mână căuş în dreptul urechii- ai spus că era bătrână şi dură?

Zepar îşi coborî vocea, adoptând un ton voit servil; cel care preceda, de obicei, o lovitură sub centură din punct de vedere politic.

- Jophiel a trimis un crucişător de linie pentru a proteja acea planetă minieră disputată, mârâi el. Dacă tu nu te-ai arătat, cei din neamul Tokoloshe au interpretat asta drept o declaraţie de război!

- Eu propun să îi lăsăm pe Leonizi să îşi facă de cap cu ei, replică Lucifer. Nu le-a prea priit toată pacea asta. Ce zici, Eligor? Am putea chiar să vindem şi bilete. Meciul secolului?

Se răsuci apoi spre Pruflas.

- Şiiiii iată, doamnelor şi domnilor, în colţul din stânga avem marii... durii... şi băloşii canibali Tokoloshe! E un meci după care m-aş cam omorî... literal.

- Lucifer, îl întrerupse Zepar. Avem nevoie de promeţiu pentru...

Prim-ministrul îi tăie însă avântul pentru a continua.

- În colţul din dreapta- se răsuci spre cealaltă gardă, Furcas- avem cei mai buni luptători ai Alianţei. Bravii noştri Leonizi. Vă vor distruge! Dar credeţi-mă pe cuvânt, în timp ce vor face asta, vor continua să arate splendid!

- Lucifer! spuse Zepar ridicând glasul.

- Deci pe cine veţi paria? Pe Regele Canibal? Pe Leii Leonizi? Veniţi aici şi pariaţi! Meciul ăsta e mult mai bun decât jocul de şah al Împăratului. Singurul lucru în legătură cu care el şi Shay'tan au fost vreodată de acord.

Lucifer se aplecă spre Zepar.

- NOI NU FACEM ÎNŢELEGERI CU CANIBALII!!!

O bufnitură serioasă i se prăvăli drept între urechi. Capul Prim-ministrului fu propulsat spre înapoi, iar ochii i se dădură peste cap:

- Tokoloshii i-au prins într-o ambuscadă! strigă Zepar.

Lucifer îşi luă capul în mâini, luptând împotriva senzaţiei ciudate că cineva tocmai i-ar fi zdrobit craniul.

- Ambuscadă? se înecă el.

- Da! urlă Zepar. Cei din neamul Tokoloshe i-au atacat pe Leonizi!

Sângele năvăli în urechile lui Lucifer în timp ce vocea aceea supărătoare devenea din ce în ce mai puternică.

- C...cum? șopti el.

- Crucișătorul de linie a transmis un semnal SOS, răspunse Șeful de Personal. Dar de atunci nu am mai primit nimic!

Lucifer simți că îi vine să vomite.

- I-au... sacrificat?

- Poate. Tocmai l-ai umilit personal pe regele neamului Tokoloshe.

Puntea de aterizare se clătină. Lucifer își înfoie aripile, străduindu-se să rămână în picioare. Leonizii? Invitați la cină? La un festin marca Tokoloshe, la care felul principal era reprezentat tocmai de victimele care încă strigau după ajutor?

Mâncați de vii?

- Sunteți bine, domnule? întrebă Eligor apucându-l de braț.

- E doar o migrenă, răspunse Lucifer cu o voce slabă. Le-am avut aproape dintotdeauna.

Hangarul se întunecă din ce în ce mai mult în timp ce privirea lui Lucifer se încețoșa. Sunetul vocilor personalului său deveni tot mai slab; tot ce mai putea auzi era acel glas batjocoritor, care insista:

„I-au mâncat! I-au mâncat! E numai vina ta că i-au mâncat!"

- Mă ocup eu de asta, replică Zepar alungând pilotul.

- Nuuuu...

Lucifer se întinse către Eligor în timp ce Pruflas și Furcas îl tărau înapoi în camera sa.

Capitolul 18

Mai – 3,390 î.Hr.
Pământ: satul Assur

NINSIANNA

În sat, sarcinile unei femei presupuneau îngrijirea casei, adunarea roadelor de la câmp şi asigurarea curăţeniei în urma bărbaţilor. Totuşi, de fiecare dată când mama sa era prea ocupată, o trimitea chiar pe ea să rezolve cazurile ce nu erau de o gravitate majoră.

Adolescentul grăsuţ, cu chip aspru, se tăiase în partea inferioară a labei piciorului. Încerca să se arate curajos în timp ce Ninsianna desfăcea firele de păr de cal şi trecea unul dintre ele printr-un ac de cusut din oţel, împrumutat de la Mikhail.

- Nu-i aşa că e spectaculos? zise fata analizând acul în lumină. Uite cât de subţire e. Aproape că nici nu o să ai vreo cicatrice.

Faţa dolofană a băiatului căpătă o culoare bolnăvicioasă în timp ce Ninsianna îi cosea înapoi cele două bucăţi de piele despicate. Numele lui era Ipquidad. Era fiul blând al unui negustor. Judecând după viteza cu care creştea, nu avea să mai dureze mult până să aibă aceeaşi înălţime ca Mikhail.

- Asta o să doară, îl avertiză fata.

- Nu îmi e frică! replică băiatul, însă scăpă un strigăt în momentul în care Ninsianna înfipse acul în piele.

- Respiră! îl îndemnă mama lui în timp ce tămăduitoarea novice îi punea copca.

Într-un sfârşit, Ninsianna legă firele şi înmuie acul într-un soi de unguent pe care Mikhail o lăsase să îl ia de la barca lui cerească.

- Să nu calci pe piciorul acela timp de o săptămână, ordonă fata. Ai grijă să nu intre mizerie! Şi schimbă bandajul în fiecare zi.

Ipquidad aprobă din cap; ochii îi erau plini de lacrimi.

Mama băiatului atinse copcile.

- Magia aceasta este extraordinară! exclamă femeia. Pot să înţeleg de ce Căpetenia e fascinată de armele celui înaripat!

- Asta nu este o armă, răspunse Ninsianna. Este o unealtă tipică pentru un tămăduitor.

- Dar ar putea fi, o întrerupse Ipquidad. Nu-i aşa?

- Nu, nu aceasta.

Mama băiatului înşfăcă recipientul în care se afla unguentul ciudat şi mirosi acel lichid straniu.

- Cum a fost? întrebă ea la un moment dat. Să fii ţinută prizonieră pe o stea căzătoare.

- Prizonieră?

- Da. Jamin spune că ai fost ţinută acolo împotriva voinţei tale.

Obrajii Ninsiannei se înroşiră de furie.

- Şi ce altceva a mai spus Jamin? replică ea cu răceală.

Ipquidad fu cel care răspunse de această dată:

- A spus să fim cu ochii în patru faţă de lucrurile care pot fi mult mai periculoase- sau mortale- decât par.

Mama şi fiul urmăriră cu privirea acul pe care Ninsianna îl aşeză în micul portofel folosit pentru a nu pierde vreunul din instrumentele ei de tămăduitoare. Acea cunoaştere intuitivă îi spunea fetei care sunt slăbiciunile băiatului.

- De când vă face Jamin regulile în viaţă?

Ochii copilului se umplură de lacrimi. Deşi era înalt pentru vârsta lui şi avea şi vârsta potrivită pentru a începe antrenamentul de războinic, Ipquidad era genul de adolescent cu intenţii bune, genul de adolescent de care ceilalţi războinici şi-ar fi bătut joc.

Ninsianna îl unse cu una dintre alifiile mamei sale pe picior. Ipquidad tresări, simţind usturimea. Apoi, fata legă rana cu o faşă- mult mai brutal decât ar fi fost necesar.

La naiba cu Jamin! La naiba cu Jamin şi prostia lui!

Mama băiatului îi oferi obişnuita răsplată care consta în pâine şi o cantitate mică de grâne. De obicei, Ninsianna lua doar pâinea, dar acum se vedea nevoită să înapoieze nişte bani de căsătorie, iar acest gen de oameni nesuferiţi îi făceau viaţa şi mai grea alimentând minciunile lui Jamin!

- Mulţumesc, replică ea scurt.

Păşi afară, observând poziţia soarelui pe cer. Spera că mama sa se întorsese acasă şi începuse să pregătească lintea pentru cină. Altfel, cu toţii aveau să ia masa mai târziu, pentru că şi ea fusese prinsă toată ziua cu solicitări la domiciliu.

- Ninsianna! îi strigă cineva deodată numele în timp ce fata înainta spre cel de-al doilea inel. Aşteaptă!

Tămăduitoarea aruncă o privire peste umăr.

O, minunat!...

Se gândi serios dacă să fugă, dar din păcate Jamin o văzuse. Grăbi pasul, sperând că acesta avea să înţeleagă mesajul, însă el o prinse din urmă fără să arate că i-ar păsa în vreun fel.

- Ninsianna, spuse Jamin atingându-i umărul. Te rog! Trebuie să vorbim!

Fata se răsuci pe călcâie pentru a-l privi în ochi, însă nu pentru că voia acest lucru, ci pentru că mama ei îi ordonase să dea la pace cu el. În plus, în numele zeiţei, dacă nu reuşea să înapoieze banii de măritiş, între a se căsători cu el sau cu Muhafiz din Nineveh, ei bine, ar fi ales oricând să nu fie nevoită să se mute!

- Ce vrei? întrebă Ninsianna cu asprime.

- Ai auzit ce s-a întâmplat?

- Ce s-a întâmplat unde?

- La zona de prelucrare a lemnului.

Deci aceasta avea să fie încă una din acele conversaţii, nu-i aşa? O conversaţie în care Jamin inventa teorii ale conspiraţiei pentru că Mikhail nu avea idee cum se mânuieşte o unealtă de piatră?

- Bineînţeles că am auzit, replică fata, căutând o cale de scăpare.

- Ce crezi despre asta? insistă el blocându-i drumul.

- Cred că ar trebui să întăriţi poarta dinspre nord mai repede, înainte ca un inamic să apară şi să se strecoare- se strecură ea însăşi pe sub braţul lui Jamin- prin gaura aia din lemnul putrezit.

Jamin o apucă de ambele braţe.

- Deci suntem de acord?

- Da, zise fata făcând câţiva paşi înapoi şi lovindu-se de peretele din faţă al unei case de chirpici. Bineînţeles că suntem de acord. Trebuie să ne întărim apărarea pentru ca Cel Malefic să nu pătrundă dincolo de zidurile noastre.

Jamin se entuziasmă.

- Bine, vom începe cu cele două porţi, iar apoi vom încerca să ne dăm seama cum să oprim fulgerul.

Continuă să pălăvrăgească o vreme despre distructivul fulger albastru şi despre ce îi trebuia pentru a-şi echipa războinicii cu arme la fel de puternice ca ale lui Mikhail.

Era, oare, posibil? Planul tatălui ei funcţionase? Reuşise Mikhail să îi arate lui Jamin ceva suficient de spectaculos pentru a-i capta interesul?

Ninsianna îi zâmbi în cel mai călduros mod posibil; îşi dorea cu disperare ca cei doi să se înţeleagă.

- În legătură cu fulgerul, zise ea, m-am tot gândit la ce să facem în cazul în care se arată Cel Malefic.

- Chiar aşa?

- Da, continuă fata cu o expresie animată. Mi-ar plăcea... – îşi formă în minte o imagine a celei mai profunde dorinţe a lui Jamin, după care îi atinse braţul şi încercă să proiecteze imaginea în mintea lui. Mi-ar plăcea să organizăm o ceremonie publică pentru a reconsolida magia, aşa cum a procedat şi bunicul meu când a construit poarta dinspre sud. Doar că de această dată vom şti sigur că Cea-Care-Este va asculta.

- Pentru că îţi vorbeşte ţie?

- Da, răspunse fata, îmbrăţişându-l cu entuziasm.

Nimeni, nici măcar tatăl ei, nu crezuse că ea era capabilă să îi vorbească zeiţei.

- Iar apoi vom... nu știu, continuă Ninsinna. Poate că vom reuși să aducem ceva magie de la barca cerească?

Chipul lui Jamin se destinse într-un zâmbet superb, amintindu-i fetei pentru o clipă că nu fusese întru totul reticentă în ziua în care acceptase să se mărite cu el. Tânărul o strânse în brațe, umplându-i nările cu parfumul său cald, ca de pământ bogat.

- Știam că o să îți revii la un moment dat, zise el sărutând-o pe creștet. Ceilalți cred că a fost un accident. Dar tu? Tu ai văzut ce e în stare să facă nenorocitul ăla!

Sprâncenele Ninsiannei se uniră în semn de confuzie.

- Accident?

- Da, insistă Jamin. Nu am văzut niciodată ceva de genul ăsta. A zdrobit copacul cu totul.

- Care copac?

- Cel pe care l-a cumpărat tata ca să reconstruim poarta putrezită. Cel înaripat l-a zdrobit cu totul, așa că acum nu mai avem lemn.

Amețeala se amestecă de îndată cu exasperarea din mintea Ninsiannei. Copacul? Cel pe care bătrânul Behnam avea de gând să îl folosească pentru a-l învăța pe Mikhail cum să facă scânduri?

- Jamin, zise ea cu asprime, zeița vrea ca voi să vă antrenați cu el. Nu să puneți la cale planuri împotriva Campionului ei.

- Campionul? replică Jamin crispându-se brusc. Deci încă ești în tabăra lui?

- În tabăra lui? râse Ninsianna. Tot ce încerc să fac este să vă împiedic să tot încercați să vă omorâți unul pe altul!

- Cum poți spune asta după ce aproape că te-a ucis?

- Omorât? replică fata. Asta le spui oamenilor mai nou?

- Da, răspunse Jamin, lipindu-și nasul de al Ninsiannei. Am fost acolo când te-a amenințat punându-ți sabia la gât și NU AVEA DE GÂND să se oprească!

Mâna Ninsiannei zbură direct spre gât, în mod instinctiv.

- Nu... zise ea cu glas slab.

- Da, insistă Jamin, mângâind cu degetul locul în care sabia însângerată se lipise de pielea ei. Acel lucru care trăiește în interiorul lui aproape că te-a ucis, pentru că tu ai îndrăznit să stai în calea lui în timp ce acel ceva își urmărea prada!

Ninsianna făcu din nou câțiva pași înapoi, căci nu dorea să își amintească acea creatură lipsită de suflet care o privise adânc din ochii nemiloși și întunecați ai lui Mikhail. Jamin se apropie însă de ea- era ca un leu care încolțise o gazelă.

- Cea-Care-Este i-a vorbit lui, continuă acesta. Eram acolo, îți amintești? S-a oprit doar pentru că EA i-a ordonat să nu te ucidă.

Buza Ninsiannei tremura.

- S-a oprit pentru că...

- ...te iubeşte?

Privirea lui Jamin era din ce în ce mai intensă. Fata dădu din cap în semn de dezaprobare.

- Mikhail abia de observă că exist.

Expresia tânărului exprima pură uşurare.

- Ninsianna, se rugă el de ea. Chiar nu poţi vedea? Nu se află aici decât ca să ne slăbească apărarea.

Fata se îndepărtă de el.

- Mamă Preamărită! se rugă ea. Nu vreau să aud aceste minciuni!

- Este totul în regulă? interveni o voce.

Ninsianna se răsuci pe călcâie pentru a-şi întâlni salvatorii- două femei în vârstă; sora mai tânără era aproape oarbă, iar cea mai în vârstă, deşi vedea bine, se sprijinea anevoie într-un baston.

- Yalda, salută Jamin formal. Zhila. Aţi luat decizia?

- Da, Mufahiz, răspunse Yalda folosind titulatura oficială. Buşteanul nu mai poate fi salvat. Singurul lucru pe care îl mai poate face Behnam cu el este să îl transforme în bibelou.

Jamin îi aruncă Ninsiannei o privire întunecată, prin care încerca să îi transmită: „Vezi? Ţi-am zis eu!"

- Şi cine va plăti pentru a trimite pe cineva către Munţii Zagros? Avem nevoie de un copac nou care să fie trimis pe râu în jos pentru ca poarta noastră nordică să nu rămână neapărată.

- Gestul nu a fost intenţionat, explică Zhila. Toţi bărbaţii prezenţi acolo au spus că cel înaripat pur şi simplu nu şi-a dat seama cât de eficiente sunt uneltele noastre din piatră.

Pielea măslinie a lui Jamin căpătă o nuanţă de-a dreptul purpurie.

- Am văzut ce a făcut! exclamă el. Mikhail a zdrobit buşteanul ăla în mod intenţionat!

- Dacă ar fi făcut-o, replică Zhila cu asprime, nu s-ar fi lovit şi pe el însuşi până la pierderea cunoştinţei.

- Pierderea cunoştinţei? întrebă Ninsianna surprinsă.

- Exact, zise Yalda. Barosul s-a dezmembrat, iar capul l-a lovit pe Mikhail drept în frunte.

Jamin făcu mai mulţi paşi înapoi, cu o expresie acuzatoare:

- Tu ai fost acolo! spuse el trecându-şi degetul de-a lungul gâtului. Ai văzut în ce se transformă când măcelăreşte optsprezece oameni!

Tânărul se întoarse şi îşi reaşeză şalul cu o mişcare arogantă, prin care voia să le amintească celor trei statutul său de Mufahiz. Apoi plecă de parcă ar fi fost deja Căpetenia satului.

Ninsianna privi către cele două surori văduve.

- Vă rog, zise ea, spuneţi-mi ce s-a întâmplat!

*

Ninsianna urcă pe acoperiş, cărând un coş cu turte. Mikhail privea către apus, spre munte, înconjurat de aripile întunecate aşezate asemenea unui zid impenetrabil. Privea către viaţa pe care o lăsase în urmă.

În momentul în care fata ajunse în spatele lui, penele îi foşnirä, însă nu se întoarse pentru a o saluta.

- Yalda a trimis nişte pâine, spuse ea. A ei e cea mai bună din tot satul.

- Femeia bătrână cu care ne-am întâlnit la poartă?

- Da. A auzit ce s-a întâmplat.

- Deci acum sunt ţinta milei oamenilor?

Ninsianna se aşeză lângă Angelic, punându-i coşul în faţă. Din moment ce el nu se servea, fata îl ridică şi i-l întinse, aşteptând ca parfumul călduţ al bucatelor să îşi facă treabă. Mikhail luă o felie fără a se întoarce către Ninsianna.

- Cât de rău te-ai lovit? îl întrebă ea.

- Mama ta mi-a pus şapte copci.

Fata îi atinse bărbia, *forţându-l* să se răsucească pentru a o privi şi dezvăluind umflătura roşie care se arăta mare, asemenea cornului unei antilope, pe fruntea lui. Şapte copci maronii îi marcau trăsăturile perfecte, elegante, pe care chiar şi prăbuşirea din cer fusese destul de blândă pentru a le cruţa. Ninsianna nu ştia dacă să râdă sau să plângă.

- Ăsta da ochi învineţit, zise ea.

Mikhail se întoarse din nou cu spatele.

- Nu mă *pricep* la a fi om, mormăi el. Tot ce ştiu să fac este să ucid.

Fata nu ştia ce să răspundă. În *acest* caz, atât Mikhail, cât şi Jamin aveau aceeaşi părere. Dar dacă reuşise să înveţe ceva despre el, era că Mikhail nu tolera nicio formă de decepţie faţă de sine, auto-flatare sau scuze legate de nereuşitele lui. Aşadar, în loc să răspundă, aceasta se ridică şi se opri în dreptul aripii rupte.

- Mama mi-a spus că o poţi ridica până la nivelul umărului acum, nu? întrebă ea.

- Da.

Aşteptă o vreme un răspuns mai elaborat, dar desigur că Angelicul nu continuă.

- Dă-mi voie să îţi masez osul, zise deci Ninsianna. Poate te ajută.

Mikhail îşi întinse aripa şi o lăsă pe Ninsianna să i-o maseze în zona tendonului principal de zbor, înfigându-şi degetele adânc în muşchi în timp ce elibera tensiunea. În timp ce lucra, fata fredona un cântec despre demoni înfrânţi, adunându-şi puterile din ceea ce primea de la Cea-Care-Este.

Mâinile i se încălzirä, la fel cum se întâmpla *de fiecare dată* când ajuta pe cineva să se vindece. Mikhail oftă în timp ce Ninsianna îi forţa membrul rănit să se înalţe deasupra capului.

- Mi-am amintit ceva astăzi, zise el.

- Da? răspunse Ninsianna, făcând o scurtă pauză.

Mikhail îşi îndreptă privirea spre apus din nou.

- Cel puţin *cred* că mi-am amintit, continuă apoi. Era o fată. Seamănă foarte mult cu tine, doar că ochii ei sunt negri. Mi-a dat apă şi mi-am amintit că atunci când eram copil...

Vocea Angelicului se stinse.

- Ce s-a întâmplat când erai copil?

- Nu îmi amintesc, zise acesta. Căutam pe cineva într-un copac. Când a vorbit...

- Ce?

Mikhail oftă.

- Nu sunt sigur. Tot ce îmi amintesc sunt ochii ei.

O emoţie stranie năvăli în trupul Ninsiannei. Ce avea de a face o fată din trecutul lui cu ceea ce se întâmpla acum?

Îi eliberă aripa rănită şi începu să i-o maseze pe cealaltă, însă Mikhail o trase deoparte. Încă din ziua în care îi ucisese pe Halifieni, între Ninsianna şi el se căscase o prăpastie adâncă; la fel de mare şi de impenetrabilă ca zidurile Assurului.

Immanu îşi strigă fata.

- Mă întorc imediat, îl asigură ea pe Mikhail şi coborî pe scări.

Tatăl său stătea în faţa dulapului de lemn în care îşi păstra uneltele magice. Când fata intră în încăpere, acesta ridică o fiolă goală care ar fi trebuit să conţină extract de seminţe de mac.

- Ninsianna, începu Immanu. Îţi voi pune o întrebare şi vreau să îmi răspunzi sincer.

Ninsianna înghiţi în sec. Tatăl ei ştia *întotdeauna* când spunea o minciună.

- Da, tată? zise ea inocentă.

- Săptămâna aceasta am umplut de trei ori fiola şi în fiecare dimineaţă am găsit-o goală.

Ninsianna aruncă o privire către scară.

- Am încercat să învăţ cum să recapitulez amintirile urâte.

- Ale lui Mikhail?

- Da, răspunse fata cu o privire vinovată.

Ochii tatălui străluceau în nuanţe roşiatice, ca de cupru, semn al unei puteri pe care o demonstra arareori, dar care o terifiase dintotdeauna pe Ninsianna, mai ales atunci când era mică.

- Ştii care e pedeapsa pentru o femeie acuzată de vrăjitorie? întrebă el.

- Nu am făcut decât să lucrez puţin cu visele pentru a o întreba pe zeiţă cum să îl ajut pe Mikhail, răspunse fata.

- Singurul mod prin care poţi vorbi cu zeiţa este să te îngropi în pământ şi să negociezi cu *soţul* ei.

- Dar cum se presupune că ar trebui să îl ghidez pe Mikhail...?

- Nu e treaba *ta* să îl ghidezi pe Mikhail, replică Immanu. Cea-Care-Este m-a ales pe *mine*!

- Dar eu sunt cea care l-a *găsit!* insistă şi Ninsianna.

- Pentru a mă ademeni pe mine spre deşert. Zeiţa ştia că aş face *orice* pentru a-mi recupera unicul copil! zise tatăl, aşezându-şi o mână în dreptul inimii.

Ninsianna îşi coborî privirea.

- Dar mi-a vorbit, spuse ea. A vorbit *prin* mine în ziua în care nu l-a lăsat pe Mikhail să îl ucidă pe Jamin.

- Te aştepţi să cred asta?

- Doar întreabă-l pe Jamin, zise Ninsianna. A auzit-o!

Tatăl oftă.

- Pierderea de memorie a lui Mikhail este dorinţa Celei-Care-Este. Trebuie să încetezi să îl forţezi să îşi mai amintească.

- Nu îşi aminteşte pentru că EA mi-a cerut să îi alung coşmarurile!

- Nu dispui de o asemenea putere, replică Immanu indiferent. Eşti doar o femeie.

- Sunt *fiica* ta!

Obrajii Ninsiannei se înroşiră.

- De ce şi-ar fi trimis bunicul abilităţile către tine, dar nu şi către mine? continuă ea.

- În cazul în care ai uitat, nu eşti *singura* nepoată a lui Lugalbanda!

- Gita nu dispune de niciun fel de magie! replică Ninsianna. Chiar tu ai spus-o. Fratele tău nu a moştenit darurile bunicului!

- Ei bine, Gita era lângă Mikhail când s-a lovit la cap, răspunse Immanu. Cel înaripat se purta de parcă ar fi cunoscut-o. Iar apoi m-a bătut la cap tot restul zilei, întrebându-mă cine era fata care aducea apa.

Un fior rece se instală înlăuntrul Ninsiannei.

- Gita i-a dat apă?

- Da.

- Dar ce contează? întrebă fata cu glas tremurând. Tatăl ei este beţivul satului.

Tatăl ei îşi coborî vocea.

- Te-ai întrebat vreodată ce s-ar întâmpla dacă ceea ce ştie Merariy ar ajunge la urechile celui înaripat?

- Toată lumea ştie că templul a fost distrus.

- Crezi că asta l-ar opri pe Merariy să declare că *el* este Alesul, iar asta doar pentru că el, numai el, ştie unde se află ruinele?

Lacrimile năvăliră în ochii Ninsiannei.

- Poate că ar trebui să îi spunem.

- Cea-Care-Este l-a trimis la fiica *mea*, în *acest* sat, şi i-a frânt aripa pentru a nu putea zbura altundeva. Dacă EA ar fi vrut ca Mikhail să găsească templul, l-ar fi doborât din ceruri chiar deasupra ruinelor.

- Dar dacă se presupune că trebuie să îl ajutăm să le găsească? Dacă *asta* era misiunea lui? Să străbată deşertul, căutând.

- Deşertul aproape ca mi-a *ucis* fratele, strigă tatăl. A dispărut timp de şapte ani, iar atunci când s-a întors, era un nebun! Chiar *vrei* să îi faci asta lui Mikhail?

Buzele Ninsiannei tremurau. Unchiul Merariy o înspăimânta chiar mai mult decât propriul tată când se enerva, dar Jamin avea dreptate. Immanu nu îl *văzuse* pe Mikhail în ziua în care îi ucisese pe Halifieni. Ce s-ar întâmpla dacă ar ceda nebuniei deşertului?

Ce s-ar întâmpla cu ei? *Ei*, cei care ar dezlănţui un nebun?

Sunetul paşilor care se apropiau îi determină pe amândoi să rămână tăcuţi. Ninsianna privi în sus.

- Totul este în regulă?

Mikhail stătea pe scară, cu aripile îndoite într-o poziţie ciudată, căci se chinuia să încapă prin gaură. Chipul lui umflat şi vânăt, precum şi copcile urâte care aveau să lase în mod sigur cicatrici în urmă, inspirau milă. Nu conta că îşi făcuse *singur* asta. Arăta ca un copil care fusese bătut de vreun huligan, nu ca o creatură a cerurilor.

În acel moment, singurul rău din lume păreau a fi *ei...*

- Vorbeam despre ce trebuie să înveţi mâine, minţi Immanu. Behnam te-a rugat să îţi aduci cuţitul. Vrea să vadă cum ai meşteri *tu* lemnul, iar apoi va încerca să adapteze tehnicile folosind uneltele Ubaide.

Capitolul 19

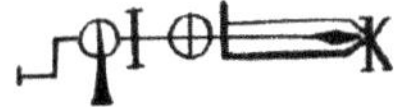

Data Galactică Standard: 152.323.06 D.Î.
Sectorul Zulu: Vasul Amiral "Răsărit de Lumină"
Colonel Raphael Israfa

RAPHAEL

Raphael examina harta holografică a brațului Orion-Cygnus, ce aparținea Căii Lactee. Culori diferite marcau sisteme solare pe care le cercetaseră: roșu pentru zone nelocuibile, galben pentru sisteme, planete sau luni care ar putea susține traiul pentru o perioadă scurtă de timp, verde pentru planete clasa M, care puteau susține traiul pe termen lung. Era puțin verde prețios...

...și o mulțime de gri care desemna teritoriile „neexplorate".

Raphael își înșfăcă propriul păr, deja crescut dincolo de tăietura obișnuită a tunsorii lui scurte, căci fusese mult prea ocupat pentru a mai merge la bărbier; smulse frustrat câteva fire. Timp de șaptesprezece săptămâni nu remarcaseră niciun semn de la vreun far al unei nave care să se întoarcă la bază, niciun fel de activitate Sata'anică ce ar fi putut indica unde fusese doborât Mikhail.

Colonelul pășea înainte și înapoi, lăsând în urmă pene aurii în timp ce sentimentul acut al misiunii care trebuia încheiate se lupta cu *nevoia* de a o contacta pe Jophiel. Se simțea de parcă inima îi fusese frântă în două- o parte voia să își găsească prietenul cel mai bun, iar cealaltă aproape că urla „Du-te să îți vizitezi fiul!!!"

- Unde ești? șopti el privind îndelung către hologramă.

Nu putea să creadă că Mikhail ar fi mort. Nu *voia* să creadă! După toate experiențele prin care trecuse, să moară în anonimat pe vreo planetă nelocuită... Unicul Serafim rămas în viață...

...murise *singur*.

O alarmă slabă anunță sosirea unui nou mesaj.

- Domnule, zise Majorul Glicki arătând către consola sa. Cineva a deschis o gaură neagră subspațială.

Raphael se grăbi către scaunul său de comandat; inima aproape că îi cânta.

- Trece-o pe ecranul principal!

O imagine aurie se solidifică pe ecran. Chipul lui Raphael fu brusc cuprins de furie când reuși în sfârșit să distingă urechile aurii, coama roșumaronie şi colţii ascuţiţi care se arătau din umbra maxilarului puternic. Cea mai animalică dintre cele patru specii hibride- Leonizii. Se asemănau predecesorilor lor, leii, specie dispărută în urma catastrofei din Niburu, însă dispuneau de inteligenţă sporită şi degetele opozabile specifice oamenilor.

Patru stele aurii prinse la gulerul uniformei rigide atestau rangul Leonidului.

- Este Generalul Re Harakhti, de pe nava „*Răzbunarea Împăratului*", domnule, chiţăi Glicki surprinsă.

De ce îl contacta tocmai pe *el* Leonidul cu cea mai înaltă gradaţie?

- General Harakhti, salută Raphael. Cu ce vă pot ajuta, domnule?

- Am auzit că sunteţi în căutarea oricărei activităţi suspecte, mormăi Harakhti.

- Da, domnule, răspunse Raphael. Orice iese sau intră în sectorul Zulu.

Un mormăit grav răzbătu din gâtul Generalului Leonid:

- Am interceptat ceva ce vi s-ar putea părea interesant, zise Harakhti. Au pretins că sunt comercianţi, dar apoi s-au dedat la cea mai *teribilă* manevră pe care am văzut-o vreodată!

- Sata'anici? ghici Raphael.

- Marina Comercială Sata'anică, confirmă Generalul Harakhti.

- Ce clasă avea nava? întrebă comandantul, aplecându-se din scaunul său spre ecran.

- Nu am văzut niciodată ceva de genul acesta, răspunse Leonidul, scărpinându-şi mustăţile. Dar când am trimis informaţia la Centrul de Comandă, Comandantul General Suprem *însuşi* ne-a ordonat să deschidem o micro-gaură neagră şi să vă contactăm imediat.

Aripile lui Raphael se încovoiară. De obicei, Jophiel ar fi folosit prilejul drept scuză pentru a transmite chiar ea informaţiile, dar de când se născuse Uriel refuzase să îi răspundă la apeluri. Ecranul clipi uşor când Harakhti trimise imaginea, alături de coordonatele holografice ale locului din care nava în cauza venise.

O masă maro absolut terifiantă se materializă pe ecran. Mare, îndesată, ca un uriaş prădător carnivor; plasma de un roşu aprins erupea parcă în raze din cuirasatul Tokoloshe, direct către nava care înregistra imaginea.

Între cameră şi cuirasat se afla chiar nava pe care Mikhail o urmărea în ziua în care dispăruse.

Ecranul redeveni imobil.

- Au scăpat? întrebă Raphael.

Nu se referea la vasul de contrabandă.

- Au căzut în luptă, replică Harakhti solemn. Am pierdut 162 de Arahnoizi şi 16 Leonizi, dar niciunul dintre ei nu a fost capturat în viaţă.

Raphael îşi înclină capul. Mai existau doar 2600 de Leonizi în viaţă, aşa că fiecare pierdere era una imposibil de înlocuit.

Cel puțin nu fuseseră crucificați și mâncați de vii...

- Ce făceau atât de departe? întrebă Raphael.

- Există câteva colonii de exploatare minieră în zona de frontieră a Alianței, răspunse Generalul. Regatul Tokoloshe a invadat o planetă din apropiere, așa că am trimis câteva nave pentru a descuraja continuarea agresiunii.

Majorul Glicki mări imaginea pentru a identifica nava suspicioasă.

- Clasa Algol, confirmă ea. Nu are însemne pe coadă, dar este identică celei pe care Colonelul o urmărea în ziua în care a dispărut.

Un slab sentiment al victoriei lumină tristețea resimțită față de soarta distrugătorului Leonid.

- Bănuiesc că nu au reușit să urce pe nava aceea suspicioasă, nu-i așa? întrebă Raphael.

Generalul Harakhti mârâi în modul caracteristic unui general de școală veche, ale cărui distincții fuseseră obținute în modul cel mai greu... pe frontul de luptă.

- Din câte se *pare*, răcni el, nava aceea mi-a condus oamenii direct în capcană!

Raphael își scărpină bărbia. Era greu de crezut că Shay'tan s-ar alia cu Tokoloshe, dar un vas comercial Sata'anic a cărui apartenență era îndoielnică?...

- Ar putea fi un dezertor, spuse el.

- Nu știu, replică aspru Harakhti. Dar data viitoare când dăm peste ei, o să tragem direct în navă, iar apoi o să facem bucăți și epava!

Raphael știa că nu trebuie să te cerți niciodată cu un General decorat cu patru stele. Avea să transmită o cerere către Jophiel și să o lase pe *ea* să discute asemenea chestiuni profesionale cu ofițerul din imediata ei subordine. *Un lucru* era sigur. Fiecare Leonid care făcea parte din flotă avea să vâneze nava de contrabandă.

- Vă mulțumesc, domnule General, salută Raphael scurt. Ne-ați oferit o zonă precisă de căutări într-un spațiu infinit.

- Mă bucur că v-am putut ajuta, răspunse Harakhti. Dacă mai găsim ceva, veți fi anunțat.

Ecranul se goli.

- Micro-gaură neagră închisă, declară Glicki.

Raphael își înclină capul. Restul echipajului repetă gestul, ținând cu toții un scurt moment de reculegere pentru cei 168 de Arahnoizi și 16 Leonizi care își pierduseră viețile.

- Fie ca Cea-Care-Este să le îndrume spiritele spre Tărâmul Viselor, murmură comandantul.

- Fie ca Împăratul *însuși* să îi ghideze spre poartă, replică echipajul la unison.

- Amin, încheie Raphael.

Se ridică apoi în picioare și se îndreptă spre masa holografică.

- Ai marcat coordonatele, Glicki?

- Da, domnule, răspunse foarte eficientul său secund. Triangulez chiar acum o nouă arie de căutări.

Cercul roşu pe care îl folosiseră pentru a delimita zona de căutări se restrânse uşor, lăsând însă în continuare o arie neexplorată incredibil de mare în care nava s-ar fi putut prăbuşi. Trecuseră şaptesprezece săptămâni de când Mikhail trimisese semnalul SOS. Oare nava de contrabandă călătorise dus-întors în tot acest timp? Poate chiar făcuse mai multe călătorii? Sau se instalase undeva, continuându-şi apoi călătoria?

- La naiba! izbucni Raphael. Pur şi simplu nu ştim!

Capitolul 20

Iunie - 3.390 î.Hr.
Pământ: satul Assur
Colonel Mikhail Mannuki'ili

MIKHAIL

Nu s-ar fi putut spune că această găleată era tocmai frumoasă şi nici lucrată cu stil, dar o făcuse chiar *el*, în numele lui Hades! Fără oţel, fără lipici sau cuie moderne- dacă nu punea la socoteală răşina de pin pe care o folosise pentru ca şipcile de lemn să fie rezistente la apă. Cel mai important, nu se folosise de cuţitul său. Bătrânul Behnam îl învăţase să folosească uneltele de piatră.

Acesta îi înmână primele două găleţi pe care le făcuse- în săptămâni bune de lucru- pentru un total de trei. Una care era *a lui,* plus două cu care să le înlocuiască pe cele pe care le stricase; pentru *acelea,* însă, trişase şi îşi folosise cuţitul de titan.

- Vezi? zise Behnam. Ţi-am zis eu că acel buştean voia să fie transformat în lucruri mai mici.

- Cum rămâne cu poarta dinspre nord?

- Sezonul trecut am avut parte de o recoltă bogată, zise bărbatul. Căpetenia va face comerţ pentru un alt buştean, iar de *această* dată nu te vom lăsa să te apropii de baros.

Bătrânul îl bătu cu prietenie pe aripă. O emoţie rătăcitoare făcu buzele lui Mikhail să se arcuiască într-un surâs. Toată ziua se simţise oarecum bezmetic, de parcă era pe punctul de a face o schimbare şi, în sfârşit, să reuşească ceva.

- Ce vom construi mâine? întrebă el.

- O kata pentru antrenament.

- Da. O kata pentru antrenament, ca să ne *întindem* duşmanii la pământ. Pare a fi o îndemânare destul de practică.

Bărbatul îi zâmbi, dezvelindu-şi gingiile goale şi încercând parcă să îi comunice *„scuze, a fost tot ce am putut face."* Jamin insista în continuare că nici el şi nici războinicii lui nu aveau sub nicio formă să se antreneze cu Mikhail.

- Mulţumesc, domnule, spuse Angelicul. Abia aştept să îi învăţ.

Adună apoi găleţile şi se aplecă pentru a ieşi prin poarta joasă care conducea către atelierul lui Behnam; păşi în stradă, făcându-şi drum către fântâna aflată în josul potecii. Şi ce dacă nu putea să antreneze războinicii? Căpetenia ordonase doar ca până la solstiţiul de vară să îi antreneze *oamenii.*

Santinelele îşi rostiră obişnuitele avertismente dure când Mikhail trecu spre inelul exterior, însă femeile şi copiii, cei pentru care cărase apă, îl salutară pe nume. Mica fată care se împrietenise cu el chiar din prima zi pe care o petrecuse în sat îl strigă şi alergă pentru a-l ajunge din urmă.

În final, Pareesa reuşi să ţină pasul.

- Bună dimineaţa, Mică Zână, o salută Angelicul.

- Văd că ai terminat găleţile.

- Dap, replică acesta, luptându-se să îşi ascundă rânjetul. Lucrate *în totalitate* cu propriile mâini.

Fata ţopăia pentru a nu rămâne în urmă. Poate că doar i se părea lui Mikhail, însă Pareesa arăta mai înaltă şi mai subţire faţă de cum arătase în urmă cu câteva săptămâni. Picioarele lungi o purtau fără ca Angelicul să fie nevoit să încetinească prea mult.

- Credeam că trebuia să ai grijă de cei mici, spuse el.

- Nu astăzi, răspunse Pareesa zâmbind. Buni a venit să ne ajute cu bebeluşul.

La această oră din zi, cei mai mulţi locuitori ai oraşului erau la câmp, căci sezonul semănatului era în plin avânt. O femeie în vârstă se chinuia cu o găleată din crenguţe. Mikhail o ajută să o descurce şi apoi îi scoase o alta plină cu apă.

- Fie ca Cea-Care-Este să te binecuvânteze, spuse femeia în semn de mulţumire.

- Aş fi fericit şi dacă Cea-Care-Este nu mi-ar distruge găleata nou-nouţă, doamnă.

O ridică apoi, lăudându-se puţin; ce e drept, nu se putea abţine. Alături de lecţiile de tâmplărie, avusese parte şi de momente în care ecourile unor amintiri reveniseră- mai lucrase cu lemn înainte, chiar dacă acea îndemânare nu îi era tocmai cizelată.

Legă sfoara de găleată şi o coborî cu grijă în fântână, încercând să evite ieşitura. Un sunet spart se auzi în momentul în care aceasta se lovi de fund, iar apoi reveni purtând doar ceva nămol pe fund.

- Ce s-a întâmplat cu apa? întrebă Angelicul.

- Începe să sece fântâna, explică Pareesa. Va trebui să strecori găleata prin gaură.

- Prin gaură?

- Da, zise fata. În fântână este un loc mai adânc decât celelalte.

- Unde?

- Chiar lângă zona aceea în care se prinde găleata mereu.

Mikhail încercă din nou, iar de această dată sfoara coborî mai adânc. Se poticni în timp ce Angelicul o trăgea în sus, însă găleata navigă dincolo de obstacolul care i se opunea la o adâncime de peste o sută de metri.

Când coborî cea de-a două găleată, Mikhail aruncă o privire înăuntrul găurii.

- Aud cumva apă care curge?

Pareesa ridică din umeri.

- Tot ce știu e că pe măsură ce seacă fluviul, trebuie să coborâm gălețile tot mai adânc în fântână ca să scoatem apă. În curând nu o să mai avem deloc.

Angelicul scoase și cea de-a doua găleată, remarcând modul în care apa smucea sfoara. Gaura era mică, aproape prea mică și pentru găleată. Oare aceasta era fântâna în care căzuse Ninsianna?

- Cred că e un soi de izvor subteran, spuse Mikhail.

- Ca un râu?

- Da, zise el. Doar că mai mic. Într-o peșteră.

Angelicul își îndreptă privirea către sud, spre centrul satului. Îi părea rău că nu putea privi deasupra așezării, ca din perspectiva unei păsări.

- Pariez că același izvor alimentează toate cele trei fântâni.

- Atunci cum de fântâna asta și cealaltă seacă mereu?

Un bărbat o strigă pe Pareesa.

- Trebuie să plec, spuse aceasta cu o expresie acră.

Apoi, fata se îndepărtă de parcă mergea spre propria execuție. Tatăl ei o privi cu răutate, certând-o că plecase fără a-și termina treburile.

Mikhail legă a treia găleată de sfoară și o coborî în fântână, ascultând modul în care se auzea lemnul lovindu-se de pietre. Își înfoie aripile pentru a-și menține echilibrul și își vârî capul înăuntru, ascultând mai cu atenție și mișcând găleata înainte și înapoi în încercarea de a aprecia adâncimea.

Ce ar fi fost dacă ar fi coborât în fântână cu un ciocan de piatră de-al lui Rakshan și ar fi spart piatra aceea care bloca mereu gălețile? Dacă într-adevăr părerea lui era corectă și fântâna dădea spre un izvor subteran, deschiderea găurii ar fi însemnat că satul s-ar fi putut bucura de *două* fântâni care să asigure apă în mod constant, nu doar una. Poate că acest serviciu ar fi suficient de mare încât Căpetenia să treacă odată cu vederea prețul de zestre al Ninsiannei?

O mână ușoară îi gâdilă aripile.

- Văd că Ninsianna te-a convins să îi faci treburile, râse o voce nerușinată.

Mikhail își ridică privirea. În fața lui se afla o femeie înaltă, cu forme bine definite, care căra o găleată. Rochia ei era lucrată din cea mai fină pânză și decorată cu franjuri; femeia o legase strategic, pentru a lăsa expus în mod artistic unul dintre sâni.

Angelicul privi în altă parte.

- Mă scuzați, doamnă, zise el. Vă blochez drumul?

Femeia îi zâmbi într-un mod mult prea prietenos.

- Drumul? râse ea. O, dar în numele zeiței, sigur că nu! De fapt, mă bucuram de minunata priveliște a posteriorului tău și... cum numești astea? continuă apoi coborându-și mâna pe șoldurile lui Mikhail, într-un mod foarte sugestiv.

- Mă scuzați? se bâlbâi Angelicul.

- Ce păcat e să acoperi aşa nişte picioare frumoase şi musculoase, spuse femeia. Un bărbat *Ubaid* ar profita de ocazie să arate nişte... u-la-la... când se apleacă, dacă înţelegi ce vreau să spun, continuă apoi, răscolindu-şi părul cu reţinere.

Aripile lui Mikhail se deschiseră brusc. Fusese aruncat din ceruri şi luptase împotriva a optsprezece bărbaţi, dar...

- Eu... gâfâi el stângaci.

- Dacă vii acasă cu *mine*, insistă femeia mângâindu-l sugestiv pe partea din faţă a cămăşii, tatăl meu ar putea să îţi dea nişte treburi de *bărbaţi*. Treburi bune, *tari...*

Degetele ei coborau spre penisul Angelicului. Acesta făcu rapid câţiva paşi înapoi şi se împiedică de peretele jos care înconjura fântâna. Îşi întinse aripile pentru a-şi recăpăta echilibrul în timp ce cădea pe spate.

- Ai grijă! strigă o altă voce.

Pieptul îi fu străbătut de nişte fiori calzi, prea bine cunoscuţi, în momentul în care Ninsianna îl apucă de mână şi îl trase înapoi chiar când era pe punctul de a cădea. Mikhail reuşi să se pună înapoi pe picioare şi îşi strânse dulcele salvator la piept.

- *Is féidir liom a bhraitheann tú, chol beag,* murmură el pentru ca ceilalţi să nu îl poată auzi. Te simt, mica mea porumbiţă.

O trase într-o parte, înconjurând-o cu o aripă într-un gest universal bărbătesc pentru „*Sunt luat! Acum dispari!*"

- Vă rog să îi spuneţi tatălui dumneavoastră, i se adresă Angelicul prostituatei, că îi mulţumesc, dar *am* treabă! Începând de mâine, îi voi antrena pe oamenii lui Behnam pentru luptă.

Femeia care încercase să îl ademenească îşi acoperi gura cu mâinile şi râse. Ceilalţi săteni care veniseră să ia apă priveau cu gura căscată. Pe stradă, în faţa lui Mikhail, Ninsianna stătea cu un coş acoperit în mână. Expresia ei trecu, pe rând, de la recunoaştere la confuzie, iar în final la furie...

- Pleacă de lângă el, nenorocito! strigă aceasta.

Şi aruncă apoi găleata...

...către *el!*

Mikhail îşi ridică o aripă în dreptul feţei şi se feri.

Ninsianna se apropie ca o furtună de el, cu ochii strălucind în nuanţe aurii şi roşcate.

- L-ai *înşelat!*

Angelicul o strânse instinctiv pe Ninsianna mai strâns la piept, încercând să o protejeze.

Nu.

Nu Ninsianna.

Ninsianna-furioasă se afla chiar în faţa lui. Ceea ce însemna că Ninsianna-salvatoarea...

Privi în jos, către fiinţa pe care o ţinea în braţe...

...drept în ochii ei negri și înspăimântați. Identici cu cei ai Ninsiannei. Doar că trăsăturile sfrijite ale fetei făceau ca ochii să pară nefiresc de mari și negri, asemenea celor ai unui animal nocturn, târât împotriva voinței sale spre lumina soarelui.

- Tu... nu ești...?

<< Olly-olly-encomtree!!! >>

Frunzele păreau să chicotească. O pereche de ochi se arătau timizi, lipsiți de orice lumină.

Mikhail îi dădu drumul. Cu un scâncet înfricoșat, fata aceea foarte slabă se eliberă din închisoarea aripilor sale.

Ninsianna păși către ea și o lovi.

- Stai departe de el! strigă aceasta. Tu- lovi fata din nou- panaramă- o lovi din nou- ÎMPUȚITĂ!!!!!

Lumina soarelui se reflecta în ochii Ninsiannei, conferindu-le o nuanță aprinsă de roșu. Mikhail privea cu gura căscată în timp ce fata lovea o versiune mai mică și mai întunecată a *ei...*

- Mamă, fir-ar să fie! râse cu putere prostituata nerușinată. Ai văzut asta?! Cel înaripat a crezut că Gita e *tu!*

Ceilalți săteni râseră, ceea ce o înfurie și mai mult pe Ninsianna. Se năpusti cu unghiile asupra ochilor fetei celelalte.

- Spune-i tatălui tău că *nu* îl poate avea! urlă ea. Nu este Alesul! Cea-Care-Este l-a trimis la *mine!*

Fata cu ochii negri fugi...

...Ninsianna alergă după ea.

Mikhail stătea cu gura căscată, ca o mare și foarte nereușită statuie a unui Angelic...

Femeia nerușinată strigă după Ninsianna:

- Cred că și-a dat seama că nu ești singura femeie din Assur, hm?

Apoi, aceasta se întoarse către Mikhail, având o expresie calculată.

- Mă întreb ce s-ar întâmpla, zise ea pășind mai aproape, dacă i-aș spune lui Jamin...

Mikhail dădea înapoi ca un animal terifiat, prins în capcană.

- ... că m-am culcat cu *tine*, continuă femeia pășind și mai aproape, în loc să mă culc cu *el?* Angelicul apucă rapid coșul pe care îl aruncase Ninsianna către el, ținându-l în fața sa de parcă ar fi fost un cadet speriat care încearcă să țină la distanță o hoardă de extratereștri nebuni.

Oamenii curioși începuseră să iasă din case, dorind să vadă ce provoca atâta hărmălaie.

- E vreo problemă, Shahla? strigă o femeia în vârstă.

Mikhail se îndepărtă de prostituata nerușinată, simțindu-se mai speriat de *ea* decât de Halifienii împotriva cărora luptase la navă.

- Ninsianna? strigă el. Ninsianna! Așteaptă!!

Abandonându-și noile găleți, se grăbi să o prindă din urmă.

Capitolul 21

Iunie– 3.390 î.Hr.
Pământ: satul Assur

NINSIANNA

Fata trecu în fugă prin poarta nordică, suspinând.

- Nu mă vrea! plânse ea către zeiţă. I-am salvat viaţa şi a ales-o pe *ea!*

Alerga pe drumul care conducea spre câmpuri în timp ce Mikhail îi striga numele din urmă. La baza dealului, reuşi în sfârşit să o prindă din urmă, purtând încă în mâini coşul.

- Nu e ceea ce pare!

- Pleacă! ţipă Ninsianna.

Îl împinse la o parte şi mărşălui mai departe către câmp. Mikhail o urmări îndeaproape.

- Ninsianna, nu înţeleg!

Fata se răsuci pentru a-l privi în ochi.

- Shahla? Voiai să te culci cu Shahla?

Sprâncenele Angelicului se împreunară în semn de confuzie.

- Dar nu ai lovit-o... – îşi mişcă mâinile în aer asemenea unui om care încearcă să răstoarne ceva- pe cealaltă...?

- Nu contează, strigă din nou Ninsianna. NU ÎMI PASĂ!!!

Apoi, fata puse la pământ coşul pe care Mikhail îl adusese tocmai de la fântână şi fugi suspinând către râu. Acesta o prinse din nou din urmă şi o apucă de umăr. Ninsianna îşi strânse pumnii şi îl lovi cu putere în piept.

- Pleacă!

Angelicul o apucă însă de încheieturi şi o trase în braţele sale.

- Îmi pare rău, îmi pare rău, rosti el înconjurând-o cu aripile. Orice am făcut ca să te rănesc, iartă-mă...

- Ai luat-o *în braţe*! spuse Ninsianna printre sughiţuri de plâns.

- Fata aceea m-a prins când eram pe punctul de a cădea în fântână, explică Mikhail. Asta este tot. Femeia aia, Shahla, aproape m-a răsturnat în gol. Cealaltă m-a prins. Am crezut că erai *tu!*

Ninsianna privi drept în ochii albaştri, bântuiţi ai Angelicului; erau chiar mai albaştri decât zările...

- Singurul motiv pentru care sunt *aici* eşti tu... continuă el mângâindu-i părul. Dacă într-adevăr vrei să plec, voi pleca.

Să plece?

- C-ce? se bâlbâi fata.

- Voi pleca, insistă Mikhail. Dar chiar speram să te scap de datorie întâi. Pentru ca tatăl tău nu se trebuiască să te mărite cu oricine vine şi te cumpără cu un sac de bani.

- Eşti aici din obligaţie?

- Ei bine... da, răspunse Angelicul. De ce altceva aş fi aici?

- Credeam....

O! Ce *proastă* fusese! Mikhail întotdeauna susţinuse clar că nu avea decât de încheiat o misiune. Se afla acolo pentru că nu avea de ales. Cea-Care-Este îi frânsese aripa pentru a nu îi permite să zboare altundeva.

Immanu avea dreptate. Ce mare *Aleasă* mai era! Ninsianna izbucni în lacrimi.

- Dar am crezut... că ai vrea... să fii cu Shahla, se bâlbâi ea incoerentă. Ea este... fosta... iubită a lui... Jamin.

Mikhail o strânse cu putere la piept, înconjurând-o protector cu aripile sale.

- Nu ştiu să mă port cu oamenii, murmură el. Mereu spun lucrurile greşite. Sunt o mulţime de reguli nescrise pe care pur şi simplu nu le pot înţelege. Dar dacă te pierd pe *tine...*

Angelicul îi prinse bărbia între degete şi o privi în ochi.

- Dacă pierd încrederea ta, voi pleca în deşert şi nu mă voi mai întoarce.

Buza Ninsiannei tremura. Pentru o clipă, fata crezu că avea să primească un sărut, însă Angelicul îi mângâie obrazul, iar apoi o eliberă din strânsoarea aripilor sale pentru a-i oferi spaţiu să respire. Fata se agăţă de el, sperând că Mikhail avea să *reacţioneze* mânat de acea emoţie pe care ea ştia că o suprima, căci se izbea constant de simţul lui mult prea dezvoltat al onoarei. Fireşte, el nu cedă. Nici chiar cu toţi războinicii şi ceilalţi săteni strânşi în jurul lor, distraţi de cearta din mijlocul câmpului.

Câteva voci puternice de bărbaţi strigau batjocoritor.

- O, iubăreţule! spuse Dadbeh cu o voce înaltă, ca de femeie. Când vei *planta* şi pe terenul meu?

- Lucrez la asta, dragostea mea, replică Firouz pe acelaşi ton zeflemitor. Dar îmi dai atâtea sarcini de femeie- îşi mişcă mâinile în mod sugestiv în dreptul umerilor, pentru a crea impresia unor aripi- încât nu prea îmi mai găsesc bărbaţia!

Ceilalţi războinici râseră în timp ce acei doi neruşinaţi puneau în scenă un moment stupid: Dadbeh-Ninsianna pretindea că îl plimbă pe Firouz-Mikhail trăgându-l de penis. Angelicul împietri. Penele i se răscoliră.

Jamin o privea îndelung pe Ninsianna, însă nu râdea. Ochii săi negri străluceau, aprinşi de acelaşi sentiment al trădării pe care îl resimţise şi în ziua în care Mikhail căzuse din ceruri.

Angelicul îi dădu drumul cu totul Ninsiannei. Păşi apoi de-a lungul câmpului. Pentru o clipă, fata crezu că avea să se ia la harţă cu „spectatorii", însă acesta pur şi simplu luă de pe jos coşul pe care Ninsianna i-l aruncase din mâini şi i-l înapoie.

- Ai scăpat câteva? o întrebă el arătând către seminţele de orz.

- Grânele le aparţin Yaldei şi Zhilei, explică Ninsianna.

Angelicul le observă pe cele două femei vârstnice care îi întâmpinaseră în ziua în care intraseră pe poarta sudică. Ambele erau aplecate deasupra terenurilor lor; Yalda se sprijinea cu greu într-un baston cu care săpa, direcţionând-o în acelaşi timp pe Zhila- vioaie, dar aproape oarbă- către locurile în care trebuia să mai afâneze pământul.

- Cei bătrâni nu ar trebui să se ocupe de treburile acestea grele, zise Mikhail. De ce îşi plantează singure terenul?

- Soţii lor au murit, iar fiii au fost ucişi în războiul împotriva neamului Uruk, explică Ninsianna. Yalda are o fiică, însă e căsătorită în alt sat.

Angelicul pivi către războinicii care pierdeau vremea la marginea câmpului, luptându-se în joacă şi distrându-se pe seama bărbaţilor care erau „doar" fermieri. Ninsianna putea distinge cu claritate în ochii lui faptul că în sfârşit înţelegea de ce Căpetenia satului era reticentă în legătură cu preluarea altui „războinic de elită" care nu îşi dovedise meritele.

Angelicul întinse coşul şi spuse:

- Haide. Nu am fost niciodată prezentaţi cum trebuie.

Apoi păşi cu hotărâre spre cele două văduve, având în minte un singur scop. Ninsianna aruncă o privire peste umăr, spre Jamin. Luptătorii se opriră din activităţile lor pentru a vedea ce avea de gând să facă Angelicul.

- Bună ziua, doamnă, spuse Mikhail strângându-şi aripile la spate într-un gest politicos de respect.

Yalda, femeia mai bătrână, o lovi uşor cu cotul pe sora sa oarbă.

- Ai venit pentru a ne ajuta să plantăm? întrebă Yalda.

- Da, doamnă, răspunse Angelicul. Mi s-a spus că trebuie să învăţ de la toţi cei trei membrii ai Tribunalului.

- Behnam ne-a convins să te lăsăm să ne antrenezi muncitorii, spuse Yalda.

- Dar aţi promis să mă învăţaţi *trei* lucruri, replică Mikhail. Nu ar fi spre binele satului dacă aş avea deprinderi bine definite?

Cea mai tânără dintre cele două surori privi către el. Ochii săi erau aproape la fel de albaştri ca ai Angelicului din cauza cataractei care o lipsise aproape în totalitate de vedere.

- *Vrea* să planteze? întrebă Zhila.

- Aha, îi răspunse Yalda.

- Asta e foarte surprinzător pentru cineva atât de priceput la lupta corp la corp, insistă sora mai tânără.

- Sunt soldat, doamnă, explică Mikhail. Noi, soldaţii, facem orice trebuie făcut.

Sora mai vârstnică, Yalda, îi scrută pe *amândoi* cu privirea, având o expresie sceptică.

- Ai mai plantat vreodată? întrebă aceasta.

- Nu știu, doamnă, răspunse Angelicul păstrându-și seriozitatea. Se pare că mi-am lăsat amintirile pe undeva aiurea.

Yalda se îndreptă de spate și arătă către celelalte terenuri, unde sătenii se opriseră din lucru pentru a se uita la spectacolul ciudat al Angelicului înalt de cinci coți care stătea îngropat până la glezne în noroi.

- E o muncă ce îți nenorocește spatele. Majoritatea sătenilor- îi aruncă o privire aspră Ninsiannei- ar face *orice* altceva în loc să ne asigure pâinea de toate zilele.

- Speram că m-ați putea învăța, zise Mikhail. La schimb pentru o parte din grânele dumneavoastră, poate?

Sprâncenele Yaldei se înălțară, femeia fiind surprinsă de îndrăzneala Angelicului. Sora mai tânără o înghionti cu cotul:

- E ambițios, se vede treaba, nu?

- Aha, fu de acord Yalda. Totuși, nu e neapărat un lucru rău, continuă ea privind către Mikhail. Dacă suntem de acord, ce ai de gând să faci cu partea ta?

Mikhail se uită la Ninsianna.

- Intenționez să o folosesc drept compensație pentru Căpetenie, pentru darurile pe care tatăl Ninsiannei le-a trimis către șamanii din celelalte zone.

Trupul fetei fu străbătut de un fior. Mikhail avea de gând să îi plătească banii de zestre?

- Ar rezolva o problemă, spuse Zhila.

- Da, într-adevăr. Dar nu cred că îl va satisface pe *el*, răspunse Yalda, înclinându-și capul către Jamin, care privea schimbul de cuvinte cu interes.

- Datoria este față de Căpetenie, insistă Zhila.

- Căpetenia își vrea banii înapoi și nu va ceda.

- Spune-i că îi garantăm partea lui, spuse sora mai tânără.

Cele două femei se răsuciră împreună spre Mikhail.

- Nu putem garanta în numele Căpeteniei, spuseră ele într-un glas, însă suntem dispuse să îți oferim o treime din grâne dacă dorești să ne muncești terenul.

- Da, doamna, replică Angelicul. Pare o înțelegere bună.

Yalda își vârî una dintre mâinile ridate, ca de cioară, în coș și scoase o mână de semințe.

- Am dat o avere pe orzul ăsta, spuse Yalda.

- Este sacru, completă și Zhila.

- ... pentru zeița...

- ... Ninkasa...

Mikhail ridică o sprânceană, privind curios către Ninsianna.

- Ninkasa este zeița pâinii și a berii, șopti aceasta.

- Bere? pronunță Mikhail cuvântul necunoscut.

- Da. Apă fermentată din orz, explică fata. Ai băut aşa ceva când te-ai întâlnit cu şamanii. Yalda şi Zhila fac cea mai bună bere de pe teritoriul Ubaid.

- Aaa, răspunse Mikhail, iar expresia i se lumină a înţelegere. Iar seminţele...?

- ...produc *bappir*, care este transformat apoi în bere, încheie Ninsianna.

Yalda împrăştie prima mână de seminţe.

- Plantează-le în mişcări circulare, explică Yalda, exemplificând. Nu prea mult, dar nici prea puţin.

- Este suficient pentru a planta un singur teren, zise Zhila.

- ...aşa că dacă risipeşti seminţele... continuă Yalda.

- ...*nu* vei avea suficientă recoltă încât să îi plăteşti datoria! încheiară la unison.

Mikhail încercă să copieze mişcarea pe care i-o arătase femeia ceva mai devreme. Seminţele căzură toate la un loc.

- Nu, nu! îl certă Yalda. Trebuie să laşi spaţii pentru ca răsadurile să poată respira!

Ninsianna apucă şi ea câteva seminţe şi le împrăştie în jur, conştientă de comentariile celorlalţi săteni, care bârfeau despre cum fiica şamanului şi campionul ei înaripat fuseseră aduşi la câmp pentru a munci ca ţărani obişnuiţi.

Mikhail privi către locul în care se afla Jamin alături de războinicii săi, râzând cu poftă la vederea creaturii cereşti executând cea mai umilitoare dintre sarcini. Angelicul luă însă încă o mână de seminţe şi le îndreptă spre soare.

- Crd că am mai făcut asta odată, zise el.

Un fior de anticipaţie străbătu corpul Ninsiannei. Un şoim străpunse liniştea cu strigătul său.

Da... şopti vântul. Îţi poţi aminti asta...

Cu un zâmbet larg, Mikhail aruncă în aer toate seminţele pe care le avea în mână şi, bătând din aripi, le împrăştie pe solul care aştepta.

Yalda şi Zhila râseră când Angelicul luă alte câteva şi le plantă cu mult mai multă eficienţă decât doisprezece muncitori obişnuiţi. Ninsianna eliberă un hohot de râs. Bucuria de a-l vedea făcând pe grozavul îi umplea inima.

- Mikhail, opreşte-te, râse ea. Dacă îţi împrăştii seminţele mai departe, vei planta grâne tocmai până la Munţii Taurus!

Angelicul îi zâmbi larg.

- Corpul meu îşi aminteşte asta! spuse el cu entuziasm. Cred că familia mea avea o fermă în locul din care vin.

Soarele strălucea, răsfrângându-se pe trupul lui Mikhail şi învăluindu-i penele într-o aură superbă. Arăta de parcă el însuşi ar fi fost lumina. Ninsianna îl vedea exact ca ceea ce era- aparţinător al unei specii pe care

Cea-Care-Este o crease pentru a proteja lumina, alături de tot ceea ce era bun și drept.

În curând, fata își dădu seama că îl privea cu o sete nestăvilită. Își forță însă gura să se închidă și își rearanjă expresia feței pentru a exprima altceva, nu poftă trupească.

Bucuria lui Mikhail se evaporă în spatele unei măști atent construite.

- Am făut ceva greșit?

- Nu, spuse Ninsianna, acoperindu-i inima cu mâna. Este prima dată când te văd zâmbind.

Angelicul se aplecă deasupra ei, de parcă ar fi fost pe punctul să o sărute, însă râsetele încântate ale Yaldei și ale Zhilei îi amintiră că nu erau singuri. Mikhail aruncă o privire către războinici și ceilalți săteni, iar apoi făcu un pas înapoi.

- Ha! îi batjocoreau luptătorii. În curând o să îl pună și să curețe oalele de noapte!

Frustrarea aproape că o determină pe Ninsianna să bată cu piciorul în pământ. Deci Mikhail *nu* era indiferent în fața ei? Ar fi sărutat-o dacă Jamin nu ar fi făcut așa un mare spectacol?

Fata înșfăcă o mână de semințe și se întoarse către fostul său logodnic.

- Haide, îi zise cu glas hotărât. Vreau să îmi plătesc *singură* datoria.

Capitolul 22

De aceea şi femeia este datoare
să aibă (semn de) supunere asupra capului ei,
pentru îngerii (pe care i-ar putea ispiti).

Corintenii 11:10

Data Galactică Standard: 152,323.02
Imperiul Sata'anic: Hades-6
Împăratul Shay'tan

SHAY'TAN

Legendele Alianţei susţineau că Shay'tan trăia într-o peşteră infernală, la care nu se putea ajunge decât traversând un râu de foc. În realitate, Hades-6 era ca orice alt tărâm cosmopolit, dispunând de zgârie-nori, grădini publice şi un astroport ce făcea legătura cu milioane de alte planete. Palatul lui Shay'tan se înălţa deasupra capitalei, Dis, asemenea unui castel din basme, având turnuri înalte şi zvelte, precum şi un şanţ plin cu apă- nu cu foc, cum ar fi spus legendele. Cândva, demult, predecesorii Împăratului trăiseră *cu adevărat* în peşteri, dar la fel făcuseră şi cei ai lui Hashem. La mijloc nu era vorba decât despre propagandă menită să îi mânjească numele pentru ca cetăţenii Alianţei să nu fie tentaţi de idealurile Sata'anice de ordine şi bogăţie.

Totul era o minciună, cu excepţia detaliului legat de comoara pe care o ascundea.

Partea *aceea* era adevărată...

Prim-ministrul Sata'anic, Lord Ba'al Zebub, o şopârlă de o înălţime şi lăţime impresionante, făcu o plecăciune şi îşi strânse coada în partea dreaptă a corpului.

- Eminenţa Voastră, spuse el plesnind uşor din limba sa bifurcată. Generalul Hudhafah v-a trimis un dar.

Shay'tan îşi umflă aripile dure asemenea unui pui nerăbdător, abia ieşit din nou.

- Fiinţa umană?

- Da.

- Deci ceea ce a spus locotenentul este adevărat?

Ba'al Zebub făcu o plecăciune şi mai adâncă.

- Am văzut-o cu propriii mei ochi, mărite Zeu.

Shay'tan fusese absolut șocat în momentul în care o navă comercială absolut obscură reușise să îi depășească întregul aparat informațional, folosindu-se de codul de acces personal al Generalului Hudhafah, și îl contactase direct în palat. Dacă era vorba despre ceea ce pretindea Hudhafah, tocmai îi livrase metoda perfectă de a zdrobi Alianța.

- Arătați-mi, zise acesta, arătând către gărzi.

Ușile de lemn sculptat se deschiseră. Trei membrii necunoscuți ai Marinei Comerciale pășiră înăuntru, aducând cu ei și o femeie cu pielea ca abanosul. Aceasta era înaltă ca un Angelic și avea ceva nobil în mers, de parcă ar fi avut parte de cea mai nobilă creștere și cele mai fine maniere. În ciuda rochiei primitive pe care o purta, ochii negri cu care analiza încăperea erau alerți, plini de inteligență.

Shay'tan se ridică din tronul său masiv; era o arătare de treizeci de metri de solzi îngrijiți, de colți și de gheare.

- Bun venit, doamnă, rânji el.

Femeia îi privi colții și leșină.

Cu un pufnit indignat, Shay'tan scoase un norișor de fum pe nări.

- Nu e prea zdravănă, nu-i așa? spuse acesta, adulmecând femeia leșinată. E greu de crezut că aceasta este baza pe care a folosit-o Hashem pentru a-și construi armatele.

- Mi-am asumat libertatea de a face un test genetic rapid, explică Ba'al Zebub. Într-adevăr, aceasta este sursa tuturor celor patru rase hibride. Ceea ce a folosit pentru încrucișările menite să mențină diversitatea genetică.

Râtul lui Shay'tan se ridică ușor în aer, conturând un rânjet ca de prădător.

- Dacă stai și te gândești că Hashem îi crede dispăruți pe toți... spuse el.

Corpul masiv al lui Ba'al Zebub se cutremură de entuziasm.

- Am putea să vindem câțiva către unii jucători-cheie? întrebă el, frecându-și ghearele unele de altele. Nu suficienți cât să rezolve problema fertilității hibride, ci suficienți pentru a ne asigura câțiva aliați importanți.

Shay'tan își scărpină un solz în timp ce se gândea la un complot.

- Deja le-am destabilizat economia cu aceste acorduri de comerț liber ale tale. Și am reușit și să stricăm relația dintre Hashem și fiul lui. Am mărit flota de cinci ori... totul cu bani proveniți de la Alianță.

- Idioții sunt atât de disperați să obțină pacea încât nici măcar nu au observat că deficitul lor comercial e aproape de 300 la 1, râse Prim-ministrul. Să îi ordon lui Hudhafah să mai adune câteva ființe umane pentru schimb?

Shay'tan privi către holograma uriașă a galaxiei pe care el și adversarul său antic o foloseau pentru a-și stabili următoarea mișcare.

- Tărâmul oamenilor se află foarte departe de sfera mea de influenţă, zise Shay'tan. E în zona de graniţă disputată de două mari imperii şi două mici regate.

- Dar ar putea fi foarte profitabil! protestă Ba'al Zebub.

- Nu şi dacă nu putem păstra planeta aceea, zise Shay'tan. Dacă Hashem o vrea suficient de mult, pur şi simplu va interveni şi o va prelua.

- Dar dacă păstrăm locaţia secretă? întrebă Prim-ministrul.

- Nu cu *femeia* aceea pe urmele navelor mele de luptă, mormăi Shay'tan. Jur, Hashem a pus-o pe Jophiel la comandă doar ca să mă enerveze pe mine.

Împăratul îşi scărpină mustăţile lungi, aurii. Ba'al Zebub era un strateg politic excepţional, însă îi lipsea perspectiva pe termen lung a unui dragon. Acesta era cel mai mare avantaj pe care Shay'tan reuşise să îl dobândească împotriva adversarului său în ultimii 150.000 de ani. Dacă intenţiona să *păstreze* acest avantaj, avea nevoie să plănuiască următoarea mişcare cu multă înţelepciune.

- Doar dacă... spuse el privind către femeia cu pielea ca de abanos.

- Da, Eminenţa voastră? răspunse Ba'al Zebub, aplecându-se înainte.

Botul lui Shay'tan se ridică într-un rânjet ce îi dezvelea colţii. Nu mai avusese un plan atât de bun de când îl păcălise pe Hashem să creeze a cincea rasă de... oooh! Chiar şi *gândul* la acest plan îi dădea fiori!

- Trimite o flotă să apere planeta, zise Împăratul. Dar trimite-o pe calea ocolită.

- Dar ar putea dura luni întregi, replică Prim-ministrul. Chiar *până* să lansăm nenorocita de flotă, avem nevoie întâi să adunăm navele şi să le echipăm corespunzător cu resurse pentru a nu alerta spionii lui Hashem.

- Dar spionii pot fi compromişi, aşa-i? zise Shay'tan.

- În schimbul unui preţ corect...

- Aici intri *tu* în joc, continuă Shay'an, bătându-l pe spate pe Ba'al Zebub şi aproape punându-l la pământ, direct în bot. O să îţi accept ideea- arătă către femeia inconştientă- cu *asta*.

Ba'al Zebub rânji.

- Va fi suficientă pentru o răscumpărare din partea unui împărat.

- Răscumpărare? râse Împăratul. Nu, dragă prietene. O vom trimite drept dar.

- Dar? Dar pentru cine?

Shay'tan indică holograma care se învârtea.

- Adică? Pentru adevăratul conducător, desigur.

Crestele-sprâncene ale lui Ba'al Zebub se împreunară în semn de confuzie. Apoi, acesta privi către hartă.

- Conducătorul Pământului?

- Da, replică Shay'tan. Dacă se află *aici*- indică zona de graniţă disputată, unde cândva se înălţase Al Cincilea Imperiu- atunci acest frumos specimen trebuie să se mărite cu adevăratul rege.

Ba'al Zebub își relaxă fălcile cu totul, uimit.

- Lucifer?

- Da, râse Shay'tan. L-am făcut să se certe cu Hashem pentru acest acord de comerț. Acum să vedem dacă putem face istoria să se repete.

- Dar cum rămâne cu spionii lui Jophiel? întrebă Ba'al Zebub.

- Să îl lăsăm *pe Lucifer* să se ocupe de asta, replică Shay'tan. Cei doi se urăsc. Dacă vine vorba de a-și salva specia, Lucifer e capabil să îi dea la schimb *pe amândoi.*

Împăratul își frecă ghearele unele de altele. Tot ce trebuia să facă era să îl distragă pe Hashem suficient încât să îi acorde timp lui Lucifer să facă un copil. Un copil care să îi fie loial *lui.* Aproape că putea să *vadă* expresia de pe chipul lui Hashem când avea să execute *acea* mutare la următorul meci de șah!

- Cine spune că alte câteva mirese din acelea nu pot fi dăruite acelor masculi ai Alianței care promovează politica Sata'anică? sugeră Ba'al Zebub. Mercantiliști. Sau politicieni cu probleme de fertilitate, poate? O mică piață neagră, un schimb pe ascuns pentru a unge roțile comerțului.

Shay'tan medita la rezultat. Oricât de mult își dorea să își mărească trezoreria, cu cât luau parte mai mulți hibrizi la conspirație, cu atât mai probabil era ca vreunul dintre ei să dezvăluie secretul.

- Nu, spuse el. Ordonă-i lui Hudhafah să protejeze planeta aceea până când flota ajunge acolo, iar între timp noi vom vedea ce fel de probleme poate cauza Lucifer.

- Dar...

- Am spus *nu!*

O mică flacără țâșni din gâtul lui Shay'tan.

Ba'al Zebub se aruncă la pământ. Cei trei comercianți marini care însoțiseră ființa umană se aruncară și ei deasupra femeii, scâncind speriați.

„Calm... calm...” Împăratul încerca să vizualizeze imaginea pe care își dorea să o proiecteze asupra subiecților săi. Un dragon bun și generos. Își reașeză roba roșie, de blană, și își arătă partea *bună* către comercianți.

- Subiecți ascultători și loiali, zise el cu glasul cel mai mărinimos. M-ați mulțumit foarte tare. Îi veți transporta pe Lordul Ba'al Zebub- își înclină cu aceeași mărinimie capul în direcția corpolentului Prim-ministru- până la granița Alianței, pentru a se întâlni cu Prim-ministrul acesteia în secret. Când vă întoarceți, fiecare dintre voi va primi în dar o soție.

Cei trei căzură în genunchi și își lipiră râturile de podea.

- Slăvit fie Shay'tan! spuseră ei la unison.

Împăratul se bucură de adorația pe care o primea.

- Iar *tu,* continuă el, întorcându-se către Ba'al Zebub, vei avea grijă ca această creatură să fie îmbrăcată corespunzător și vei lua cu tine un preot Sata'anic.

- Un preot? pufni Ba'al Zebub. Dar hibrizilor le este *interzis* să se căsătorească.

- Da, ştiu, răspunse Shay'tan, lovind uşor cu laba pe tron, mulţumit. Nu se pune problema moralităţii discutabile a Alianţei faţă de noile noastre femele Sata'anice! O, nu... stabilim un precedent de această dată! Hashem va face o criză de apoplexie când va descoperi că propriul fiu a ignorat regula aceea ridicolă de împerechere- *„nu căsătorie, nu acelaşi partener de două ori"*- şi şi-a ascuns copilul!

- Da, Eminenţa Voastră, replică Ba'al Zebub, înclinându-se ţeapăn.

Shay'tan remarcă postura secundului său. Era oare supărat pentru că simţea că îi este ignorat sfatul?

Nu... cel mai probabil Prim-ministrul îşi pusese deja în joc profiturile pe care le-ar fi obţinut vânzând fiinţe umane pentru cine ştie ce alt scop. Folosirea „scurtăturilor" era o practică obişnuită, sancţionată în mod neoficial în cercurile înalte ale societăţii Sata'anice. Ba'al Zebub avea cheltuieli, la fel ca oricine altcineva. Aşa că el, Împăratul, avea să îi ofere mâinii sale drepte mijloace ceva mai productive să facă rost de bani!

- Ba'al Zebub! spuse Shay'tan cu un rânjet ce îi dezvelea colţii. Ai binecuvântarea mea să faci orice crezi că este necesar pentru a te ocupa de acea planetă. Vreau ca lumea lor să fie industrializată în douăzeci de ani. Fiecare resursă pe care o am e a ta şi poţi face ce îţi pofteşte inima cu ea!

Strălucirea sălbatică din privirea Prim-ministrului nu îi oferi însă lui Shay'tan acel sentiment liniştitor pe care îl căuta. Un scrib veni în grabă, aducând cu sine o altă problemă care trebuia rezolvată în cadrul imperiului, întrerupându-i în acest mod gândurile. Bătrânul dragon îşi lăsă la o parte temerile şi se concentră asupra celei mai recente urgenţe.

Capitolul 23

Iunie – 3,390 î.Hr.
Pământ: satul Assur

JAMIN

Obrajii lui Jamin căpătară nuanțe violente de roșu în timp ce își privea inamicul dându-se în spectacol ca o pasăre bulbul albă, înfoindu-și aripile și zgâriind pământul, pretinzând că ar fi descoperit un mod de a o cumpăra pe soția *lui*!

- Ai văzut cum le-a împrăștiat semințele? spuse Friouz cu admirație. Mie mi-ar fi luat o zi întreagă.

- La toamnă o să curgă berea, râse Dadbeh.

Pumnii lui Jamin se albiră în jurul suliței pe care o strângea.

- Mi-aș dori să vină să însămânțeze și pământurile *mele*, adăugă cel mai tânăr membru al elitei războinicilor, Tirdad, care privea deznădăjduit spre propriul coș. Nu pot veni cu voi până nu termin.

- Asta pentru că stai toată ziua și visezi la Yadidatum în loc să te concentrezi pe ce ai de făcut, îl tachină Firouz cu prietenie.

Tirdad oftă.

- Iar Yadidatum nu face decât să viseze la *el,* replică tânărul, arătând spre marginea câmpului. Mi-a spus că ar trebui să semăn mai mult cu el.

- Să fii un spion? mârâi Jamin.

- Nu, să fiu mai dornic să ajut, replică Tirdard, fără să remarce substratul periculos al cuvintelor lui Jamin.

- Nu mai avem parte de niciun pic de dragoste de când a apărut *el,* completă Firouz.

- Cu siguranță, oftă tânărul. Surorile mele numai despre asta vorbesc: *cine* ar putea să îi fure inima celui înaripat?

Dadbeh se așeză pe poziții, cu o mână sprijinită în șold:

- O, frumos înaripat, zise el cu o voce ascuțită. Vino să mă porți spre ceruri cu acele minunate aripi ale tale!

- Nu, dragă domniță, replică Firouz cu o expresie imposibil de descifrat. Trebuie să o urmez pe Ninsianna pretutindeni, ca un mare câine cu aripi.

Dadbeh înșfăcă partea din față a kiltului lui Firouz și îl trase foarte aproape de spatele său, mimând cum Ninsianna l-ar târî pe Mikhail după ea peste tot.

Jamin își trânti sulița de pământ.

- Nu este amuzant! mârâi el din nou. Nenorocitul ăsta e aici doar pentru a ne găsi slăbiciunile din apărare!

- Serios?! se încruntă Firouz. Singurul motiv pentru care e aici este Ninsianna. Uită-te la el!

Spunând asta, arătă spre câmp, unde Mikhail mergea în urma frumoasei cu păr castaniu, aruncând semințele în aer și împrăștiindu-le cu aripile sale.

Un urlet slab vibră din pieptul lui Jamin. Rezistă impulsului de a-i sugruma pentru idioțenia lor!

- Ia-o încet, spuse Siamek punând o mână pe umărul lui. Îți e mai bine fără ea.

- Cum?!

Jamin se uită în altă direcție pentru ca ceilalți să nu vadă ca respira cu greu, cuprins de furie.

- De parcă nu ar fi fost suficient de rău că a rupt logodna, acum își bate joc de mine pe față?!

În timp ce Mikhail ajuta un alt bătrân să-și planteze semințele, trilul râsetelor de femeie fu purtat pe deasupra câmpurilor. Inima lui Jamin se frânse. Ninsianna obișnuia sa râdă așa pentru *el!*

Trei femei murdare de noroi își făcură apariția de pe propria parcelă, cărând coșuri goale de semințe.

- L-ai auzit? își întrebă una dintre ele o tovarășă. Vrea să îi răscumpere prețul de zestre.

- A zis că dacă Ninsianna va ajunge cumva să îl disprețuiască vreodată, completă cea de-a doua, o să plece pentru totdeauna în deșert!

- Ce romantic! suspină a treia femeie. Aș vrea să se uite la *mine* așa.

- Dar el nu se uită niciodată la *nimeni,* replică prima dintre ele. Are ochi doar pentru ea.

- Mă întreb cât mai durează până își anunță logodna.

Cele trei femei tăcură în timp ce își croiră drum anevoie prin dreptul lui Jamin, arborând o atitudine supusă, dar imediat ce se îndepărtară începură din nou să chicotească.

- Până aici! spuse Jamin. *Trebuie* să-l dăm afară!

- Cum? întrebă Siamek. Tribunalul a spus că dacă *noi* refuzăm să ne antrenăm cu el, cel înaripat poate îndeplini ordinul tatălui tău antrenând *orice* grup de doritori.

Jamin privi spre câmp, unde logodnica *lui*, una dintre femeile cu statutul cel mai înalt din tot Ubaidul, stătea îngenuncheată în noroi și împrăștia semințe ca un muncitor de rând, în loc să se mărite cu *el.*

- Răspândește vestea în întreg satul! spuse Jamin. Cine se va arăta mâine la antrenament îmi va da socoteală *mie.*

Războinicii se împrăștiară ca o haită de șacali. Jamin continuă să își privească fosta logodnică năpădit de gânduri. Nu ar fi destul să îi fure demonului înaripat șansa de a-și antrena oamenii. Spre ghinionul său, aptitudinile slabe ale lui Mikhail *convinseseră* Tribunalul că nenorocitul cu aripi negre își pierduse memoria, și nu că păstra secrete față de ei toți pentru a-i spiona. Trebuia să îl *elimine* înainte ca Mikhail să îl convingă pe tatăl său să îl lase să rămână în sat.

Aruncă o privire spre cele trei femei care ajunseseră între timp la drumul ce conducea spre poarta de nord și se alăturaseră unui grup mai mare de femei ca să bârfească. Arătau cu degetul către cel înaripat.

Jamin se aplecă spre Siamek:

- Am o idee, spuse el, dar am nevoie de ajutorul tău.

Capitolul 24

Iunie - 3,390 Î.Hr
Pământ: Satul Assur
Colonel Mikhail Mannuki'ili

MIKHAIL

Strigătul santinelelor străpunse întunericul dimineții:

-Koo-whee! Koo-whee!

Le salută în drum spre poarta de nord, deşi chemarea lor era un avertisment:

„Înaripatul părăseşte satul."

Porni pe drumul care ducea spre câmpurile Ubaide, aproape copleşit de nerăbdare, cărând o duzină de toiege din lemn. Cerul încă întunecat îi îngreuna înaintarea, dar se baza pe obişnuinţa sa de a număra fiecare pas pentru a memora obstacolele, fiindu-i astfel uşor să meargă pe întuneric.

Mai antrenase *vreodată* pe cineva? Nu îşi putea aduce aminte... Absurditatea faptului aproape îl făcu să râdă. Libertate, şansa să poată dovedi de ce e capabil! Dacă şi-ar fi putut aminti ce ştia *înainte* să fie lovit în cap... şi, *surpriză!* Corpul lui ştia cum să pareze!

Oare ce îşi mai amintea acest trup, în afară de dorinţa care îi ardea pieptul?

Îşi ridică privirea spre steaua dimineţii, care anunţa zorii. Strălucea deasupra câmpurilor pe care le plantase chiar ieri – iar în strălucirea ei se ascundeau speranţe pentru viitor, prieteni noi, şi poate un loc pe care să îl poată numi acasă?

- Deci spui că Luna se învârte în jurul Pământului? îl întrebase Ninsianna arătând spre astrul ceresc.

- Şi Pământul în jurul Soarelui, îi explicase el, apucând-o uşor de deget şi ghidându-i braţul deasupra şevaletului zărilor. Şi Soarele în jurul galaxiei, într-un dans circular de stele.

- Exact ca în viziunea Celei-Care-Este! se entuziasmase Ninsianna. Mă duci să le văd?

- Soarele?

- Nu. Stelele.

- Cu voia zeilor, jură Mikhail, rostind exact opusul răspunsului vag pe care i-l dăduse Ninsiannei în seara precedentă.

Îi făcuse o promisiune tatălui ei, iar *cuvântul* său era singurul lucru de valoare pe care-l avea. Simţea chiar şi în acel moment furnicături în acele zone ale trupului său de care fata se sprijinise pentru a se încălzi în timp ce stăteau şi priveau stelele, vorbind despre vise mărunte, dar evitând să îl menţioneze pe cel *adevărat*.

Mikhail înainta la marginea câmpurilor care tocmai se înălţaseră complet deasupra apei odată cu retragerea Fluviului Hiddekel. Aproape că *simţea* că mai parcursese un drum asemănător. Fermierii şi lucrătorii încă dormeau, dar Angelicul abia aştepta să lucreze cu ei ca să vadă *ce* anume îşi mai amintea corpul său. Trecu de zona unde îşi antrena Jamin războinicii – era cel mai bine să nu îl enerveze – în afara razei santinelelor, măcar până răsărea soarele, şi îşi începu încălzirea alergând.

În sat avea prea puţin spaţiu pentru a-şi întinde aripile. Aşadar, odată eliberat, îşi întinse membrele de zbor spre zări, strângând din dinţi în momentul în care tendonul principal fu săgetat de o durere ascuţită; se desprinse de pe malul fluviului în alergare, dorindu-şi cu disperare să *devină* creatura cerească pe care oamenii o aşteptau din partea lui. Pentru o secundă, vântul îi susţinu zborul, dar apoi aripa rănită cedă, propulsându-l cu faţa direct în noroi.

- Gyah! strigă Angelicul.

Îşi descâlci corpul din mormanul de pene al propriilor aripi. Slavă zeilor că nu era nimeni treaz ca să îl vadă căzând!

Se scutură de nisip şi apoi făcu o mie de flotări. Partea stângă a corpului îi era încă slăbită din cauza pectoralului serios afectat şi a coastelor rupte. Odată ce termină flotările, Angelicul continuă cu un set dur de exerciţii de forţă; nu îşi amintea să fi învăţat o asemenea rutină, dar corpul său trecea automat de la un exerciţiu la altul.

Cerul căpătă treptat nuanţe de gri, iar apoi de roz; soarele se înălţă deasupra orizontului, luminând satul construit pe malurile fluviului. Unul câte unul, muncitorii cei mai matinali se îndreptară spre câmpurile lor. Mikhail îi salută, dar ei îi evitară privirea.

Aripile Angelicului fură străbătute de un fior dureros. Chiar ieri îi ajutase pe câţiva dintre *aceşti* oameni să îşi însămânţeze pământurile.

Stânjenit, apucă un toiag şi începu să facă mişcările de kata pe care şi le amintea de la Maestrul Yoritomo. Era una dintre puţinele amintiri pe care le avea.

De jur împrejur.

…Blochează.

……Loveşte.

………Împunge.

Vizualizează-ţi adversarul.

Rutina Cerubim îi readucea la viaţă mici fragmente de amintiri. Erau *mai buni* decât el. *Asta* îşi amintea…

„Să încep cu începutul.”

Ultimul lucru pe care şi-l dorea era să-i facă pe oamenii lui Benham să se simtă la fel de incompetenţi cum se simţise *el* învăţând să cioplească piatră sau să făurească obiecte din lemn.

Drumul dinspre sat începu să se umple de oameni care veneau să se îngrijească de culturile de emmer, alac şi linte. Mikhail învârti toiagul, displăcându-i total să se dea în spectacol, dar conştient că trebuia să *demonstreze* că avea ceva de oferit.

Aruncă o privire spre computerul său de mână, de altfel complet inutil într-un loc ca acesta, unde oamenii măsurau scurgerea timpului ţinând seama de anotimpuri, cicluri lunare şi răsăritul soarelui.

- Şapte dimineaţa.

Îşi ridică mâna la nivelul orizontului şi măsură ora conform tehnicii Ubaide; soarele se afla la patru degete deasupra orizontului.

"Mâna mea e mai mare decât cea a oamenilor din neamul Ubaid. Oare pentru ei ar fi ora opt?"

Îşi termină antrenamentul de kata, aşa că hotărî să continue cu nişte întinderi asemănătoare unor mişcări de dans, încercând să mai readucă la viaţă câteva amintiri. O lumină albastră străluci la marginea câmpului său vizual. Aproape că *auzea* sunetul liniştitor al clopotului de alamă, mirosul florilor, vocile armonioase, toate rostind o serie de rugăciuni marţiale.

Dar muncitorii tot nu apăreau.

Un gând neplăcut îi trecu prin minte.

„De ce sunt aici?"

<<Pentru că o iubeşti pe Ninsianna.>>

„Vreau doar s-o protejez!"

<<Hah!>>

Subconştientul său îl lua în râs pentru naivitatea sa.

Soarele se afla acum la şase degete deasupra orizontului. O siluetă înaltă şi slabă apăru pe drum; fiinţa aceea nu era femeie încă, dar nici fetişcană. Pareesa mergea de parcă ar fi mărşăluit pe buturugile ce acopereau micuţul pârâu. În mână avea un lemn pentru foc.

- Bună, Micuţă Zână, o salută Mikhail. Ai venit să vezi cum se antrenează muncitorii?

- N-or să vină! spuse ea. Umblă vorba-n sat că oricine se va antrena cu tine va trebui să înfrunte mânia lui Jamin.

Sentimentul de furie care îl cuprinse pe Angelic se izbi puternic de cel disperării pure.

- Dar au zis că *voiau* să se antreneze cu mine.

- Au zis, răspunse fata cu ochii înlăcrimaţi. Dar viaţa este destul de grea şi fără să asmuţi viitoarea Căpetenie asupra ta.

Mikhail îşi strânse aripile la spate.

- Înţeleg.

Aşadar, începu să strângă lemnele pe care le adusese pentru a le căra înapoi spre sat. Pareesa îşi întinse însă propriul băţ, aşa strâmb cum era el:

- Dar eu *vreau* să mă antrenez! spuse ea. Învață-mă pe mine și le vom arăta noi lor, împreună, la jocurile solstițiului de vară!

- Nu astăzi, Micuță Zână.

- De ce? se lamentă ea. Pentru că sunt fată?

- Nu, răspunse Mikhail. Pentru că astfel vei deveni o țintă.

- *Nu*-mi pasă!

- Mie *da*, insistă Angelicul. Ultimul lucru de care am nevoie este încă o femeie de care să am grijă!

Își puse lemnele pe umăr și se îndreptă către sat, contrazicându-se cu propriul subconștient care îl întreba: *„De ce mai ești aici când ai o misiune de îndeplinit?"* Partea sa rațională știa că Jamin avea să continue să-l forțeze să plece din sat. Dar partea *irațională*, cea pe care Cerubimul îl învățase să o înăbușe, voia să îl vâneze pe nenorocit, să-l spintece și să-l facă să-și mănânce propriile intestine!

Capitolul 25

Iunie - 3,390 Î.Hr
Pământ: Satul Assur

NINSIANNA

Se ridică din pat cu ochii înceţoşaţi după o noapte petrecută pe acoperiş, uitându-se la stele şi ascultându-l pe Mikhail explicând secretele din spatele fiecărui obiect strălucitor de pe cer. Era foarte ciudat că cineva care nu-şi putea aminti nici măcar propriul nume putea, totuşi, să descrie în cuvinte lucruri pe care Cea-Care-Este i le arătase *ei* în viziuni.

Coborî scările, având rochia-şal înfăşurată nu foarte artistic pentru un drum la fântână. Mama şi tatăl său stăteau pe covor, tensionaţi. Oare se întorsese deja de la întâlnirea cu Căpetenia? Beţele de numărat pe care Immanu le folosea pentru a ţine evidenţa bunurilor erau întinse pe jos, aranjate ordonat în grămezi.

- Bună dimineaţa! căscă Ninsianna. A adus Mikhail apa?

- Da, îi răspunse Needa, arătând spre noile găleţi.

- Aşa de devreme? întrebă Ninsianna. L-am auzit plecând înainte de răsărit.

- Te aşteptai la altceva? se răsti tatăl.

- Nu. Nu chiar. Mă gândeam că –

- Te gândeai că dacă în sfârşit îl tratează ca pe un *bărbat*, se va comporta ca unul? mârâi Immanu.

- Immanu! interveni aspru Needa. Nu aşa se cuvine să vorbim despre oaspetele nostru!

- *Oaspetele* ar trebui să se comporte ca o creatură divină! Replică tatăl Ninsiannei. Şi nu să se târască prin câmpuri, având fantezii cu fiica mea.

Ninsianna rămase cu gura căscată. Oare Immanu se supărase pentru că fiica sa dormise prea mult?

- Dar nu vrea decât să îţi dea datoria înapoi.

- Mi-a făcut publică *ruşinea* în faţa întregului sat! ţipă tatăl.

- Poate că a sosit vremea să te *simţi* ruşinat! răspunse mama.

- Îţi arăt eu, femeie! zise Immanu ridicând mâna.

Mama, în schimb, ridică un singur deget.

- Dacă îndrăzneşti, spuse ea rece şi calculat, de data *asta* nu mai primeşti o a doua şansă.

Ninsianna se uita pierdută la cei doi. Părinții ei nu se certau des, dar când o făceau, întotdeauna câștiga mama.

- Căpetenia nu ne dă de ales!

- Ba ne-a dat, zise Needa. Pur și simplu nu ți-a plăcut alegerea pe care ți-a oferit-o.

Tatăl se uită la *ea*.

- Te rog? Îi spui? spuse el către Needa.

Mama refuză din cap:

- Asta e treaba ta. De data *asta* nu-ți mai iau apărarea.

Femeia se ridică, luându-și coșul de tămăduitoare cu o expresie imposibil de descifrat. Ochii castanii îi ardeau însă de furie în momentul în care plecă să se ocupe de treburile zilnice.

Tatăl Ninsiannei îi făcu semn fetei să se așeze lângă el pe covor.

-Poți să te așezi aici, te rog?

Ninsianna urmă îndemnul, strângându-și genunchii la piept. Părea că întâlnirea cu Căpetenia nu mersese bine.

Tatăl cântărea bețele de numărat în mâini; erau cele cu care țineau evidența numărului de coșuri de grâne și alte alimente pe care le aveau în cămară.

- Tot ce am făcut a fost pentru binele tău, începu Immanu blând.

- Chiar așa?! răspunse Ninsianna, ridicând vocea în semn de dezaprobare.

De obicei, tatăl ei o certa dacă nu era respectuoasă cu propriii părinți, dar de această dată pur și simplu oftă. Acest simplu gest căpătă însă dimensiuni mult mai înfricoșătoare decât o eventuală criză de nervi.

- Am decis să accept oferta Căpeteniei Sinalshu.

Ninsianna respiră adânc, șocată. Se mutau în Nineveh?

- Dar Mikhail –

- Nu va rezolva nimic, răspunse Immanu. Cât timp suntem aici, *tu* stai în calea lui Mikhail și a destinului său.

- Asta pentru că Jamin îi dejoacă fiecare mișcare.

- Fiindcă *tu* i-ai pătat onoarea! strigă tatăl.

- Nu înțeleg de ce asta înseamnă că trebuie să ne mutăm în Nineveh!

- Nu avem de ales –

- O să fug din nou, îl amenință Ninsianna.

- Și unde o să te duci?

- Înapoi la barca cerească a lui Mikhail.

- Dacă faci asta, nu doar Jamin va veni să te caute, ci și întregul sat Nineveh. Alianța Ubaidă se va destrăma.

- Ce legătura are Nineveh cu toate acestea? întrebă Ninsianna. Nici măcar nu am fost vreodată acolo pentru că *tu* nu mă lași să plec din Assur!

- Căpetenia Sinalshu a jurat că, dacă te măriți cu fiul său, îl va face pe Mikhail responsabil de războinicii lui.

- De când vrea Qishtea să se însoare cu mine?!

- Te-a cerut *ultima* data când ne-a vizitat.

Ninsianna simți că o cuprindea amețeala.

- A spus-o în glumă, șopti ea.

- Chiar așa? replică tatăl, aruncându-i o privire acuzatoare. Dacă îmi amintesc bine, te-a vizitat de câteva ori!

Ninsianna își încrucișă brațele în dreptul pieptului. Da, îl încurajase pe tânărul Muhafiz al Nineveh-ului, dar nu voise decât să îl învețe minte. Ultima dată când fusese în Assur, îi frânsese inima lui Yadiditum, așa că Ninsianna îi făcuse tânărului arogant o vrajă de iubire pentru a-l *refuza* în public și pentru a alina astfel orgoliul rănit al celei mai bune prietene a ei.

- Mă vrea doar pentru că încearcă să demonstreze că e mai bun decât Jamin, spuse fata. Amândoi vor prestigiul de a fi însurați cu nepoata lui Lugalbanda!

- Dacă vrea o nepoată de-a lui Lugalbanda, zise Immanu, mai e una disponibilă.

Ninsianna se înroși de furie.

- Qishtea nu s-ar însura *niciodată* cu fiica unui bețiv!

- Ar fi mai ieftin decât să răscumpere zestrea ta.

Ninsianna sări în picioare și se îndreptă spre coșul pe care îl folosise cu o zi înainte pentru a căra semințele Yaldei și ale Zhilei.

- Nu trebuie să-mi plătești *tu* zestrea, spuse ea ridicând coșul. Mikhail a ajuns la o înțelegere. Noi, eu și el, vom lua o parte din recolta Yaldei și a Zhilei.

- Data nunții e stabilită pentru solstițiul de vară, spuse tatăl.

- O să îi *dăm* Căpeteniei grânele!

- Nu vor fi gata până la echinocțiul de toamnă, ripostă Immanu, dând din cap. Dar între timp, această dispută ne distruge satul. Nu doar că a destabilizat așezarea *noastră*, dar acum pune în pericol și alianța cu Nineveh! Căpetenia s-a săturat. Vrea ca Mikhail să *plece*.

Ninsianna începu să plângă.

- Dar Mikhail nu a greșit cu nimic!

Tatăl se ridică și o îmbrățișă așa cum o făcea atunci când era încă mică. Fata își afundă chipul în capa sa, suspinând. Se băgase în toată această încurcătură pentru că voia să-i facă *lui* pe plac. Și, fir-ar să fie, o parte din ea încă dorea asta!

- Nu *vreau* să mă mărit cu Jamin! suspină Ninsianna. Și nici cu Qishtea din Nineveh!

- Acestea sunt singurele noastre alegeri. Dacă nu cumva poți să faci vreo magie și să înmulțești *astea*- arătă către bețe- până la solstițiul de vară, te vei mărita cu unul din ei doi, spuse tatăl. Sau Mikhail va fi alungat în deșert. Singur.

Singur...

Cuvântul pe care Angelicul îl șoptise în ziua în care Ninsianna îi salvase viața. Cuvântul pe care îl strigase de fiecare dată când avea coșmaruri, înainte ca zeița să-i arate fetei cum să-i lege amintirile și să îl scape de ele.

- Dar Yalda și Zhila au zis –

- Au venit cu mine la Căpetenie, o întrerupse Immanu. Răspunsul a fost tot *negativ*. Căpeteniei îi e teamă că, dacă această situație continuă, Mikhail și Jamin vor ajunge să se ia la harță și știm *amândoi* că nu Mikhail va fi cel ce va pierde.

- Poate că asta îi trebuie lui Jamin? ripostă Ninsianna, încrucișându-și brațele la pieot. O bătaie bună?

- Jamin nu se va opri până când unul dintre ei nu va muri.

Ninsianna adună bețele de numărat și le ordonă în fața ei. Chiar și *cu* partea de recoltă de la Yalda și Zhila, avea să le fie mult prea greu să plătească zestrea. Tatăl ei fusese atât de mândru atunci când Căpetenia acceptase să plătească prețul acela exagerat. Dar, la momentul respectiv, Jamin era încă slăbit din cauza rănilor, iar Qishtea îi tot dădea târcoale fetei. Căpetenia ar fi plătit oricât ca să se asigure că Ninsianna avea să îi țină unicul copil în viață.

- Mă voi ruga, spuse ea încet.

- Așa să faci, îi răspunse tatăl său. Mama ta insistă că *tu* trebuie să decizi care dintre viitoarele căpetenii va fi soțul tău.

Ninsianna ieși să mulgă capra. De ce îl amăgise pe Qishtea? De ce îi spusese „da" lui Jamin? Ar fi trebuit să refuze politicos avansurile *amândorura!*

Of, la naiba! Îi făcuse plăcere să îi ațâțe pe cei doi catâri unul împotriva celuilalt.

Începu să tragă de ugerul caprei în găleata nouă făcută de Mikhail. Deci acum nu era decât un animal de prăsilă? Nimic altceva decât un pântec gol, bun doar ca să dea naștere unei noi generații de căpetenii?

- Ce zici de toate astea? o întrebă Ninsianna pe Mica Nemesis.

Capra își scoase capul din găleata din care mânca și behăi cu părere de rău. Deși părul îi crescuse înapoi, biata de ea încă mai avea cicatrici de când fusese aruncată de pe stâncă. Părea să fie mai fericită ca animalul lor de prăsilă decât fusese pe când aparținea tribului Halifian. Pe atunci, putea alerga după pofta inimii, dar era tratată cu multă cruzime.

Cineva bătu la ușă. Ninsianna luă găleata cu lapte și se duse să răspundă. Un băiețel emoționat se uită la ea cu ochi mari, ca de bufniță.

- M-a trimis Dadbeh, spuse băiețelul. Bunica sa se vaită de dureri în piept.

Bunica războinicului Dadbeh era de ceva vreme în grija mamei Ninsiannei. Bătrâna suferea de o boală ce îi provoca deseori crize de sufocare.

- Vin imediat, zise fata.

Acoperi găleata cu o pânză pentru a ține muștele la distanță și își luă coșul cu leacuri. Deși nu la fel de plin ca al mamei sale, coșul Ninsiannei avea o colecție bogată de instrumente și plante medicinale.

Colecție bogată, dar îi lipsea ceva ...

- Of! Am rămas fără...

Scotoci prin toate mănunchiurile de ierburi uscate care erau agățate de fiecare grindă, raft și cui. Mama ei folosise ultima plantă khella. Avea să o calmeze pe femeie, ajutând-o să se întindă, după care trebuia să caute altele.

Îl urmă pe băiețel spre locul unde cărarea se bifurca spre inelul interior și rămase surpinsă când văzu că el își continua drumul.

- Casa lui Dadbeh este pe *acolo*... zise Ninsianna.

- Era la templu când s-a prăbușit.

Băiețelul făcu stânga pe o alee ce ducea spre inelul interior al satului, dar trecu și de templu.

- Unde este?

- S-a adăpostit aici!

Pielea Ninsiannei fu cuprinsă de furnicături în momentul în care micuțul se strecură prin crăpătura ce separa două case, și înaintă apoi pe o alee cu cărămizi care unea primul și al doilea inel. Un strat de fân fusese împrăștiat pe jos pentru a absorbi praful, iar ușa fiecărei case prin dreptul căreia trecea era nou-nouță.

Băiatul se opri exact unde se așteptase Ninsianna. Doar că în locul gropii goale de fundație se înălța acum o casă de cărămidă arsă, aproape terminată.

Ninsianna făcu de îndată câțiva pași înapoi.

- Nu, zise ea, ducând o mână în dreptul gâtului.

Era casa visurilor ei. Cea pe care o schițase pe o piele de capră cât timp Jamin fusese la pat, în perioada în care o curtase.

O poartă de lemn se deschise în partea dreaptă, iar din dreptul ei se ivi capul lui Dadbeh.

- Slavă Zeiței că ai venit!

Deschise larg poarta, lăsând să se întrevadă o curte deja înflorită, în ciuda faptului că locuința nu era încă terminată. Înăuntru, bunica războinicului stătea pe o bancă de piatră, cu mâna la piept, chinuindu-se să respire.

- Nu trebuia să o aduci *aici!* se răsti Ninsianna la el.

- De ce nu? o întrebă Dadbeh cu o privire nevinovată.

- Știi bine la ce mă refer!

Fata își așeză coșul pe o bancă pe care o recunoscu drept cea din grădina privată a Căpeteniei.

- Care este problema, Kubaba? întrebă Ninsianna ținând-o pe femeie de mâini.

Pielea ei era rece, iar unghiile și buzele începuseră să devină albastre.

- M-am... dus... să mă... rog... rosti femeia cu greu, încercând să respire.

Ninsianna se uită în jur, așteptându-se ca Jamin să apară și să facă pe eroul, dar, spre surprinderea ei, acesta era absent.

- Trebuie să găsesc niște khella proaspătă, spuse ea. Între timp, hai să găsim un loc unde să te întinzi.

Dadbeh își ajută bunica să se ridice.

- Camera asta este terminată, zise el arătând spre o altă intrare.

Bărbatul era subțire și nu cu mult mai înalt decât bunica sa. O îndreptă pe bătrână către o cameră mică, ridicată oarecum în exteriorul casei, de parcă nu ar fi făcut parte din planul inițial. *Această* cameră avea acoperiș. Și o ușă în care era sculptat simbolul Ningishzidei, zeița vindecării din Ubaid.

Ochii Ninsiannei se obișnuiră cu lumina din încăpere în timp ce Dadbeh o ajuta pe bunica sa să se așeze pe câteva perne. Ninsianna făcu un pas înăuntru –

– și se opri.

În cameră se afla o tejghea de lemn ce se întindea pe un perete întreg, fiind acoperită cu rafturi pline de coșuri. Deși majoritatea rafturilor erau goale, coșurile conțineau bandaje de pânză, mănunchiuri de ierburi și diverse instrumente, precum ciobul de obsidian pe care îl folosise să scoată viermii din pielea infectată a lui Jamin.

Ochii i se umplură de lacrimi.

- Ce este asta? întrebă ea.

- Este o casă de vindecare, răspunse Dadbeh privind-o acuzator. Plănuia să ți-o arate în ziua în care te-ai întors în Assur. Dacă nu te-ai fi purtat ca un catâr, evident.

Un nod se ridică în gâtul fetei.

- Mă duc să caut khella, spuse ea.

- Sunt câteva plantate afară.

Ninsianna ieși în grădină. Așa cum se așteptase, Jamin era acolo, îmbrăcat în cel mai bun kilt al lui. Se apropie de ea și o privi cu ochii săi negri și sumbri în timp ce își ajusta mantia, aproape emoționat, într-un mod demn de o viitoare Căpetenie.

- Ce truc murdar! murmură fata. Ai pus-o pe bunica lui Dadbeh în pericol.

- Chiar așa? zise Jamin arătând spre grădină. După cum poți vedea, avem tot ce îi trebuie.

- Dar nu și khella, zise Ninsianna. Asta ar ajuta-o să respire.

- E chiar aici, spuse Jamin arătând spre un pat plin cu flori albe. Din cauza solului, plantele au fost replantate aici în ultimele zile.

Chiar făcuse toate acestea pentru *ea*?

Ninsianna începu să rupă florile, refuzând să *gândească*. Totul fusese o manipulare!

- Nu trebuia să faci asta, zise ea. Nu schimbă nimic.

Jamin adoptă o expresie de parcă tocmai ar fi fost lovit.

- De ce? întrebă el cu glas tremurând. Demonul înaripat, m-am gândit… dar de ce te-ai mărita cu Qishtea din Nineveh în locul meu?

- Pentru că eşti *insensibil*!

Fata privi către khella proaspăt plantată, precum şi către toate celelalte plante, toate medicinale.

- Qishtea al lui Nineveh ţi-ar construi o casă de vindecare ca aceasta? întrebă Jamin.

- *Asta* este acest loc, de fapt?

- Da.

- De ce? rosti Ninsianna, iar buzele îi tremurară.

- Ştii de ce.

Fata îşi coborî privirea, alegând să se uite mai curând la propriile mâini.

- Nu vreau să mă mărit cu *nimeni*.

Jamin se apropie de ea. Înalt, puternic, bogat şi deştept. Cândva, Ninsianna crezuse că el era bărbatul ideal, că nu ar fi putut găsi pe cineva mai bun. Un bărbat care îi stârnise imaginaţia doar povestindu-i despre lucrurile pe care avea să i le arate într-o bună zi. Dar apoi, Cea-Care-Este îi trimisese un bărbat din ceruri. Un bărbat care putea zbura. Un bărbat care, i se părea, nu era *complet* imun la farmecele ei.

- Jamin, eu –

Brusc, de undeva de după alee, se auzi chemarea uneia dintre santinele:

- Koo-whee! Koo-whee! Koo-whee!

Jamin se aplecă spre Ninsianna şi o luă în braţe:

- Ninsianna. Vreau să te măriţi cu *mine*!

Capitolul 26

*Inima este mai înşelătoare decât toate lucrurile
Şi este fără vindecare
Cine poate s-o cunoască?*

Ieremia 17:9

*Iunie - 3.390 BC
Pământ: Satul Assur
Colonel Mikhail Mannuki'ili*

MIKHAIL

- Koo-whee! Koo-whee!

Santinelele strigau în timp ce Mikhail trecea prin poarta de nord. În momentul în care ajunse pe partea cealaltă, un băiat alergă spre el.

- Ninsianna mi-a spus să te chem, spuse acesta.

- Este în pericol?

- Nu – băiatul privi către santinele. Are nevoie de ajutorul tău.

- Bine, răspunse Angelicul. Lasă-mă doar să scap de astea.

Rezemă bâtele de perete şi rugă santinelele să nu le folosească drept lemne de foc. Avea să discute cu Benham când avea să îi dea beţele. Să îi prezinte *Tribunalul* problema Căpeteniei. Nu era datoria lui să-i spună cum să-şi disciplineze fiul.

Băiatul începu să alerge, forţându-l pe Mikhail să ţină pasul rapid.

- Unde mergem? întrebă acesta.

- Grăbeşte-te!

Băiatul îl conduse spre cercul interior, trecând de templul Celei-Care-Este. Credincioşii obişnuiţi erau adunaţi sub prelată, oferind flori statuii fără ochi, rugându-se pentru favoruri divine. Micul ghid o luă pe o alee îngustă.

- Este chiar aici, arătă el. Mergi până la capăt.

Spunând acestea, o luă la fugă înainte ca Mikhail să apuce să răspundă în vreun fel. În afară de câteva şuierături ascuţite, nu era nimic care să pară întunecat sau ameninţător la această alee care şerpuia prin spatele câtorva curţi. Cele din stânga făceau parte din cercul interior, iar cele din dreapta erau noi. Se potriveau perfect cu un anumit loc din cercul al doilea, unde nicio casă nu avea uşă la intrare. Oamenii de acolo, în loc să se lase forţaţi să locuiască în cercul cel mai puţin prestigios, modificaseră aleea pentru a-şi uni casele cu cercul interior.

Una dintre uşi se deschise. O mamă şi fiica sa se ivirǎ în prag, amândouă îmbrăcate elegant. Fetiţa se sperie când îl văzu pe Mikhail pe alee. Mama o trase în spatele ei, încercând s-o protejeze.

- T-te rog, n-o răni.

- Nu aş face as –

Mikhail realiză că aripile i se înfoiaseră, aşa cum se întâmpla când era iritat.

- Îmi cer iertare, doamnă, zise el strângându-şi penele înapoi la spate. Am venit s-o caut pe Ninsianna.

- Ar trebui s-o laşi *în pace*! răspunse femeia. Este de ajuns că ai ţinut-o prizonieră şi i-ai pătat onoarea!

Apoi îşi îndrumă fiica înapoi în casă şi îi trâti uşa în nas lui Mikhail. Acesta se apropie însă de locuinţă şi strigă:

- Dar *nu* am ţinut-o. *Ea* a vrut să stea!

Aripile îi fremătară; efectiv vorbea cu o uşă. Îşi continuă drumul pe aleea ce se unduia în forme întortocheată prin spatele caselor, până când ajunse la o casă nouă, încă în construcţie. Ataşată casei, o poartă de lemn se deschidea spre o grădină verde.

Azui de dinăuntru vocea Ninsiannei.

- Koo-whee! Koo-whee! Koo-whee! veni un strigăt ascuţit de pe acoperiş.

Angelicul făcu un pas înainte pentru a o striga pe Ninsianna.

- Ninsi –

Chiar în faţa sa, fata stătea în braţele lui Jamin.

- Aş prefera să mă mărit cu tine decât cu Qishtea al lui Nineveh, spuse ea.

O undă de şoc şi neîncredere străbătu trupul lui Mikhail, lăsându-l fără suflare. Ninsianna nu se împotrivea. Nu încerca să îl împingă la o parte pe fostul ei logodnic. Se abţinu cu greu impulsului de a zbura la nenorocitul cu ochi negri şi de a ţipa *„Asta e femeia mea!"*

Jamin mângâia părul Ninsiannei.

- Dacă te măriţi cu *mine*, îţi voi pune lumea la picioare, îi promise acesta.

- Cum rămâne cu Mikhail? întrebă ea.

- Dacă te măriţi cu *mine*, o să îl conving pe tata să-l lase să stea.

Jamin îi aruncă Angelicului o privire întunecată, după care o strânse mai aproape pe Ninsianna şi o sărută. Durerea săgetă inima lui Mikhail. Inima pe care *ea* i-o cucerise în ziua în care îi salvase viaţa.

Plăcuţa de metal de la gât îi zdrăngăni, amintindu-i că încă avea o misiune de finalizat. O misiune ce nu avea să se termine cât timp stătea acolo. Aşadar, se întoarse grăbit pe aleea îngustă, trecând pe lângă intrările împânzite de oameni cărora le era teamă de el. În timp ce înainta, băieţii puşi de Căpetenie să-l urmărească pentru a îi ţine la curent pe războinici cu tot ceea ce făcea în sat începură să îşi rostească din nou avertismentele:

- Koo-whee! Koo-whee!

Iată inamicul.

Și asta și era. Un intrus ce apăruse de nicăieri în satul lor, ca o ființă pricăjită și fără adăpost.

Nu era nimeni acolo când ajunse înapoi la casa lui Immanu. Își aruncă bunurile în rucsac și începu să urce scările pentru a-și recupera arma cu impulsuri și sabia.

Atinse patul pe care Ninsianna se oferise să îl împartă cu el. De pe un raft de lemn, o statuetă mică de lut îl privea cu ochi goi.

- Asta ar trebui să te înveselească, spuse Angelicul, ridicând arma spre figurina Celei-Care-Este.

Îi aducea aminte de Ninsianna.

Câteva lacrimi i se prelinseră pe obraji, traversându-i chipul și scurgându-se pe însemnul cu arbore, care anunța: *„În lumină este ordine, iar în ordine este viață."* Mikhail atinse lacrima și studie apa sclipitoare.

Singur...

Mai bine să moară singur decât să fie trădat.

Își puse arma în toc, luă sabia și coborî scările. Nu era nimeni acolo căruia să îi spună că pleca. Si ce ar fi spus, oricum?

Fiica ta mi-a frânt inima?

Nu. Nu era atât de disperat.

Simțindu-se obligat să spună *cuiva* că pleacă, scoase capul pe ușa din spate și strigă spre căpriță:

- La revedere, Nemesis!

Capra își înălță capul deasupra gardului și behăi.

Cu rucsacul în spate, sub aripi, Mikhail porni către poarta de sud, ce ducea spre deșert.

Santinelele slobozirà încă un avertisment în timp ce Angelicul își croia drum prin "cutia de ucis". Mâna dreaptă a lui Jamin, Siamek, stătea în dreptul porții cu o expresie imposibil de descifrat.

- Pleci? întrebă acesta.

- Locul meu nu este aici.

- Nu. Nu este.

Mikhail trecu apoi pe lângă el, întorcând spatele inamicului. Sperând, *dorindu-și* ca omul să înfigă o suliță în el și să-i sfârșească durerea.

- N-o lăsa să vină după mine, adăugă Angelicul.

- Ce vrei să-i spun?

Mikhail se opri. Rigid. Silențios. *Stoic.* Își înclină o aripă și smulse cea mai lungă pană primară.

- Spune-i că e doar o pană, zise el, înmânându-i-o lui Siamek. Iar eu sunt doar un soldat, cu nimic diferit față de *tine*.

Ochii castanii ai războinicului furà străbătuți de un anume sentiment. Să fi fost vină? Toată această șaradă fusese o înscenare. Dar ce scosese la iveală? Că toate visele sale erau minciuni!

Angelicul porni cu pași grei către deșert. Îi abandona astfel pe acești oameni și pe femeile lor capricioase și neloiale.

Capitolul 27

Data Galactică Standard: 152,323.04 î.Hr
Orbită – Haven-3
Nava Diplomatică "Prinţul din Tyre"
Prim-ministru Lucifer

LUCIFER

Creaturi desfigurate urlau în coşmar. Imagini distorsionate îl înconjurau. Mirosul şi gustul sângelui...

Auzea din ce în ce mai bine zumzetul motoarelor bătându-i în ceafă, şuieratul fin al reciclatorului atmosferic şi ghetele care mărşăluiau cu paşi înăbuşiţi. Lucifer apucă strâns aşternuturile de satin şi vomită.

- Zepar? strigă el.

Nu îi răspunse nimeni. Se târî cu greu până la marginea patului şi începu să caute pe noptieră până atinse un obiect rece şi familiar. Duse staţia la buze; buzele lui gust de brânză stricată, alcool stătut şi carne putrezită.

- Zepar? gâfâi Prim-ministrul.

Păru să se scurgă o eternitate până când Şeful de Personal îi răspunse.

- V-aţi trezit? întrebă acesta cu surprindere.

- Am nevoie de ajutor!

- Vin imediat, Sire.

Lucifer se prăbuşi din nou în întuneric. Când se trezi, camera duhnea a vomă şi a transpiraţie. Lumina puternică îi copleşea ochii.

- Vrei şi tu să opreşti aia? spuse el acoperindu-şi faţa.

Zepar reduse intensitatea luminii.

Lucifer aşteptă o vreme pentru ca încăperea să nu se mai învârtă în jurul lui.

- Cât timp am fost inconştient? murmură el.

- De ieri, răspunse Zepar.

Lucifer se uită printre degete. Şeful său de Personal cu aripile parcă murdare stătea în lumina palidă, ţinând în mâini binecunoscuta cutie argintie.

- Nu le vreau, spuse Lucifer.

- Este singura modalitate de a controla migrenele.

- Nu le *vreau*! replică ascuţit Prim-ministrul şi împinse seringa.

Le *voia*, de fapt. Dar ura efectul medicamentului, căci îl făcea să se simtă de parcă nu era el însuși.

Se strânse de nas pentru a ameliora durerea, chinuindu-se să se ridice. Își aduse o aripă în față; penele lui albe ca zăpada erau acum pătate cu vomă roz.

- Când trebuie să ne întâlnim cu reprezentantul Regatului Tokoloshe? Vreau să terminăm întâlnirea asta cu canibalii cât mai repede.

- Sire? aripile lui Zepar zvâcniră. Întâlnirea aceasta a avut loc acum două săptămâni.

- Acum două săptămâni?!

- Da, Sire, spuse Zepar. Ne-ați dat ordin să mergem acolo imediat după ce v-ați întors de pe 51-Pegasi-4.

Un sentiment de amețeală care nu avea *nicio* legătură cu hipermotoarele ce tocmai decelerau îi dădu din nou o stare neplăcută lui Lucifer. Din difuzor răzbătu o voce.

- Atențiune, echipaj! Pregătiți-vă pentru aterizarea pe Haven-3.

Se întorseseră la Parlament? Stomacul i se zdruncină odată cu ieșirea din hiperspațiu.

- Trebuie să –

Lucifer se ridică în picioare. Se grăbi la baie și dădu afară tot ce îi mai rămăsese în stomac, aripile tremurându-i incontrolabil.

- Ce — în numele lui Hades — am băut? vocea îi răsună în bolul de porțelan.

- Otrava dumneavoastră obișnuită, răspunse Zepar arătând deloc surprins spre barul gol.

Lucifer luă un prosop și își curăță voma de pe bărbie. Se ridică apoi cu greutate, ținându-se de toaletă și desfăcându-și aripile pentru a-și păstra echilibrul; în final, se așeză pe „tronul" de porțelan.

- Deci? zise el încercând să pară nonșalant.

Nu era *prima* data când se trezise dezorientat după o noapte de băut continuu.

- Reîmprospătează-mi memoria. Ce s-a întâmplat la întâlnire? Ce am discutat cu Regele Tokoloshe?

- Vreți să spuneți că nu vă *amintiți*? zise Zepar, iar ochii săi de un albastru murdar îi sfredeliră pe cei ai Prim-ministrului.

Vocea lui Lucifer tremură.

- Am băut prea mult, răspunse acesta. Nu am timp să-mi pregătesc discursul!

„P-presupun că sunt aici ca să țin un discurs?!"

- Sunteți aici ca să aprobați *tratatul*, zise Zepar.

- Tratatul?!

- Da.

- Ce tratat?

- Cel pe care l-ați semnat deja.

Lucifer era complet dezorientat.

- *Desigur* că l-am semnat. Te-am rugat să-mi reaminteşti *condiţiile*.

Zepar îi aruncă acea privire rece şi falsă care anunţa de obicei un cuţit politic înfipt în spate. Din fericire, nu în spatele *lui*, de obicei.

- Aţi căzut de acord cu regele din neamul Tokoloshe că vom ceda ele două colonii din Sectorul Yaris.

- De ce le-aş da acele colonii canibalilor?

- Pentru că noi nu le putem *apăra* – Zepar se uita la el ca la un prost. Aţi fost foarte supărat după moartea Leonizilor, aşa că aţi făcut un pact. Ei primesc cele două planete, iar noi primim în schimb alte două planete apropiate pe care le putem apăra aşa cum trebuie.

- Cum rămâne cu cei care *locuiesc* acolo?

Ultima dată când încheiase un pact cu Regatul Tokoloshe, aceştia îl încălcaseră şi atacaseră colonia Delphiniumi, devorând mii de cetăţeni nevinovaţi. Pentru numele lui *Hades*, ce făcuse?!?

- Regele Barabas a promis că nu îi vor mânca, îl asigură Zepar. Coloniile au o populaţie scăzută. Poate fi relocată în coloniile pe care ni le-au cedat *nouă* la schimb. Pe Barabas îl interesează doar drepturile de minerit.

Trupul lui Lucifer fu străbătut de fiori. De fiecare dată când îşi pierdea cunoştinţa, afla apoi că făcuse lucruri cu care nu ar fi fost în veci de acord în mod normal. Timp de douăzeci şi cinci de ani nu mai fusese bântuit de pierderile acelea de nenorocite memorie! Să-i fi reapărut tumoarea de la creier?

- Lasă-mă, spuse într-un sfârşit Lucifer, făcând un gest dezamăgit din mâini. Trebuie să mă spăl şi pe urmă să mă hotărăsc ce gogoşi să vând Parlamentului ca să aprobe prostia aia.

- Aveţi aici raportul de informare, Sire.

Zepar îi întinse o tabletă, se înclină şi ieşi.

Lucifer se târî în duş pentru a se spăla de vomă. Spre deosebire de toate celelalte nave din Alianţă, a sa folosea apă reală şi nu unde sonice; era un lux pe care doar anumite nave militare şi-l permiteau.

În timp ce îşi săpunea aripile, mirosul de alcool şi încă unul, unul oribil care îi amintea de un abator, colorară scurgerea în roz. Închise ochii şi lăsă jetul de apă să îi curgă pe cap până când migrena care îl chinuia începu să treacă.

Îşi scutură apoi apa de pe aripi şi se duse să se îmbrace pentru discursul pe care trebuia să îl ţină în faţa Parlamentului. Avea în dulap cele mai rafinate costume pe care le-ar fi putut realiza vreodată croitorul, şi toate erau create special pentru el. În timp ce se aflase în duş, Zepar trimisese pe cineva să-i schimbe aşternuturile. Lucifer se aşeză pe marginea patului şi luă dispozitivul pe care Şeful de Personal îl lăsase pe noptieră. Începu să se uite peste tratat. În mod cert, *arăta* ca genul de înţelegere pe care ar fi negociat-o şi încheiat-o el însuşi: condiţiile erau uşor în favoarea *lor,* nu a celor din neamul Tokoloshe.

Deci, de ce se simţea atât de îngrijorat, de parcă ar fi dat pe mâna altcuiva cheile Alianţei Galactice?

Căută pe tabletă discursul pe care îl ţinuse cu puţin timp înainte de genocidul Serafimilor. Fiinţa care stătea în faţa Parlamentului încercând să convingă delegaţii să-i dea zeci de miliarde de credite galactice pentru a finanţa proiecte ultra-secrete *arăta* ca el, asta era adevărat, dar nu îşi amintea sub nicio formă să fi ţinut *acel* discurs, aşa cum nu îşi amintea nici să fi negociat tratatul acesta.

Se îndreptă spre dulapul spaţios ce ocupa un întreg perete. Era făcut din lemn masiv şi preţios, şi conţinea o mulţime de sticle de lichior luminate din spate de câteva oglinzi. Îşi alese otrava preferată, *Choledzeretsa,* o băutură de culoare verde strălucitor, cu scânteieri argintii şi aurii.

Ridică paharul, studiindu-şi reflexia distorsionată de băutură şi de modul în care fiecare sticlă reflecta lumina.

- Noroc! zise el.

Goli paharul, savurând căldura ce-i ardea stomacul. Omul cu ochi argintii ce-l privea din reflexie *arăta* ca el. Dar putea să jure că în adâncul ochilor văzuse o strălucire roşie.

- Tată? se rugă Lucifer. Ce se întâmplă cu mine?

Capitolul 28

Iunie - 3.390 BC
Pământ: Satul Assur

NINSIANNA

Jamin îi mângâia părul.

- Dacă te măriți cu mine, îți voi pune lumea la picioare, promise Jamin.

Ninsianna se încruntă. Nu voia să se mărite cu *nimeni*, dar Jamin nu o asculta.

- Cum rămâne cu Mikhail? întrebă ea.

Îşi ținu respirația, pregătită să-l vadă pe Jamin dezlănțuindu-se.

- Dacă te măriți *cu mine* – insistă el, surprinzând-o – o să îl conving pe tata să-l lase să rămână aici.

Jamin se uită peste umărul Ninsiannei, având o expresie agitată pe față. Brusc, o trase la piept și o sărută.

- Jmm…. Nuu… Mmpffhh…..

Încercă să se îndepărteze de el, dar Jamin o ținea ferm de păr, forțând-o să îl sărute și nelăsând-o să respire. O înclină pe spate, făcând-o să-l apuce de umeri, prea dezechilibrată pentru a mai putea riposta.

La fel de brusc, Jamin îi dădu drumul. Făcu un pas în spate, gâfâind, înainte ca ea să-l poată impinge.

- Iartă-mă, spuse el. Eu doar…

Se dădu în spate.

- Îmi pare rău, adăugă. Sper să mă ierți.

Ninsianna îl privi cu gura căscată. Îşi atinse buzele chinuite, neștiind dacă să-l blesteme sau să-i fie milă de el.

Jamin îşi puse degetele între buze și scoase un fluierat ascuțit. Din casă ieși Firouz, ajutând un muncitor de vârsta a doua. În spatele lui se afla Tirdard, cărând un copil ce părea bolnav. Și în spatele *lui* erau alți războinici, fiecare ajutându-i pe cei mai bolnavi și săraci din sat.

- Asigurați-vă că are orice îi trebuie, ordonă Jamin.

Se înclină apoi cordial în fața Ninsiannei.

- Sper ca înainte să te muți la Nineveh să te gândești cât de multă nevoie are acest sat de tine.

Și plecă, fără a mai adăuga ceva.

*

Spre seară, Ninsianna își luă rămas bun de la ultimul pacient. În sfârșit singură, aruncă o privire în restul casei. Era incompletă, la fel ca mariajul lor.

Închise ușa camerei de vindecare și trasă cu degetul sigiliul sculptat în lemn- era simbolul zeiței Ningishzida.

- Nu pot, spuse ea încet. Îl iubesc pe Mikhail.

Îi întoarse spatele și porni spre templul Celei-Care-Este. Zeița supremă. Cea care domnea înaintea celorlalți zei. Se opri sub prelată și începu să se roage ca *EA* să-i dea o altă variantă.

- Te rog! Nu știu ce să fac!

Statuia cu ochi goi se uita spre ea, dar era complet oarbă. Dacă exista vreun lucru pe care Ninsianna îl învățase în timpul călătoriei în deșert, acela era că Cea-Care-Este trăia în inima ei, și nu într-o statuie sculptată de mâini de muritor.

Cerul căpăta nuanțe de roșu în timp soarele se cufunda dincolo de linia orizontului. Chiar era atât de târziu? Așa aproape de solstițiul de vară era cu siguranță trecut de cină.

Ninsianna se grăbi pe aleea interioară, înaintând spre doilea cerc, unde se afla casa lor. O zări pe Pareesa, încărcată cu multe bâte.

- Să înțeleg că te-a pus la muncă? râse Ninsianna.

- Nu – Pareesa așeză toiegele. Le-a *lăsat* aici. Și acum nu îl găsesc nicăieri.

Ninsianna simți un gol în stomac.

- Mikhail nu și-ar lăsa niciodată armele nesupravegheate.

- Nu ai auzit? Nu a venit nimeni la antrenament. Jamin i-a amenințat că, dacă o vor face, vor avea de-a face cu *el*.

Fața Ninsiannei se înroși de furie. Oh! Acel ticălos! Și îi distrăsese atenția ținând-o ocupată!

- Du-le înapoi la Benham, spuse ea. El le-a făcut.

Adolescenta răspunse:

- Dacă-l vezi, spune-i că am vorbit serios. Eu *chiar voiam* să mă antrenez cu el!

- Toți ne vom antrena cu el, spuseră și cei 3 frați ai ei, care arătau exact la fel.

- O voi face.

Se grăbi înapoi acasă și dădu buzna pe ușă. Mama și tatăl său stăteau pe bancă la masa pe care o improvizaseră. Două locuri erau libere, însă. Al ei și al lui Mikhail.

- Unde este? întrebă Ninsianna gâfâind.

- Credeam că e cu tine, spuse mama ei.

Ninsianna dădu din cap.

- Mă ocupam de pacienți.

- Pacienți?

Înainte ca Needa să o poată întreba mai multe, Ninsianna se duse la locul pe care Mikhail şi-l amenajase pentru a dormi. Aşternuturile erau încă acolo, dar ghiozdanul multicolor adus din canoe lipsea.

- Ninsianna? întrebă Immanu. S-a întâmplat ceva?

Buzele îi tremurau. Fugi pe scări spre dormitorul ei, rugându-se în minte: „*te rog, te rog, te rog!*"

Ridică plapuma şi se uită sub pat.

Armele lipseau.

Cu un urlet disperat, coborî înapoi.

- A plecat!

Ninsianna o luă la fugă spre poarta de sud, ţinându-se de coaste pentru a controla durerea care o străpungea. Soarele era deja apus, iar poarta era închisă.

- Mikhail! strigă cu durere.

Începu a bate în lemn

- Vă rog! ţipă către santinele. Lăsaţi-mă să ies!

Siamek apăru pe alee. Merse spre ea înalt, silenţios şi loial lui Jamin.

- Mikhail a plecat, spuse el.

- Minţi! strigă ea. Mikhail nu ar pleca fără să îşi ia rămas bun!

Siamek scoase o pană lungă şi maro.

- M-a rugat să mă asigur că nu te duci după el.

- De ce? izbucni fata în lacrimi.

Expresia lui Siamek devenea din ce în ce mai vinovată.

- A zis: "Sunt doar un soldat", răspunse acesta.

Capitolul 29

Data Galactică Standard: 152.323.06 BC
Palatul Etern - Haven-1
Prim-ministru Lucifer

LUCIFER

Lucifer privea palatul alb care îi fusese casă în primii cincisprezece ani de viață. Întreaga clădire înconjura o frumoasă grădină. În centrul grădinii, un copac masiv se înălța spre ionosferă, cu ramurile întinse ca niște mâini de femeie ce îmbrățișau stelele.

Împăratul îl plantase în ziua în care Alianța fusese creată, înainte să construiască palatul, înainte să dea viață grădinii. Spunea că acest copac avea să înflorească atâta vreme Alianța avea să lupte întru protejarea luminii. Într-adevăr, arborele era mereu înflorit, dar nu făcuse niciodată nici măcar un fruct.

Era steril. Exact ca *el...*

Pilotul lui, Eligor, se rotea în jurul palatului spre mica pistă de aterizare construită în spate, cât mai departe de grădină, așa cum o proiectase Împăratul. Motoarele cu impulsuri se văitară, parcă, în momentul în care Eligor le orientă spre sol pentru o aterizare planetară verticală.

- Așteaptă aici, ordonă Lucifer.

Își deschise aripile și *zbură* deasupra terenurilor până ajunse la o poartă enormă, de peste zece metri, construită în palat. Făurite din aur masiv, Marile Porți erau ornate cu basoreliefuri ce îl reprezentau pe Împăratul Etern atacându-l pe Împăratul Sata'an cu puterea fulgerului. Văzuse Marile Porți deschise doar de două ori în viața lui – în ziua în care Împăratul *îl* adoptase și în ziua în care *ticăloasa* aceea de Jophiel fusese numită Comandant General Suprem. La dreapta Marii Porți se afla Poarta Perlă, la fel de frumoasă, dar mai mică și mai practică. Fusese făcută din lemn încastrat cu mama-perlelor.

- Aveți un act de identitate, domnule? îl întrebă gardianul.

- Pardon? Știi cine sunt? răspunse Lucifer, dând din aripi.

Vocea gardianului tremură. Era un Delfinium care se asemăna unei broaște.

- Dacă nu erați dumneavoastră – spuse Delfiniumul respectuos – nu aș avea această slujbă. Dar, domnule, regulile sunt reguli.

Pufăind iritat, Lucifer îşi căută buletinul universal şi i-l întinse gardianului să-l scaneze. Cât timp Delfiniumul verifica informaţiile pe un monitor poziţionat astfel încât Lucifer să nu poată vedea ce scria pe el, acesta din urmă începu să facă uz de *darul* pe care îl avea.

- Deci... începu el cu blândeţe. Spune-mi exact cum se face că ai această slujbă datorită mie.

Delfiniumul ridică privirea. Ochii săi bulbucaţi se luminară cu recunoştinţă.

- Totul s-a întâmplat în vremea în care Împăratul era încă plecat, domnule. Aţi venit la absolvirea mea, primul grup de Delfiniumi care au absolvit Academia Militară a Alianţei. V-am spus că mi-am dorit dintotdeauna să văd Marea Poartă – arătă spre intrarea cu pricina – iar dumneavoastră mi-aţi oferit un post aici.

- Ahh, da – îşi aminti Lucifer.

Citi numele inscripţionat pe uniforma gardianului.

- Santpeter, nu?

- Da, domnule! răspunse Delfiniumul mândru.

Tot *felul* de imagini circulau acum în capul lui Lucifer, inclusiv adoraţia resimţită faţă de un erou. Deci acest control nu era o încercare deliberată de a-l opri din drum. Faptul că Delfiniumul făcea verificari era strict dorinţa *tatălui său.*

- Mă bucur că îţi place ce faci, zise Lucifer arborând acel zâmbet care cucerea pe oricine din Alianţă.

Delfiniumul continuă să verifice lista de întâlniri.

- Domnule? spuse el timid, iar buzele ca de broască îi tremurară. Se pare că nu aveţi nicio întâlnire programată.

- Nu am *nevoie* de o programare, mârâi Lucifer. Sunt fiul Împăratului Etern.

Gardianul orăcăi sfios.

- S-staţi să verific...

Pornit staţia şi şopti ceva oricui se afla la celălalt capăt.

În timp ce aştepta, Lucifer începu să bată cu degetele în masă. Omul-broscoi era din ce în ce mai agitat. Lucifer hotărî să se joace cu el, proiectându-i în minte imagini ce-i arătau cum şi-ar putea pierde postul pentru că îl supărase pe fiul Împăratului Etern. Mintea gardianului fu năpădită de griji, căci se temea de ce avea să li se întâmple puilor săi.

- Parcă-mi amintesc – îi zâmbi fals Lucifer – că tocmai te căsătoriseşi când ne-am întâlnit prima dată, nu-i aşa?

- D-da, domnule! răspunse broscoiul. Tocmai ne-au ieşit nişte mormoloci.

- Ce fac copiii tăi? întrebă Lucifer proiectându-i în minte imagini despre cum ar fi fost umilit în public.

- Știți cum e... zâmbi Delfiniumul. Sunt motivul pentru care exist. Moștenirea mea va fi să-mi învăț copiii să îl iubească pe Împărat, precum și tot ce este bun și corect.

Deodată, în mintea gardianului se iviră zvonurile conform cărora Prim-ministrul era steril.

Lucifer zâmbi forțat.

- Nu că dumneavoastră nu ați putea oferi *altă* moștenire Alianței, domnule, rosti Delfiniumul, dându-și seama de gafa pe care o comisese. Puteți să... faceți... alte lucruri mărețe, să dați legi...

Înșfăcă un ecuson din sertar.

- Trebuie să fie o greșeală, domnule, continuă gardianul. Vă voi face un ecuson temporar.

Lucifer își puse șnurul în jurul gâtului. Imediat ce trecu de poartă, însă, aruncă insigna într-un ghiveci.

- Temporară pe naiba! șopti el.

Nu se obosi să meargă în camera tronului. Împăratul nu era niciodată acolo. Porni pe scurtătură, prin sectorul menajerelor, ignorând scâncitul lor surprins.

Cât *locuise* acolo, totul fusese o aventură. Zbura pe holuri și îl ajuta pe Împărat să-l bată pe dragonul cel bătrân în meciurile de șah galactic. Oricât îl dădea acum Împăratul la o parte, oricât îl certa și îl ignora, acea parte din el care crescuse adorându-l pe cel căruia îi spunea „tată" refuza să moară.

Acum, nemaifiind în tărâmurile ascedentale, Hashem lucra mereu în laboratorul de genetică. Tocmai spre acea clădire ce părea să țâșnească din spatele Palatului Etern precum codița literei 'Q' se îndrepta acum Lucifer.

La ușa interioară, se întâlni prima dată cu gardienii Cerubimi. Înalți de patru metri, războinicii-furnici arătau feroce în armurile ce le accentuau corpurile și așa armate în mod natural. Deși era cunoscut în Palat, Lucifer *tot* trebui să treacă de controlul cu scannerul de retină și să răspundă la câteva întrebări.

Chiar la intrarea în laborator, mai fu oprit o dată.

- Trebuie să vorbesc cu el, îi spuse Lucifer gardianului.

- Este ocupat, îi răspunse acesta.

- Nu suferă amânare.

Cândva, ordinul primit de Cerubim era acela de a-i *permite* pur și simplu să intre- era micul băiat a cărui curiozitate îi plăcea la nebunie Împăratului să o hrănească. Acum, Lucifer nici măcar nu îl mai putea face pe Hashem să îi răspundă la telefon. Tatăl său era încă supărat pentru că refuzase să anuleze tratatul de negoț.

În timp ce aștepta, își răsuci în joacă una din penele lungi și albe. Ușa laboratorului se deschise. Când îl văzu pe trimisul tatălui său, Prim-ministrului i se puse un nod în stomac.

- Dephar – îl salută pe şarpele înalt, fără aripi, ce purta un halat de laborator şi ochelari.

Dephar era un dragon Mu'aqqibat, o specie veche ce data de la începuturile Alianţei. Fusese cel mai important genetician al Împăratului încă dinainte ca Lucifer să se fi născut.

- De ce eşti aici? îl întrebă Dephar.

Lucifer îşi strânse aripile la spate.

- Trebuie să-l văd.

- Face un experiment de genetică, nu poate fi deranjat.

- Am nevoie de ajutorul lui!

- Sună la Palat şi programează o audienţă – Dephar îi întoarse spatele.

- Am făcut asta! răspunse Lucifer. Dar Împăratul nu-mi răspunde.

- Este ocupat! Nu are timp pentru prostiile tale.

- Sunt fiul său! Am dreptul să-mi văd propriul tată!

- Eşti fiul lui *Asherah*, îi răspunse Dephar cu răceală. Nu al lui! Ai minţit timp de 225 de ani în faţa presei!

- El a fost cel care a anunţat public asta când m-a trecut prin Marea Poartă!

- Adopţia nu a fost niciodată finalizată, hâsâi dragonul, pentru că mama ta l-a *părăsit* şi a fugit înapoi la Shemijaza!

Aripile lui Lucifer se lăsară încet.

- Este singurul tată pe care l-am cunoscut vreodată.

- *Nu* este! spuse Mu'aqqibatul cu dispreţ în privire. De ce crezi că te evită de când s-a întors? Nu te vrea, aşa cum nici mama ta nu *l-a* vrut.

Ştiuse întotdeauna că Dephar nu-l plăcea. Dragonii Mu'aqqibat erau o rasă antică ce detestau rasele hibride şi se luptau pentru ca acestea să nu aibă aceleaşi drepturi de care beneficiau speciile ce evoluaseră natural. Existaseră mereu tensiuni între dragon şi mama lui Lucifer, dar Lucifer nu realizase niciodată că geneticianul îl *ura* şi pe el.

- Am fost pe o navă Leonidă ieri, spuse Lucifer. Nu era niciun Leonid pe ea! Doar Spiderizi.

- Spiderizii au început să îi cucerească, răspunse Dephar, exact cum Leonizii au cucerit o rasă ce acum este moartă. Voi toţi sunteţi nişte creaturi eşuate care vor fi înlocuite.

- Nu este adevărat!

- Sunteţi doar nişte experimente eşuate!

Dezgustat, Dephar se întoarse cu spatele şi dispăru înapoi în laborator.

- Dar am nevoie de ajutorul său! strigă Lucifer la uşă. Spune-i că sunt bolnav!

Cei doi gardieni Cerubim îl escortară în linişte spre nava ce îl aştepta. În timp ce aceasta decola, acea voce interioară, înţeleaptă, care avea mereu dreptate, rupse tăcerea.

„Tatăl tău nu te-a iubit niciodată..."

Capitolul 30

Iunie – 3.390 Î.Hr
Pământ: Satul Assur

NINSIANNA

Alerga pretutindeni în sat asemenea unei fantome cu privirea goală, purtându-şi coşul de vindecătoare din casă în casă. De parcă *nu* îşi dădea seama că mama sa încerca să o ţină prea ocupată ca să poată fugi.

Nu mâncase.

Nu dormise.

Nu băuse.

Ochii îi erau atât de roşii de la plâns încât totul avea o strălucire vagă, eterică, aşa cum se întâmplase atunci când primise viziunea de la Cea-Care-Este. Doar că acum totul era dureros, fără acel fior plăcut al puterii.

Se împiedică şi căzu.

- Ninsianna! strigă o voce feminină.

Prietena ei, Yadiditum, o ajută să se ridice.

- Eşti bine? întrebă frumoasa plină de voluptate.

- Presupun, răspunse Ninsianna.

Yadiditum îi adună şi medicamentele care îi căzuseră din coş şi i le dădu înapoi.

- Arăţi cum arătam *eu*, spuse Yadiditum, după ce m-a respins Qishtea. Ninsianna îi zâmbi, slăbită.

- I-am arătat-o noi, nu-i aşa?

- Da, spuse Yadiditum. N-o să te măriţi cu el, aşa-i?

- Nu, oftă Ninsianna. Acum că Mikhail a plecat, tatăl meu nu mai vrea să ne mutăm.

Yadiditum se uită în spate, unde actualul ei iubit, Tirdard, cel mai mic dintre războinicii de elită, se antrena cu alţi băieţi care erau aproape suficient de mari încât să înceapă antrenamentele, inclusiv fratele Pareesei. O apucă pe Ninsianna de mână.

- Şi dacă ţi-aş zice că l-au alungat? îi şopti ea.

- *Ştiu* că au făcut-o, îi răspunse Ninsianna. S-a săturat ca Jamin să-i urmărească fiecare mişcare.

- Nu, insistă Yadiditum coborând tonul. Au făcut *mai mult* decât atât. Tirdard – se uită spre iubitul său – a spus că Mikhail a fost *acolo*. Când Jamin te-a sărutat.

Ninsianna rămase cu gura căscată.

- A *văzut* aia?

- Da, şopti Yadiditum. Jamin a pus totul la cale.

Obrajii Ninsiannei se înroşiră ca focul.

- Nenorocitul! Izbucni aceasta şi o luă pe Yadiditum de mână. Mulţumesc! Nu spune nimănui că mi-ai zis.

Se duse la templu, unde tatăl său îşi petrecea de obicei ziua curăţând hambarul şi numărând recoltele pentru depozitare– de obicei linte, în perioada aceasta a sezonului. Trecu pe lângă statuia cu ochi goi. Fără vreun gardian la intrare să o oprească, dădu buzna înăuntru.

- Tată! îl strigă Ninsianna. Trebuie să vorbim!

Tatăl ieşi dintr-o cameră de depozitare. Părul său brunet era plin de praf gălbui.

- Nu este locul *tău* aici, spuse acesta.

- *EA* spune altceva – arătă spre fresca Celei-Care-Este, cea care avea ochi.

- Suntem doar nişte creaturi decăzute, răspunse Immanu. Nu ne mai protejează.

- Ba nu. Nu este adevărat, îl luă ea de mână. Mikhail nu a plecat din cauza lui Jamin. A plecat pentru că l-a văzut *sărutându-mă*.

Tatăl o apucă de umeri.

- De ce i-ar *păsa* lui Mikhail că Jamin te-a sărutat?

- Pur şi simplu...? zise Ninsianna ea.

- Este Campionul zeiţei, strigă Immanu. Trebuia să mă ajuţi să-l *învăţ*, nu să-l seduci!

Ninsianna se dădu înapoi. Tatăl său nu-şi pierdea des cumpătul, dar când o făcea era de-a dreptul înfricoşător. Avea o înfăţişare teribilă. Ochii săi căprui căpătară nuanţa arămiu-roşiatică a cuprului.

- Nu am făcut nimic să-l încurajez, ripostă ea.

- Crezi că nu ştiu că mi-ai furat magia ca să arunci o vrajă de iubire asupra tuturor şi să te joci cu ei, să-i întorci unul împotriva celuilalt – Jamin, Qishtea şi Mikhail – pentru propriul tău amuzament?!

- Nu am –

- Ba ai *făcut-o!* ţipă Immanu.

Buzele Ninsiannei tremurau.

- Voiam doar ca Jamin să fie mai puţin arogant, spuse ea, iar apoi Qishtea s-a despărţit de Yadiditum, aşa că l-am vrăjit să-l învăţ o lecţie. Iar lui Mikhail –

- L-ai vrăjit şi pe el să te iubească?

- Nu! Tot ce am făcut a fost să îi reprim amintirile.

- *Nu poţi!* zise tatăl ei. Aceea este magie avansată, pentru ceremonii.

- Cea-Care-Este m-a ajutat. M-a desemnat *pe mine* drept Aleasă. Nu pe tine!

- Eşti doar o femeie!

- La fel şi *EA!*

Tatăl o luă de mână și o duse către fresca Celei-Care-Este. O aruncă în genunchi.

- Ți-am spus, ți-am tot spus că magia are un preț – ochii îi erau roșii și străluceau de furie. Când faci o vrajă, pătrunzi în viețile oamenilor, schimbi lucruri care pot părea nesemnificative, dar fac parte dintr-un plan mult mai complicat și mai profund. Femeile sunt prea *simple* ca să țină cont de toți factorii.

Ninsianna se uită la fresca Celei-Care-Este.

- A tăcut, spuse ea încet.

- Pentru că ai folosit magie neagră fără *permisiune!*

- Permisiune? De ce să am nevoie de permisiune? Cea-Care-Este m-a învățat *chiar ea* să o fac.

- Îmi vine greu să cred asta!

Ninsianna arătă spre perete.

- Atunci de ce n-o întrebi pe *EA?*

- Pentru că mai întâi trebuie să-l întrebi pe *EL*.

Arătă spre o formă vagă, abia vizibilă în spatele zeiței sculptate. Ninsianna putea simți puterea neagră venind dinspre frescă.

- Ce e aia? șopti ea.

- Cel-Care-Nu-Este, soțul Celei-Care-Este.

- Cel din Profeție?

- Da.

- Monstrul pe care mama *EI*, Ki, l-a adus pe lume cântând?

- Da. Singura *LUI* datorie este să o protejeze pe Cea-Care-Este de tatăl său, pentru ca acesta să nu o devoreze.

Ninsianna privi concentrată spre fundalul frescăi, încercând să deslușească forma aceea care pândea de undeva din spate. O putere înspăimântătoare o privi înapoi, *aceeași* prezență întunecată care o privise prin ochii lui Mikhail când acesta îi omorâse pe cei optsprezece Halifieni și apoi aproape și pe *ea*. Prin tot corpul îi trecu un sentiment de teroare. O învălui la o dimensiune cu totul nouă, primordială, ca o furtună de nisip combinată cu un cutremur, fulgere, tunete, o sută de mii de coarne de vânătoare și un roi de albine, fiecare gata să distrugă. Așa se simțea.

Putea *simți* cum monstrul se uita la ea din imagine...

...Se uita la *ea...*

....și nu o considera vrednică.

Se îndreptă spre el cu mâinile tremurându-i de frică.

- Trebuie să-l găsesc. Te rog!

Bineînțeles, nu primi niciun răspuns.

- *EL* nu va vorbi cu tine, spuse tatăl.

- De ce nu? întrebă Ninsianna, o lăcrimă căzându-i pe obraz.

- Înainte să poți vorbi cu zeul-liliac, trebuie să-ți înfrunți cea mai mare frică.

Capitolul 31

Blestemat este omul care se încrede în om,
care face din muritor tăria lui
şi a cărui inimă Îl părăseşte pe Domnul.
El este ca un tufiş în deşert,
care nu vede venind fericirea.
El locuieşte în locurile arse ale pustiei,
într-un pământ sărat, unde nu stă nimeni..

Ieremia 17:5-6

Iunie – 3,390 Î.Hr
Pământ: Locul prăbuşirii

MIKHAIL

Mersese spre munte timp de două zile, luptându-se tot timpul cu impulsul de a se întoarce.

- Nu mă vrea.

„Nu ai lăsat-o să-ţi explice.”

- E mai bine aşa.

„Cum? Măritându-se cu acel nenorocit manipulator?”

Subconştientul lui ilogic, cel care refuza să-i spună despre trecut, trecuse de la a-i spune să plece la a-l îndemna să se întoarcă.

- Uită-te la casa pe care i-a construit-o, îşi contrazise Mikhail propriul instinct. Eu nu am ce să-i ofer.

„De ce nu te duci înapoi să o întrebi ce vrea cu adevărat?”

- Am *auzit* ce a spus! Şi am văzut-o sărutându-l!

„Poate ai greşit.”

- Am *văzut-o* sărutându-l cu propriii mei ochi!

Aripile i se agitau ca ale unui prădător pregătit să atace o pradă fără apărare. Mergea intenţionat prin canalul uscat, *wadi*, refuzând să privească în urmă. Plăcuţele de metal de la gâtul său clincăiau, amintindu-i că avea o misiune de finalizat.

„Încheie misiunea...”

Ce misiune? În cinci luni, nimeni nu trimisese o echipă de căutare.

Într-un sfârşit, ajunse în partea îngustă a canalului, ce părea să nu fie cu mult mai mult decât o crăpătură. Gravase într-o piatră semnul cuneiform Galactic pentru "acasă". Îşi strânse aripile la spate şi se strecură printre pietre. De partea cealaltă, drumul se lărgea suficient încât să permită trecerea unui om.

Cu cât se apropia de munţi, cu atât mai mult aceştia se asemănau cu dinţii ascuţiţi după care fuseseră botezaţi, *Colţii Hienei*. Apropiindu-se de baraj, îşi scoase binoclul şi se uită în linişte la avalanşa de pietre.

Pe cealaltă parte, o vale în formă de bol se deschidea şi dispărea imediat într-un *wadi*. Crengi albe se ridicau parcă implorând cerul, rugându-se pentru apă, în timp ce urmele de sare confirmau faptul că, doar în urmă cu două luni, valea fusese plină de apă.

Pământul era marcat de urme de animale şi cărări, indicând că în ultimele săptămâni o turmă mare de capre trecuse pe acolo şi nu lăsase în urmă niciun fir de vegetaţie. Şi, cu toate că Halifienii nu se mai aflau acolo, vetrele de foc rămase erau dovezile unei tabere prelungite.

Mikhail scoase pistolul, deşi acesta era aproape gol, şi coborî în vale, mişcând botul armei în stânga şi dreapta, în caz ca vreun membru al tribului inamic rămăsese în urmă. Îngenunche în locul unde pârâul acum uscat se prelingea sub barajul natural şi luă o mână de nisip.

Era complet uscat…

Aruncă nisipul din mână. Ştia că valea avea să sece, însă nu se aşteptase ca acest lucru să se întâmple atât de devreme în sezon.

Şi acum ce?

Se apropie de urmele vatrelor şi îşi băgă mâinile în cenuşă. Praful era rece, dar oasele încă aveau rămăşiţe de carne, ceea ce însemna că locul fusese abandonat în ultimele două zile.

Inamicul era aproape…

Se apropie de dealul în apropierea căruia i se prăbuşise nava, la poalele munţilor. Moloz proaspăt căzuse pe acoperiş, îngropând-o chiar mai mult şi acoperind ce rămăsese din motoare. Înainte să plece, închisese gaura pe care o folosiseră ca uşă. Judecând după cantitatea de pământ deranjat, Halifienii încercaseră să intre, însă nu putuseră să treacă de bolovanul imens.

- Mulţumesc zeilor pentru lipsa de cunoştinţe a primitivilor, îşi şopti el.

Se îndreptă spre crevasa în care ascunsese pârghia pe care o folosise să mute bolovanul. Pe o bucată ruptă din tavan, lungă de doi metri, era o zonă maro, decolorată, unde îşi lovise pieptul în timpul prăbuşirii.

"Dacă nu ar fi fost ea, acum nu mai erai în viaţă," îi spuse subconştientul său.

- Cel mai bun lucru pe care îl pot face pentru ea este să plec.

Îndesă capătul pârghiei sub bolovan.

- Haide, rahat de dragon.

Nu îşi amintea ce era un *dragon*, dar presupunea că trebuia să fie ceva rău.

Cu un urlet puternic, rostogoli bolovanul enorm într-o parte. Intră în navă şi aşteptă ca ochii lui să se adapteze la lumina slabă. Totul era exact aşa cum îl lăsase. Nu apăruse niciun duh magic care să repare ceva.

Îşi studie nava, fină şi modernă în comparaţie cu satul Ubaid, şi totuşi atât de inutilă. Botul era încă îngropat în stâncă. Calculatorul era încă stricat. Replicatorul de mâncare tot nu mergea. Baia şi bucătăria tot nu aveau apă. Iar motoarele...

Luă cheia de igniţie manuală de unde o ascunsese şi o băgă în contactul manual. O întoarse la plesneală, dar nu se întâmplă nimic, fireşte. Nu numai că motoarele era moarte, dar şi sistemul electric rămăsese fără energie.

Trecu mai departe spre zona de dormit pe care o împărţise Ninsianna; aici o privise în somn, dar fără să o atingă. Se aşeză în pat, cuprinzându-şi capul în mâini.

- Şi acum? se întrebă el.

Zeii, după cum era de aşteptat, nu răspunseră.

Avea o misiune de finalizat. Doar că nu avea nici o idee care era misiunea.

Luă o lopată de câmp şi se îndreptă spre pârâu. Acolo jos unde se afla el, râul era deja secat, dar poate la izvor...?

Ţinu cursul văii, trecând de locul unde apa pătrundea în munte. Aici ascunsese cadavrele Halifienilor. Pasajul se îngustă şi deveni din ce în ce mai stâncos. Apoi se deschise în—

—la naiba!

O capră.

Se dădu înapoi. Chiar în faţa sa, o întreagă *turmă* de capre păştea pe câmpul uscat.

Doi bărbaţi ridicară privirea.

- Aldakhil! Aldakhil! strigă cel mai în vârstă dintre ei.

Cel mai tânăr, abia ajuns la vârsta adolescenţei, o luă la fugă pe stânci, strigând în continuare după ajutor, în timp ce bărbatul mai în vârstă se întoarse şi înşfacă o lamă modelată din piatră.

Mikhail îşi întinse aripile, sperând că bărbatul va fugi.

Acesta nu o făcu, însă...

Caprele erau prea valoroase ca să le abandoneze pur şi simplu acolo.

Mikhail îşi ridică mâinile.

- Nu vreau probleme, spuse el în limba Ubaidă. Am venit doar să îmi verific barca spaţială.

Bărbatul continua să stea în poziţie de atac; era în mod evident un luptător experimentat. Avea poate treizeci şi ceva de ani, şi ochi verzi-căprui. Deşi din punct de vedere genetic nu erau multe diferenţe între Halifienii cu păr închis la culoare şi cei din tribul Ubaid care locuiau pe malurile râului, bărbatul acesta purta o robă maro, ţesută grosier, cu o centură verde – genul de îmbrăcăminte potrivită pentru deşert.

- Tu omorât cumnat meu, spuse bărbatul, stâlcind limba Ubaidă.

- El m-a atacat primul, spuse Mikhail.

- Tu omorât. Eu răzbun.

Mikhail ținea lopata gata de luptă. Deși *avea* sabia la brâu, era mai mare decât bărbatul și nu voia să îl rănească. Asta dacă nu cumva ajutorul lui se întorcea cu o întreagă hoardă de barbari.

Se lăsă pe vine, cu aripile desfăcute doar cât să își țină echilibrul. Spre deosebire de data trecută, când era încă rănit serios, acum, deși nu putea să zboare, era capabil să își folosească aripile în luptă- putea să fâlfâie din ele și să sară.

Bărbatul se aruncă spre el.

- Al-iyah!

Mikhail se feri și încercă să îl lovească peste genunchi cu lopata.

Bărbatul evită lovitura în ultima secundă și încercă să îl înjunghie pe Angelic în artera de sub braț.

- Ahhh! exclamă Mikhail și sări înapoi. Deci așa vrei să fie, da?

Îl lovi pe om cu o aripă.

Acesta începu să îi atace penele cu cuțitul.

Mikhail ridică lopata pentru a para loviturile. Armele lor răsunară puternic– o lopată de fier împotriva unei lame de piatră, primitivă, dar eficientă.

Cei doi se mișcau în cerc.

- Nu mă face să te rănesc, îi spuse Mikhail.

- Demon înaripat! hâsâi bărbatul.

Bărbatul năvăli spre Angelic cu picioarele îndoite, lovind în stânga și în dreapta asemenea unui șarpe cu un singur dinte de piatră.

Mikhail evită câteva lovituri fulgerătoare, învârti lopata și, de data aceasta, îl lovi pe atacator la ceafă.

Bărbatul se prăbuși.

- Stai jos! îi comandă Mikhail.

Bărbatul se chinuia să se ridice, sprijinindu-se în genunchi și în mâini. Își îndoi picioarele, pregătit să sară din nou la atac.

Mikahil se coborî pe vine.

Bărbatul se aruncă spre el. În ultima secundă, viră exact în direcția în care încercase Mikhail să se ferească.

- AU!! strigă Angelicul când lama îi zgârie pielea.

De data *aceasta*, îl lovi pe bărbat suficient de tare încât să îl lase inconștient.

Gâfâind, îngenunche și își duse degetele spre gâtul atacatorului. Simți un puls puternic, și smulse cuțitul din mâna bărbatului leșinat.

- Dacă știam că ești atât de bun, mi-aș fi folosit sabia, spuse el în timp ce își trecea degetele prin gaura nouă din uniformă.

Își îndreptă privirea spre cele 18 morminte pe care le săpase în această pășune. Halifienii nu aveau de gând să îl lase în pace.

- Așa, și acum? zise el și își îndreptă chipul spre cer.

Nu doar că nu avea nicio idee încotro să o apuce, dar acum trebuia și să își părăsească nava înainte să fi apucat să își facă provizii.

Capitolul 32

Data Galactică Standard: 152,323.06
Orbită - Haven-3
Prim-ministru Lucifer

LUCIFER

Cea mai măreață creație a sa, Parlamentul Alianței, reprezenta viziunea lui Lucifer asupra unei republici democratice: supusă vocii poporului, dar ghidată de mâini de nemuritor. Înaltă de treizeci de etaje, clădirea circulară masivă era locul unde reprezentanții a zeci de mii de Sisteme Solare se adunau să discute, să dezbată și să voteze ce se întâmpla cu Alianța.

Și el tocmai realizase că totul era doar o mare minciună!

- Domnule Prim-ministru! Domnule Prim-ministru! se agitau reporterii, înconjurându-l. Este adevărat? Ați vândut Sectorul Yaris celor din neamul Tokoloshe?

Lucifer își croi cu greu drum printre ei. De ce, în numele lui Hades, aprobase oare acea lege care interzicea zborurile, fie ele cu ajutorul navelor, rachetelor sau chiar cu ajutorul aripilor Angelice, pe o rază de doi kilometri pătrați în jurul clădirii?

- Cum ai putut să faci asta? se răsti la el o femeie de vârstă mijlocie. O să-mi mănânce fiul de viu!

Pilotul său, Eligor, păși între Lucifer și femeia nervoasă.

- Faceți câțiva pași înapoi, doamnă, spuse acesta.

Șase reporteri tot insistau cu microfoanele în fața Prim-ministrului. Așteptau cu determinare un răspuns.

- Nu comentez, replică Lucifer și își croi drum mai departe.

Ce putea să spună? *"Nu-mi amintesc să fi semnat tratatul ce i-a ruinat?"* Tot ce știa era că Parlamentul îl aprobase instantaneu. După pierderea navei Leonizilor, cetățenii erau pregătiți pentru încă un război.

Păși în clădirea masivă ce găzduia zeci de oficii în care munceau delegații. Înaintea tonurilor pline de ură și a huiduielilor de care "darul" său nu îl putea apăra, închise ușile.

Eligor se grăbi să-l ajungă din urmă.

- Mulțumesc, murmură Lucifer.

Pilotul avea o expresie imposibil de descifrat. Spre deosebire de mulțime, ale cărei urlete îi umpleau mintea cu imagini legate de ura pe care i-o purtau, pe Eligor nu îl putea citi. Nu știa ce părere avea pilotul despre schimbul de planete. Eligor fusese mereu aproape când avusese nevoie de el și, chiar acum, avea nevoie de cineva de încredere; cineva care nu ar fi pus prea multe întrebări.

Lucifer se îndreptă așadar către biroul său, unde cei din personal aveau grijă să-i urmărească și să-i plănuiască fiecare mișcare.

- Poți pleca, îi spuse acesta lui Eligor.

Nu era o insultă. Eligor îl transportase dintotdeauna încolo și încoace, pentru a putea să îl viziteze pe Împărat. Pentru orice altceva, Zepar atribuia două "gorile" imense, bărbați fără personalitate, să stea afară lângă ușă.

Prim-ministrul le închise ușa în nas lui Pruflas și lui Furcas, iar apoi merse în spatele biroului, unde plănuise și aprobase multe din ceea ce însemna Alianța. Din cel mai bun lemn, cu un model fin și modern asemănător dungilor unui tigru, biroul părea un adevărat testament al modului în care împovărarea mediului înconjurător putea transforma lucrurile vii în obiecte ale frumuseții imobile. Lucifer se cufundă în scaunul său moale de piele, își odihni capul pe tetieră și închise ochii.

Niciodată finalizată?

Adopția nu fusese niciodată finalizată?

Atunci de ce Împăratul nu îl gonise pur și simplu când se întorsese? Mai ales de curând, când singurul lucru pe care-l făceau împreună era să se certe? Trebuie să fie ceva ce Împăratul știa. Ceva care făcea ca totul să se lege. Ceva ce ar fi reprezentat pentru el o rușine chiar mai mare decât să recunoască faptul că mințise când anunțase public că Lucifer era fiul său.

Prim-ministrul se chinuia să înțeleagă, însă trecuse mult timp de când Împăratul dispăruse. Nu mai știa detaliile vieții sale de când avea cincisprezece ani. Împăratul plecase. Alianța căuta un lider, așa că Zepar preluase frâiele problemei și hotărâse să îl antreneze chiar pe Lucifer, pentru a face din el liderul de care Alianța avea nevoie.

De ce?

De ce să-l pregătească dacă nu cumva avea vreun fel de autoritate?

Dar care?

Și de ce Împăratul lăsase mascarada să continue?

Lucifer se ridică de pe scaun și își întinse aripile albe; acestea erau însemnul ce nega specia căreia îi aparținea, deoarece nu se dezvoltaseră natural. Zepar insista mereu că Lucifer trebuia să aibă un urmaș.

Să aibă. Un. Urmaș.

Se întorseseră de doar trei zile și Prim-ministrul deja "servise" șaptesprezece cadeți.

Și Împăratul era de acord.

Deci de ce era așa important un urmaș?

Lucifer umblă de colo, colo prin cameră, încercând să rezolve problema cu ceea ce *credea* că știe, versus afirmațiile pe care Împăratul le făcea de fiecare dată când fiul să adoptiv încerca să reducă distanța ce se instalase între ei.

- Dacă nu laşi urmaşi, îi repeta Zepar, când vei muri, tot ce ai făcut şi ai construit se va reîntoarce la Împărat.

Dar Împăratul zicea întotdeauna: „Profilul tău genetic este unic, prea special pentru a fi risipit."

Deci era un acord la mijloc? Negociase mult prea multe ca să nu înţeleagă ce "termene de contract" îl prindeau pe Împărat în capcană.

Îşi deschise calculatorul.

- Arată-mi documentele de adopţie.

O voce de robot feminină răspunse: „Domnule? Documentele acestea sunt *doar* pentru Împăratul Etern."

Lucifer începu să se plimbe din nou prin încăpere. Nu se obosise să citească documentele atunci când Împăratul o convinsese pe mama sa să le semneze. Zepar îl descurajase dintotdeauna să se ancoreze în trecut, iar el, Lucifer, era oricum prea ocupat pentru a scormoni de unul singur. De fiecare dată când întrebase lucruri legate de tatăl său biologic- iar ocaziile fuseseră puţine- Zepar îi încărcase programul la maximum şi concediase persoana atribuită să cerceteze.

Deci nu-l întreba pe Zepar...

Dar cine să-l ajute să descopere adevărul?

Porni staţia care îl conecta cu oficiul exterior.

- Doamnă Rigler? o întrebă pe recepţionistă. Poţi s-o trimiţi pe acea angajată? Cum o cheamă...? pocni din degete. Cea urâtă?

- Pravuil, domnule.

- Găseşte-o şi trimite-o aici.

Unul dintre darurile cu care Împăratul îşi înzestrase speciile era frumuseţea. Părul, aripile albe, toate erau trăsături ce reflectau definiţia sa pentru perfecţiune. Era greu să găseşti un Înger cu trăsături urâte. Dar anul acesta, Academia de antrenament acceptase un nou cadet care era de-a dreptul urât.

La început, Lucifer o ignorase, deoarece unul dintre avantajele de care se bucura având la dispoziţie o echipă întreagă era că, odată ce ciclul de fertilitate al unui cadet începea, Zepar îl muta chiar în fruntea "listei de programări". Era o glumă ce circula, că oferindu-te ca membru în personalul său era cel mai uşor şi rapid mod să-l încerci pe aşa-zisul zeu la pat.

Dar încă nu se culcase cu ea...

Ciclul lui Pravuil venise şi trecuse şi, pentru prima dată în istorie, un cadet din Academie rămăsese virgin.

Totuşi, se întâmplase un lucru ciudat odată ce tânăra se prezentase cu stângăcie în biroul Prim-ministrului, bâjbâind după documente în fiecare dimineaţă. Pravuil nu îl plăcea pe Zepar, aşa că Lucifer o numise drept ajutor pentru a-l încurca pe Şeful său de Personal. Nu începuse prin a flirta cu ea, însă, căci fata era incredibil de... obişnuită; totuşi, în ciuda reputaţiei pe care o avea, nici chiar el nu era într-atât de crud încât să nu îi adresese vreun cuvânt, prin urmare hotărâse să *vorbească* pur și simplu. Și ajunsese să îi vorbească ei așa cum nu îi mai vorbise nimănui de când îi murise mama.

Pravuil intră pe ușă și o închise încet.

- D-domnule Prim-ministru, se bâlbâi ea.

- Vino, Soldat, ăă...

- Pravuil, îl ajută fata.

Lucifer schiță un zâmbet. Față de ceilalți încerca să pretindă că ținea minte numele tuturor, pentru a câștiga din partea lor loialitate politică. Cu Pravuil procedase tocmai invers, astfel încât Zepar să n-o concedieze pentru că "se apropiaseră".

Pavuil avea înălțime medie, era puțin cam slabă, aripile bej i se asortau cu părul fin, și purta uniforma Alianței, care arăta hidos pe ea, de parcă ar fi fost făcută pentru o soră mult mai mare.

- Am o... favoare să-ți cer, îi spuse Lucifer cufundându-se în scaun.

- Mie? întrebă Pavuil sfios.

- Da, ție – replică Lucifer cu acel zâmbet antrenat, cel pe care știa, mulțumită abilității lui de a citi emoțiile celorlalți, că ea și-l dorește. Regretă însă decizia instantaneu. Cadetul îl plăcea mult, așa că până și cel mai mic gest ar fi încurajat-o. El, în schimb, o voia doar ca prietenă

O prietenă?

Ce știa el despre prieteni?

Conform spuselor lui Zepar, bărbații puternici nu aveau niciodată prieteni, ci doar atrăgeau oameni care aveau interese politice comune. Mama sa credea însă că un lider trebuie să fie sincer. El nu avea prieteni, dar în ultimele luni experimenta cu Pravuil – prietena aceea urâtă cu care nu avea nicio intenție. Era un experiment doar în cazul său, pentru că doar el lua decizii, dar încerca să fie corect.

Ceea ce însemna să *nu* o seducă.

În schimb, hotărî să se încrunte.

- Este vreo problemă? întrebă Pravuil.

- Da. Este vorba despre un lucru foarte delicat.

Pravuil se apropie.

- Cum vă pot ajuta?

Lipsa trăsăturilor frumoase era în cazul lui Pravuil compensată de abilitățile sale de a readuce la suprafață informații de mult pierdute sau ascunse. Era scuza de care Lucifer se folosea pentru a-l face pe Zepar să o păstreze aproape după ce primul ciclu de călduri i se terminase fără acțiune.

- Pot să am încredere că vei fi discretă? o întrebă el.

- Desigur, domnule!

Își folosi darul să-i citească gândurile. Cuvintele nu însemnau nimic, dar limbajul corpului putea fi antrenat să înșele. Văzu în mintea fetei o imagine în care ea sărea în fața lui cu aripile deschise și cu un stilou în mână, țintit ca o sabie.

Inima sa tresări într-un mod ciudat. Nu într-o manieră cu tente sexuale, desigur, pentru că Pavruil tot urâtă era, dar într-un mod de tipul: *"Ah, cuiva chiar îi pasă de mine!"*

Se uită la o poză cu el din timpul adolescenței, în care stătea lângă mama sa, iar aripile sale albe contrastau cu cele negre ale mamei. Aveau trăsături faciale identice în acea perioadă a vieții. Lucifer suspecta că femeia moartă îl bântuia pe Împărat, chiar dacă faptul că era bărbat îl forța să se arate mereu puternic.

Lucifer se ridică de pe scaun și merse încet să ia poza de pe raft, ca un ghepard colindând după pradă.

Pe drum, își aminti să își domolească limbajul corporal instinctiv pe care-l folosea de obicei în preajma femeilor.

În loc să se ducă înapoi la birou, se așeză pe scaunul de lângă cel al lui Pravuil.

- Nu mi-am cunoscut niciodată tatăl biologic, spuse încet.

- Am auzit și eu, domnule.

Pravuil tremura de emoții. Lucifer îi zâmbi.

- Când ceilalți nu-s în jur să bârfească, îmi poți spune Lucifer.

- D-d-da, d-domnule, adică Lucifer, domnule.

Lucifer se uită la poză.

- Înainte să moară – își plimba mâna pe sticla ce proteja fotografia – mama l-a contactat pe tatăl meu biologic. Se spune, adică; adevărul e că eu... nu știu ce s-a întâmplat de fapt. Tot ce știu este că tatăl meu real spunea că adopția e invalidă deoarece mama nu i-a spus niciodată că exist.

Tatăl său real? Nu îl numise niciodată pe Shemijaza "tată real."

- Ce pot face să vă ajut? întrebă Pavruil.

Lucifer îi cercetă mintea. Nu vedea nicio urmă de melancolie visătoare sau milă, ci compasiune onestă. Pravuil voia să îl ajute pur și simplu, nu pentru că îl plăcea sau pentru că era Prim-ministrul Alianței.

Emoțiile îl cuprinseră.

- Nu mai știu cine sunt, zise el cu glas tremurător. De când s-a întors Împăratul, între noi sunt numai bariere. Cred că... ar fi mai bine dacă aș ști tot adevărul.

- Nu ați mai încercat și înainte? întrebă Pravuil.

- De câteva ori chiar, răspunse Lucifer. Îl știi pe Zepar – își dădu ochii peste cap – reorganizează tot personalul de fiecare dată când încerc, îndemnându-i să facă lucruri mai practice.

- Nu cred că nu e practic să știi cine este familia ta! tresări Pravuil. Poate am fost crescută în Academie, dar fratele și tatăl meu mă sună săptămânal și ieșim împreună cel puțin o dată pe an.

Sprâncenele blonde ale lui Lucifer se înălțară în semn de surprindere. Majoritatea hibrizilor abia de își vizitau urmașii. Era vorba de stricta lege anti-fraternizare care nu doar că descuraja perechile, dar încuraja armata lui

Hashem să îl privească pe acesta ca pe un tată, în locul celor care le dăduseră viață.

Lucifer îi înmână fotografia.

- Nici nu știu de unde ar trebui să începi, spuse el. Tot ce știu e că mama a murit în 152,098 și apoi tatăl meu biologic a intentat un soi de proces.

- O să caut în mass-media informații din acea perioadă, domnule– din mișcările aripilor ei se citea determinarea. O să mă uit și prin registrele din instanță. Dacă a fost o adopție contestată, ele vor fi sigilate, dar uneori poți ajunge la ele în mod indirect.

Avea în minte o imagine a unui adevărat jurnalist ce lupta pentru adevăr. Aripile îi erau tot bej, iar părul, subțire și despicat, dar când ochii ei căprui-albaștri-verzi-gri-oricum îi întâlniră pe ai lui, deveni deodată cea mai frumoasă femeie pe care Lucifer o văzuse vreodată.

Zâmbetul Prim-ministrului era autentic și din inimă, un zâmbet pe care puțini aveau șansa să-l vadă. Iar zâmbetul pe care i-l afișa Pravuil era la fel de autentic. Îl făcea să se simtă... afectuos. Plin de căldură. De parcă fata ar fi pătruns în inima lui de mult goală și și-ar fi făcut un culcuș acolo, doar pentru ea.

O prietenă.

- Mulțumesc – Lucifer rezistă tentației de a îi strânge mâinile. O să-i spun lui Zepar că te-am trimis într-o misiune idioată. Doar păstrează asta între noi. Bine?

- Da, domnule.

Pravuil se ridică și îi strânse mâna. Era o strângere foarte fermă pentru un cadet care se comporta așa blând. Pentru el, fata ar fi înșfăcat o lopată, ar fi lovit gardienii și ar fi început să sape până ar fi descoperit adevărul.

Atingerea lui dură mult mai mult decât strângerea de mână de exact două secunde și jumătate pe care o perfecționa de două sute douăzeci și cinci de ani încoace. Un fior cald străbătu degetele tinerei, răsfirându-se până într-ale lui.

Aripile parcă îi străluceau când păși dincolo de ușă.

Da! În sfârșit avea o prietenă.

Totuși, nu intenționa să se împerecheze cu ea nici la următorul ciclu. Nu pentru că era urâtă, ci pentru că, dacă ar fi făcut-o, Zepar ar fi alungat-o. Șeful său de Personal era prea implicat în afacerile sale ca să riște să-l enerveze. Dar, începând de acum, va avea mai mult control; începând cu aflarea adevărului despre familia sa! Dacă Împăratul nu voia să fie tatăl său, atunci probabil era timpul să-și găsească adevăratul tată.

Acea mică și nesăbuită voce șopti:

"Ce naiba crezi că faci?"

- Oh, taci!

Următorul lucru pe care avea de gând să o pună să-l facă era să analizeze toate acele schimburi murdare.

Capitolul 33

Iunie – 3,390 Î.Hr
Pământ: Satul Assur

JAMIN

Frânghia căzu pe cealaltă parte a zidului. Ataşată la capăt, o pătură plină cu provizii se tot lovi de zid până căzu pe pământ. O figură îmbrăcată în negru apăru şi îşi dădu uşor drumul pe acoperiş.

- Oh! Au!

Ajunse jos şi se întoarse în –

... braţele lui Jamin.

- Nu, n-o vei face! o înşfăcă fiul Căpeteniei.

- Lasă-mă să plec! ţipă Ninsianna.

- Nu te pot lăsa să o faci.

- Lasă-mă să PLEC!!! se luptă fata cu el din răsputeri.

Jamin se feri de cotul care fu cât pe-aci să îl lovească în drept în nas. Râzând, o trase spre el, blocându-i mâinile în propria mantie.

- Uşor, uşor – îi şopti, de parcă îmblânzea un animal. Nu te voi răni.

- M-ai *păcălit*!

- Mikhail a plecat de bunăvoie, spuse el. Tot ce am făcut eu a fost să te ţin ocupată.

Un călcâi care îl lovi în picior îl făcu să-şi piardă echilibrul. Ninsianna se eliberă din mâinile sale şi începu a fugi spre deşert.

- Mikhail! strigă ea.

Vocea îi răsună în întuneric.

Jamin o prinse din urmă cu uşurinţă şi o strânse cu putere în braţe. Fata izbea, ţipa şi îl lovea în piept.

În final, se dădu bătută. Îşi cufundă capul în pieptul lui Jamin şi începu să plângă.

- Nici nu şi-a luat rămas bun...

O voce slabă care suna exact ca a mamei sale îi şoptea tânărului că ar trebui să îi spună adevărul. Dacă într-adevăr o iubea, trebuia s-o lase să îşi urmeze drumul.

Mama lui era *moartă*...

Şi *el* se căsătorea în şase zile...

Se oțeli pentru a rezista în fața lacrimilor ei. Era femeia *lui*. Trebuia doar să se asigure că nu pleacă nicăieri până se mărită cu el, iar odată consumat mariajul, avea să îi umple pântecele cu moștenitorii săi.

- Nu ți-a plăcut când te-am urmărit eu în deșert, așa-i? Ce te face să crezi că este vreo diferență cu Mikhail?

Buza fetei tremura. Lacrimile îi curgeau neîncetat pe față.

Jamin îi înfășură umerii cu brațele sale, strâns, astfel încât să nu poată fugi din nou, și o duse spre poarta de sud. Santinelele, ale căror număr fusese triplat, îl urmăreau ca umbrele pentru a aduna silențios proviziile Ninsiannei de la ultima încercare de evadare. Era a șaptea în patru zile.

- Este timpul să te maturizezi, zise el, și să te gândești la responsabilitatea pe care o ai față de acest sat.

Capitolul 34

Iunie - 3,390 Î.Hr.
Pământ: în apropierea locului accidentului
Colonel Mikhail Mannuki'ili

MIKHAIL

De după stânci se iveau bărbați care mânuiau cuțite. Mikhail se aplecă, având aripile întinse perfect, pentru a se camufla în peisajul arid. Abia dacă erau tufe sau verdeață. Doar câteva umbre. Pietrele de un galben ocru stabileau contrastul perfect pentru a atrage atenție completă asupra penajului său maroniu închis.

Se strecură mai adânc în crevasă. Era atât de vizibil încât probabil ar fi fost mai greu de găsit dacă ar fi ținut în mână un semn roz pe care scria: *„Angelicul se ascunde aici!"*

- Haide! zise el, privind către soare. Apune odată!

Cerul fără nori nu era de partea sa. Nu avea nicio umbră de care ar fi putut să se folosească pentru a se ascunde.

„Trebuia să fi omorât copilul și să fi fugit," îi șopti latura sa întunecată.

- Nu sunt un criminal.

„Spune-le asta și celor optsprezece pe care i-ai îngropat."

Se uită lung la muntele cu pereții naturali de piatră pe care doar cei mai nebuni oameni ar fi încercat vreodată să îi străbată. Dacă ar fi putut să zboare, ar fi evadat ușor, însă aripa sa rănită refuza să coopereze cu greutatea corpului.

Câteva perechi de picioare încălțate în piele de capră tropăiau spre el pe pământul încins de soare.

Mikhail se ghemui mai mult, rugându-se să nu fie observat.

Cel cu ochii verzi pe care hotărâse să *nu* îl omoare se arătă primul, urmat de alt om, mai bătrân, cu o gură ca o tăietură și cruzime în ochi. Chiar în urma lor venea o întreagă armată de război, cam șaptezeci de oameni, câțiva mai bine îmbrăcați, dar majoritatea înveșmântați în robele prăfuite ale jefuitorilor care tulburaseră acest deșert, prădând călătorii. Cel bătrăn mormăi niște ordine către soldații săi. Halifienii se împărțiră în grupuri. Cel cu ochii verzi rămase pe loc cu tânărul care fugise- era doar un copil. Tatăl său se uită exact în direcția lui Mikhail, de parcă l-ar fi putut vedea stâlcit între acele pietre, dar apoi se întoarse și se îndepărtă grăbit.

„Pfiu!..."

Soarele continua să bată deasupra Angelicului, anulându-i fiecare șansă să se strecoare și să se ascundă mai bine. Bău și ultima picătură de apă din bidonul său. Înainte să facă *orice* altceva, trebuia să găsească o sursă bună de apă. Avea, oare, timp să-și ia echipamentul de supraviețuire și să pună bolovanul înapoi în fața ușii navei înainte să apară prima armată de Halifieni?

Poate ar fi trebuit pur și simplu să fugă?

Nu...

Era imperios necesar ca tehnologia sa să nu ajungă în mâinile inamicilor. Chiar dacă nu s-ar fi prins niciodată de cum funcționa majoritatea aparaturilor, bucățile de metal le-ar fi putut oferi un avantaj celor din tribul agresiv.

Soarele apunea în sfârșit. Cerul căpătă nuanțe de roz și galben, aducându-i aminte lui Mikhail de pielea Ninsiannei. În sfârșit, astrul ceresc al zilei apuse de tot, lăsând în urma sa nuanțele unui amurg gri peste deșert. Angelicul începu să se miște încet dincolo de valea ce-i ascundea nava, spre muntele care i-ar fi oferit o priveliște completă asupra deșertului.

Temperatura scădea. Cărăbușii începură să își împrăștie obișnuitul sunet ascuțit pretutindeni. De departe, un șacal urlă cu tristețe. Se simțea ciudat de confortabil aici, se simțea mult mai "acasă" alături de creaturile nopții decât se simțise în Assur. O rugăciune se zbătea să iasă la suprafață în mintea sa. Fragmente și părți, nimic clar. Un ritm de cântec. Începu să fredoneze până când cuvintele ajunseră să sune *bine* în limba aceea extraterestră. O rugăciune pentru cel care naviga în întuneric. Deși nu era o formă de magie, putea *simți* cum rugăciunea Cerubimilor îi ascuțea atenția în timp ce își croia drum mai departe, împiedicându-se printre pietre.

Evită inamicul...

Era *bun* la asta. Corpul lui își aducea aminte!

Fragmente de amintiri îi clipoceau în subconștient cu fiecare pas pe care-l făcea mai departe de satul uman. O conversație. O licărire a adevăratului copac al vieții care era ilustrat în agrafa de la pieptul său. Un fragment dintr-un raport legat de misiune.

Cine era Maiorul Glicki?

Și de ce simțea o nevoie compleșitoare să-l *contacteze* și să-i spună despre descoperirea sa?

O pietricică se rostogoli pe cărare, răsunând ca un tun ce distruge o navă extraterestră. Mikhail se ghemui și se uită în jur. Exact! Doi Halifieni îl așteptau.

Se furișă prin spatele lor, silențios ca o fantomă. Îi găsi ascunși după niște bolovani, urmărind poteca bătătorită.

Mikhail își scoase cuțitul din titan. Trebuia să escaladeze muntele și bărbații blocaseră singura cale de a urca.

"Așa, și? Îi vei omorî?" îl mustră partea sa bună.

- Parcă mă întrebai de ce nu l-am omorât pe băiat, bombăni Mikhail.

Subconştientul său tăcea. *Bun!* Dacă nu-i spunea încotro s-o ia, atunci nu era prea util. Tot ce îşi dorea acum să facă era să supravieţuiască.

Descoperi un loc mai puţin prietenos prin care putea urca stânca. Mână peste mână se ridică, folosindu-şi cuţitul ca suport şi agăţându-se cu ghetele de crăpături. Umerii îl dureau, căci nu pusese niciodată atât de multă presiune pe ei – de ce ar face-o când zeii i-au oferit aripi să zboare – şi muşchiul său pectoral rănit îl făcea semnificativ mai slab pe partea mâinii stângi. Muşchii braţelor începeau să-l lase. *Damantia!* Viaţa era mai grea ca om! Îşi înfipse cuţitul într-o gaură mai adâncă şi începu să împingă –

„*Cac!!!*"

Stânca se destrămase în mâna lui. Zeci de pietricele începură să cadă pe potecă, răsunând de parcă ar fi fost o turmă de bouri care năvălea.

- *Hunak!* strigă o voce de jos.

Mikhail se uită în jos. *Damantia!* Fusese descoperit.

Unul dintre primitivi aruncă o suliţă. Ah! Aceasta ateriză exact pe piatra dintre picioarele Angelicului. El se agăţă de pietriş, tremurând involuntar. Încă patru centimetri şi ar fi rămas fără bărbăţie.

O a doua suliţă zbură spre el. Inima îi bătea incontrolabil – nu avea unde să se ducă. Era agăţat de stâncă, atârna de degete, sprijinindu-se într-un singur picior.

Dând din aripi, îşi împinse trupul, desprinzându-se de stâncă, şi se prăbuşi mai aproape de ei, probabil la vreo zece metri. Membrul lovit cedă în ultima clipă, propulsându-l cu faţa în noroi. Din fericire, cei doi bărbaţi nu ştiau să se lupte cu adversari care se năpusteau din aer.

Angelicul scuipă pietricelele care îi intraseră în gură.

- Trădătoareo! exclamă el, privind către aripa inutilă.

Bărbaţii îşi recuperară suliţele. Primul venea spre el cu genunchii îndoiţi şi corpul într-o parte pentru a se face o ţintă mai greu de nimerit.

- Nu, n-o vei face! rosti Mikhail, lovind omul cu aripa acum inutilă.

Atacatorul căzu, nefiind antrenat să se lupte cu adversari cu şase membre. Al doilea om dădea târcoale Angelicului cu suliţa înainte, aşteptând o oportunitate de atac.

Mikhail îşi scoase sabia.

Arma ieşi din teacă scoţând un sunet ascuţit de metal. Angelicul se simţea ferm şi pregătit. În subconştientul său, setea de sânge răsuna.

- Înapoi! rosti fâlfâind din aripi.

Halifianul se năpusti, încercând să-l lovească cu suliţa.

Mikhail blocă suliţa cu sabia sa şi apoi o aruncă în faţă, rupând arma Halifianului chiar de la îmbinare.

Halifianul o trase înapoi. Ţipă cu surprindere când văzu că din arma sa nu rămăsese decât un băţ lipsit de capăt.

- Mulţumesc, Rakshan, şopti Mikhail.

Al doilea om ţinti cu suliţa spre el.

Mikhail ridică sabia, lama aproape atingându-i urechea.

Adversarul aruncă...

Mikhail îndreptă sabia într-o parte.

Prinse sulița și o doborî.

Se așeză rapid pe ea astfel încât niciunul din ei să nu o poată recupera.

Ambii bărbați țipară de teamă când își dădură seama că aveau să înfrunte fără arme furia lamei letale de argint.

- Aha, deci ați auzit de asta, așa-i? întrebă Mikhail în Ubaidă.

Bărbații se dădură înapoi.

Mikhail înaintă cu aripile deschise, ținând sabia cu atenție în caz că vreunul dintre primitivi avea de gând să riposteze cu un cuțit.

- Vedeți, treaba stă cam așa, spuse el în Ubaidă. Trebuie să merg undeva și nu vreau ca *voi*, fraierilor, să le comunicați prietenilor voștri unde mă aflu. Așa că, dacă îmi permiteți—

Se apropie de ei.

Cu o lovitură fermă de gheată, îi zdrobi rotula primului bărbat.

Acesta urlă.

- Ai milă! țipă celălalt în Ubaidă.

- Da, acesta sunt eu, spuse Mikhail sarcastic, Îngerul milei.

Îl lovi pe cel de-al doilea cu aripa și, odată căzut, îl izbi cu pumnul la ceafă. Marginea groasă a sabiei îl lăsă pe om inconștient.

Gâfâind mai mult de sete de sânge decât de oboseală în sine, Mikhail cotrobăi prin rucsac și luă niște benzi mici de plastic pe care le recuperase din camera motoarelor.

- Le vedeți? ținu legăturile de plastic în fața celui cu genunchiul rupt, ai cărui ochi nu mai exprimau nimic, ori conștient, ori inconștient. Acestea sunt magice! Pot face un om să *stea* pe loc până vin prietenii lui să-l elibereze.

Le duse mâinile primitivilor la spate, le legă picioarele, iar apoi le legă și mâinile și picioarele între ele. Înfiorător de inconfortabil, dar măcar îi lăsa vii. Pentru sfârșit, smulse câte o bucată din robele lor și îi legă la gură ca să le înece țipetele. Doar pentru că voia totuși să se poarte decent, îi așeză pe cei doi unul lângă altul și le aranjă robele, astfel încât să reziste scăderii temperaturii la noapte. Cel mai probabil compatrioții lor aveau să-i caute de dimineață.

- Magie – zise Mikhail ținând benzile în aer.

Șase săptămâni printe Ubaizi și deja adopta dialectul primitivilor.

Continuă să urce spre vârful muntelui, folosindu-se de crăpături mici și găsind suporturi bune pentru picioare cu ghetele sale. Spre deosebire de oameni, dacă ar fi căzut, aripile i-ar fi atenuat căderea chiar și *fără* darul zborului. Era aproape tentat să se arunce de pe munte ca să vadă dacă imposibilitatea de a zbura era doar în capul său.

Un junghi îi reaminti că dizabilitatea nu era doar rodul imaginației. Păcat că Ninsianna nu era acolo să-l...

Nu! Nu avea de gând să se mai gândească la ea.

Îi era mai bine fără el.

Îşi continuă determinat drumul. *Acolo* sus avea parte de o privelişte perfectă şi putea să-şi calculeze următoarele mişcări.

Epuizat deja, se ajută de aripi să se ridice pe o zonă terasată. Analiză în jur, căutând cu privirea posibili inamici. Nu prea departe de munte, o grămadă de focuri de tabără amplasate de-a lungul unui *wadi* uscat dovedi din nou că sursele Căpeteniei Kiyan aveau dreptate.

Acei oameni *chiar* veniseră să-l omoare; sau erau acolo din alte motive, precum o întâlnire de familie? Ori poate o întrunire a aliaţilor? Dacă era a doua variantă, ideea de a vâna un Angelic era doar o ocazie bună de a face puţin sport. Dar dacă era prima...

O adiere rece păru să îi şoptească un avertisment.

- Assur nu este responsabilitatea mea, răspunse Mikhail.

Nu era greşeala *lui* că fiul Căpeteniei avea înţelegeri cu şacalii.

Viitorul soţ al Ninsiannei..

...omul căruia urma să-i spună „da”...

......omul pe care îl *voia*. Nu el.

Se îndreptă spre nord-est, direcţia din care venise. Assur strălucea ca un far luminos în priveliştea întunecată. Sute de lumini aprinse în casele Assurienilor care luau cina şi discutau despre ziua petrecută la câmp.

Respira greu şi rar deşi, în mod normal, ar fi trebuit să-şi revină deja până în acel moment. Ninsianna îşi făcuse alegerea. Cel mai bun lucru pe care-l putea face pentru ea era să *plece*.

Se uită spre apus, la tabăra Halifienilor. *Inamicii...* De ce? Pentru că aşa voise Jamin să fie.

Scoase binoclul recuperat de pe navă, îl îndreptă spre tabără şi începu să spioneze oamenii din corturi. Halifienii păreau să fie grupaţi pe corturi, ca o familie extinsă. Majoritatea erau bărbaţi, dar din când în când mai trecea printre corturi câte-o siluetă în robă, cu capul acoperit.

Amplasarea în zona aceea înaltă îi permitea să se bucure de frumosul apus. Dincolo de adunarea Halifienilor nu era nimic. Doar deşert. Fără munţi, fără apă. Nicio urmă de verdeaţă, animale sau *wadi-uri*. Cel pe care Halifienii campau părea să fie aproape uscat, răzuit de verdeaţă de către numeroase oi şi capre.

Dincolo de acesta, niciun alt foc de tabără. Deşert gol.

Spre sud se iveau mai multe lumini. Tărâmul Uruk? Se presupunea că un alt fluviu se unea cu Fluviul Hiddekel într-un mediu acvatic numit Marea Pars.

Să se îndrepte într-acolo şi să întrebe localnicii dacă auziseră vreodată legendele speciei sale? Dacă preotesele misterioase călătoreau din sat în sat răspândind vechile poveşti, tot ce trebuia să facă era să le urmărească până găsea sursa. Chiar dacă templul la care se închinau era distrus, trebuia să mai existe *ceva,* un soi de dovadă arheologică.

Ultima rază a amurgului se risipi încet, lăsându-l în întuneric complet. Angelicul privi pentru ultima dată spre Assur fixându-și binoclul pe satul îndepărtat, aflat la două zile de mers distanță. Era prea departe ca să poată distinge ceva mai mult decât luminile.

- Adio, murmură el.

Pieptul îl apăsa, îndemnându-l să se întoarcă.

Nu era atât de disperat, însă.

Așa că se orientă spre sud, deschise aripile și coborî sprijinindu-se în mâini, ca un om obișnuit.

Capitolul 35

Data galactică standard: 152.323.06
Haven-3: Birourile Parlamentare
Prim-ministrul Lucifer

LUCIFER

Lucifer o împinse de deasupra lui pe cea mai nouă cadetă cu care se culcase; penisul său era încă erect. Răsuci cu grijă printre degete câteva fire blonde din părul femeii Angelic.

- Îmi vei spune dacă reușim ceva, da? murmură el.

- Desigur, domnule, răspunse cadeta, parcă prea nerăbdătoare.

Cum naiba o chema?

Își folosi *darul* să privească în mintea sa. Nu se gândea la *el*, ci la toate laudele pe care le-ar fi căpătat dacă urma să-i facă Primului-ministru un urmaș. Ochii ei erau înțelepți. Purtau acea nuanță de albastru a cerului. Dar Lucifer își dorea să fi avut înaintea lui *acei* ochi căprui-verzi-albaștri.

- În regulă atunci, oftă el. Trebuie să mă duc la o întrunire.

Zepar bătu la ușă chiar în acel moment, de parcă ar fi primit un semnal. Pentru prima dată, Lucifer nu se simțea invadat. De fapt, partidele zilnice din această săptămână erau ca o muncă plictisitoare prin casă.

Deși nesatisfăcut, pierdu ceva timp îmbunătățindu-și imaginea din mintea cadetei, astfel încât să se asigure că *el* era sursa tuturor fanteziilor ei. Masculul Alfa. Iubitul din povești. Cel...

Pe dracu'! Pe cine păcălea? Încerca degeaba.

Îi mirosi tandru gâtul. Mirosea a *el*...

- Mulțumesc, îi șopti.

Cadeta se ridică pe vârfuri pentru un ultim sărut. Totul era așa de previzibil. O privi cu un zâmbet fals în timp ce aceasta ieșea pe ușă.

Zepar intră.

- Fă un duș, îi ordonă Zepar. Ai două întâlniri una după alta.

- Mai degrabă m-aș lipsi.

- Știi consecințele dacă nu produci un urmaș.

Lucifer își aținti privirea spre Șeful său de Personal.

- În legătură cu asta, zise el, ce s-ar întâmpla mai exact dacă *nu* aș avea unul?

Zepar se miră, de parcă nu s-ar fi așteptat la această întrebare subită. Adoptă postura de lingușitor, cu aripile strânse în jurul trupului într-un mod aproape timid.

- Putem discuta detaliile mai târziu, Sire, răspunse în final. Dar acum, dacă nu prinzi acest ciclu al cadetei, nu va mai avea vreunul decât peste doi ani.

Lucifer încercă să-și folosească *darul* ca să vadă cât aberează Zepar, însă ca de obicei mintea acestuia era plină de gânduri plictisitoare despre numere și întâlniri, de parcă n-ar fi avut nicio dorință.

- Foarte bine, zise Lucifer.

Aruncă prosopul din jurul taliei și se duse spre baie complet gol, arătându-i lui Zepar fundul și aripile.

Porni dușul și-și îndreptă fața către miile de jeturi de apă ce îi penetrau pielea ca niște ace, de parcă ar fi fost pedepsit. Se săpuni bine și se spălă la subraț, pe corp și pe penis. Acesta din urmă se sculă iar, gata de o nouă partidă.

- Nu te plictisești niciodată? i se adresă Lucifer propriului mădular. Niciodată nu aștepți să o *cunoști* pe vreuna.

Precum se putea anticipa, nu primi niciun răspuns. Penisul său aștepta doar următoarea sesiune de joc.

Se șterse și se așeză sub jeturile de uscare, așteptând să i se usuce aripile. Stația îi țârâi pe canalul privat pe care doar el și Zepar îl știau. Luă prosopul și se acoperi, ieși în dormitor și porni holograma stației.

- Acum ce mai e? întrebă el.

O imagine holografică se prefigură chiar în mijlocul camerei sale. Nu era Șeful său de Personal, ci Pravuil.

- D-d-domnule! răspunse fata rușinată, acoperindu-și ochii cu mâna. Nu voiam să... vă voi suna mai târziu.

Cadeta se grăbi să închidă holograma.

- Stai! ordonă Lucifer.

Fata încremeni. Tremura în fața camerei.

- Lasă-mă să-mi pun roba pe mine, zise Prim-ministrul calm.

Nu se grăbi însă, ci analiză modul în care Pravuil se prefăcea că nu se uită în timp ce el își lua haina de mătase albă și o așeza peste corpul lucrat. Se așeză apoi pe marginea patului, luând o poziție ca de model. Holograma o făcea să pară prezentă în cameră, chiar în fața sa, de parcă *ea* domina.

Păcat că nu-i putea citi gândurile prin hologramă! Îi *plăceau* gândurile ei. Spre deosebire de altele, ea se gândea la lucruri mici și amuzante despre el, cum ar fi că preferă muștarul pe cartofii prăjiți, sau la modul în care percepea gândurile celorlalți. Toate acestea îl impresionau. Micul său experiment de prietenie mergea chiar bine.

- Raportează, ordonă Lucifer.

Pravuil se uită printre degete să se asigure că Lucifer se acoperise și se afla într-o poziție decentă, după care își luă mâna de pe față. Obrajii i se înroşiră, dovedind că trăsese cu ochiul. Ochii ei de un maroniu murdar sclipeau în nuanţe de verde.

- Domnule, spuse ea. Am găsit ceva suspect.

- Actele de adopţie? întrebă Lucifer.

- Nu, răspunse Pravuil. Încă nu m-am gândit cum să accesez rapoartele sigilate, aşa că am verificat ce şi unde am putut.

- Bursa de cercetare pentru Teoria-M? întrebă Prim-ministrul.

- Da, domnule – replică fata şi expresia ei deveni agitată. Am reuşit să pătrund în baza de date. Dar nu vă va plăcea ce veţi auzi.

Un sentiment ciudat de frică îl cuprinse. Descoperise *sute* de legi pe care le aprobase cât timp era inconştient şi o rugase pe Pravuil să-i spună unde ajungeau toţi banii.

- Spune-mi.

- Nu, nu aici – vocea îi tremura. Este... ăă, domnule... *Chiar* vă va deranja.

Era speriată. Nu în sensul „*şeful o să mă concedieze pentru că nu mi-am făcut treaba*", ci în cel „*Cei din Tokoloshe o să mă mănânce de vie la cină.*"

- Vrei să ne întâlnim personal?

Privirea lui Pravuil alergă prin încăpere, de parcă îi era frică să nu fie privită. În final, aprobă din cap.

- Bine, spuse Lucifer. Am o întâlnire în, oh, trei minute. Dă-mi două ore şi mă strecor eu cumva ca să ne întâlnim în privat.

Pravuil îşi puse tableta la piept.

- Domnule? spuse ea încet. Să nu aveţi încredere în Zepar.

Capitolul 36

Iunie — 3.390 Î.Hr
Pământ: Satul Assur

NINSIANNA

Ninsianna se strecură pe strada inelului secundar, ascunzându-se printre umbre în timp ce avansa spre casa lui Yadiditum. Bătu de două ori la poarta care ducea spre curte. Yadiditum, prietena cea mai bună a Ninsiannei, deschise. Privi rapid peste umăr către casa cufundată în întuneric și către părinții ei, care dormeau.

- Vor crede că încerc să-l strecor pe Tirdard înăuntru, șopti fata.

Ninsianna intră pe poartă.

- Du-mă la acoperiș doar.

- Pe aici.

Yadiditum o ghidă în întuneric spre scara ce ducea direct la acoperiș. Casele din Ubaid erau construite astfel încât zidurile din față să formeze un obstacol impenetrabil cu două uși, una care ducea înăuntru și alta care ducea spre o curte interioară. Asta însemna că oricine putea străbate acoperiș după acoperiș cu sărituri mici, și majoritatea acoperișurilor aveau bușteni care să scurteze distanța. Era unul dintre lucrurile care făcea acest oraș atât de ușor de apărat.

Ninsianna urcă pe scări, trăgând după ea sacoșa cu provizii. O voce somnoroasă se auzi:

- Yadiditum? Tu ești?

Ninsianna înghiță.

- Da, tată, minți Yadiditum. Am avut nevoie la toaletă.

Bărbatul murmură ceva de neînțeles. Ambele fete își ținură respirația, așteptând ca tatăl să adoarmă înapoi.

Apoi urcară împreună pe acoperiș. De acolo puteau vedea în inelul interior.

- Ești *sigură* că asta nu e încă o încercare de evadare? o întrebă Yadiditum.

- Vreau doar să mă rog în templu, spuse Ninsianna. Tata zice că femeile nu au voie.

Yadiditum o duse spre marginea acoperișului. Bușteni îmbrăcați în stuf scârțâiau. Ninsianna se aștepta ca în orice moment să audă pe cineva strigând „Hei!", dar nu răsună niciun glas. Ajunseră la gaura care făcea legătura dintre casa lui Yadiditum şi cea vecină, orientată spre sectorul interior.

- Ai grijă! îi zise Yadiditum Ninsiannei şi o strânse de mână. Sunt sigură că *EA* îl va aduce pe Mikhail înapoi pentru tine. Ai fost întotdeauna favorita ei.

- Să ne rugăm zeilor, răspunse Ninsianna.

Păşind cu atenţie, fata traversă pe buştean, rugându-se ca acesta să nu se rupă. Deja transpira de emoţii, iar lemnul se lăsa la mijloc, dar în final reuşi să ajungă pe cealaltă parte şi îi făcu din mână prietenei sale.

- Urează-mi noroc! şopti ea.

- Mai întâi trebuie să dăm asta jos.

Yadiditum aruncă buşteanul de pe partea *ei*. Capătul acela se izbi de pământ. Ninsianna îl prinse de cealaltă parte, ca să nu cadă şi capătul de pe partea sa. Dacă ar fi căzut, ea ar fi rămas prinsă pe acoperişul vecinilor.

Un câine începu să latre.

- Fugi! o avertiză Ninsianna pe Yadiditum.

Prietena se întoarse în casă.

Ninsianna coborî pe buştean în curtea vecinului, având doar câteva zgârieturi. Fugi pe poartă spre sectorul interior, speriată că locuitorii o vor considera un hoţ. Spera ca aceştia să creadă că buşteanul fusese doborât de vânt.

Trecu pe lângă toate casele luxoase din sat, inclusiv cea a Căpeteniei. Cârpa de pânză albă strălucea în lumina lunii. Ninsianna privi zeiţa fără ochi ce orna zidul, reprezentând locul unde majoritatea se ruga.

- Mamă? Mă auzi? se rugă ea. Ajută-mă să-l găsesc pe Mikhail.

Se strecură prin dreptul intrării în templu, dar nu aceasta era destinaţia ei. În timpul certurilor, tatăl ei îi dăduse o idee.

În piaţa centrală, bărbaţii şi băieţii începeau să adune lemn pentru foc, unul înalt, în jurul unui stâlp despre care se spunea că în trecut fusese folosit pentru a arde criminalii de vii. În schimb, oamenii modelaseră o efigie enormă. În patru zile, focul urma să fie aprins şi Ninsianna trebuia să se mărite cu Jamin.

Ajunse la fântâna sfântă şi privi în jos.

Pe când era mică, bunicul ei, Lugalbanda, aprinsese un mare foc şi făcuse o vrajă ce adusese tribul Uruk înapoi. Exact când oamenii acelei vremi aprindeau focul, dintr-o dată, Ninsianna se speriase. Fugise fără direcţie şi *căzuse...*

...acolo jos...

....în fântâna sacră.

Se uită în jur să se asigure că nimeni nu vedea ce avea de gând să facă. Jamin şi războinicii lui erau cu toţii staţionaţi în jurul zidului exterior ca să se asigure că Mikhail nu se mai întoarce şi nici *ea* nu poate scăpa.

Dar ştia *altă* modalitate...

...una îngrozitoare...

......cea mai mare frică a ei...

.........ar fi împușcat doi iepuri dintr-un foc.

Își dădu mantia jos și o îndesă în traista sa, pe care o aruncă apoi în fântână. Prăbușirea dură o vreme, după care bocceluța se lovi în sfârșit de suprafața apei.

Ninsianna înghiți în sec.

Se uită în jos, în gura neagră a pământului, ce aștepta să fie hrănită.

- Urăsc întunericul, se văită ea.

Luă cumpăna care se folosea pentru a ridica gălețile și lăsă funia să cadă până când tot ce rămăsese era locul unde se întâlnea cu buștenii. Apucă funia și se aruncă în gaură.

- Ahh!! exclamă, atârnând în cădere liberă.

Își strânse mâinile și picioarele în jurul frânghiei și începu să coboare, rugându-se să nu se lovească. Sfoara o tăia în palme. Se mai cățărase pe frânghii înainte, când era mică, dar trecuse mult timp de când mai încercase ceva așa de intens.

Umerii începeau s-o doară. Genunchii îi tremurau, forțându-se să o mențină agățată de sfoară. Jos. Jos. Jos. Transpirația îi curgea pe față. Fundul fântânii înghițea luna, lăsând pe cer câteva stele pierdute în întuneric.

Apa curgândă, amestecată cu mirosul umidității și alte sunete din fânână. Se simțea de parcă era înghițită de vie.

Piciorul îi alunecă...

...apoi alunecă și ea pe frânghie...

- Ah!!!

Se grăbi să o apuce din nou.

...ardea!

AHHH!!!

Își pierdu echilibrul.

...și se rostogoli...

......cap...

.........peste picioare.

Pleosc!

...în apa rece.

......care îi năvăli în nas.

Oh!

Doamne!

...încerca...

......din răsputeri!

Apa rece îi tăia răsuflarea.

...gâfâia...

......rămânea fără aer...

.........apa îi năvălea în plămâni.

Se lupta să ajungă la suprafață, dar fără soare nu-şi putea da seama care era calea cea bună.

Mamă! Ajută-mă!

...atinse ceva moale...

......rucsacul!

.........Da!

În sfârşit ieşi din apă.

Tuşi, scuipând apă până când îşi recăpătă respiraţia.

- Dacă *asta* nu îl mulţumeşte pe Cel-Care-Nu-Este –începu să se târască de-a buşilea– atunci nu ştiu ce o va face.

Pietrele care înconjurau fântâna creau ecou în jurul ei, amplificându-i fiecare respiraţie şi făcând ca fiecare pleoscăit să răsune ca şi cum un grup de aligatori înota lângă ea, în apă.

Iar acum?...

Trebuia să-şi dea seama cum ieşise *ultima* dată când căzuse acolo.

Pipăi în jur, croindu-şi calea în jurul pietrelor ude şi alunecoase. Un strămoş îndepărtat consolidase fântâna, aşezând pietre într-un semicerc. Dar apa aceea intra pe undeva. Nu conta cât de mult scădea fluviul, fântâna avea apă, deşi uneori devenea sărată.

Ninsianna îşi strecură mâna de-a lungul găurii.

Pietre. Şi mai multe pietre. Unde era peştera pe care o găsise când era mică? Mâna îi dispăru. Aici! O găsise. Îşi îndesă mâna până la umăr în gaură şi pipăi înăuntru.

Expresia îi fu cuprinsă de dezamăgire. Cum naiba să intre *acolo*? I se scurseseră abia două veri de viaţă atunci când fusese ultima dată în fântâna asta.

Apucă funia şi încercă să urce din nou, dar nu reuşi să se caţere prea mult până alunecă înapoi. Trei sute de metri mai sus, cerul negru era lipsit de lună. Să aştepte până dimineaţa şi să ceară ajutor primei persoane care venea să ia apă sau să iasă printr-o gaură şi să evadeze prin râu?

Căsătoria cu Jamin?

...Sau exploratul unei peşteri întunecate?

Căsătoria cu Jamin?

...Sau găsirea lui Mikhail?

Toată viaţa i se înfăţişă înaintea ochilor. Prinsă în acest sat, condamnată să nu mai vadă niciodată stelele. Doar propria frică o făcea să inventeze scuze pentru a ignora ce ştia deja că avea de făcut!

Să-l vadă. Pe. Zeul. Liliecilor.

Sau mai precis, să se descurce de una singură într-o peşteră plină cu lilieci mici, dinţoşi şi urâţi. Chiţăind, zvârcolindu-se şi zburând spre ea cu acele aripi dezgustătoare, de coşmar!

Uh. Lilieci!

Ori ei, ori căsătoria cu Jamin.

Merse de-a bușilea înapoi până la gaură și băgă un picior înăuntru, apoi pe celălalt, încercând să nu se mai gândească la ce viețăți pândesc în locurile întunecate, așteptând prada prostuță să-și facă apariția.

De data aceasta, intră pregătită...

Își trase și traista, se ținu de nas și coborî sub apă. Locul era strâmt, dar dacă se unduia ca un șarpe se putea strecura.

Am mai făcut asta...

Intră prin gaură. Sânii i se blocară la margine, dar în fața sa mâna descoperise un vid deschis.

Da. Peștera.

Dădu din picioare pentru a se împinge în gaură, însă de data aceasta își blocă șoldurile. La naiba!

...încercă să se retragă...

......dar nu avea de ce să se împingă...

.........era prinsă!

Nu!

Se panică. Începu să dea din picioare mai tare, însă nu putea avansa. Nu putea nici să dea înapoi. Nu era nimic în fața ei care s-o ajute să iasă.

Plămânii îi ardeau...

...*Ajută-mă, Mamă! Te rog!*

În mintea ei apăru instant o imagine a unei figuri care se răsucea...

...pe o parte...

......așa făcu și ea...

.........și ÎMPINSE...

......și deodată se eliberă.

Se propulsă în față, într-un spațiu gol.

...Aer!

......Avea nevoie de aer!!

Ajunse în peșteră.

...AER!!!

......gâfâia, oarecum ușurată de trecerea primului hop.

Peștera era întunecată, lipsită de orice sursă de lumină. Îi găsi fundul cu picioarele, însă. Își închise ochii și încercă să *vadă* folosindu-și darul, atât de diferit de vederea muritorilor. Apă rece. Apă curgândă. Picura de sus. Și un miros pe care și-l amintea perfect de *ultima* dată când fusese aici.

Excremente de liliac...

Dinții Ninsiannei clănțăneau. Începu să dibuiască prin beznă după trăistuța ei și ținu mâna în apă până-și dădu seama încotro duce curentul.

Da. În acea direcție. Apa curgea pe sub sat, undeva sub stânci. Tot ce trebuia să facă era să o urmeze și să vadă unde ajungea la celălalt capăt. Dar prima dată trebuia să dea de soțul Celei-Care-Este.

- Deci crezi că nu-s vrednică? rosti convinsă.

Nu știa *ce* făcuse exact ca să-l enerveze, dar cu siguranță Cel-Care-Nu-Este intervenise cumva și îi alterase abilitatea de a comunica cu Cea-

Care-Este, căci, încă de când eşuase în a rupe vraja de la poartă, simţise că darul ei era într-un fel sugrumat .

Pipăia orbeşte, folosindu-şi picioarele pentru a căuta pământul. Curentul se micşoră; iar apoi, deodată, se uscă. Scutură apa de pe traistă şi îşi scoase mantia. Era puţin udă. O puse pe umeri şi începu să scormonească după piatră, cremene şi o torţă de lemn.

Frecă piatra de cremene, rugându-se ca în toată această umezeală să reuşească să îl aprindă, totuşi. Scânteile se izbiră de pietrele umede şi se stinseră. Încercă încă o dată. O scânteie ajunse în sfârşit pe torţă şi o aprinse.

Slavă zeiţei!

Ridică torţa, examinând peştera coşmarurilor ei.

Lilieci!

O grămadă de lilieci!

Lilieci *mici...*

Ninsianna chicoti uşor. Nu erau chiar atât de mulţi. Lilieci mici, ca nişte şoricei. Se agăţau împreună şi se încălzeau unii pe alţii cu ajutorul aripilor. De fapt, nu erau mai reci decât era chiar *ea*.

Nu mi-e frică de voi! zise ea şi agită torţa către lilieci.

Ecoul răsună: *„Nu mi-e frică! Nu mi-e frică! Nu mi-e frică!”*

Îndreptă torţa către fiecare stalactită şi crăpătură pentru a le analiza. Lumina torţei risipi întunericul, dezvăluind în fapt o peşteră obişnuită. Se simţea ciudat să-şi înfrunte, în sfârşit, marea temere.

Tatăl ei spunea că pentru a deveni un şaman *adevărat*, trebuia să stai îngropat în pământ pentru trei zile întregi, dar ea nu avea timp pentru asta. Trebuia să iasă din această peşteră şi din râu până se crăpa de ziuă, sau Jamin şi războinicii săi ar fi început s-o caute.

Dar mai întâi, problema cu liniştea Celei-Care-Este...

Umblă prin bocceluţă şi făcu un altar pe pietre. O scoică, reprezentând apa. O bucată de creangă din copacul pe care Mikhail îl zdrobise. O pietricică fină, castanie, adusă de pe pământul ce înconjura nava lui Mikhail. Şi ultima, dar nu cea din urmă, marea pană maro a lui Mikhail. În centru puse mica sa statuie din lut a Celei-Care-Este.

Luă o legătură de ierburi furată din stocul tatălui ei şi o ţinu lângă torţă până când ierburile începură să ardă. Inspiră fumul, ţinându-şi apoi respiraţia până simţi că ameţeşte.

Ţinu statueta în mână şi încercă să-l *vizualizeze* pe soţul cu aripi de liliac al zeiţei în timp ce cânta un cântec de liniştire:

> Fie ca zeul necunoscut să se liniştească-naintea mea
>> În ignoranţă, am mâncat ceea ce era interzis;
>> În ignoranţă, am păşit unde nu aveam voie.
> Abaterea pe care am comis-o, într-adevăr nu o cunosc;

Zeul, în furia inimii sale, m-a asuprit;
Deşi mă uit în jur pentru ajutor, nimeni nu mă ia de mână;
Când plâng, nimeni nu vine lângă mine.
Mă vait, dar nimeni nu mă aude;
O, zeu nemilos, îţi închin această rugăciune,
Sărut picioarele zeului meu, mă închin înaintea ta.
Omenirea e-ndobitocită; ea nu ştie nimic;
Dacă face bine sau rău,
Ea nici nu ştie.

Păcatul meu, transformă-l în bunătate;
Ceea ce am comis să fie purtat de vânt.
Să mă lepăd de nelegiuirile mele.
Leapădă-mă de greşeli şi îţi voi cânta rugăciunea.

Cânta şi cânta, dar nu se întâmpla nimic. Nu simţea nimic. Conexiunea nu se îmbunătăţea. Fără viziune. Cu siguranţă Cel-Care-Nu-Este nu era impresionat. Se îndreptă către bocceluţă şi scoase o sticluţă.

- Deci o luăm de la început?

Deschise sticluţa. De data *asta*, adusese nişte miere să facă gustul mai bun.

Bău din tinctura cu extract de urină de capră.

...şi se înecă...

......îşi duse imediat fagurele la gură.

Celulele se spărgeau, eliberând miere dulce pe limba ei. Greţurile se calmară. Îşi strânse mantia în jurul trupului şi aşteptă viziunea.

Un picurat slab.

...Sunetul cărăbuşilor.

......Trosnitul torţei ce consuma lemnul.

Timpul trecea, nicio viziune. Tata trebuie să fi înlocuit seminţele de mac cu ceva fără efect!

Curând se făcea zi. Trebuia să plece până ca toţi ceilalţi să observe dispariţia sa şi să înceapă s-o caute.

Mormăind că îi lipsea magia, îşi împachetă proviziile şi le puse înapoi în trăistuţă. Cine avea nevoie de viziuni? Ninsianna era o femeie inteligentă. Găsea ea o soluţie *fără* ajutorul zeilor! Mai întâi trebuia să caute nava lui Mikhail. Iar apoi, dacă el nu era acolo, poate să-i ia urma?

Liliecii chiţăiră.

Ceva o lovi în faţă.

- Ahh!

Mai mulţi începură să zboare spre ea. Zeci, sute de aripi!

Odată cu ziua, veneau şi liliecii înapoi în peşteră. Năvăliră prin părul, ochii şi corpul ei. Erau ca un vârtej în jurul său, chiţăind insuportabil. Mai mulţi! Toţi căutând să se ascundă de lumină.

Încercă să-i alunge cu torţa. Băutura îi sincronizase pe lilieci, iar Ninsianna parcă putea să înţeleagă ceea ce chiţăiau. O umbră apăru în peşteră şi începu să se mişte după ea ca o pisică la pândă.

- Ce eşti?! zise fata şi "atacă" umbra cu torţa, sperând s-o facă să dispară.

Mai multe umbre ca de pisici se arătară. Nu erau animale. Ci creaturi imortale, născute din întuneric. O priveau ca nişte hiene măsurându-şi prada. Ultima dată când fusese aici, le *simţise* prezenţa. Dar acum...

Acum le putea *vedea*. Şi erau înspăimântătoare!

- Am venit să vorbesc cu liderul vostru, grăi Ninsianna cu glas tremurând.

Cea mai apropiată umbră sâsâi.

- D-domnule, se rugă ea. Orice aş fi făcut, îmi pare rău şi am venit să îmi cer iertare!

Se aşternu o linişte adormitoare, străpunsă doar de sunetul nenumăratelor aripi. Umbrele fioroase nu avansau, însă nici nu dădeau înapoi.

O voce groasă şi înfricoşătoare îi şopti în minte.

„Deci tu crezi că meriţi să fii Aleasa EI?"

Vocea Ninsiannei tremura.

„Cred că EA ar trebui să aleagă, nu-i aşa?" răspunse ea în gând.

O imagine îi apăru în minte. Ea. Făcând magie la Poarta de sud. Încerca să rupă vraja bunicului său şi, în timpul procesului, simţea magia neagră pe care bunicul său o folosise în ziua când rostise vraja...

...ziua în care pisicile-fantomă o urmăriseră *acolo*...

......să o protejeze?

Umbrele-pisici se perindau în jurul ei, din ce în ce mai repede. Zburau ca nişte lilieci fără trup. Îi atrăgeau spiritul spre un vârtej întunecat, plin cu stele.

...Stelele cântau...

......Cântecul Sabiei.

.........din ce în ce mai rapid...

.......vedea Universul exact aşa cum îl crease Cea-Care-Este...

...miliarde de puncte luminoase.

Stelele se bucurau pe măsură ce Cea-Care-Este crea planete şi viaţă pentru a le popula. Se ridicau oraşe. Civilizaţii întregi.

Stelele se învârteau mai rapid...

...sisteme solare pline de lumini...

......rotindu-se încontinuu...

Iar într-o zi, o boală luă naştere chiar în centru. Ninsianna avea aceeaşi viziune din ziua în care Cea-Care-Este îl adusese pe Mikhail aici. O sabie întunecată îi nimici nava. Cel-Care-Nu-Este o împinse spre piatra albastră ce înconjura soarele. Se văzu acaparată de ocru galben, rugându-se pentru o favoare. Cea-Care-Este îl convinse pe *EL* că fata era de încredere. *EA* o trimise la Mikhail să îi vindece rănile.

Viziunea se transformă într-un potențial viitor, o viitoare posibilitate ce încă nu avusese loc. Îl văzu pe Mikhail semănând, luptând cot la cot cu cei din neamul Ubaid, și apoi așezat în dreptul focului cu o expresie deschisă, fericită. Mikhail o îmbrățișă; în pântecele ei se afla copilul.

- Chiar îți dorești, întrebă *EL,* ca atunci când vine vremea să fii alături de el, indiferent de eforturi și costuri?

- Da, promise Ninsianna.

Viziunea o luă razna. Din centrul Universului, o a *doua* navă se îndrepta spre planeta ei. Lovi pământul și se deschise ca un ou, dezvăluind sute de monștri-șopârle. Măturau pământul din deșert spre vest, cucerind fiecare sat. Singurul lucru ce stătea între aceștia și satul Assur era Mikhail.

Câteva pene fâlfâiră. Se întoarse să-și îmbrățișeze soțul...

...dar nu era Mikhail. Era un Înger cu aripi albe, păr blond, piele fină și cei mai atrăgători ochi argintii pe care-i văzuse vreodată. O luă pe sus și o așeză într-un pat. Îi șopti la ureche.

- Crezi că mă poți învinge? murmură el.

- Da, răspunse ea. Cea-Care-Este a zis asta.

Ochii Îngerului cu aripi albe căpătară de îndată o nuanță violentă de roșu.

În acei ochi, Ninsianna putea vedea moartea a nenumărate galaxii. În acei ochi vedea stele moarte. În acei ochi vedea distrugere lipsită de limite...

În acei ochi putea vedea zeii înșiși fiind devorați...

O teroare de nedescris. Un sentiment îngrozitor ce puse stăpânire pe Ninsianna. Cel Malefic duse cuțitul la burta ei.

- Mikhail! țipă Ninsianna în timp ce fiul iubitului ei soț îi era smuls din pântece.

Capitolul 37

Dată galactică standard: 152.323.06
Haven-3
Prim-ministru Lucifer

LUCIFER

Un mâl negru şi întunecat îl apăsa. O lumină mică, strălucitoare îl chema. Se îndrepta după ecoul unui cântec pe care nu îl mai auzise de când mama îi murise mama. Numele ei îi răsări în minte, însă lumina se stinse de îndată.

În adâncul sufletului, încă o jelea...

Încercă să o urmărească, la fel cum mama sa îi urmase tatăl în mormânt, dar mâlul îl îngropa atât de adânc încât, oricât s-ar fi zbătut, devenea din ce în ce mai slab.

Flăcări ardeau în jurul lui, în timp ce spiritul mamei sale era devorat.

Trebuie să o ajut!

Deodată, găsi o cale...

Îşi reveni. Era din nou conştient, din nou la suprafaţă. Spiritul devorat era eliberat. Durerea ce-l apăsa urlă.

- Nu pleca! strigă Lucifer.

Dar ea dispăruse deja. Cineva îl scutura.

- Stăpâne... mă auziţi?

Recunoscu vocea lui Zepar, însă se chinuia să reasambleze fragmentele de coşmar care îi dansau haotic în minte.

- Mmfff – durerea îl ţintuia ca un cuţit care l-ar fi străpuns. Unde sunt?

- În biroul lui Lucifer – îl linişti Zepar. Nu te teme, mă ocup eu de cadavru.

Gura i se deschise. Se simţea de parcă plutea într-o ceaţă dureroasă, dar cât timp nu se mişca, devenea conştient de ce se află în jurul lui.

Cadavru? Care cadavru?

Îşi deschise ochii cu forţa, dar junghiurile îl chinuiau. Nu îi dădeau voie să ţină ochii deschişi, aşa că îi închise imediat la loc. Îşi forţă trupul să îi spună unde se afla.

Moliciune sub spatele său...

...atingerea catifelată a mătăsii pe care o strângea în palmă...

......gustul de alcool puternic al *choledzeretsa*...

.........forme feminine şi plăcute care îl atingeau.

Chiar leşinase în timpul unei partide?

- Nu avea nicio importanţă, spuse Zepar. Oamenii lui Ki sunt cei care au, de obicei. Pe ea nu o va căuta nimeni..

Un miros de sânge îi asaltă nările. O apucă pe femeia de lângă el. Pielea ei se simţea ... rece.

- Zepar? se panică Lucifer. Ce se întâmplă cu mine?

- Ah. Eşti doar tu – Zepar părea mai degrabă dezgustat. Nu vă temeţi, Sire. Vă voi da ceva pentru durere.

- N...

O înţepătură puternică în gât îl blocă.

„*Ai încredere în Zepar,*" şopti acea voce mică şi nesăbuită. „*El te-a ajutat să te recuperezi după ce Hashem te-a abandonat...*"

Lucifer reveni la starea de inconştienţă. Visa foc.

Capitolul 38

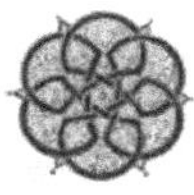

Dată galactică standard: 152,323.06 D.Î.
Alianţa / Frontieră Sata'anică: S.M.M. Peykaap
Locotenent Apausha

Lt. APAUSHA

Locotenentul Apausha privea fâşiile colorate ce luminau ca o auroră boreală şi îşi învârtea involuntar coada pe lângă el de uimire. Luminile acelea nu încetau niciodată să-l surprindă în goliciunea hiperspaţiului.

Un sunet din spatele său îl făcu să îşi ridice privirea. O şopârlă masivă bloca uşa cu corpul său uriaş, dublat de volumul robei purpurii pe care o purta.

- Lord Ba'al Zebub? întrebă Apausha sfios.

- Cât mai avem până la frontiera Alianţei?

- Vom ieşi din hiperspaţiu în douăzeci de minute, interveni copilotul, Specialistul Wajid. Nu-i aşa, domnule?

- Douăzeci şi şase – Apausha se uită la ceasul analog poziţionat deasupra ceasului *adevărat* al navei, care număra secundele până la miimi.

- Ultima dată când am ieşit – continuă Ba'al Zebub–pasagerul nostru a avut o tranziţie dificilă.

- Provine de pe o planetă primitivă, Sire, spuse Apausha.

- Nici nu vreau să *aud*, mârâi Ba'al Zebub.

Apausha surâse. Conform calculatorului lor, femeia cu piele de abanos credea că Ba'al Zebub este diavolul.

- O să am eu grijă de ea, zise Apausha. Wajid? Pregăteşte-te să faci următorul salt.

Coborî din scaunul de pilot şi se încordă. Spre deosebire de majoritatea şopârlelor, care se îngrăşau imediat ce ieşeau din armată (caz evident, Lordul Ba'al Zebub), reproducerea bună îi garantase un fizic specific castelor superioare, chiar dacă teoretic era de rang mai slab decât un măturător pe stradă.

Trecu de festinul luxos pe care îl întinsese Lordul Ba'al Zebub şi din care tot el mâncase zgomotos, fără să ofere altora nici măcar o singură bucată. Dădu din cap în semn de complicitate faţă de cei doi gardieni personali ai Lordului. Erau tipi de treabă.

Cei doi gardieni se uitară în altă parte, prefăcându-se că nu văd nimic.

Apausha luă un pepene și îl duse la galerie. Cu mâinile sale îndemânatice, îl felie imediat, puse sedativ în el și îl duse în spate, în zona în care țineau femeile.

Peretele crea ecou. Apausha bătu în ușă.

- *Hakuna tatizo?* întrebă în limba pământeană pe care sistemul de inteligență artificială i-o spusese. *Scuzați-mă, Doamnă. Doriți ceva de mâncare?*

- *Nenda zako!* veni răspunsul de dincolo de perete. Pleacă de aici!

- Intru, spuse el. Nu aruncați cu nimic în mine, vă rog! Nu vreau să vă rănesc.

Intră încet și coborî privirea. Tinashe se ridică din patul ei, înaltă și roială ca o împărăteasă, cu pielea de abanos strălucindu-i precum catifeaua în luminile artificiale din cameră.

Regina neagră a lui Sata'an...

Împăratul Etern Hashem urma să fie păcălit...

- Vă rog, mâncați? întrebă în Kemet. Acest fruct este un dar din partea Împăratului nostru.

Femeia își strânse rochia și se mută la margine, spre masă. Apausha luă o bucată fără drog și încercă să o impresioneze pe femeie mirosind felia, în același timp atent să nu dea semne de maniere de șopârlă, făcând cine știe ce mișcări din limbă sau arătându-și colții.

Ochii ei negri îl urmăreau cum mânca bucata de fruct. Era o femeie frapantă, cu bun simț și manierată în ciuda aparențelor, cu păr negru și lung ce i se răsucea pe spate în bucle. Era aproape la fel de frumoasă precum Marina...

Oh, Marina... Inima îi tresări plăcut. Toți *trei* erau acum însurați cu femei de statut social înalt. Sata'an însuși îi unise.

- În curând, vorbi în vocabularul lor comun, aerul se va rarefia. Va deveni zgomotos și – făcu o mișcare cu mâinile – destul de agitat, dar va înceta.

- Canoea face valuri din nou? încercă femeia să înțeleagă explicațiile lui și să le traducă în cunoștințele ei limitate despre călătoriile în spațiu.

- Da, ca valurile, îi dădu Apausha dreptate. Dar să nu vă fie frică.

Dinții ei drepți și strălucitori mușcară din fructul roșu, a cărui culoare era accentuată de pielea neagră și fină a femeii, precum și de buzele sale de un roșcat adânc. Pleoapele începură să i se închidă. Sedativul își făcea efectul. Figura ei înaltă căzu. Apausha o prinse înainte să se lovească.

- Să se știe că Locotenentul Apausha își livrează *întotdeauna* marfa de contrabandă nevătămată, șopti în propria sa limbă.

O cără spre patul ei, astfel încât să nu cadă și să se lovească dacă nava făcea mișcări bruște, și o înveli bine cu păturile, pentru a-i fi cald. Mirosea delicios. Dacă nu ar fi fost proaspăt însurat, ar fi stat de plăcere cu ea, doar să-i inhaleze feromonii.

Resigilă compartimentul ca măsură de siguranţă împotriva evadării şi a depresurizării explozive. *Peykaap* fusese făcută să transporte provizii în cele mai călduroase zone de război şi să învingă cele mai bune blocade ale Alianţei. Dacă *o parte* a navei era lovită, celelalte supravieţuiau cât timp nu se opreau motoarele.

- Veniţi, Sire? îi spuse Lordului Ba'al Zebub, trecând pe lângă şeful său care încă mai mânca rămăşiţele, inclusiv, ugh! Carne roşie...

- Aceasta nu este prima mea operaţiune – zise Ba'al Zebub cu sucul de carne curgându-i pe gât.

Gardienii săi stăteau pe câte-o parte a sa, gata să îl apuce pe bietul bastard în cazul în care ar fi căzut.

Apausha se aşeză din nou pe locul de pilot, făcut special pentru coada sa, în timp ce Specialistul Hanuud îşi puse căştile pe cap.

- Doarme? întrebă copilotul Wajid.

- Dusă, răspunse Apausha.

Specialistul Hanuud numără secundele în timp ce Wajid se pregătea să reseteze întrerupătoarele manuale care le permiteau să pătrundă dincolo de cele mai bune sisteme defensive ale planetelor. Apausha apucă controalele manuale, gata să facă orice manevră.

„Repătrundere în cinci, patru, trei, doi, unu, unităţi decuplate..."

Peykaap ieşi din hiperspaţiu cu turbulenţe, chiar la intrarea în zona demilitarizată a Alianţei. Spre deosebire de frontiere, unde doar câteva patrule ale Alianţei puneau în aplicare legea, sectorul defensiv ce înconjura Alianţa includea o capcană defensivă electormagnetică concepută să distrugă orice navă care ar fi încercat să se furişeze înăuntru, chiar şi cele ce călătoreau prin hiperspaţiu.

- Turnul de control, informă Hanuud, aici nava *Odyssey*. Avem provizii pentru 23-Orion-4.

Îşi schimbară datele pentru a corespunde cu o altă navă şi falsificară numele motoarelor. Apausha bătea cu ghearele în controale, aşteptând confirmarea de la turnul de control. De obicei răspundeau imediat, dar de ceva timp Alianţa ridicase standardele porcăriei de "inspecţie cu privire la sănătate şi siguranţă".

- Odyssey, Odyssey, pârâi radioul. Ce clasă de navă este aceea?

Un fior îl cuprinse pe Apausha.

- Am construit-o chiar noi, domnule – interveni Specialistul Hanuud. Din rămăşite din spaţiu, obţinute legal!

Se lăsă liniştea. Apausha transpirase. Să te faci nevăzut în dreptul frontierei era una, dar să o reuşeşti chiar pe teritoriul inamicilor era cu totul altceva. Strânse bine controalele, pregătit pentru orice manevră bruscă ar fi putut fi nevoit să execute.

- Sire? Avem un contact, spuse Hanuud. Tocmai a ieşit din hiperspaţiu.

- Ce clasă? întrebă Apausha.

Vocea lui Hanuud tremură.

- O navă Leonid, domnule.

O nevoie incomensurabilă de a face pe el de frică îl copleși pe Apausha.

- Atenție, *Odyssey*, o voce groasă interveni la radio. Pregătiți-vă de aterizare.

- Pe sprâncenele lui Hashem! înjură Apausha.

Apărură alte trei nave de război, o Centauri și încă două Leonid. Hanuud încercă să comunice prietenos cu comandantul Leonid, în timp ce Wajid executa ordinele de a opri unitățile. Navele mai mici și mai rapide îi înconjurară, asemenea unei haite de leoaice care prădau inamicul; corveta Centauri îi urmărea din spate pentru a nu le da șansa de a se întoarce.

- Ce faci?! strigă Lordul Ba'al Zebub odată ce motoarele cu impuls se opriră și ele.

- Mai bine vă puneți centura, domnule! răspunse Apausha. Se pare că vom avea ceva turbulențe!

Apausha lovi întrerupătorul manual pentru a opri sistemul și își mută rapid mâna spre întrerupătorul care avea să repornească unitățile astfel încât să iasă din teritoriul Alianței odată ce aceștia aveau să creadă că electronicele se arseseră. Nu conta cât de mult s-ar fi apărat, Alianța nu avea egal –

- Își vor folosi armele, Sire! urlă Hanuud.

Alarmele porniră. Apausha se gândi la soția sa. Cel mai mare vis al său, iar acum era pe cale s-o piardă.

- Majestate! Apausha se rugă la Sata'an cu toată puterea. Ne-ar fi de folos puțină intervenție divină, vă rugăm?

Așteptau ca pulsul electromagnetic să lovească; ori asta, ori tunul cu pulsuri al navei Leonide avea să-i transforme în rămășițe. Ceasul analog ticăia cu fiecare secundă, fiecare clipă devenind critică.

Tic. Tac. Tic. Tac.

- Atenție, Odyssey, spuse vocea din radio. Nu știu pe cine naiba cunoașteți, dar tocmai ați primit confirmarea pentru a trece mai departe.

Capitolul 39

Iunie - 3,390 Î.Hr
Pământ: Satul Assur
Colonel Mikhail Mannuki'ili

MIKHAIL

Tânărul vultur zbura leneş deaspra deşertului, propulsat de vântul fierbinte ce şuiera deasupra pământului gol, plat şi uscat. Din când în când, umbra trecea prin calea lui Mikhail, de parcă l-ar fi urmărit; deşi probabil că pasărea spera mai degrabă să reuşească să vâneze nişte pradă.

Mikhail îşi îndesă mâinile în buzunare, dorindu-şi cu adevărat să *poată* să zboare în loc să-şi folosească aripile inutile ca o simplă, mare umbrelă de soare. Uniforma i se lipea de piept. Era ceva infernal legat de acest deşert, deşi, dacă s-ar fi luat după Immanu, nisipul fierbinte de *aici* nu era nimic în comparaţie cu aridul aşa-numit Badiyat al-Sham.

Vulturul se îndrepta spre *wadi*. Mikhail îşi atinse tolba uscată, dar nu îndrăzni să urmeze vulturul, deoarece Halifienii ştiau că, mai devreme sau mai târziu, Mikhail va fi nevoit să meargă după apă.

Se opri la o tufă uscată, care purta semne ce îi sugerau că ar fi fost ronţăită. Caprele Halifiene, luându-se după urme? Se uită prin rucsac şi apucă lopata. Dacă tufa era încă vie, *trebuia* să fie pe undeva şi un izvor.

- Haide… se rugă. Ce zici de o pauză?

Săpă în jurul rădăcinilor şi dădu de un loc întunecat care părea promiţător, dar nisipul îl transformă repede în uscăciune.

„Damantia!”

Mikhail se înecă în nisipul de culoarea ocrului. Cum, în numele lui Hades, se presupunea că ar fi trebuit să treacă de deşert când el nici nu ştia unde era, nu ştia încotro se îndrepta, şi chiar dacă ar fi ajuns undeva, habar nu avea cine era şi ce trebuia să facă?

Ecusonul îi zdrăngănea: *încheie misiunea...*

Ce misiune? Mersul în deşert ca prostul şi muritul? Toate pentru că se lăsase afectat de refuzul unei femei?

„N-a fost refuz –” îi şopti subconştientul. *„Nu are de ales.”*

Ba are...

„Ce alegere? Niciodată nu i-ai spus ce simţi pentru ea.”

Continuă să meargă înainte, determinat să găsească acest misterios Templu Ki, să caute chiar şi cea mai mică dovadă pe care oamenii săi ar fi lăsat-o în urmă, şi să găsească o modalitate să scape naibii de acolo!

Un sunet gutural îi oprit toată văicăreala...

...urmat de strigăte.

Își aduse aripile în față, interceptând sunetul ce venea spre urechile sale, răsucindu-se în toate părțile până să identifice sursa acestuia.

Wadi-ul...

Vulturul îl înconjura în zbor, atras de drama care probabil că avea loc acolo. Mikhail o luă la fugă. Înainte să ajungă la canion, se așeză în patru labe și se furișă până la margine.

Zece metri mai jos, în râul uscat, omul pe care îl văzuse mai devreme – judecând după îmbrăcămintea maro, era probabil un frate al celui pe care îl lăsase în viață – și unsprezece alți mercenari, înconjuraseră trei călători care fuseseră destul de fraieri încât să treacă pe la singura sursă de apă. Robele lor indicau că sunt membri ai tribului Ubaid.

Primul său gând fu că Jamin trimisese războinici să-l ucidă, dar cel mai bătrân călător avea o barbă albă, lungă și stufoasă; cel de-al doilea era puțin trecut de adolescență, iar cel de-al treilea purta un kilt ce sugera că este un om cu statut înalt, în ciuda vârstei- probabil douăzeci și ceva de ani. Oamenii din Ubaid se strânseseră într-un cerc, ținând sulițele în mână pentru a-i ține la distanță pe cei din tribul inamic.

Simțul datoriei se combină cu nevoia de autoconservare.

„Voiau ca eu să plec..."

Voiau? *Cine* voia? Ninsianna? Immanu? Pareesa? Tribunalul? Nu... își strânse aripile între picioare și fugi, deoarece nu putea suporta gândul că Ninsianna avea să se mărite cu altcineva.

Cel tânăr, cu kiltul, încerca să se înțeleagă cu jefuitorii.

- Unde este? întrebă cel cu gura spurcată.

- *Cine* să fie? răspunse cel tânăr.

- Demonul înaripat! țipă primul bărbat. Știm că sunteți aliați cu Assurul!

Penele lui Mikhail fură străbătute de un fior la auzul glasului celui tânăr.

Îl știu...

Îl întâlnise pe tânărul șaman din Gasur la întâlnirea șamanilor. Festinul pe care Immanu îl finanțase folosind banii pe care *ar fi trebuit* să-i folosească pentru a-i plăti nunta Ninsiannei. Conversaseră puțin în limba *sa* antică despre cum era să locuiască printre stele. Tânărul se arătase entuziasmat.

Cum îl chema?

„Nu o face, nu o face..." îl îndemna subconștientul său.

Halifienii se împrăștiau ca o haită de hiene înconjurând o cireadă de antilope în timpul vânătorii. Cel mai bătrân călător îl blestemă într-o limbă necunoscută pe cel cu roba colorată.

O senzație de *frig* îl învălui pe Mikhail, de parcă mintea sa tocmai ar fi fost împărțită în jumătăți. O parte calcula poziția fiecărui om și ce armă putea folosi, iar cealaltă parte le analiza slăbiciunile.

„Omul ăsta pare prea bătrân. Ăsta merge mai greu. Aceștia trei, cei care nu poartă robe Halifiene. Unul dintre ei se dă înapoi, cu siguranță nu se bagă."

Toată frustrarea cauzată de modul în care fusese tratat de Assurieni îi făcea sângele să clocotească în vene.

Voia să se lupte.

Trebuia să se lupte. Să dovedească faptul că încă era *bărbat*!

Cu o determinare de fier, își desfăcu pachetul de supraviețuire și îl înșiră pe pământ. Scoase sabia din teacă. Tăișul îi scârțâia, iar mânerul se simțea așa de familiar de parcă ar fi fost parte din mâna sa.

Halifianul crud se îndreptă spre tânărul șaman ca un șarpe, vorbindu-i. Își ținea mâinile în față, pentru a-l convinge că nu era înarmat.

„Să nu cazi în plasă..."

Mai *văzuse* acel mers cu genunchii îndoiți și postura relaxată atunci când îl leșinase pe cel cu ochii căprui, cel care aproape că îl învinsese.

Halifianul sări spre șaman. Ca prin magie, acum avea un cuțit. Tânărul pară mâna în care Halifianul ținea cuțitul, dar acesta din urmă schimbă iute mâinile și îl tăie pe șaman în dreptul bicepsului.

Cu sunete brutale de *„Ay-i-ya-yah-yah!!!"*, Halifienii tăbărâră pe călători.

- Unde este?! întrebă cel cu ochii căprui.

„Sunt chiar aici, idioților..."

Mikhail își deschise aripile pentru a-și încetini aterizarea și sări de pe stâncă. Ajunse cu grație exact în spatele neprotejat al Halifianului.

- Mă vrei pe mine – izbi sabia de încheietura bărbatului ce tocmai încerca să-l atace – iată-mă.

Omul rănit se dădu în spate, ținându-se de încheietură. Un miros de cupru umplu aerul.

- Ay-iyah!

Având un singur scop, inamicul se întoarse și sări spre *el*.

O detașare neobișnuită se instală în psihicul Angelicului; nici frenezie și nici furie, ca atunci când Halifienii îi atacaseră nava, ci mai degrabă o atitudine pașnică. Lupta aceasta se asemăna mai mult unui antrenament, iar oamenii aceștia...? Doar părți din imaginația sa, ca niște holograme.

Blochează...

...ferește...

......taie...

.........+10 puncte...

............doar un antrenament...

.........dă-i una ăluia unde doare cel mai tare...

......Oh, ăsta se crede bun?

...și uite așa tai inamicul.

Se simțea fericit. Era *bun* la asta, nu ca la prelucrarea lemnului sau la socializarea cu oamenii. Îi *plăcea* o luptă bună. Fiecare celulă din corpul său părea să cânte. Armonie în întreg trupul.

O suliță zbură spre el. Simțul *cunoașterii*, o viziune albastră, îl avertiză înainte ca sulița să plece din mâna inamicului. Imaginile îi apăreau în minte. Antrenamentul. Mișcări subtile. Scopul. Subconștientul său recalcitrant regurgita triunghiuri ofensive. Geometria mânuirii sabiei. Fizica din spatele duelului.

Se apără de suliță cu sabia, iar aceasta scoase un scârțâit la impact.

Alți doi bărbați se năpustiră asupra lui...

...lovea...

......și se ferea...

.........îi rezolvă rapid pe amândoi.

Cei doi fugiră mâncând pământul.

- Să te văd, îl îndemnă Mikhail pe următorul.

Toate problemele lui începuseră atunci când idioții *ăștia* se aliaseră cu Jamin pentru a-l alunga de lângă nava prăbușită înainte să reușească să transmită semnalul SOS!

În spatele grupului, celui cu fața aspră îi străluceau ochii, ascuțiți și negri ca un vârf de suliță din obsidian. Îmbrăcat pur și simplu într-o robă maro, bărbatul cu sabia de piatră ar fi putut concura chiar și cu Rakshan.

Liderul lătră ceva ordine haitei sale. Trei dintre ei îl distraseră pe Mikhail, iar ceilalți patru încercară să ajungă cât mai aproape de el, însă Angelicul cunoștea deja această tactică – o mai folosiseră în noaptea în care îi atacaseră nava.

- Nu, n-o veți face!

Aripile sale de zece metri, încă inutile la zbor, alcătuiau o pereche bună de bâte. Mikhail îl pocni cu aripa în gât pe primul bărbat care încercă să îl atace. Câteva pene mici se desprinseră la impact. Halifianul căzu, gâfâind și respirând greu.

„Ai noroc că nu mi-am folosit sabia..."

Îl lovi și pe al doilea om, lăsându-l lat pe spate.

- Stai jos! ordonă Mikhail, înțepându-l cu vârful sabiei.

Oamenii din Gasur profitară de distragere. Se repeziră asupra Halifienilor acum neprotejați. Cel bătrân înfipse sabia în coastele celui cu roba în dungi, în timp ce tânărul stătea ca un trunchi de copac, mânuindu-și sulița pentru a-și apăra camaradul.

Mikhail se învârti și flutură din aripi, însă nu reuși să se ridice în aer; totuși, mișcările fură de ajuns încât să le arate Halifienilor ceva ce nu mai văzuseră. Sabia sa cânta o melodie a morții și a furiei în timp ce Mikhail le tăia mâinile și degetele; dar avu limite, nu voia să-și omoare prada.

Omoară liderul – urechile îi răcneau cu poftă de sânge.

Se duse spre el, dar hiena avea oamenii pregătiți să-l apere înainte ca Angelicul să inițieze un duel.

Cei trei Ubaizi învinseră alți câțiva mercenari. Cel bătrân se dovedi a fi un luptător remarcabil, iar dexteritatea celui tânăr, probabil în vârstă de aproximativ șaptesprezece ani, era de invidiat. Foaia se schimbă, iar mercenarii ce purtau o altfel de robă, nici Halifiană, nici Ubaidă, își înșfăcară camaradul rănit și se retraseră.

Liderul îi certa și insulta.

Cei trei ce purtau robe o luară la fugă.

- Asta se întâmplă când te aliezi cu hienele! țipă către ei tânărul șaman din Gasur.

Parcă blestemându-l din priviri, liderul se apropie de Mikhail și îi vorbi într-o Ubaidă stricată:

-Ne vom întoarce mai mulți.

Oamenii lui se retraseră spre tabăra Halifiană, cărându-și după ei rănitul. Mikhail rămase în loc, gâfâind și luptându-se cu dorința de a fugi după ei și de a îi sfârteca pe toți, fără milă. Câțiva erau în pericol de a muri din cauza rănilor; totuși, Angelicul rezistă. Nu îi urmări. Era mai bun de atât.

- Colonelule Mannuki'ili, i se adresă tânărul șaman. *Go raibh maith agat.* Mulțumim!

- Înapoi! Mikhail amenință cu sabia, neștiind în cine să mai aibă încredere.

- Înaripatule, suntem prietenii tăi, spuse șamanul. *Cairde, tá?* Prieteni? Mai ții minte? Împărțeam pâinea în Assur.

Toate ritualurile prostești ale șamanului, insistențele lui Immanu de a împărți mâncarea, băutura și sarea, toate reveneau în mintea lui Mikhail. Setea de sânge încă se izbea de ideea că altcineva vorbea limba lui.

- *Cairde*, prieteni, încercă șamanul să-l convingă. Am vorbit despre magia ta. *Meteorologie* o numeai, așa-i? Studiul vremii.

Lucrurile mici, prezentate într-o versiune arhaică de limbaj galactic standard, îl calmau într-un mod în care nicio rugăciune Cerubimă nu o făcea. Tânărul îl apucă de braț. Un firicel roșu se scurse printre degetele sale.

- Ești rănit? i se adresă Mikhail, vorbind în Ubaidă.

- Halifienii sunt rapizi, răspunse slăbit șamanul.

Prietenii săi îl ajutară să se așeze pe un bolovan. Cel bătrân își dădu mantia jos și improviză un bandaj temporar, pentru a opri curgerea sângelui.

Mikhail încerca să-și aducă aminte care era numele șamanului.

- Sagal-zimu?

- Aa, îți aduci aminte de mine! șamanul arătă spre mâna pe care Mikhail i-o tăiase primului Halifian. Acum înțeleg de ce ți se spune Sabia Zeilor!

Mikhail se încruntă. *Ultimul* lucru pe care și-l dorea era să le hrănească superstițiile prostești.

- De ce sunteți aici? întrebă el.

Șamanul se uită la aliații săi.

- Suntem aici datorită *ție.*

- Datorită mie? întrebă Mikhail. V-a trimis Immanu după mine?

- Nu, răspunse Sagal-zimu. După ce ne-am întâlnit prima dată, căpetenia noastră, Jiljab, m-a trimis într-o misiune cu *acești* oameni buni – arătă spre prietenii săi– pentru a căuta informații despre templul pe care-l cauți.

- Eu sunt Gimal, zise cel bătrân, și el este nepotul meu, Harrood – arătă spre cel tânăr. De două ori pe an, călătorim spre confluența celor două fluvii să negociem cu oamenii care trăiesc în jurul Golfului Persic. Căpetenia Jiljab ne-a sugerat să-l aducem pe Sagal-zimu, pentru a negocia daruri în schimbul informațiilor.

- Ce fel de informații? întrebă Mikhail.

- Despre Preotesele Ki, interveni Sagal-zimu. Speram să găsim informații despre originile legendei.

„Chiar ați face asta pentru mine?"

- Și ce vrea Căpetenia Jiljab să obțină prin toate astea?

- Pe Needa, răspunse Sagal-zimu.

- Needa?! replică Mikhail surprins. Mama Ninsiannei?

- Ea provine din Gasur și a fost inițiată de vraciul nostru, însă Immanu a ademenit-o după el.

Încercând să dea dovadă de dezinteres, Mikhail își sterse sângele de pe sabie, examinând atent limbajul corporal al șamanului în timp ce-și punea sabia în teacă.

- Deci Needa v-a pus să faceți asta?

- Needa? Nu – șamanul zâmbi ușor. A fost surprinzător s-o vedem pe Needa mutată în Assur. Speram ca, decât să îi lăsăm soțul să-și mărite fiica cu *muhafizul* lui Nineveh, poate o convingem să se întoarcă în Gasur.

Capul lui Mikhail vâjâia. Era așa surprins, iar surprinderea îi era combinată cu zile de frustrare, evadări și deshidratare. Uh! Oamenii ăștia și intrigile lor! Dar misiunea lui Sagal-zimu era utilă.

- Și ce ați găsit când ați ajuns la confluența fluviilor?

Se străduia să pară încă nonșalant.

Zâmbetul șamanului pieri.

- Te-ai ales cu niște inamici pe măsură, răspunse acesta. Unul dintre oamenii pe care i-ai omorât nu era doar fiul vitreg al lui Marwan, șeicul care domnește peste partea estică a deșertului, dar era și singurul fiu al lui Yazan, cel mai puternic șeic din jumătatea vestică. Amoriții și cei din Uruk folosesc Halifienii ca mercenari.

- Spune-mi unde să găsesc templul și voi pleca de pe pământul vostru.

- Fiecare sat pe care l-am vizitat are propriul său mit. Unii zic că vin din est, alții din sud sau nord. Dar toți sunt de aceeași părere, că templul a fost distrus.

Speranțele îi furā zdrobite. Parcă ar fi fost îngropat de viu într-o avalanșă.

- Să-i întreb personal? Sunt lucruri pe care nu le înțelegeți și care înseamnă ceva pentru *mine*, ca și atunci când Zartosht a cântat despre Cerubim.

- Nu înțelegi, răspunse Sagal-zimu. Aliații lui Yazan au putere asupra oricărei surse de apă de aici și până la râul Baranuman. De aceea traversăm prin acest *wadi*.

- Deci o să mă duc spre nord – *după tribul Halifian și tabăra lor–* și apoi traversez.

- Odată ce părăsești Golful Persic, cele două mari fluvii se despart. Unul spre vest, iar celălalt spre nord-est, fără niciun strop de apă între ele. Nimeni nu a traversat și a supraviețuit.

- Dar *voi* cum ați ajuns la acest fluviu?

- I-am mituit pe cei din Uruk să ne arate un drum sigur prin teritoriul lor, răspunse Sagal-zimu, dar la jumătatea drumului ne-a atacat Yazan.

- Mă înțeleg bine cu unul dintre negustorii Amoriți, interveni Gimal. Ne-a avertizat la timp ca să scăpăm.

- Și de aceea am riscat să călătorim prin *wadi-ul* Tharthar, adăugă Sagal-zimu. Halifienilor estici nu le-a păsat niciodată de Amoriți. Speram că fiii lui Marwan – arătă spre direcția în care dispăruse liderul – ar accepta mită.

Aripile lui Mikhail se pleoștirā. Se terminase și cu planul său de a călători din sat în sat pentru informații...

Sagal-zimu se legănă și se rostogoli în față. Speriați, camarazii săi se grăbirā să îl ajute.

- Este grav rănit, spuse omul bătrân. Trebuie să găsim un vraci.

- Nu cu rana *asta* – Mikhail îl atinse lângă rană. Nu va supraviețui drumului spre Assur.

Se uită spre stâncă. Îşi lăsase pachetul de supraviețuire sus, alături de kitul de prim-ajutor. Ce n-ar fi dat să fi putut să zboare acum!

Parcă pe fază din nou, vulturul pe care-l urmărea, cel pe care îl suspecta că era *același* pe care îl mai văzuse, ateriză pe stâncă și privi în jos atent.

- Nu mai pune sare pe rană... murmurā Mikhail.

Vulturul îşi înclină capul, de parcă ar fi înțeles. Era o pasăre mare, cu penaj similar cu aripile *lui* maro, presărate cu auriu și un pic de gri pe dos, dovedindu-se a fi o pasăre tânără.

- Nu cred că te pot face s-o aduci jos, nu? întrebă el.

Vulturul îşi luă zborul...

...cu pachetul de supraviețuire al lui Mikhail între ghear.

- Hei!

Mikhail încercă să zboare, dar membrele sale îl trădară încă o dată. Urcă cu greu stânca, folosindu-se de aripi pentru a se ridica puțin mai mult și mai repede. Odată ajuns sus, luă o piatră și o aruncă după vultur.

- Este al *meu*! strigă el.

Cu un țipăt ascuțit, vulturul aruncă pachetul și zbură spre nord-est. Cei trei Ubaizi se feriră.

- Cea-Care-Este ne-a trimis un semn! strigă Sagal-zimu. Trebuie să te întorci în Assur cât de curând!

- Este doar un vultur, răspunse Mikhail.

- Vulturii de munte sunt sacri, spuse șamanul. Sunt ochii Celei-Care-Este.

Vântul veșnic bătu prin *wadi*.

„Mhiiii-kaiii-elllll..."

Suna ca Ninsianna strigându-i numele.

Înspăimântător.

- Te rugăm, condu-ne înapoi! rosti omul bătrân și arătă spre vultur. Dacă nu, *EA* ne va face lucruri rele.

- Mă voi gândi.

Fără a mai rosti vreun cuvânt, Mikhail se duse spre locul în care vulturul îi aruncase pachetul. Scotoci prin el după kitul de prim-ajutor. Voia să-l ajute pe șaman cu rănile și apoi să plece.

Se întoarse spre *wadi*, dar un nor de praf îi atrase atenția. Își scoase binoclul și se uită mai atent.

La orizont, sute de oameni mărșăluiau semi-organizați. Conducând, în față, se aflau cei trei din haita Halifienilor care scăpaseră. Angelicul își aminti avertismentul Căpeteniei Kiyan: atacul său făcuse ca inamicii să se alieze cu un singur scop:

...să distrugă Assurul.

Un singur fior îi trecu prin tot corpul.

Ninsianna...

Își adună lucrurile și fugi spre *wadi*.

- Abandonați căruța! țipă el. Trebuie să plecăm chiar acum!

Capitolul 40

Iunie - 3.390 Î.Hr
Pământ: Satul Assur
Colonel Mikhail Mannuki'ili

MIKHAIL

Assur răsărea din deşert ca un oraş din poveste; zidurile de cărămidă amestecată cu noroi erau mai primitoare decât un zgârie-nor modern. Dincolo, fluviul Hiddekel cu apa sa albăstruie, o resursă infinită ce putea rezista indiferent de situaţie.

- Acasă, murmură Sagal-zimu murmură fără putere, ajutându-se de bătrânul negustor, Gimal.

- Acasă... oftă Mikhail.

El nu *voia* să fie acasă. Dar zidurile Assurului puteau fi apărate şi, chiar acum, Sagal-zimu avea nevoie de un loc sigur să se vindece.

Toţi patru priviră în spate ca nişte antilope fricoase. Halifienii le urmăreau mişcările de trei zile încoace.

- Să mergem, spuse Mikhail. Nu cred că faptul că am trecut graniţa îi va îndepărta.

El şi Gimal îl cărau pe Sagal-Zimu, iar Harrood mergea în spatele lor, conducând ţapii acum rămaşi fără căruţă. Rana şamanului era de o nuanţă urâtă de roşu, cu vene negre şi puroi gălbui. Cândva, în trecut, Mikhail trebuie să fi primit antrenament de prim-ajutor, pentru că ştia ce să facă cu kitul; totuşi, nu avea antibioticele necesare, iar dezinfectantele nu erau bune pentru infecţia şamanului.

Luptând concomitent cu un sentiment de fericire şi de frică, Angelicul se apropie de sat; o parte din el era optimistă, cealaltă îl certa pentru că cedase înaintea propriilor slăbiciuni. Examină zidurile, sperând să găsească o urmă de Ninsianna. Avea să vină la poartă să îl salute? Sau avea să fie aşa de nervoasă încât să-şi pună mâinile-n sân şi să refuze să îi vorbească?

Santinelele dădură alarma: *Păzea! Păzea! Păzea!*

Da. *Trebuiau* să aibă grijă. Dar nu *el* era pericolul. Ci sutele de mercenari adunându-se să invadeze satul.

Ajungând la poartă, Mikhail le şopti celor care îl însoţeau:

- Dacă mă izgonesc, vreau ca *voi* să rămâneţi.

- Dacă o vor face, îndreaptă-te spre Gasur, răspunse Gimal. Harrood va veni cu tine. Te va ajuta să te acomodezi.

Mikhail privi către adolescentul care îi tot pusese întrebări despre cum se folosește o sabie. Ce n-ar fi dat să aibă o întreagă armată pe care s-o antreneze! Copii care chiar *voiau* să învețe să se lupte, nu „războinicii de elită" ai lui Jamin.

- Trebuie să-l anunț pe Căpetenia Kiyan.

„Dacă va asculta..."

- Dacă n-o va face, spuse Mikhail, poate te va asculta pe *tine*?

Poarta se deschise. Războinicii lui Jamin apărură ca un roi de albine dezlănțuit din stup. Obosiți, de parcă tocmai s-ar fi întors dintr-o misiune de recunoaștere. Oricât îi displăcea faptul că își îndreptau sulițele spre *el*, când Halifienii aveau să atace, ei aveau să aibă *nevoie* de coeziune. Altfel, Ninsianna –

O, doamne! Dacă se măritase deja?

Diavolul însuși se uita către Mikhail cu ochii sclipind de furie.

- Unde este?!

Mikhail îl ajută pe Sagal-zimu să înainteze.

- Avem un răni...

Jamin înșfăcă sabia de obsidian și se năpusti asupra Angelicului ca o hienă.

Lama i se lipi de gât. Mikhail îi dădu drumul lui Sagal-zimu și îl apucă pe Jamin de încheietură. Împinse mânerul spre propria-și mână, întorcând încheietura fiului Căpeteniei într-o parte, pentru a-l opri; cuțitul căzu.

Expresia lui Jamin era confuză, dar bărbatul era un luptător experimentat și, de-a lungul luptelor cu Mikhail, reținuse câteva trucuri.

Ținti spre sabia lui Mikhail.

Mikhail îl plesni cu o aripă. Pene mici plutiră prin aer, forțându-l pe Jamin să se lupte cu ele.

- Cum *spuneam,* murmură Mikhail printre dinți, Sagal-zimu este rănit. Avem nevoie de *logodnica* ta să-i consulte rana cât mai rapid.

Jamin se aprinse de îndată.

- Știu că tu ai luat-o!

- Pe cine? întrebă Mikhail, ferindu-se din calea loviturii.

- Nu îndrăzni să te joci cu mine! replică Jamin și năvăli spre Angelic din nou.

Mikhail făcu rapid câțiva pași în spate.

- *Damantia!* Omule! Nu vreau să mă lupt cu tine. Vin cu vești.

Harrood, adolescentul, se duse să discute cu Ugazum, unul dintre războinicii de clasă secundară ai lui Jamin și un văr îndepărtat al său. Cei doi semănau destul de mult. Ugazum gesticulă spre Siamek. Secundul lui Jamin îl ascultă pe Harrood.

Jamin îi dădea continuu târcoale Angelicului, stând pe vine într-o poziție intimidantă, cu ochii săi negri plini de cearcăne și parcă sălbăticiți.

- Nu o putem *găsi!* țipă acesta. A mers în deșert, după *tine!*

- Ninsianna?

- Da! Lipseşte de trei zile!

Mikhail simţi un nod uriaş de panică şi groază instalându-i-se în stomac..

- Noi nu am văzut-o.

- Minţi!

- Ba nu! interveni Gimal. În ultimele trei zile, cel înaripat a fost alături de *noi*!

Jamin gâfâia ca un câine turbat. Kiltul său era deteriorat; şalul îi prăfuit, iar mâinile, epuizate şi leneşe; arăta de parcă nu mai dormise de ceva vreme. Siamek se apropie şi îl apucă pe Jamin de umăr.

- Jamin –

Jamin se răsuci pentru a-şi lovi camaradul. Siamek se feri, cunoscând parcă această mişcare a lui Jamin pe de rost.

- Jamin, încercă acesta din urmă să-l calmeze. Ninsianna *nu* e cu ei. Adu-i înăuntru şi hai să discutăm despre ceea ce *ştiu*.

Jamin arătă cu degetul spre Mikhail.

- Dacă păţeşte ceva, *jur* că te omor.

Mikhail se uită spre deşert. Dacă Ninsianna mersese către navă, cu siguranţă că Halifienii o capturaseră. Iar dacă făcuseră acest lucru, şansele de a o salva de unul singur erau extrem de mici.

- Hai să îl ducem pe Sagal-zimu la Needa, spuse el. Şi apoi trebuie să vorbesc cu tatăl tău.

- Îmi vei răspunde *mie!*

- Nu! răspunseră Mikhail şi Siamek în acelaşi timp.

- Adică – continuă Siamek, bătând în retragere– trebuie să adunăm o grupare de război. Ca să facem asta, ne trebuie acordul Căpeteniei.

Jamin se împiedică, de parcă avea să cadă.

- Duceţi şamanul la Needa, oftă el. Şi apoi îmi spuneţi unde e Ninsianna!

Harrood se repezi să-l ajute pe Sagal-zimu. Vărul său, Ugazum, luă ţapii castraţi ce cărau apa şi puţinele bunuri de negoţ la care drumeţii nu fuseseră nevoiţi să renunţe când abandonaseră carul.

Mikhail îşi strânse aripile la spate în timp ce războinicii îl înconjurau cu suliţele pregătite. Acum se afla într-o poziţie mai rea decât atunci când plecase. Iar de data *asta*, nu era nicio femeie înţeleaptă la poartă să-l lase înăuntru.

„Este numai vina ta..."

Da. Era. Nu trebuia să fi plecat niciodată.

Ştia deja că nu servea la nimic să discute cu Jamin. Omul acela era iraţional... Se întoarse, deci, spre Siamek.

- Ce ştii?

Siamek îi povesti despre toate demersurile pe care le făcuseră pentru a preveni evadarea Ninsiannei, inclusiv spionarea ei şi mărirea numărului de gardieni de patru ori. Nu ascunse niciun detaliu; numeroasele ei încercări de evadare, modurile comice în care o găseau și o opreau de fiecare dată, precum și faptul că Jamin trimisese oameni să îl *omoare* dacă îndrăznea să pășească pe tărâm Ubaid din nou.

Ajunseră la casa lui Immanu.

Needa ieși iute pe ușă, nervoasă.

- Mikhail! Speram că a plecat cu tine!

Mama Ninsiannei sări în brațele lui Mikhail, afundându-și obrazul în pieptul său. Angelicul stătea drept, încordat. Nu era sigur cum să se comporte cu o femeie care plângea, și chiar *mai* nesigur dacă ar fi trebuit s-o lase să observe că și *el* era la fel de speriat ca ea. Îl privi neajutorat pe Immanu.

- Uite, Needa, spuse Immanu. Sagal-zimu are nevoie de ajutorul nostru. Haide să-l îngrijim și, între timp, vom discuta despre ceea ce știm cu toții.

Gimal o salută călduros pe Needa. Era evident că cei doi se cunoșteau. Harrood stătea retras, rușinat. Până când să se fi născut el, Needa plecase deja din Gasur.

Cu toții se înghesuiră în casa modestă a lui Immanu. El. Gasurienii. Și toți războinicii de elită ai lui Jamin. Expresia Needei se schimbă din cea a mamei disperate în cea a unui instructor militar competent. Îl întinse pe Sagal-zimu pe masa din bucătărie, luă foarfeca aceea curbată pe care o primise drept cadou de la Mikhail, și o folosi pentru a tăia bandajul improvizat de pe mâna șamanului.

Mirosul de carne putredă umplu camera – cu toții strâmbară din nas. Needa se uită atent la craterul plin de puroi, încruntându-se. Un strat lucios ținea toată carnea laolaltă în lipsa copcilor.

- Ce fel de magie mai e și asta? întrebă ea.

- Se numește *lipici pentru răni*, răspunse Mikhail. Am folosit ultimele picături pentru a-i opri hemoragia.

- Ai omis ceva – arătă spre o bucată de piele care ieșea, adăpostind sub ea carne de un roșu violent. Are o hemoragie internă.

- De aceea l-am adus *aici*.

În timp ce Needa lucra, Mikhail îl stoarse pe Immanu de informații legate de dispariția Ninsiannei. Povestea lui nu era diferită de cea a lui Siamek, doar că șamanul adăugă ceva: Ninsianna fusese devastată din cauza deciziei lui Mikhail de a pleca fără să-și ia rămas bun.

Mikhail nu recunoscu, însă: „*Am plecat pentru că am văzut-o sărutându-l pe Jamin.*"

Diavolul însuși reapăru, urmat de tatăl său. Căpetenia nu purta straie ceremoniale, ci un simplu kilt de muncă. Barba sa era neîmpodopită de mărgele, iar umerii săi goi purtau urmele câtorva vânătăi noi.

- Jamin, așteaptă-mă afară, ordonă acesta.

- El a *luat-o*!

- Aparent, nu.

- Este logodnica *mea!*

- Nu este prima dată când fuge, spuse Căpetenia Kiyan.

Jamin năvăli spre Mikhail. Partenerul Căpeteniei, Varshab, îl înşfăcă şi îl împinse către uşă, însă.

Jamin era puternic, dar Varshab avea aceeaşi construcţie ca zidul exterior al Assurului: masiv, de neclintit.

- Tată, te rog! insistă Jamin disperat. Trebuie să aflu ce ştie!

Expresia Căpeteniei se schimbă la vederea suferinţei fiului său.

- Fie, spuse el, dar taci sau te dau afară. Restul— arătă spre războinici —afară toţi, în afară de Siamek.

În timp ce Needa aplica o tinctură mirositoare pe rana lui Sagal-zimu, Căpetenia dezvălui câteva detalii suplimentare despre căutările pe care le făcuseră. Jamin îşi epuizase de-a dreptul războinicii, ordonându-le să cerceteze în lung şi în lat. Merseseră rugători chiar şi în cele mai apropiate sate, Nineveh şi Eshnunna, dar Căpeteniile aliate jurau că Ninsianna nu trecuse pe acolo.

- Cine e ultima persoană care a văzut-o? întrebă Mikhail.

- Yadiditum, răspunse Căpetenia. Am trimis pe cineva s-o găsească.

Uşa se deschise. Unul dintre războinici conduse înăuntru o fată brunetă.

Mikhail o întâmpină pe cea mai bună prietenă a Ninsiannei.

- Să înţeleg că ai văzut-o când a dispărut?

Yadiditum începu să plângă.

- Am ajutat-o să ajungă la templu, spuse ea, pentru a se ruga la zeiţă, *înăuntru...*

- Femeilor le este interzis să intre! răspunse Immanu scurt.

- Şi *de aceea* a mers noaptea! replică Yadiditum, ridicând tonul. Cu toţii ştiaţi că nu voia să se mărite cu Jamin, dar *ţie* – arătă spre Căpetenie – îţi pasă doar de comoara ta, iar *tu* – ţipă la Immanu – ai promis că, dacă se întoarce, n-o vei face să se mărite cu Jamin. Dar nu te-ai ţinut de promisiune! Iar *TU* – îl împunse pe Mikhail cu degetul – tu AI PLECAT fără să îi dai şansa să EXPLICE ceea ce CREZI că ai văzut!!!

- Să explice ce? întrebară Immanu şi Căpetenia în acelaşi timp.

Jamin rânji satisfăcut.

Mikhail se uită la fata dezlănţuită. *Ştia?* Se ruşină complet. Se înroşise la faţă de groază. Îşi înfoie penele pentru a se elibera de senzaţia bruscă de căldură care îl cuprinsese.

- Am *plecat*, recunoscu vinovat, pentru că am crezut că stau în calea fericirii ei.

Yadiditum pufăi, dar expresia ei se înduioşă. Se plimba prin toate colţurile camerei, ţinându-se de capătul rochiei-şal.

- *Știam* că nu trebuia să o ajut, continuă ea cu voce tremurătoare. Dar se îndrepta spre *centrul* satului, nu spre sectorul exterior. A zis că în bocceluță avea cele necesare pentru rugăciuni.

- Există pasaje secrete? întrebă Mikhail. Vreun loc din templu prin care putea trece? Sau poate măcar să se ascundă până trecea ziua nunții?

- Nu există, spuse Immanu. Templul a fost făcut de tatăl meu să adăpostească proviziile în caz de foame sau asediu.

- Ești *sigur* că nu a construit și un pasaj ascuns?

- Am ajutat chiar eu la construirea templului, interveni Căpetenia Kiyan. La momentul acela, eram *muhafiz*. Tatăl meu insista să *învăț* ce înseamnă să construiești un sat, astfel încât să duc tradiția mai departe după ce el nu va mai fi.

- Era cea mai mare frică a tatălui nostru, spuse Immanu, că vom distruge tot ce a construit el.

Cea mai mare frică a ei...

- *Ți-a fost vreodată frică de întuneric?* șoptise cândva Ninsianna.

- *Nu,* răspunsese el. *Cerubimii cred că întunericul îți poate fi prieten.*

Mikhail îl apucă pe Immanu de umeri.

- Cred că știu unde s-a dus.

Se uită la Jamin. Determinat, inamicul său se dădu într-o parte și îl lăsă să treacă. Războinicii îi urmară. Mikhail se opri la casa lui Behnam.

- Mikhail? zâmbi tâmplarul fără dinți. Credeam că nu te vei mai întoarce niciodată.

- Trebuie să împrumut asta— apucă cel mai mare topor de piatră. Nu vă pot promite că nu-l stric.

- Atunci strică-l, spuse Behnam. Când vii înapoi mâine, îți arăt eu cum se face altul.

Sătenii îl urmau în linie. Angelicul nu mergea *în sus,* spre templu, cum se așteptau toți, ci *în jos,* spre sectorul exterior. Se opri la fântână, cea care secase.

- Este aici, spuse Mikhail.

Jamin și războinicii priviră înăuntru.

- Ultimul loc unde a fost văzută a fost în apropierea sectorului *central,* spuse Jamin. Am verificat cronologic povestea lui Yadiditum. Ninsianna a urcat pe acoperiș spre sectorul interior.

- Fântâna aceasta are o sursă de apă subterană.

Mikhail puse toporul în găleata de apă ce atârna de trepied.

- În fântâna centrală este apă, dar aici?

Coborî toporul în fântână. După ceea ce păru a fi o eternitate, găleata grea lovi pământul.

- Fântâna asta rămâne mereu fără apă, spuse Jamin.

- Asta deoarece capătul peșterii este mai înalt, răspunse Mikhail.

- Peșteră? Care peșteră?

- Curentul subteran care unește toate cele trei fântâni.

Desfăcu frânghia şi o legă din nou, mai strâns, de picioarele trepiedului. Se aşeză pe marginea micului zid de piatră şi îşi lăsă picioarele să atârne în fântână. Să sară de pe o stâncă? Nu era atât de greu, îşi putea umfla puţin penele şi ar fi planat cu uşurinţă spre sol. Dar dacă se prăbuşea în gaură...? Asta era o cu totul altă poveste.

- Lasă-mă pe mine, interveni Jamin. Este logodnica *mea*.

Mikhail se încruntă la adversarul său.

- Dacă o atingi din nou, spuse cu răceală, te omor.

Îşi strânse aripile la spate, se legănă în marea gaură şi începu să îşi dea drumul în jos. Cu fiecare mână, zidurile deveneau mai strâmte. Umerii îl dureau. Soarele părea că devine din ce în ce mai mic pe măsură ce Angelicul se lăsa înghiţit de pământ.

Îmbrăţişează întunericul. Ascunde-te la vedere.

Se gândi la prima clipă în care o văzuse. O creatură de legendă. Păşind într-o rază de lumină ca să îi salveze viaţa.

Cum ar fi putut să o părăsească vreodată? Chiar dacă se mărita cu altul.

Într-un final, cizmele sale loviră pământul. Zeci de găleţi sparte stăteau pe fundul fântânii. Îşi băgă mâna în gaură. La capătul degetelor simţi cum gaura se mărea subit.

Aerul părea mult mai rece şi umed.

- Ninsianna?

Vocea îi răsună, confirmându-i teoria că exista o peşteră, dar nu auzi niciun răspuns. Niciun strigăt, niciun plânset. Nimic mai mult decât stropi de apă şi jocul liliecilor.

Cea mai mare frică a ei...

- Ninsianna! ţipă Angelicul. Vin!

Luă toporul şi încercă să intre. Îşi *imagina* obstacolul ce îl despărţea de Ninsianna.

Întunericul îngrozitor îi pătrundea şi circula în corp; o putere rece, amestecată cu teroare. Îşi imagina bolovanul din faţa sa. Acela era inamicul său. Bolovanul stătea între el şi femeia pe care o iubea.

Subconştientul îi şopti un cuvânt.

- *Solvite*, rosti el.

Folosindu-şi fiecare dram de putere, IZBI toporul de bolovan.

Capitolul 41

Iunie – 3.390 Î.Hr
Pământ: Satul Assur

NINSIANNA

În jurul ei, umbrele păreau să șuiere și să urle. Stelele strigau după ajutor în timp ce Diavolul le devora.

Ninsianna tremura, copleșită de Universul care se destrăma în jurul ei. Era lipsită de ajutor. Încremenită. Îl privea pe Cel Malefic în timp ce acesta devora toate stelele și planetele, zeii și zeițele, plantele și animalele... și persoanele dragi ei. Tot ce Moloch atingea, creștea nenatural de rapid, iar apoi era distrus.

Din ce în ce mai rapid.

Din nou, din nou și din nou.

Cântecul stelelor se transformă într-un strigăt pentru ajutor. Ninsianna își astupă urechile cu mâinile.

- Nuuu...

Se lupta cu umbrele ce o prindeau de la spate.

Întuneric...

...Foc...

Întuneric...

...Foc...

Învârtindu-se neîncetat.

Se târî departe de creaturile îngrozitoare ce se zvârcoleau în întuneric.

- Mikhail! țipă disperată.

Dar Mikhail nu apăru.

Ninsianna se așeză, tremurând. O parte din ea simțea foamea, oboseala, faptul că era udă și rece. Dar când încerca să se miște, aluneca din nou în tărâmul viziunii.

Întuneric...

...Lumină...

Întuneric...

Cerul nopții explodă.

Un stâlp de lumină apăru în vis.

O siluetă neagră răsări dintre umbre. O figură înfricoșătoare, cu aripi de liliac, mânuia un topor de luptă. În jurul său zburau și șuierau umbre. În timp ce creatura înainta spre ea, umbrele executau ordinele *SALE*. Aceleaşi umbre care îi vorbiseră Ninsiannei, învăluind-o într-un coşmar teribil.

- Nu, ţipă fata fără putere, văzând coşmarul apropiindu-se de ea.

- Ninsianna, *dúsigh!* Trezeşte-te!

Fata încercă să riposteze, dar în momentul în care îşi mişcă mâinile şi picioarele, fu afundată din nou în coşmar. Se luptă să îşi deschidă ochii, dar nu putea *vedea* cu simţurile de muritor.

O pereche de mâini puternice o ridică, ducând-o la pieptul *LUI*.

- Atâta putere, murmură ea.

Iluzia se disipă.

...Nu Lordul Întunericului...

......Nu *EL*...

Înghesuindu-se.

...Legănându-se.

......Alte persoane o atingeau.

O femeie suspina.

Mama? Încercă să-şi mişte buzele, dar acestea păreau să nu funcţioneze. Vocile se auzeau din depărtare.

- Ce are? întrebă Mikhail.

- Este captivă între lumea reală şi Tărâmul Viselor, răspunse Immanu. Femeile rămân blocate acolo mult prea uşor, de aceea nu au voie să facă magie.

Ninsianna se lupta să scape, să se apropie şi ea de voci, dar visul o capturase adânc în mrejele sale. În afara viziunii, cineva făcea rugăciuni şi îi sufla fum de cedru în nări. Deodată, tatăl fetei se ivi în coşmar. Flăcările Celui Malefic se îndreptară spre el.

- Pleacă! ordonă el.

Flăcările se transformară în scrum.

Ninsianna se aruncă în braţele tatălui ei, dar nu îl putea simţi fizic; se simţea de parcă ar fi îmbrăţişat ceaţa dimineţii. În loc de kiltul din lână pe care îl purta de obicei, acesta avea acum un kilt ţesut din aur, filigranat.

- Tată! Ce mi se întâmplă?

- Eşti prinsă în tărâmul dintre vis şi realitate, spuse el. Dacă nu găseşti ieşirea, corpul tău va muri.

- Corpul meu nu mă ascultă! începu să plângă Ninsianna.

- Când lucrezi cu visele, răspunse şamanul, trebuie să faci paşii necesari pentru a rămâne ancorată în realitate. Niciodată nu te duci în tărâmul astral fără un simbol al unui lucru iubit care să te aducă înapoi la realitate.

- Tu pe ce te concentrezi?

- Mama ta, zâmbi tatăl cu sinceritate. Ea mă poate aduce înapoi chiar şi din cele mai urâte viziuni.

Luă un fir de păr din geanta sa de medicamente şi îl roti pe o aţă subţire cu câte o mărgea de lapislazuli la cele două capete.

- Când mă panichez, continuă el apoi, iau împletitura asta și mă gândesc la vocea mamei tale. Asta mă ajută să mă trezesc.

Faptul că tatăl său îi permitea mamei să facă pe șefa cu el căpăta deodată sens în mintea Ninsiannei.

- Deci cum scap de aici? întrebă Ninsianna.

- Concentrează-te pe propriul tău corp, răspunse tatăl. *Simte-ți* mâinile și picioarele. Imaginează-ți spiritul curgându-ți printre degete ca apa. Dă-ți voie să plutești prin el până devii conștientă de ceea ce te atinge.

- Corpul meu e rece.

- Ai fost captivă într-o peșteră trei zile.

Ninsianna își *simți* condiția compromisă. Tremura. Așa de obosită! Așa de înfometată! Totul se simțea rece și învinețit.

- Înțelege ceea ce simți, o încurajă tatăl ei. Nu îndepărta disconfortul. Primește-l înapoi – și mulțumește-i. Este acolo să te țină în viață. Mulțumește-le fiorilor și lasă-i să se risipească.

Fata deveni din ce în ce mai conștientă de faptul că cineva o acoperea cu o plapumă. Se aflau și alți oameni lângă ea, încercând s-o încălzească.

- Și acum? întrebă ea.

- Concentrează-te pe ceea ce poți auzi, explică Immanu. Concentrează-te pe lucrurile mici, sunetul bătăilor inimii tale, respirația părăsindu-ți plămânii. Și apoi, concentrează-te pe lucruri din exterior. Poți recunoaște vreo voce? Vreun gust? Antreneză-ți simțurile înainte să încerci să deschizi ochii.

O mână fermă o mângâia pe obraz. Mare și caldă, o apucă și o aduse spre pieptul său, frecându-i palmele pentru a o încălzi. O înconjura în aripile sale, iar penele moi o îmbrățișau blând, transferându-i căldură.

Picături sărate îi ajungeau pe buze.

- Îmi pare rău, suspina el.

Mikhail o atingea pe ea cu *același* gest pe care *ea* îl folosise pentru a-l calmeze pe *el* în ziua când nava sa se prăbușise, aducându-l la granița dintre viață și moarte.

- Trezește-te, *colún beag*, șoptea el cu o voce care străbătea bariera dintre lumi. Te rog, trezește-te! Nu aș putea niciodată să colind toată viața asta fără tine.

Ninsianna îl îmbrățișă pe tatăl său în viziune.

- Cred că o să fiu bine...?

Se concentră pe vocea lui Mikhail, pe accentul lui amuzant; modul în care vorbea, jumătate în limba sa, jumătate în Ubaidă. Se forță să simtă cum corpul i se mula pe pieptul lui. El... așa mare și rigid. Ea, mică și blândă. Oriunde se atingea de el, corpul o gâdila de parcă ar fi primit energie din partea lui.

- Mikhail, murmură ea. *Tháinig tú ar ais?* Te-ai întors?

- Doamne, le mulțumesc tuturor zeilor! rosti el, iar pieptul îi tresări.

Ninsianna deschise ochii.

Acesta fusese unul dintre primele lucruri pe care le observase la el-modul în care ochii săi străluceau cu o nuanţă aproape neomenească de albastru. Dar lumina nu venea doar din ochii lui. Radia parcă din el, îl înconjura şi umplea ca o aură sfântă. Ninsianna ridică mâna şi îl atinse pe obraz, în acelaşi mod în care îl atinsese prima dată când se întâlniseră.

Mikhail îi aşeză mâna pe faţa sa. Obrajii îi erau umezi de plâns, iar ochii, plini de agonie.

- Îmi pare rău, spuse el. Yadiditum mi-a povestit ce s-a întâmplat cu adevărat. Îmi pare rău!

- Jamin ne-a păcălit pe amândoi, răspunse Ninsianna. Dacă stăteai mai mult, m-ai fi văzut spunându-i politicos, dar ferm, „nu".

Angelicul o legăna în linişte. Singurul sunet din jurul lor era foşnetul penelor care se înfoiau în timp ce acesta o îmbrăţişa cu aripile şi o ajuta să se dezmorţească. După o perioadă, Ninsianna începu să-i vadă şi pe ceilalţi. Mama şi Tata. Voci, afară, pe stradă. Mikhail trebuie s-o fi scos din peşteră. Dar cum o găsise? Cunoştea cumva vreun fel de magie nemaiauzită, nedescoperită? Din subconştientul fetei răsuna vag ceva ce văzuse în viziune; nu Cel Malefic, ci vocea adâncă şi îngrozitoare care o provocase atunci când ceruse pentru prima dată să aibă parte de o nouă viziune.

Un avertisment...

- *Nani ga warui kite iru,* spuse ea. Ceva rău se apropie.

Mikhail o privi uimit. Îi răspunse în limba ciudată pe care o mai folosise când îi omorâse pe Halifieni:

- *Anata wa Cheribumu no kotoba o hanashimasu ka?* întrebă el. Vorbeşti limba Cerubimilor?

- Cerubim? se încruntă Ninsianna. Nu vorbim în Ubaidă?

Mikhail îşi clătină capul în semn de „nu".

- Nu. Cu siguranţă vorbeşti Cerubim, îi răspunse el în acea limbă. Şi vorbeşti fără accent, exact cum o făcea Maestrul Yoritomo în amintirea mea cu el.

Cu grijă, Angelicul îşi desfăcu aripile din jurul fetei şi o aşeză în pat. Mama Ninsiannei stătea în faţa lor, frământându-şi mâinile.

Needa icni:

- Immanu! Ochii ei!

Ninsianna îşi atinse propria faţă, dar nu se simţea cu nimic mai diferit, în afară de faptul că le putea vedea aurele Mamei şi Tatei exact ca atunci când Cea-Care-Este îi trimisese prima viziune. Putea *simţi* legătura puternică ce o conecta cu Zeiţa. Orice barieră îi oprise altădată puterile magice era acum ridicată.

Mikhail o atinse pe obraz, chiar sub ochi.

- Cum este posibil? întrebă el în Ubaidă.

- A primit atingerea Zeiţei, explică şamanul. Pot spune cu deplină convingere că nu *eu* sunt Alesul. Nepoata lui Lugalbanda este.

- Dar mă simt la fel.

Ninsianna se ridică în fund, atingându-și de repetate ori fața.

- Ce am pățit? M-am tăiat?

Mama puse apă într-un bol și așteptă ca aceasta să se limpezească.

- Uită-te în bol, copile.

Ninsianna își privi propria reflexie. Din oglinda apei nu o priveau înapoi aceiași ochi căprui care o salutau în fiecare dimineață în timp ce scotea apă din fântână, ci o creatură eterică ai cărei ochi radiau o lumină pură, aurie.

Capitolul 42

Iunie - 3.390 Î.Hr.
Pământ: Satul Assur
Colonel Mikhail Mannuki'ili

MIKHAIL

Ciocănitul răsună hotărât, dar nepoftit; era de așteptat. Immanu deschise ușa. Afară se aflau Yalda și Zhila, urmate de Rakshan și Behnam.

- Putem intra? întrebară ele.

Nu suna tocmai de parcă ar fi cerut o favoare.

Mikhail salută Tribunalul, iar Zhila își făcu loc să treacă de Immanu și își ajută sora mai bătrână și mai fragilă să se așeze pe bancă.

- Spune-mi când ești gata, îi spuse Zhila Yaldei, după care o luă pe Needa de mână. Haide, arată-ne laptele ăsta de capră magnific pe care fiica ta l-a recuperat de la Halifieni.

Mikhail își strânse aripile la spate. Behnam și Rakshan purtau kilturi cu patru franjuri, iar rochia-șal a Yaldei avea și ea franjuri cu patru straturi. Toți trei își purtau colierele grele la gât.

Angelicul stătea și aștepta veștile rele.

Yalda vorbi prima:

- Cum se simte Ninsianna?

- Se odihnește, spuse Immanu. Pare nevătămată, dar experiența a traumatizat-o.

Yalda pufni.

- Adică are probleme cu viziunile?

Immanu își strânse mânile pe lângă corp, cu o expresie de vinovăție. Ninsianna avusese o noapte plină de coșmaruri, liniștindu-se abia când *el* venise s-o țină și s-o îmbrățișeze cu aripile sale.

- Știi cum e, răspunse Immanu încet.

- Da, știm, dar întrebarea este: *ea* știe?

Immanu dădu din cap.

- Nu s-a mai văzut vreo femeie șaman aici, spuse el. Cred că, poate, o putem lăsa pe Cea-Care-Este să decidă ce vrea *EA* să dezvăluie.

Cei trei vârstnici se priviră unul pe altul.

- Suntem de acord, răspunseră în final.

Mikhail aștepta mai multe de la ei, dar Behnam schimbă subiectul.

- Ne întoarcem de la o întâlnire cu Căpetenia, spuse acesta.

- Și? întrebă Immanu, ridicând îngrijorat din sprâncene

- Jamin spune că Mikhail a încercat să-l omoare.

Aripile lui Mikhail foșnird. Toți cei trei oameni din încăpere priviră către el, așteptându-i replica. Angelicul își alese, deci, cuvintele cu mare atenție:

- Voia să se ducă el în fântână după Ninsianna, răspunse. Poate că am folosit cuvintele greșite...?

Yalda oftă.

- Doar în această cameră, îți dăm dreptate și acceptăm varianta ta, răspunse femeia. Mai întâi Ninsianna, apoi Immanu, iar acum *tu*, toți i-ați arătat încăpățânatului că pur și simplu nu stă totul fix așa cum vrea el. Totuși, trebuie să ții cont de faptul că oamenii noștri au anumite tradiții...

- ...spre exemplu, sfințenia unui acord de măritiș, interveni Behnam.

- Stabilitatea satului nostru înseamnă ca fiecare să respecte *legea*, spuse Yalda. Inclusiv strălucita nepoată a lui Lugalbanda.

- Dar ea este Aleasa! protestă Immanu. Asta ar trebui să schimbe lucrurile, nu-i așa?!

Rakshan, prelucrătorul cremenelui, își lovea inconștient degetele de palmă, ca și cum ar fi căutat un loc unde să lovească de fapt cremenele, pentru a *îndrepta* situația.

- Căpetenia Kiyan este dispusă să amâne înapoierea banilor miresei până când Yalda și Zhila își strâng recolta, spuse Rakshan.

- Și atunci care este problema? întrebă Mikhail.

- Acest sat nu va mai avea parte de liniște atâta timp cât tu și Jamin veți locuiți în el în același timp.

Mikhail își umflă aripile, mai degrabă iritat decât dezaprobator.

- Am făcut tot ce mi-ați cerut, replică el.

- Nu ai antrenat războinicii, răspunse Rakshan.

- Jamin nu m-a *lăsat*, mârâi Angelicul. De când am ajuns aici, tot ce a făcut a fost să mă saboteze!

Rakshan începu să vorbească, dar Yalda ridică mâna. Ceilalți doi membri ai Tribunalului tăcură. În calitate de cel mai bătrân membru, Yalda avea prioritate atunci când voia să vorbească. Fața ei parcă antică arăta înțelegere, lucru care înrăutățea într-un fel situația.

- Știi că vrem să rămâi aici, spuse bătrâna. Dar Jamin controlează loialitatea războinicilor. Tu pui Căpetenia să aleagă între tine...

- ... un străin lui, adăugă Behnam, deoarece încă nu a ajuns să te cunoască...

- ...și propriul său fiu, continuă Yalda.

- Iar asta fără să mai punem la socoteală și capacitatea sa de a apăra satul, adăugă Rakshan.

- Prin urmare, ține cu dinții de lege, încheie Yalda.

- Vreți să plec? întrebă Mikhail, iar aripile sale coborâră în semn de tristețe.

- Căpetenia Jiljab din Gasur ți-a oferit sanctuar, spuse Yalda. Suntem de părere că ar trebui să te duci acolo, cel puțin până Jamin se obişnuieşte cu gândul că i s-a rupt logodna.

- Dar Ninsianna este Aleasa! Cea-Care-Este se va supăra dacă îi separați Campioana de Vocea sa, interveni Immanu.

Membrii Tribunalului se uitau muți unul la altul. De data aceasta vorbi Behnam.

- Ninsianna e liberă să plece, zise bătrânul. Dar chiar acum, avem o armată la intrarea în sat, care e hotărâtă să îl omoare pe *el.*

Se uită spre Mikhail.

Immanu îşi strânse mâinile în jurul pieptului, de parcă în cameră se făcuse deodată frig. Mikhail se zburlea sub pene, deşi era sigur că răcoarea era doar în imaginația sa.

- Sincer, spuse Rakshan, Căpetenia Jiljab este un fraier dacă acceptă să-l găzduiască, din punctul nostru de vedere. Gasur este de şapte ori mai mic decât Assur şi nici nu are ziduri.

- Doar Nineveh dispune de o apărare care să concureze cu a noastră, completă Behnam.

Tacticianul din interiorul lui Mikhail procesa toate informațiile primite din partea Tribunalului.

- Aş expune-o unui risc?

- Da. Ai expune tot satul riscului, răspunse Rakshan.

- Şi Căpetenia Jiljab ştie asta?

- Da, zise Rakshan. El consideră că merită să rişte.

Mikhail privi către propriile mâini. Sagal-zimu şi Gimal îl informaseră despre *adevăratul* motiv din spatele gestului Căpeteniei Gasuriene; motivul pentru care Zhila o scosese pe Needa din cameră. Înainte de a fugi cu Immanu, mama Ninsiannei fusese logodită cu Căpetenia Gasurului. Cu toate că se arăta extrem de generos, Jiljab nu era cu nimic mai rațional decât Jamin.

- Lăsați-mă să mă gândesc, spuse Mikhail.

- Ai timp până la apus, după festivalul solstițiului, zise Yalda cu blândețe. Iar apoi, Căpetenia Kiyan intenționează să-ți ceară să pleci.

Tribunalul ieşi din încăpere. Şi *el,* şi Immanu se simțeau de parcă tocmai fuseseră bătuți.

- Cine o să-i spună? întrebă Mikhail.

- O voi face eu, răspunse Immanu. Eu am băgat-o în tâmpenia asta. Ar trebui să mă urască pe *mine,* nu pe tine.

O dorință nespusă de a lua sabia şi de a distruge tot, urlând „*Cum ai putut să-i faci una ca asta?!*" ardea în corpul lui Mikhail cu atâta forță încât acesta se văzu nevoit să îşi încleşteze pumnii pentru a se abține.

În schimb, luă găleţile.

- Scuzați-mă. Când se va trezi, Ninsianna va vrea să se spele.

Se duse spre fântână, ignorând lăudătorii care îl felicitau pentru salvarea Ninsiannei și înaintând cu aripile lăsate. Se întorsese... ca să o piardă oricum.

„Poate vei reuși să o protejezi în Gasur?"

- Oh, taci! își certă Mikhail subconștientul.

Dacă vocea aceea din mintea lui *într-adevăr* voia să ajute, putea să-i spună pur și simplu cine era și cum să dea de oamenii săi, în loc să-l încurajeze să se întoarcă doar ca să fie forțat să plece din nou.

O tânără înaltă veni după el, urmată de trei frați mai mici. Venise să-l vadă la casa lui Immanu, dar Needa o alungase, spunându-i că atât el, cât și Ninsianna erau prea obosiți pentru vizite.

- Ai văzut? Pareesa sări după el, ținând un băț ca pe-o suliță. Acum că ai zdrobit acoperișul peșterii, putem coborî gălețile chiar în mijlocul sursei de apă.

- Mă bucur că am fost util, murmură Angelicul.

Oamenii de la fântână se dădură la o parte ca să-i dea voie să treacă. Femeile și copiii îi atingeau mâinile și aripile, felicitându-l pentru gestul curajos și mulțumindu-i pentru că readusese apa în fântână. De obicei, atingerile nedorite îl făceau să se simtă incomod, dar acum nu s-ar fi putut simți mai rău nici măcar dacă cineva i-ar fi înfipt un cuțit în torace, acolo unde accidentul îi zdrobise coastele.

- Se pare că ești morocănos azi... îi zise Pareesa.

Mikhail ridică din umeri și legă găleata de frânghie.

- Deci, când anunțați logodna? insistă ea, ridicând din sprâncene în modul în care adolescenții o fac când *cred* că știu cum funcționează lumea, dar de fapt habar n-au.

- Nu ne logodim...

Mâhnirea răzbătea clar din vocea lui.

- Adică, vreau să spun, nu la *solstițiu*, adăugă fata. Ar fi cam răutăcios. Deși, sinceră să fiu, cred că *tuturor* ne-ar plăcea să-l vedem pe Jamin lovit în orgoliu puțin.

- Am zis că *nu*, răspunse Mikhail ferm. În două zile plec. *Singur.*

Pareesa păru confuză.

- Dar credeam că o iubești, zise ea coborând tonul. Toți de aici credeau...

- S-au înșelat... o întrerupse Mikhail.

- Oh!

Pareesa lăcrima deja.

- Tata *a zis* că așa se va întâmpla. Dar speram că...

Sinceritatea ei, tinerețea, toate năvăliră dincolo de scutul protector al lui Mikhail într-un mod în care nicio armă nu ar fi putut.

- Și eu...

Termină cu apa, iar apoi ajută o bătrână să scoată o găleată și pentru ea. Gălețile ieșeau ușor din gaura acum lărgită; apa era curată și rece.

Femeia îl mângâie pe aripă.

- Ai fost curajos, zise ea, să cobori în fântână. Vei juca rolul lui Damu-zid la festivitatea solstiţiului?

Faţa Pareesei se lumină.

- Asta e! exclamă ea, prefăcându-se că înălţa o suliţă.

- Asta e ce? întrebă Angelicul.

- Cum îl vei face pe Jamin să te lase să rămâi!!

Capitolul 43

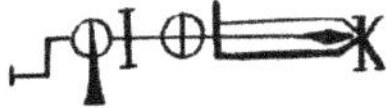

Data Galactică Standard: 152.323.06 D.Î.
Sectorul Zulu: Navă amirală „Răsăritul de Lumină"
Colonel Raphael Israfa

RAPHAEL

El şi Maiorul Glicki începuseră să lucreze în ture diferite, astfel încât să existe mereu un comandant pregătit de luptă la bord. În Sectorul Zulu, erau prea departe pentru a cere ajutor în cazul în care acel cineva care îl doborâse pe Mikhail decidea că e deranjat de noii spioni şi că ar fi momentul să le facă şi lor acelaşi lucru. Deşi *Răsăritul de Lumină* era, teoretic, o navă amirală, funcţia sa primară era colectarea de informaţii, nu lupta împotriva unei nave Sata'anice sau a unui cuirasat Tokoloshe.

Ei nu erau *Jehoshaphat!*

Şi *el* nu era Generalul Abaddon...

Se învârtea de colo-colo, *încercând* să-şi forţeze mintea să accepte obscuritatea aceea leneşă de care avea nevoie şi de care nu reuşea să se lase învăluit. Patru ore şi treizeci şi două de minute. Atât mai avea. Dacă ar fi putut să îşi oprească mintea de la a se gândi la cum să o facă pe Jophiel să-i răspundă la apeluri...

Dacă şi-ar fi lichidat salariul de-o viaţă şi ar fi angajat un florar să umple *Lumina Eternă* cu flori?

Nu era destul de subtil?

Da.

Dar ea menţionase în timpul întâlnirii de împerechere că adora grădina de la Palatul Etern. El, personal, nu văzuse niciodată Copacul Etern a cărui imagine înfrumuseţa fiecare clădire din Alianţă, dar din modul în care îl descrisese Jophiel, acesta era mereu în floare.

Se uită din nou la ceas. Mai avea patru ore şi treizeci şi două de minute să doarmă.

Îşi închise ochii, imaginându-şi cum ar fi arătat expresia ei dacă *el*, un umil Colonel, ar fi îndrăznit săşi dorească să fie iubit de cea mai frumoasă femeie Angelic.

Patru ore şi treizeci de minute...

Ahh!

Nu era nicio şansă să doarmă!

Se ridică să aprindă lampa de veghe. Biroul modest se lumină, iar pereţii albi şi rigizi căpătară o anume aură blândă. Lumina proiecta umbre aurii pe pozele sale, făcând atmosfera să pară ca acasă. Mai luxos decât celelalte camere, biroul era aproape în totalitate compus dintr-un pat, un birou şi două scaune, aşezate acolo pentru acei membrii ai echipei care dădeau de probleme.

Raphael îşi zburli aripile aurii şi se îndreptă spre birou. Maiorul Glicki l-ar fi pedepsit zdravăn dacă ar fi ştiut că nu dormise – „La ce e bun un comandant prea lent în luptă?" îi plăcea ei să spună. Totuşi, Raphael nu voia să meargă la infirmerie să ceară somnifere. Doctorul l-ar fi întrebat de ce nu poarte dormi, ceea ce ar fi rezultat într-un marcaj în livretul său militar; el, Colonelul Raphael Israfa, încălcase legea supremă a Împăratului nu doar prin faptul că se îndrăgostise, ci mai ales prin faptul că se îndrăgostise tocmai de Comandantul General Suprem.

Păcat că Glicki nu mai avea *choledzeretsa*. Nu era nimic ce i-ar fi plăcut mai mult în acel moment decât ideea de a se îmbăta cu lichior până când acesta îi anestezia mintea.

Atinse monitorul pentru a porni sistemul de inteligenţă artificială; inteligenţa nu era una tocmai „artificială", totuşi. Puterea computaţională a navei sale era suplimentată de o bacterie vie, cunoscută sub numele de Daarda'ail. O voce plăcută îl salută, o voce care nu părea nici masculină, nici feminină:

- Bună dimineaţa, Colonel Israfa. Ce pot face pentru dumneavoastră astăzi?

- Vreun comunicat de la *Lumina Eternă*?

Putea spera, aşa-i?

- Nu, Sire, dar avem rapoarte noi, redirecţionate la cererea Generalului Re Harakhti.

Aripile lui Raphael se înălţară puţin.

- Arată-mi.

Raportul fu proiectat pe tableta sa portabilă.

Raphael îl verifică pe primul, marcat ca „prioritate maximă", mişcându-şi buzele în timp ce citea; acesta era un truc pe care îl învăţase pentru a se forţa să *audă* ceea ce citea, astfel încât urechile sale să proceseze ceea ce ochii ratau. O singură menţiune, *„posibil de clasă Algol",* îl trezi din amorţeala indusă de insomnie.

- Cât de recent e incidentul? îşi întrebă sistemul.

- De acum şase zile.

- Iar Leonizii sunt siguri că a fost o navă diplomatică?

- Nu sunt în totalitate convinşi, Sire. I s-a dat cale liberă de către oficiul Primului-ministru înainte ca garda de frontieră să inspecteze.

Raphael mări imaginea şi examină modelul. Arăta similar cu nava pe care Leonizii încercaseră să o captureze înainte ca Tokoloshe să le distrugă interceptorul, dar avea alt indicativ – ceea ce nu însemna nimic, însă. Navele-spion îşi schimbau indicativul la fel de regulat precum îşi schimbă unii chiloţii. Nava din imagine părea veche şi ponosită, având fuzelajul îndoit sau reparat, dar motoarele păreau mai primitive decât cele care îi înfrânseseră pe Leonizi. De ce, în numele lui Hades, trimisese Sata'an un comerciant de droguri ca să-l contacteze pe Lucifer?

Probabil era plin de mită pentru toate negoțurile ciudate pe care Lucifer le desfășura în Parlament. Ura lui Jophiel față de bărbat îi conturase o impresie nu tocmai bună despre mărețul Prim-ministru.

- Ce e cu toate aceste rapoarte? întrebă Raphael.

- Sunt inspecții de sănătate și siguranță.

Raphael trecu prin nenumărate registre, majoritatea Sata'anice. Făcând-o, adăugă o serie de piese de puzzle la teoria pe care o construia în mintea sa; o teorie încă neterminată, pe care ofițerul informațional din el o vâna ca pe o bestie.

- Dar acesta?

Raphael se opri asupra unui zbor marcat cu „redirecționat către Colonelul Israfa", care fusese raportat de către un coleg asociat cu Centaurii.

- Conform registrelor, se pare că Maiorul Hepi i-a pus să deschidă cutiile și a inspectat prin compartimentele ascunse. Toate bunurile erau Sata'anice ca origine, dar, după aspect, păreau să provină mai curând de la civili.

Nu era ceva nou. De când cu introducerea acordurilor de negoț gratuit ale lui Lucifer, *majoritatea* bunurilor erau acum confecționate în Imperiul Sata'anic. Raphael inspectă lista de inventar.

- Ceva arme?

- Nu, Sire. Multe bețe luminoase, saci de dormit și hamace.

Se opri la obiectele marcate ca „pentru camping". Erau listate ca „verde murdar" sau „verde-măsliniu".

- Sunt destule aici să creezi o întreagă bază Sata'anică.

- Au fost împachetate și li s-a pus preț pentru vânzare comercială, răspunse sistemul. Maiorul Hepi spune în raport că nu a avut jurisdicție legală să le rețină.

Raphael dădu din cap, deși nu-i convenea să fie de acord. Zonele de frontieră erau teritoriu neutru. Orice navă avea voie să treacă prin zonă dacă dorea și să vândă bunuri pentru noile planete, majoritatea fiind colonii de mineri.

Direcționă ultimele rapoarte în baza de date în care aduna toate activitățile suspicioase ce ar fi putut confirma mesajul lui Mikhail: *„Această planetă are suficient Sata'an încât să..."*

Să ce?

Și, mai important, *unde*?

Lumina se adună în centrul camerei, în timp ce sistemul proiecta ultimele date sub forma unei hărți holografice a întregii galaxii, centrată pe locația curentă în brațul spiralei Orion-Cygnus.

Raphael se ridică şi păşi către imagine. Datele erau anormale. Sata'an nu îşi strângea flota *aici*, spre Sectorul Zulu, ci în cel mai îndepărtat colţ al imperiului său, unde frontierele se intersectau cu Confederaţia Maridului Liber şi Regatul Tokoloshe.

- Nu are sens! Orice ar ascunde Sata'an, *trebuie* să fie *acolo*.

Un panou mare de căutare identifică zona unde nava lui Mikhail ar fi putut să se prăbuşească. Chiar dacă ar fi călătorit cu viteza maximă, nu era nicio şansă să fi ajuns aproape de trupele lui Sata'an. Dacă Leonizii nu ar fi interceptat acea navă de clasă Algol apărând din Sectorul Zulu, nici nu ar fi avut vreo confirmare a faptului că ceea ce Mikhail urmărise era măcar real.

- Este o distragere – Raphael analiză mai bine flota lui Sata'an*trebuie* să fie. El *ştie* că noi am remarcat acea navă, aşa că acum îşi mută flota *aici,* ca noi să nu fim atenţi la ceea ce face restul flotei.

- Comandantul General Suprem are spioni ce monitorizează multe dintre aceste nave, răspunse sistemul.

Raphael făcu calcule rapide în minte.

- Dacă inspectăm atât de multe nave cu încărcătură, spuse el, sistemul nostru de informare este cu siguranţă depăşit.

Se aşeză înapoi pe scaun, jucându-se involuntar cu una dintre penele sale primare. Ridică pana ruptă şi o răsuci în lumină, studiind culorile, întrebându-se dacă fiul lui Jophiel...

...fiul *lui*...

......moştenise ceva din acel roşu care se ivea uneori în penajul său, la lumină.

- Oh, Jophiel, oftă Raphael. Dacă mi-ai răspunde...

- Aţi vrea să îi transmit sistemului *Luminii Eterne* că ar fi mai logic să susţinem colectarea de informaţii a Comandantului General Suprem lângă *Tyre*? îl întrebă sistemul artificial pe Raphael.

Raphael se holbă la holograma care domina centrul încăperii. Jophiel îl alungase pe el, iar loialitatea ei îi aparţinea *în primul rând* Împăratului. Toate sistemele gândeau la fel, pur controlate de date. În afară de mesajul final al lui Mikhail şi de nava Algol, nu avea nicio dovadă că acea construcţie Sata'anică era ţintită aici.

<<Sata'an a găsit Sfântul Graal... >>

Ce însemna asta?

Se zbătea oare zadarnic în acel loc, vânând fantome?

Îşi roti scaunul, uitându-se când la poza pe care Jophiel i-o trimisese cu *ea* ţinând nou-născutul în braţe, când la harta holografică. În fotografie, Comandantul General Suprem nu purta uniformă, iar părul auriu i se revărsa pe haine pentru a-i evidenţia sânii. Arăta de parcă se uita în afara pozei, exact la el. Un zâmbet slab, melancolic, îi juca pe buzele pe care Raphael *încă* visa să le sărute.

Colonelul îşi frământă nodul din piept. Jophiel era pierdută pentru el. Dar dacă devenea mai apropiat Alianţei, măcar îşi putea întâlni fiul...?

...cu riscul de a-și lăsa cel mai bun prieten să moară.

- Mikhail, unde ești?

Merse spre peretele plin de poze din zilele Academiei. În fiecare poză zâmbea larg, iar Serafimul stoic stătea rigid lângă el. El și Glicki își propuseseră să îl facă pe acest prieten veșnic serios să zâmbească, dar maximul pe care îl obținuseră fusese un rânjet forțat, înainte ca Mikhail să revină la expresia de necitit pe care o dezvoltase în cei șapte ani petrecuți alături de Cerubim.

Una dintre poze, însă, era din ziua în care făcuseră praf niște adversari în competiția de trei zile numită „Omul de fier”. Își țineau mâinile unul după umerii celuilalt, mânați de o comodă camaraderie; ca o echipă. Raphael avea o expresie aproape prostească, iar prea-seriosul Mikhail zâmbea atât de larg, încât ar fi putut să lumineze șase sisteme solare.

Nu putea să creadă că Mikhail era mort.

Nu *voia* să creadă că Mikhail era mort!

În orice situație nefavorabilă, Mikhail era mereu acolo să-i dea adversarului un șut în fund pe neașteptate

Atinse poza și se întoarse spre calculator.

- Transmite-i Comandantului General Suprem un mesaj– căutarea continuă.

Capitolul 44

Solstiţiul de vară - Iunie - 3,390 Î.Hr.
Pământ: Satul Assur

NINSIANNA

Prima rază de soare se ivi pe cer, alunecând strălucitoare şi aurită spre statuia antică ce se odihnea pe piedestalul său. Ninsianna aştepta, copleşită de un sentiment ciudat al anticipaţiei pline de admiraţie. Exuberantă. Temătoare... .

În afara templului, cornurile triumfătoare de lemn anunţau sosirea celei mai lungi zile a anului.

- Acum? şopti ea.

- Nu încă, murmură tatăl ei.

Razele se înmulţeau, iar soarele cucerea orizontul cu lumina sa. Ochii Celei-Care-Este sclipeau auriu şi radiau ca un model magnific, pentru a da strălucire celor unsprezece nestemate din zidul templului.

Linii subţiri se încrucişau, afişând exact aceeaşi stea cu unsprezence colţuri care era gravată şi în podeaua templului.

Ninsianna aplaudă.

- Aşa se întâmplă la fiecare răsărit? întrebă mirată.

- Doar azi, spuse tatăl ei. În cea mai lungă zi a anului.

Nicio femeie nu mai văzuse acest lucru. Până în această dimineaţă, doar bărbaţii avuseseră voie să o ajute pe Zeiţă.

- Trebuie să fim rapizi, zise Immanu. Binecuvântarea durează doar câteva minute.

Ninsianna îngenunche.

Immanu ridică un colier greu, împodobit cu mărgele, şi îl aşeză pe umerii fiicei sale, închizându-i rapid legăturile de piele la spate. Mărgelele atârnau, reci şi proeminente, complet diferite de lumina ce radia din ochii de citrin ai Celei-Care-Este.

- Numit la rândul meu de către tatăl meu, Lugalbanda – rosti el, iar ochii îi străluceau –îţi ofer titlul de şaman.

Un nod se ridică în gâtul Ninsiannei în timp ce era încoronată de tatăl său. Cum ar fi putut să-i spună că Lordul Întunecat îi descoperise slăbiciunile? Dacă Mikhail nu ar fi salvat-o, ar fi ieşit din peşteră complet nebună.

- Cât despre ultimul titlu, cel de *Aleasă,* continuă Immanu cu voce tremurătoare, Cea-Care-Este însăși ți l-a dăruit.

Ochii Celei-Care-Este licăriră, cuprinși de o strălucire aparte, iar apoi dispărură, lăsându-i singuri în fața statuii mute. Șamanul își ajută fata să se ridice, după care își aranjă *propriul* kilt cu cinci franjuri și colierul.

- Haide, o îndemnă el pe Ninsianna. Ne așteaptă.

- Dacă nu mă vor urma?

- Cum să *nu* te urmeze? spuse acesta. Ceea ce eu văd *aici* doar o dată pe an – arătă spre statuia din argilă– radiază pur și simplu din ochii tăi.

Ninsianna își sărută degetele și le lipi de statuia Zeiței. Indiferent dacă ea *se simțea* o escroacă, oamenii ei trebuiau să creadă că ea era Aleasa Celei-Care-Este.

În afara templului, Căpetenia Kiyan recita un discurs lung. Balamalele scârțâiră prelung în momentul în care Kiaresh deschise ușile de lemn. Mulțimea amuți la apariția Alesei și a tatălui său.

- Uită-te la ochii ei, șopteau sătenii.

- Sunt aur pur.

- Ba nu, sunt făcuți din raze de soare.

- Sigur e așa cum este descris în profeție?

Cei doi se îndreptară spre focul de tabără ce urma să fie aprins după jocuri. În centru stătea statuia lui Nergal, ridicată din paie – Nergal era zeul solstițiului de vară – și de asemenea zeul războiului.

Era ceremonia *lui,* iar regele era Jamin.

Ninsianna analiză mulțimea, căutându-l cu privirea pe cel care avea să se opună zeului războiului. Chiar și așezat în spatele tuturor, era ușor de remarcat. Nu doar aripile îl diferențiau, ci și lumina spiritului său, care radia nuanțe de albastru – aceeași culoare ca a ochilor săi.

Lângă el stăteau Zhila și un băiat cu o mantie maro de lână, prea îmbrăcat pentru vremea aceea.

Mikhail dădu din cap.

„Mamă Preaslăvită? Folosește-te de vocea mea, te rog!"

Își mușcă buza pentru a o opri din tremurat și se duse spre figurina lui Nergal. Jamin se uita drept în față, având o expresie imposibil de descifrat, în timp ce Ninsianna urca pe platformă. Buzele Căpeteniei se strânseră într-o linie subțire atunci când studie cu atenție cea de-a șase linie de franjuri pe care mama Ninsiannei o cususe la roba împrumutată de la Immanu– cu un franj mai mult decât *a lui.*

- Ninsianna, rosti Căpetenia scurt.

Genunchii fetei se înmuiară.

- Îmi puteți spune Aleasa.

- Nu o să cad în plasă în fața acestei mascarade, răspunse Căpetenia cu o voce joasă, care părea să huruie.

Ninsianna îi zâmbi slab.

- Cea-Care-Este mi-a trimis o viziune, spuse ea. Din comoara dumneavoastră lipsesc un *qû* de sare, un *sutū* de ulei şi un oboroc de alac.

- Chiar tatăl tău a remarcat alacul ce lipsea.

- Dar nu aţi spus *nimănui* despre colier, insistă Ninsianna. Din lapis lazuli, cu mărgele aurii şi un pandantiv negru, care arată ca un crocodil cu aripi ce ridică o stea. Aşa-i?

Jamin deveni palid.

- Era al soţiei mele, replică de îndată Kiyan.

- Îl ţineaţi ascuns în perete, lângă patul dumneavoastră, continuă ea. În fiecare noapte, îl puneaţi în jurul încheieturii, dar cu trei zile înainte ca Halifienii să atace nava lui Mikhail, colierul a dispărut.

Căpetenia îşi ridică sprâncenele în semn de surprindere.

- A fost pur şi simplu pus undeva greşit.

Ninsianna pufni dezgustată şi se duse în faţa mulţimii, ţinând mâinile ridicate de parcă tocmai ar fi fost primită de către Căpetenie drept o regină războinică.

- Oameni ai Assurului, strigă ea. Cea-Care-Este se bucură de darurile voastre. Aduceţi-le mai aproape, iar eu o voi ruga să ne binecuvânteze cu un sezon uscat.

Cei trei membri ai Tribunalului păşiră în faţă, îmbrăcaţi splendid în robele lor de gală. Fiecare membru aducea câte un dar pentru zei.

- Aleasă, zise Yalda, aducând un coş ţesut. În numele lui Ninkasi, zeiţa fermierilor şi a brutarilor, vă rugăm să acceptaţi această pâine făcută din primele grăunţe ale sezonului.

Ninsianna luă o bucată şi o ridică spre soare.

- Fie ca Cea-Care-Este să vă binecuvânteze cu lumină şi să vă ude culturile în fiecare săptămână cu câte o ploaie bună.

Sătenii aplaudară în timp ce Immanu luă coşul şi îl aşeză la picioarele lui Nergal. Acesta era un zeu înspăimântător de puternic, dar chiar şi zeul războiului se înclina în faţa Celei-Care-Este.

Următorul era Behnam, cărând o antilopă din lemn ce arăta atât de reală încât părea că avea să sară din mâinile purtătorului său.

- Aleasă, îi vorbi Behnam Ninsiannei. În numele lui Enki, zeul tâmplarilor şi al meşteşugarilor, acceptaţi acest totem pentru a atrage către sătenii noştri spiritele a nenumărate căprioare şi prăzi.

Ninsianna acceptă antilopa. Avea aceeaşi textură ca găleţile din lemn pe care Mikhail le folosea zi de zi să aducă apă de la fântână.

- Este din trunchiul zdrobit? întrebă ea.

- Enki urăşte risipa, îi zâmbi Behnam, aşa că am făcut o statuie în numele său.

Ninsianna ţinu antilopa deasupra capului.

- Când turmele vor migra din deşert pentru se adăpa, anunţă ea, fie ca Cea-Care-Este să ne binecuvânteze războinicii cu destulă carne pentru fiecare bucătărie din acest minunat sat.

Războinicii lui Jamin aplaudau. În spatele lor, un grup de băieți ce concuraseră cu o zi înainte pentru dreptul de a antrena următoarea generație de războinici din Assur înălțară sulițele părinților lor și aplaudară la rândul lor. Era primul an în care participau la vânătoare.

Un băiat subțirel, al cărui kilt era foarte scurt, își strânse mantia în timp ce ceilalți îl băteau pe spate. Ninsianna îi făcu semn tânărului.

Următorul în față era Rakshan, cărând o legătură îmbrăcată în stofă. Desfăcu pachetul, dezvăluind o suliță magnifică, al cărei vârf era lucrat din obsidian.

- Aleasă, spuse el. În numele breslei de maeștrii ai armelor, vă prezentăm cea mai bună suliță a noastră.

Ninsianna o ridică în poziția de aruncare, cu mâna deasupra capului, exact cum ar ține-o un om care e gata să omoare, și se îndreptă spre Nergal. Liniște în mulțime. Unele femei puteau vâna cu ajutorul unui suport pentru suliță, însă doar puține aveau destulă putere să ridice o suliță adevărată.

„Mamă, ghidează-mi discursul...”

- Ca Aleasă a Zeiței, voi lăsa această suliță drept moștenire celui al cărui destin este să protejeze Assurul.

Jamin se uită în față, cu ochii negri fixați pe Mikhail. Sătenii *știau* deja cine fusese decretat drept Campionul *EI.* Muhafizul inspiră adânc, gata să protesteze.

- În numele Celei-Care-Este, zise Ninsianna îndreptând sulița spre Jamin, *EA* și-ar dori ca *tu* să joci rolul lui Nergal.

Cu toții tăcură, șocați. Mulțimea își îndreptă atenția spre Mikhail. El rămase indiferent, cu o expresie nici ofensată, nici surprinsă.

Jamin se duse spre suliță.

- Încrederea dumneavoastră în mine mă surprinde, spuse el încet.

Luă sulița și o ridică în aer, triumfător.

- *Accept* rolul lui Nergal pentru jocurile după-amiezii!

Mulțimea aclamă. Nu era *prima* dată când i se acordase rolul – de obicei se dădea celui care câștigase *ultima* serie de jocuri – adică tocmai lui. Dar, de această dată, decizia fusese neașteptată. Toată lumea din sat crezuse că Ninsianna avea să-i ofere sulița lui Mikhail.

- Iar acum, spuse fata brusc, *EI* i-ar plăcea ca zeul războiului să accepte noii recruți, ale căror teste de îndemânare au atestat ieri că sunt pregătiți să primească gradul de războinici.

Părinții mândri aplaudau, în timp ce războinicii de elită aduceau noii recruți pe scenă. Jamin scoase cuțitul și se tăie în palmă, iar apoi, unul câte unul, băieții se apropiară pentru a primi și ei cuțitul. Se tăiară și ei în palmă și dădură mâna cu Jamin, ca între frații de sânge.

La șase băieți distanță de sfârșit, cel subțire cu kiltul scurt urcă scările, își tăie mâna și îl așteptă pe Jamin să recite jurământul deja cunoscut.

- Pe sângele familiei tale, juri să-ți dedici viața pentru a apăra acest sat?

- Jur, zise tânărul solemn, că voi apăra acest sat până la ultima suflare.

Jamin dădu mâna cu el.

- Namhu, fiu al lui Appanili, în numele lui Nergal, te primesc ca războinic al Assurului.

Jamin dădu mâna cu tânărul emoţionat.

- Mulţumesc, răspunse acesta cu o voce tremurătoare. Dar nu sunt Namhu. Sunt sora sa, Pareesa.

Capitolul 45

Solstițiul de vară - Iunie - 3.390 î.Hr.
Pământ: Satul Assur
Colonel Mikhail Mannuki'ili

MIKHAIL

O ghidă pe Zhila spre mulțime, aplecându-se ca să nu pară suspect. Pareesa strânse mâna plină de sânge a lui Jamin.

- Mulțumesc, spuse ea. Dar nu sunt Namhu. Sunt sora sa, Pareesa.

Mikhail se ghemui, gata să zboare spre scenă dacă fiul Căpeteniei ar fi încercat să facă ceva împotriva protejatei sale.

- Indiferent de ce s-ar întâmpla, șopti Zhila, nu îl lăsa să te enerveze. Fii calm.

Mulțimea amuți, în timp ce Jamin strângea încă mâna însângerată a Pareesei.

- Nu ești Namhu?!

Pareesa se uită în mulțime după *el*, speriată, dar atât de *curajoasă*.

- Nu, răspunse ea și vocea îi tremură. Lui Mikhail i s-a părut că sunt în formă mai bună, așa că Namhu a fost de acord să mă lase pe *mine* să concurez ieri.

- Dar ești *fată!* replică Jamin și își retrase mâna. Nicio femeie nu a luptat vreodată pentru Assur!

Zhila interveni.

- *Asta*, dragul meu, este o minciună!

Mulțimea se rupse. Zhila urcă pe scenă urmată de *adevăratul* Namhu, fratele mai mic al Pareesei, care îi purta mantia lungă. În afară de diferența de înălțime, cei doi frați semănau destul de mult. Mikhail se opri. Namhu o ajută pe femeia oarbă să urce scările, cărând o suliță veche.

- Ce înseamnă asta? întrebă Căpetenia Kiyan.

- Fiul tău tocmai a acceptat-o pe această fată ca războinic, răspunse Zhila.

- Interzic asta! spuse Căpetenia.

- Nu ai de ales, toți membrii Tribunalului, inclusiv *eu*, au mers pe câmp ieri să o vadă pe această fetiță câștigându-și locul pe merit.

Yalda, Zhila și Rakshan stăteau lângă Pareesa.

- *Știați* că este fată?

- A fost pe locul șase, interveni Rakshan. Legea dată de *dumneavoastră* spune că primii douăzeci *trebuie* acceptați și antrenați.

Jamin era șocat; se așteptase ca Rakshan să fie de partea lui.

- Complotați împotriva fiului meu? întrebă Căpetenia.

- Nu, răspunse Rakshan. Pur şi simplu apreciez un războinic îndemânatic. Se pare că uitaţi că soţul Zhilei a fost fratele meu.

Mikhail simţea o emoţie nouă. *Mândrie?* Acolo unde *el* greşise, mica sa aliată ştiuse *exact* cum să găsească slăbiciunea în insistenţa Căpeteniei cum că Mikhail trebuia să antreneze un războinic pentru a i se permite să rămână. Era norocos că puştoaica avea un talent înnăscut.

- Erau alte vremuri, ripostă Kiyan. Nu ai fost niciodată, oficial, un războinic.

- Dar am apărat satul.

Zhila ridică suliţa.

- Şi am *continuat* să îl apăr până când vederea mi-a fost atât de afectată încât nu am mai putut nimeri ţinta. În plus, unii dintre voi – femeia arătă spre mulţime –sunteţi destul de bătrâni încât să vă aduceţi aminte de vremurile când obişnuiam să concurez în jocurile solstiţiului de vară. Deci să nu-mi spuneţi că fetiţa asta nu este eligibilă!

- Nu ştiu ce plănuiţi! izbucni Jamin. Dar mai curând va exista o zi rece în *iad* decât să antrenez eu puştoaica asta!

O voce puternică răsună din spatele figurii lui Nergal.

- Şi de aceea, spuse Ninsianna, refuz să mă mărit cu tine. Deoarece un lider *adevărat* alege întotdeauna cea mai bună persoană pentru o muncă, indiferent de sentimentele personale.

- De *aceea* m-ai ales să îl joc pe Nergal? întrebă Jamin, arătând spre Pareesa. Pentru *asta?*

- Te-am ales să joci rolul lui Nergal pentru că ai câştigat jocurile anului trecut, răspunse Ninsianna. Eşti cel mai bun războinic al nostru. Ar fi o blasfemie din partea mea să pretind altceva.

Jamin deschise gura să vorbească. Căpetenia Kiyan îi puse o mână pe braţ.

- Are dreptate, fiule.

- Dar –

- Adevărata întrebare nu este dacă Pareesa este calificată, ci mai degrabă, cine a antrenat-o iniţial?

Toate capetele se întoarseră spre Mikhail.

- Păşeşte în faţă, înaripatule, ordonă Căpetenia.

Inima lui Mikhail bătea incontrolabil de rapid în timp ce urca scările. Îşi strânse aripile în jurul corpului, de parcă ar fi fost o haină.

- Domnule?

- Se pare că, în ciuda spuselor fiului meu, tu chiar ai *antrenat* un războinic.

- A antrenat doi, domnule, interveni Pareesa, luându-şi fratele de mână.

Băiatul de zece ani veni mai aproape de sora sa.

- Băiatul a încercat, spuse Mikhail. Dar încă nu are forţa necesară. Vă va face mândri odată ce va creşte.

- Fiul meu îi antrenează pe cei mai buni.

- Ar trebui să *continue* să-i antreneze pe cei mai buni, spuse Mikhail. Tot ce vă cer este să mă lăsaţi pe mine să-i antrenez pe *cei din urmă*.

- Cei din urmă?

- Da, domnule, cei pe care fiul dumneaavoastră nu are răbdarea să îi antreneze. Veţi avea mereu o a treia clasă de războinici pe care să vă bazaţi când satul va fi în pericol.

- Dacă te las să stai, *o să fim* atacaţi.

- O să fiţi atacaţi oricum, adăugă el. Chiar dacă mă credeţi sau nu, Jamin *i-a plătit* pe Halifieni să-mi atace nava; propriii voştri aliaţi au confirmat că inamicul ştia despre prezenţa lui *acolo*. Vor răzbunare oricum.

Şeful îşi mângâie barba analizându-i pe rând pe *el*, apoi pe Pareesa, pe războinici şi pe fiul său. Pentru prima dată, Mikhail observă că ochii Căpeteniei aveau o nuanţă caldă de căprui; nu aceea nervoasă de negru a fiului său.

- Se pare că Tribunalul meu a înscenat o revoltă.

Membrii Tribunalului se adunară împreună.

- Suntem prietenii tăi, bătrânul Behnam spuse.

- Şi jurăm să te sfătuim, adăugă Yalda.

- Dar uneori... zise Zhila.

- ... refuzi să asculţi, încheie Yalda.

Căpetenia se uită la Rakshan, dar acesta dădu din umeri zicând:

- Mai mulţi războinici înseamnă că fiii mei se vor îmbogăţi ascuţind vârfuri de suliţă.

Pentru un moment, expresia Căpeteniei rămase neutră, iar apoi acesta izubcni în hohote forţate.

- Îmi amintesc că una din *nepoatele* tale insistă să modeleze lame pentru cuţit?

- Nu are talent, spuse Rakshan.

- Ce-i corect e corect! râse Căpetenia. Şi ştiu *exact* cine o va ajuta.

Amândoi priviră către *el...*

Mikhail păşi în spate.

- Nu sunt calificat.

- Dar a *reuşit* să dea formă unui cap de topor, spuse Rakshan.

- *Chiar* nu sunt calificat, insistă Mikhail.

- Aşa ai spus şi că nu ştii să arunci cu suliţa, replică Behnam, dar cumva ai reuşit să o înveţi pe Pareesa.

Căpetenia îşi bătu fiul pe spate.

- Haide, fiule, spuse el. Mai avem cinci războinici de primit. Să sperăm că nu mai avem parte de surprize.

Încruntat, Jamin termină de înrolat războinicii. Apoi, Căpetenia declară:

- Să înceapă jocurile solstiţiului!

Capitolul 46

Pe când copiii oamenilor
se înmulţiseră în acele zile,
s-a făcut că fiicele lor s-au născut
graţioase şi frumoase.
Şi atunci, când îngerii, copiii Cerurilor, le-au văzut,
s-au îndrăgostit de ele;
şi ei şi-au spus unii altora:
- Să ne alegem femei din rasa oamenilor
şi să avem copii cu ele.

Cartea lui Enoh

Data Galactică Standard: 152.323.06 D.Î.
Zona de frontieră Sata'an/Alianţă
Prim-ministru Lucifer

LUCIFER

Lucifer îşi analiza unghiile indiferent şi plictisit, aşteptând nimicul pentru care Zepar îl târâse mile întregi pentru a-l întâlni. În loc să se întâlnească pe nava amirală a Alianţei, Zepar insistase ca ei să se vadă pe o navă comercială privată; aceea care ducea marfă între sisteme solare. Zona de lansare era prost luminată, plină de containere, mirosind a gunoi şi a rugină.

Lucifer se apucă de nas pentru a opri durerea de cap ce îl măcina de câteva săptămâni.

- Spune-mi din nou, de ce ne întâlnim cu un traficant? întrebă el cu dispreţ.

- Îl aduce pe Lordul Ba'al Zebub, spuse Zepar.

- Mi-ai *spus* asta. Lucrul de care *nu* m-ai convins este *de ce* avem această întâlnire cu el.

Ochii albaştri ai lui Zepar se îndreptară spre Furcas şi Pruflas, cei doi Angelici ca nişte gorile care îi însoţeau mereu la *astfel* de întâlniri. *Astfel* însemnând *„ceva ce tatăl meu nu ar accepta niciodată."*

- Lordul Ba'al Zebub insistă că problema trebuie tratată cu discreţie, spuse Zepar. Nu va divulga despre ce este vorba până când nu ne întâlnim în persoană.

Lumina roşie care anunţa deschiderea camerei ermetice anunţă că aceasta tocmai se închisese. Nava care se îmbarca era pe cale să treacă prin cea de-a doua încăpere ermetică.

O vibrație joasă străbătu nava în timp ce ușile se deschiseră, dezvăluind un vas Sata'anic ce, de aproape, nu era nici pe departe ceea ce părea a fi de la distanță.

- Oo-uaa! Lucifer fluieră la vederea navei lungi care fusese intenționat stropită cu vopsea de culoarea ruginii. Am auzit de astfel de nave, dar nu am văzut niciodată una.

Aceasta ateriza, iar scuturile false care fuseseră construite pentru a masca modelul motoarelor huruiau ca un platou de filmare Mantiwood, cu siguranță făcute să reziste pentru *ceva* mai mult decât o singură misiune. Nava coborî grațios pe punte.

- Haideți!

Două duzini de ofițeri ai serviciilor secrete, cu toții antrenați pentru misiuni sub acoperire, înconjurară imediat nava Sata'anică, având armele încărcate. Zepar ridică un pumn, semnalându-le oamenilor săi să fie intimidanți, dar să nu facă niciun gest ce ar fi putut fi considerat agresiv. Le făcu semn din cap și lui Furcas și Pruflas. Perechea de Angelici se îndreptă spre *S.M.M Peykaap* și rămase atentă; ambii paznici purtau expresii lipsite de emoție.

Trapa laterală se deschise.

O șopârlă gigantică se prefigură la capătul său, purtând o robă luxoasă de catifea mov, cu aplicații de hermină, rubine și aur. Din capul său pornea o creastă ascuțită ca o coroană de împărat, în timp ce sub bărbie, o gușă roșie îi dezvăluia gradul înalt. Dacă fălnicia era aproape de evlavie, căci *toți* cetățenii Sata'anici doreau să-și egaleze zeul, atunci se putea spune că, printre șopârle, Ba'al Zebub era un titan.

Nava Algol tremură în timp ce cizmele lui Ba'al Zebub tropăiră pe rampa de coborâre; acesta era urmat de *propria* pereche de gardieni bine înarmați și musculoși. Picioarele sale loviră pământul, iar Lucifer *simți* metalul cutremurându-se sub picioarele Emirului Sata'anic.

- Mi se pare mie, Lucifer șopti, dar destul de tare încât Ba'al Zebub să audă, sau bătrânul a mai pus o sută cincizeci de kile?

Zepar se uită urât la el. Furcas și Pruflas nu avură nicio reacție. Lucifer își zburli penele, mai ofensat de lipsa umorului lor decât de *orice* altceva ce acel porc gras pe nume Ba'al Zebub ar fi putut avea de zis. Pilotul său favorit, Eligor, avea un fel blând de a zice „*Da, Sire*" care, conform nivelului de amabilitate impusă, *demonstra* că omul își stăpânea râsul. Dar ăștia doi? Dacă nu i-ar fi văzut sângerând după ce îl apăraseră pe rând în vreo încăierare, ar fi putut jura că erau roboți lipsiți de suflet.

- Prim-ministre Lucifer, spuse Ba'al Zebub. Este o plăcere să vă reîntâlnesc.

- Aș vrea să pot spune același lucru, replică Lucifer, dând din aripi. Trebuie să recunosc, chiar nu mi-a plăcut să fiu invocat la această întâlnire despre a cărei temă nu am nici cea mai vagă idee.

- Împăratul nostru v-a trimis un dar, replică Ba'al Zebub, refuzând să-i intre în joc. Îi face mare plăcere să încerce să descopere cele mai puternice dorințe ale celorlalți.

- Am tot ceea ce-mi doresc, pufni Lucifer.

- Ahh... Ba'al Zebub deschise botul, dezvăluind o gură plină de dinți ascuțiți. Pot să garantez că nu aveți asta.

Lucifer își puse mâinile-n sân în fața cufărului.

Ba'al Zebub lătră un ordin în Sata'anică.

- *Aduceți-o...*

Doi soldați Sata'anici se iviră la intrarea navei, aducând între ei o femeie negricioasă. Femeia țipă în timp ce aceștia o cărau pe rampă. Se uită agitată la plafon, apoi în jur, la lăzile de încărcătură, la Angelicii înarmați... în final, ochii i se opriră asupra *lui*.

Femeia se apropie de el cu buze tremurânde. Cele două șopârle care o conduceau murmurară ceva într-o limbă necunoscută.

- Ce este asta? întrebă curios Lucifer, înfoindu-și aripile.

Femeia sări câțiva pași înapoi.

- Dumneavoastră să-mi spuneți, răspunse Ba'al Zebub, dezgolindu-și colții într-un rânjet mulțumit.

Lucifer păși în jurul tinerei speriate. Era aproape la fel de înaltă ca o femelă Angelic, pielea ei însă nu avea același alb cremos ca al Angelicilor, ci tonuri contrastante de abanos, atât de maronii încât păreau aproape negre. Nuanțele sale diverse păreau să dezvăluie secrete adânci, ascunse dincolo de suprafață. Ochii negri îi sclipeau inteligenți, accentuându-i pomeții înalți, nasul lat și buzele pline, ca ale unui Centaur. Părul i se revărsa în valuri pe umeri, părând să se asemene mai curând coamei unui Leonid. Cea mai ciudată trăsătură a femeii era însă alta: de pe spatele său se ivea...

... nimic.

Absolut nimic.

Lucifer atinse ușor rochia ornată cu bijuterii care acoperea omoplații tinerei. *Arăta* ca un Angelic, dar nu avea aripi?

Prim-ministrul se ciupi de nas. Creierul său părea să refuze să recunoască ceea ce se afla chiar în fața lui. Cu siguranță avea halucinații! Vedea unicorni. Elefanți roz. *Oameni...*

- Ce i-ați făcut? întrebă Lucifer cu glas tremurător.

- Noi nu i-am făcut nimic, răspunse Ba'al Zebub, bucurându-se în sinea lui de privirea confuză a gazdei sale. Aceasta este rasa sursă pe care împăratul Etern a folosit-o pentru a-și crea armatele hibride, continuă el.

- Rasa sursă a dispărut acum 74.000 de ani, zise Lucifer. Un asteroid a lovit Nibiru,[5] distrugând orice formă de viață.

Ba'al Zebub râse.

- Știți foarte bine că povestea aceasta nu este adevărată. Hashem a adunat supraviețuitorii și i-a trimis pe o altă planetă.

- Niciuna dintre acele colonii nu a supraviețuit.

- Nu chiar *niciuna,* insistă Ba'al Zebub. Atunci când Nefilimii au preluat controlul uneia dintre planetele colonizate, *tatăl* dumneavoastră nu a vrut să se amestece, așa că a făcut schimb cu Shay'tan, obținând o planetă cu resurse, pe care o putea mina.

- De ce ar fi făcut asta? întrebă Lucifer cu o voce din ce în ce mai slabă. Ființele acelea reprezentau rasa sursă a speciei mele.

- La momentul respectiv, avea alte douăsprezece colonii, așa că a crezut că nu avea nevoie de încă una, explică Ba'al Zebub, făcând un gest disprețuitor din mâini.

- Toate încercările de a reface rasa sursă umană au eșuat.

Hashem pretinsese întotdeauna că motivul pentru care umanitatea fusese cu totul pierdută era că Shay'tan nu mai reușise să mențină controlul asupra speciilor care îi alcătuiseră altădată armatele. Nefilimii încercaseră să ia sub stăpânire *ambele* imperii, așadar cei doi împărați se văzuseră nevoiți să se alieze pentru a-i elimina. Conform propriilor sale mărturisiri, Hashem fusese atunci mult prea ocupat luptând pentru salvarea Alianței, și neglijase cu totul cei câțiva oameni care supraviețuiseră distrugerii planetei Nibiru. Până să se fi calmat apele, umanitatea dispăruse deja, iar Shay'tan își scosese la înaintare o *nouă* specie, apărută parcă dintr-un soi de joben plin cu trucuri, pentru a-și reface armatele- șopârlele Sata'anice.

- Cea de-a treisprezecea colonie era plină de asasini, hoți și prostituate, râse Ba'al Zebub. Shay'tan a pus pariu cu Hashem că cei pe care îi abandonase în voia sorții aveau să renunțe la penajul seriei cu material genetic pur. Și a avut dreptate.

- Atunci cum se face că Shay'tan nu a spus nimic despre existența lor până acum?

- Oamenii rămași în viață erau *atât* de violenți, încât Shay'tan și-a pierdut interesul față de ei și i-a lăsat să se descurce cum pot, răspunse Ba'al Zebub ridicând din umeri. Odată ce a devenit evident faptul că specia voastră era pe cale de dispariție, s-a oferit să vândă câțiva, dar numai dacă Hashem ar fi recunoscut că Shay'tan câștigase pariul. Ei bine, se pare că Împăratul Etern este prea măreț și puternic pentru a-și înghiți propriul orgoliu.

---

[5] Nibiru reprezintă, în mitologie, „a zecea planetă". Conform miturilor sumeriene, aceasta era casa celor din neamul Annunaki și a zeilor acestora- Enki, Enlil și Ea.

Cu siguranţă că spusele lui Ba'al Zebub aveau o sămânţă de adevăr. Tatăl lui Lucifer ar fi acceptat mai curând să îşi taie propriul nas decât să recunoască vreodată că Shay'tan ar avea dreptate.

Zepar îşi frământă mâinile, spunând:

- Prin urmare, puteţi în sfârşit să dezvăluiţi cât de ipocrit este tatăl dumneavoastră! Dacă subiecţii lui îşi vor pierde încrederea în el, Hashem va fi obligat să se retragă pe tărâmurile transcedentale, iar *dumneavoastră* veţi putea prelua din nou controlul complet asupra Alianţei.

Lucifer îşi ciupi uşor bărbia, analizând atent femeia cu pielea ca de abanos. Toată această întâlnire se putea dovedi a fi o înscenare, iar fiinţa din faţa lui ar fi putut fi la fel de bine o femeie asupra căreia se făcuseră câteva modificări chirurgicale, pentru ca în final el să pară un trădător. Genul acesta de manevră era exact pe gustul vicleanului Ba'al Zebub, care adora să îi aibă cu ceva la mână pe oficialii guvernamentali.

- Îmi place să îi pun beţe în roate tatei aproape la fel de mult pe cât îi place şi lui Shay'tan, răspunse Prim-ministrul într-un final. Totuşi, nu îl voi trăda.

- Dar *el* v-a trădat pe *voi*! replică Ba'al Zebub, râzând zgomotos. Specia dumneavoastră este pe cale de dispariţie. Şi ce vi se pare că face Hashem pentru a vă salva? Vă înlocuieşte semenii cu *gândaci!*

Lucifer era torturat de veşnica migrenă. Toate lucrurile din jur se zăreau ca printr-o perdea vălurită, aşa cum se întâmpla de fiecare dată când se afla pe punctul de a leşina.

- De unde ar trebui să ştiu dacă femeia aceasta umană este compatibilă din punct de vedere genetic cu specia noastră? întrebă Prim-ministrul, ghidând discuţia dincolo de teritoriul acela al trădării. Au trecut deja 74.000 de ani de când specia ei a fost pierdută şi 150.000 de când Hashem a creat pentru prima oară hibrizi. Aş spune că ar fi timp suficient pentru un rift genetic.

- Ahh, râse Ba'al Zebub. Tocmai aţi descoperit motivaţia lui Shay'tan. Bătrânului dragon îi place să se asigure cu exactitate de valoarea pieselor sale înainte de a face vreo mutare împotriva tatălui tău.

- Şi care e schema?

- Shay'tan a auzit despre mica dumneavoastră problemă, explică Ba'al Zebub, făcând un gest sugestiv către propriul scrot. Ei bine, dacă femeia umană vă face un copil, va şti cu certitudine că specia voastră este compatibilă genetic.

- Nu e treaba ta ce probleme am eu! mârâi Lucifer. Fiinţa asta are măcar simţuri?

- Eh... replică Ba'al Zebub, dând din mâini de parcă ar fi vrut să spună „nu prea". În cei 74.000 de ani care au trecut de când şi-au pierdut planeta, Leviatanii au descoperit călătoria în spaţiu. Umanitatea, pe de altă parte, a regresat până în Epoca de piatră.

- Epoca de piatră?

- Da. Locuiesc în cabane construite din ierburi și făuresc sulițe.

- Deci vreți să mă culc cu un animal și să am parte de moștenitori defecți! izbucni Lucifer.

- Sună mai bine decât *niciun* moștenitor, zise Ba'al Zebub.

Zepar îl trase pe Lucifer în spatele unuia dintre containerele de transport maritim.

- Sire, șopti el entuziasmat. Rasele hibride nu au fost niciodată menite să se auto-susțină. Hashem obișnuia să injecteze periodic sânge proaspăt din seria sursă pentru a împiedica împerecherile încrucișate. *De aceea* avem atât de multe probleme *acum*.

Migrena Prim-ministrului persista cu aceeași putere. În capul său, acea voce mică, dar înțeleaptă îi șoptea:

„Uneori, trebuie să faci sacrificii pentru binele universal...”

Ba'al Zebub arătă către formele femeii îngrozite.

- Din punct de vedere anatomic, arată exact la fel ca o femelă Angelic, spuse el. Singura diferență este că e lipsită de defectele genetice care vă împiedică să vă reproduceți.

Zepar îl apucă puternic de braț pe Lucifer și îl târî înapoi către femeia cu pielea de abanos.

- Doar gândiți-vă, Sire, insistă el. Ați fi salvatorul propriei specii!

Prim-ministrul atinse ușor obrajii femeii. Nuanța întunecată a pielii ei îi amintea de acea pictură rară a tatălui său, care îl întruchipa pe Cel-Care-Nu-Este, soțul Celei-Care-Este. Femeia se strâmbă. Lacrimile i se revărsau frenetic din ochii mari și căprui. Cu toate că Lucifer nu putea înțelege ce spunea, înțelese datorită *darului* său că tânăra era extrem de speriată.

- Ce e cu rochia asta? întrebă el, punând mâna pe rochia de mireasă Sata'anică, împodobită cu multe bijuterii.

- Shay'tan nu este de acord cu moravurile femelelor voastre hibride, explică Ba'al Zebub. Puii cresc mai armonios atunci când sunt rezultatul unei căsătorii *reale,* nu al unei împerecheri dezorganizate, de genul celor create de tatăl dumneavoastră pentru a face ca ai voștri să îi fie loiali *lui,* și nu unul altuia.

Zepar interveni brusc între cei doi:

- Nu ați spus nimic de vreo căsătorie până acum!

- Împăratul nostru binevoitor dăruiește această femeie în mod oficial, pentru a-i fi soție Prim-ministrului, răspunse Ba'al Zebub arogant. La fel cum mi-a dăruit și mie treizeci și două dintre soțiile mele, continuă apoi.

- Nu! izbucni Zepar. Hashem interzice acest lucru cu vehemență!

- Ahh, sâsâi Ba'al Zebub atât de mulțumit încât părea că toarce. Dar asta este condiția pe care a stabilit-o Shay'tan dacă doriți să aveți femeia. Lumea umană se află pe teritoriul lui Sata'an. Dacă vreți să aveți acces la aceste ființe, trebuie să ne respectați tradițiile.

- Profilul genetic al Prim-ministrului este prea prețios pentru a se limita la un singur mariaj! rosti Zepar cu glas apăsat.

Lucifer privi cu viclenie către Şeful său de Personal. În ultimele luni, acesta coordonase şi dictase absolut fiecare mişcare, *la fel* cum o făcea şi Împăratul Etern.

- Ar putea să merite, spuse deci Prim-ministrul. Măcar ca să îi văd faţa tatei când apar la o conferinţă de presă şi anunţ că am găsit soluţia pentru problema cu care ne confruntăm.

În calitatea sa de fiu adoptat al Împăratului şi Serafim de generaţia a treia, fusese întotdeauna greu de stabilit dacă legea anti-fraternizare a hibrizilor i se aplica şi lui. Odată, în perioada în care Împăratul era absent, luase în considerare destul de serios ideea de a se folosi de influenţa sa politică şi de a face o excepţie pentru sine însuşi. Târfa! Planurile lui se evaporaseră odată ce *ea*[6] îl respinsese. Brusc, în mintea sa începură să se prefigureze noi idei care l-ar fi putut ajuta să se sustragă legilor anti-fraternizare. Dacă Împăratul îi abandona specia în voia sorţii, atunci ţinea de *el* să o ajute să supravieţuiască.

- Nu suntem de acord cu nicio căsătorie! insistă Zepar cu hotărâre. Prim-ministrul trebuie să fie un exemplu pentru ceilalţi hibrizi!

- Nu există nimic în cultura Sata'anică ce ar interzice împerecherea cu mai multe soţii, contraargumentă Ba'al Zebab. Drept dovadă, Shay'tan are aproape 48 de soţii în harem.

Vocea mică şi pragmatică din mintea lui Lucifer şopti: *„Ea este soluţia pentru toate problemele voastre..."*

- Am organizat această întâlnire pentru a coincide cu perioada de fertilitate maximă a femeii umane, continuă musafirul, adresându-i-se direct lui Lucifer. Aţi putea avea parte de un rezultat concret în trei zile.

Pentru prima dată în întreaga lui existenţă, personalitatea caldă, blândă pe care o moştenise de la mama sa era de acord cu vocea adesea răutăcioasă ce îi şoptea în minte. Trebuia să facă *orice* s-ar fi putut face pentru a-şi salva specia!

Lucifer îşi înclină capul, făcând gestul Sata'anic de respect.

- Vă rog să îi transmiteţi împăratului dumneavoastră mulţumirile mele pentru acest cadou, zise el, iar glasul său exprima cu adevărat recunoştinţă pură. Dacă această fiinţă este ceea ce pretindeţi că ar fi, atunci poate că vom avea parte de o relaţie ceva mai lucrativă.

Ba'al Zebub îşi frământă o vreme ghearele, gândindu-se fără îndoială la cum ar fi putut obţine diferite „beneficii" de pe urma acestui aranjament.

- Dacă reuşiţi să concepeţi un urmaş împreună, zise el într-un final, vom discuta termenii unei viitoare încărcături comerciale.

Rochia de mireasă Sata'anică îi ascundea formele, însă era evident că tânăra dispunea de atuuri exact acolo unde trebuia. Lucifer se apropie de ea şi îi întinse mâna.

---

[6] Cea la care Lucifer face referire este Jophiel.

- Frumoasa mea mireasă, spuse el cu blândeţe, se pare că ne vom căsători.

Conform legilor Sata'anice, femelele nu aveau de ales cu privire la căsătorie, dar Lucifer spera ca cel puţin înfăţişarea sa- foarte diferită de cea reptiliană a lui Sata'an- să o determine să vină cu el de bunăvoie. Avea să îi explice totul mai târziu, când va avea ocazia de a o învăţa limba lui.

- Voi avea grijă de tine, continuă Prim-ministrul, luptându-se cu fluturii din stomac. Îţi promit! Îţi va plăcea lumea modernă.

Femeia îi căută privirea. Mâna îi tremura atunci când se împreună cu cea a lui Lucifer. Un sentiment ciudat, aproape electric, străbătu degetele lui Lucifer, pătrunzând până în pieptul său şi umplându-l de bucurie. Putea deja să îşi imagineze copiii pe care aveau să îi aibă împreună. El. Ea. Şi copiii lor frumoşi cu ten negru ca abanosul şi aripi albe, îngereşti. Un băiat şi o fată? Da! Ar fi în stare să facă sute de copii cu ea, fiecare dintre ei mai frumos decât cei de dinainte!

Chipul lui Zepar căpătă o nuanţă ciudată de mov, în timp ce Ba'al Zebub îmbrăca un patrafir preoţesc cu o broderie elegantă ce înfăţişa imaginea unor dragoni. Odată pregătit, acesta îl invită pe Lucifer să îşi aşeze mâna pe cartea Sata'anică de rugăciuni şi îi îndemnă atât pe el, cât şi pe tânăra lui soţie, să rostească jurămintele de cununie Sata'anice.

- Fie ca asupra uniunii dintre voi să se răsfrângă lumina binecuvântărilor lui Shay'tan, spuse Ba'al Zebub. Şi fie ca femeia să îţi ofere mulţi fii bravi.

- Mulţumesc, răspunse Lucifer.

Gura lui Zepar se deschidea şi se închidea de parcă ar fi aparţinut unei creaturi marine eşuate la ţărm.

- Un singur lucru mai rămâne de spus, continuă Ba'al Zebub. Ciclul ei de fertilitate se încheie mâine şi nu va reveni decât peste 28 de zile, aşa că vă recomand să nu pierdeţi nicio secundă!

- 28 de zile?! repetă Lucifer uimit.

-28 de zile, repetă musafirul său. Nu peste un an, ca în cazul femelelor Angelic obişnuite.

În timp ce îşi conducea proaspăta soţie pe navă, Lucifer se văzu nevoit să îşi *forţeze* picioarele să rămâne lipite de podea, în loc să se lanseze în aer de parcă ar fi fost un cadet entuziasmat. Zepar rămase în urmă pentru a se certa cu Ba'al Zebub, mârâind un rămas-bun. Care era problema lui, de fapt? Această turnură era benefică pentru toată lumea!

- Bună, draga mea soţie! spuse Lucifer, atingându-i părul şi bucurându-se de textura sa ondulată. Eu sunt Lucifer, continuă el, îndreptându-şi un deget spre sine însuşi. Tu ai vreun nume?

- *Tinashe,* răspunse femeia, aruncând o privire agitată spre Zepar şi Ba'al Zebub, care continuau să se certe în afara navei. *Mimi nataka kwenda nyumbani.*

Lucifer nu avea nici cea mai vagă idee ce voise să spună tânăra, însă limba folosită părea una legitimă.

- Nu ai nici cea mai vagă idee ce s-a întâmplat, nu-i aşa? continuă el cu aceeaşi nervozitate a cadetului. Vei fi prima femeie pe care a trebuit vreodată să o dau pe spate cu adevărat. De obicei, Zepar aranjează toate lucrurile astea. Nici măcar nu sunt sigur că vei răspunde la *darul* meu, având în vedere că nu îmi cunoşti limba.

- *Tafadhali,* se rugă femeia. *Kuchukua yangu nyumbani.*

Toate speranţele, toate visele sale- inclusiv răzbunarea... abia aştepta să i-o plătească Împăratului pentru faptul că permisese ca specia de bază să dispară! Imagini ale viitorului se perindau înaintea ochilor lui Lucifer. Ce fel de moştenire avea să construiască, acum că avea să dispună de o familie?

- Vei rămâne cu mine?

Se folosi de darul său pentru a proiecta o imagine a întrebării care îi chinuise inima sa de fiecare dată când o femeie începuse să îl placă: *Poţi să mă vezi? Poţi să mă priveşti în ochi şi să îmi vezi sufletul?*

- *Tafadhali wala maudhi kwangu,* răspunse femeia tremurând. *Nitakuwa tiifu Mke Kama huna kunidhuru.*

Mintea lui Lucifer fu pătrunsă de câteva dorinţe vagi; imaginile, dorinţele, *darul* său îi permitea să descopere ceea ce se ascundea dincolo de cuvintele tuturor fiinţelor cu simţuri. Chiar dacă nu avea simţurile complet dezvoltate încă, această femeie era, totuşi, destul de aproape. Prim-ministrul nu voia să fie subiectul de glume al Alianţei, însă ştia că semenii săi erau atât de grav ameninţaţi de posibilitatea dispariţiei lor ca specie, încât ar fi trecut cu vederea *foarte* multe defecte atâta vreme cât ar fi aflat că rasa sursă îi putea ajuta să se reproducă.

- Ai nişte ochi foarte frumoşi, îi zise el proaspetei sale soţii, atingându-i obrazul.

Era uimit de cât de întunecată îi era pielea.

- Pe chipul tău văd trăsăturilor Centaurilor. Sunteţi cumva predecesorii lor?

Proiectă o imagine a Centaurilor cu pielea ca de caramel în mintea femeii, întrebându-se dacă avea să înţeleagă. Aceasta îşi înclină capul, după care se întinse pentru a atinge, pe rând, tâmpla lui Lucifer şi apoi pe cea proprie. *Chiar* înţelegea că noul ei soţ putea comunica telepatic? Împăratul lăsase întotdeauna să se înţeleagă faptul că abilitatea aceea era una pe care le-o introdusese *artificial* hibrizilor săi... iar apoi renunţase la ea, căci descoperise că era legată de anumite defecte din linia de sânge a Serafimilor. Se putea ca darul să fie, de fapt, înnăscut?

Mângâindu-i bărbia, Lucifer se aplecă şi îşi sărută soţia. Aceasta nu răspunse cu acelaşi entuziasm pe care îl manifestau celelalte femele Angelic în cadrul şedinţelor de împerechere, însă nici nu îl respinse. În schimb, atinse timid formaţiunile osoase de la exteriorul aripilor lui Lucifer; căscă ochii uimită, dându-şi seama că penele erau reale.

Prim-ministrul se cutremură sub mângâierea ei. Se simţea de parcă *el* ar fi fost cadetul care avea să fie sedus şi, în numele zeilor, abia aştepta! Da. Avea de gând să aştepte oricât ar fi fost nevoie pentru ca *ea* să îl dorească pe *el*! De data aceasta, lucrurile aveau să se desfăşoare cu totul altfel.

Zepar se grăbi să revină la bordul navei şi îi ordonă lui Pruflas să îi scoată naibii de acolo.

- Iertaţi-mă, Sire, murmură el. Nu am avut habar că va veni cu o asemenea cerinţă ridicolă! Dacă aş fi ştiut, aş fi refuzat să organizez această întâlnire!

- Pe naiba! izbucni Lucifer. Uită-te la ea! Are trăsăturile genetice ale Centaurilor. Dacă tata încearcă să o bage în carantină, am argumente de natură legală pentru a-l împiedica să facă asta. E soţia mea!

- Este un animal de fermă fără simţuri, replică Zepar, făcând un gest indiferent cu mâna. Un instrument menit să rezolve o problemă. Nu vă permiteţi să vă ataşaţi de aşa ceva.

- De aşa ceva? mârâi Lucifer. *Ceva-ul* este *SOŢIA* mea!

- Desigur, Sire, răspunse Zepar cu o atitudine brusc umilă. Dar aţi auzit ce a spus Ba'al Zebub. Mai este fertilă doar 24 de ore.

"Trebuie să te împerechezi cu ea cât de repede posibil..."

- De asemenea a spus că ciclul ei de călduri durează doar 28 de zile, răspunse Lucifer. Lasă-mă cel puţin să mă bucur de partea bună în a-mi fi vândut sufletul lui Shay'tan înainte ca tata să îşi dezlănţuie furia asupra mea!

Zepar îşi încleştă pumnii. Migrena păru să explodeze pur şi simplu în capul lui Lucifer, ca şi cum un pitic s-ar fi transformat deodată într-o supernova. Prim-ministrul se dezechilibră, iar durerea îl forţă să se aşeze. Îşi apucă nasul şi se strânse cu putere, respirând pe gură pentru a nu vomita.

- *Wewe ni sawa, Mume wangu?* spuse femeia, întinzându-se pentru a-i atinge fruntea.

Ochii săi fură năvăliţi de frică.

- E doar o migrenă, zise Lucifer. Am parte des de ele.

- *Nyeusi uchawi!* sâsâi ea, întorcându-se spre Zepar şi ţinându-şi mâna de parcă ar fi încercat să facă un semn- degetele îi erau strânse spre palmă, cu excepţia policelui şi a arătătorului, care erau îndreptate spre Şeful de personal. *Mimi naona katika mchawi nafsi yako, na kuona kwamba wewe ni mbaya! Ibilisi!!! Ibilisi!!! Wangu hadithi ya watu Je, Ubaya Mnyama, na mtakuwa kushindwa.*

Rostind acestea, femeia se aşeză între Zepar şi Lucifer.

- Fiinţa asta este doar un animal fără simţuri, insistă Zepar cu o voce aproape hipnotizantă în raţionalitatea ei. O unealtă în slujba unui scop.

„Gândeşte-te la câtă putere vei avea printre armatele de hibrizi dacă reuşeşti să obţii acces la mai multe astfel de creaturi..."

- Desigur, răspunse Lucifer.

Zepar avea mereu dreptate.

- Ba'al Zebub a antrenat-o să se poarte ca o creatură cu simţuri, continuă Şeful de Personal cu o voce calmă. Dar nu e cu nimic mai evoluată decât fiinţele acelea mici şi ciudate pe care le ţine Hashem în laboratorul lui de genetică.

„Este folositoare doar pentru împerechere..."

- Doar pentru împerechere, murmură Lucifer.

- Este crucial să o impregnaţi cât de repede posibil, Sire, insistă Zepar cu aceeaşi voce care abunda de logică. Gândiţi-vă la cât de multă putere veţi dobândi odată ce veţi avea dovada că aceste creaturi umane reprezintă soluţia pentru problemele din Alianţă. Nu va mai fi nevoie de Împărat apoi. Alianţa vă va aparţine în întregime.

Întunericul se năpusti asupra lui Lucifer din toate părţile, privându-l de abilitatea de a-şi mai controla trupul, de a se mişca sau de a gândi. Se simţea de parcă ar fi fost îngropat de viu. Acea voce mică şi nesuferită devenea din ce în ce mai puternică, tachinându-l pentru slăbiciunea de care dădea dovadă. Nu mai putea *vedea* ce se afla chiar în faţa lui, iar vocea lui Zepar suna de parcă ar fi venit de foarte departe.

- Trebuie... trebuie să mă întind, şopti Prim-ministrul.

Migrena insuportabilă cufundă întreaga lume în întuneric.

Capitolul 47

Solstiţiul de vară - Iunie – 3.390 î.Hr.
Pământ: Satul Assur
Colonel Mikhail Mannuki'ili

MIKHAIL

Ninsianna îl târî de-a lungul drumului care ducea dinspre poarta nordică spre câmpia aluvială, dincolo de terasamentul abrupt. Pe terenurile de sub ei, războinicii transformaseră câmpul de antrenament într-un traseu competitiv care ar fi rivalizat cu orice stadion modern. În capătul cel mai apropiat fuseseră amenajate diferite ţinte, iar în capătul opus, mai multe trunchiuri de palmier fuseseră aşezate astfel încât să creeze un perete înalt de zece metri; acesta transforma cursa într-un adevărat coşmar competiţional, care culmina cu două tuneluri din buşteni ce se asemănau cu două guri pline de colţi ascuţiţi.

Căpetenia se îndreptă spre cel mai apropiat teren: cel pe care cetăţenii obişnuiţi aveau să participe la un meci demonstrativ. Tobele de război răsunară cu putere, după care amuţiră.

- Astăzi, deplângem avântul verii, anunţă Căpetenia. Deplângem împuţinarea ploilor şi căldura care ne va ofili recoltele. Cei care refuză să îşi are pământurile vor descoperi că deşertul nu le mai oferă nici foraj pentru animale, aşa că inamicii noştri vor veni *aici*, pentru a-şi hrăni turmele din recoltele noastre şi pentru a ne polua apele.

Sătenii huiduiră, demonstrându-şi dispreţul faţă de Halifieni; aceştia preferau să îşi îngrijească animalele, nu să se aşeze într-un anume loc şi să are pământul. Totuşi, prin mulţime reverbera un sentiment aproape asemănător unei fericiri fulminante, de parcă fiecare persoană avea un rol pe care trebuia să îl joace.

- Cu ocazia fiecărui solstiţiu organizăm o competiţie menită să vă amintească faptul că este de *datoria* noastră- Căpetenia apucă suliţa ceremonială din mâna lui Jamin- să apărăm acest sat. Aşadar, vom începe cu turneul femeilor, pentru a stabili cine va juca rolul Geshtinannei. Iar apoi, bărbaţii vor concura pentru a ocupa lui Damu-zid.

Ninsianna îl apucă de braţ pe Mikhail.

- Sper să câştig.

Sprâncenele lui Mikhail se împreunară.

- Dar nu *eşti* deja înalta preoteasă?

Ninsianna zâmbi larg:

- Chiar eşti naiv.

Păşi apoi relaxată spre războinici, jucându-se cu părul în modul acela în care se jucau femeile care încercau să pară timide. Angelicul nu înţelesese încă ce urmărea de fiecare dată când făcea acest gest. Se strădui să îşi menţină privirea departe de şoldurile Ninsiannei, care se unduiau armonios în timp ce fata îşi îmbrăţişa prietena- pe Yadiditum.

O mână osoasă îl trase uşor de penele primare. Erau surorile văduve, care se descotorosiseră de ţinuta ceremonială.

- Vei concura? întrebă Yalda.

- Aha! Trebuie să concurezi! zise Zhila.

- Cred că se va descurca foarte bine, îi spuse Yalda surorii sale.

- Aha! E foarte puternic, replică Zhila strângând bicepsul lui Mikhail. Şi a devenit şi mai puternic scoţând apă pentru a ne uda recoltele.

- Ăă, doamnă? se bâlbâi Mikhail.

Surorile văduve chicotiră asemenea unor adolescente, ceea ce le accentuă ridurile adânci din jurul ochilor şi al gurilor.

- Credeam că e campionul *nostru,* strigă tatăl Ninsiannei, apropiindu-se alături de soţia sa. Până la urmă, noi suntem cei care îl hrănesc.

- Yalda îi face pâine, ripostă Zhila.

- Mănâncă destul de mult, completă şi Yalda.

- Şi nu cumva *noi* am convins Căpetenia să îl lase să rămână? insistă şi Zhila.

Mikhail îşi răscoli aripile asemenea unui vultur care tocmai fusese prins şi aruncat într-o cuşcă mult prea strâmtă.

- Eu, ăă...

Privi aproape cu disperare către Ninsianna. Îşi pierdu însă şirul gândurilor la vederea fetei, care se dezbrăca de toate hainele- cu excepţia cârpei care îi acoperea zona intimă- asemenea tuturor celorlalte femei.

- Relaxează-te, şopti mama Ninsiannei. Doar pozăm.

- Pozaţi?

- Negociem, explică Needa. Toţi vrem o parte din premiul de anul acesta.

Mikhail privi cu gura căscată în timp ce Ninsianna se aplecă să atingă solul, după care îşi mânji braţele şi sânii cu pământ. Celelalte tinere procedară în acelaşi mod, însă tânăra lui protejată, Pareesa, rămase la marginea grupului. Aceasta îl observă pe Mikhail şi se apropie în grabă.

- Deci, al cui campion vei fi? întrebă ea.

-Campion?

- Da, râse fata. Femeile care concurează au şansa de a *alege* ce bărbaţi vor fi omorâţi în mod ceremonial de către Nergal în această seară.

Angelicul privi femeile cu gura căscată- toate erau de vârsta Ninsiannei sau poate chiar mai mici.

- De ce nu concurezi şi *tu?* o întrebă el pe Pareesa.

- Sunt prea *tânără* pentru un soţ, pufni ea.

- Soț?

Pareesa chicoti:

- Tu *chiar* vii dintr-o lume cu totul diferită.

Spunând acestea, fata se grăbi să li se alăture fraților ei mai mici, inclusiv lui Namhu, care stăteau la marginea terenului, fascinați de cele ce se petreceau cu femeile.

Războinicii mai vechi- nu *toți,* ci doar cei mai tineri și încă burlaci- le arătară femeilor cum să manevreze corect un atlatl. Fură întrerupți însă de sosirea Shahlei, tânăra femeie care încercase să îl seducă pe Mikhail la fântână; aceasta era însoțită de „umbra ei", verișoara Ninsiannei, o fată extrem de slabă, cu ochi negri și o expresie asemănătoare unui copil chinuit.

Shahla se lansă rapid, așezându-se exact între prietena cea mai bună a Ninsiannei, Yadiditum, și tânărul cu care aceasta discutase până atunci. Părea o hienă care voia să își izoleze prada față de restul turmei. Tânărul o ajută pe Shahla să se încălzească, fără să observe privirea furioasă a Ninsiannei. Shahla, în schimb, îl privi cu nerușinare pe *el* și zâmbi.

„Femeia asta este o problemă..."

Mikhail își umflă penele și se întoarse cu spatele către ea.

- Aliniați-vă! ordonă Căpetenia.

Angelicul își ținu respirația în timp ce Ninsianna adoptă o poziție grațioasă, de parcă ar fi fost parte din pictura cu Cea-Care-Este la vânătoare, pe care Mikhail o văzuse cândva. Angelicul se luptă să readucă la suprafață acea amintire, încercând să pună cap la cap un context ceva mai larg decât *„O, hei, se pare că ai mai văzut odată ceva asemănător!"* Subconștientul său recalcitrant refuza să coopereze, însă.

- Aruncați! strigă atunci Căpetenia.

Ninsianna își aruncă atlatlul. Acesta zbură la treizeci de metri distanță, nimerind una dintre ținte.

- Este bine! strigă Immanu entuziasmat.

Mikhail încercă să nu zâmbească prea larg în timp ce o privea pe Ninsianna făcând un dans al victoriei și revenind la locul ei, în spatele cozii.

- Uhuu! cânta ea. Așa se face treaba!

Zhila atinse brațul Angelicului.

- Vezi sulița aceea? spuse ea arătând către Jamin, care ținea sulița pe care Ninsianna i-o oferise mai devreme în acea dimineață. Acela este unul dintre premii.

- Credeam că e *a lui.*

- Este a lui doar dacă reușește să își păstreze titlul, spuse Zhila. Are o colecție destul de impresionantă. De când a împlinit 15 ani, a înfrânt orice alt bărbat. Dar a devenit mult prea arogant. Unora dintre noi ne-ar plăcea să vedem pe cineva- își ridică sprâncenele grizonate într-un mod grăitor- care să îl aducă înapoi cu picioarele pe pământ.

- Eu nu am suliţă, răspunse Mikhail. Pareesa a folosit-o pe a tatălui ei.

Zhila i-o întinse pe cea pe care o folosise pentru a-l certa pe Jamin.

- Te voi lăsa să o împrumuţi pe a *mea*, zise ea. Se spune că dacă trimiţi în mod drept un campion la luptă împotriva lui Nergal, fie că reuşeşte să câştige sau nu, zeul războiului va cruţa recolta familiei tale.

Atunci când Zhila aşeză arma antică în mâinile sale, Mikhail simţi furnicături uşoare. Suliţa fusese făurită din obsidian negru, iar fiecare strat dezvăluia o simetrie aproape perfectă, toate fiind atât de subţiri încât nici măcar cuţitul de supravieţuire din titan al Angelicului nu ar fi putut face faţă unei lovituri cu o asemenea lamă.

Mikhail fluieră în mod apreciativ.

- Nici măcar Rakshan nu ar putea fabrica ceva cel puţin la fel de bun.

Zhila arătă către peretele de lemn care marca începutul traseului competitiv:

- Fiecare lucru aşezat pe acest teren se leagă de un anume eveniment din trecutul nostru, explică ea, arătând către câteva însemne care fuseseră gravate acolo. O parte din acea istorie se regăseşte şi în suliţa tatălui meu.

- Suliţa aceasta spune o poveste?

- Da, este vorba despre legenda lui Damu-zid. Îi onorăm sacrificiul la fiecare solstiţiu de vară.

Mikhail urmări cu degetele conturul foarte realist al unui băieţel cioban, care îşi ţinea în mână toiagul de lemn în timp ce oile cioplite în jurul său se hrăneau de pe terenurile Ubaide. Ceva mai sus de-a lungul mânerului, o figură dumnezeiască înjunghia băiatul în piept. În jurul trupului său, grânele se ofileau sub soare. Cei care îi jeleau moartea îl îngropau apoi într-o peşteră care arăta ca o gură plină de colţi. Spre vârful suliţei, totuşi, ciobănaşul se târa în afara peşterii, însoţit de o femeie. Chiar în vârf, acesta reuşea să îl înfrângă pe zeul care îl omorâse. Ploile reveneau. Ciobanul şi oile lui se întorceau, în final, pe câmpuri.

- Acela este Damu-zid, ridicându-se din lumea celor morţi, spuse Zhila arătând către băieţelul care ieşea din peşteră. Iar această fiinţă- arătă către femeie- ar fi, după spusele unora, iubita lui, în timp ce alte legende ne spun că ar fi sora sa. Geshtinanna îl iubea atât de mult încât s-a oferit să îl înlocuiască în lumea celor morţi dacă zeii l-ar lăsa să plece.

Mikhail analiză cu atenţie terenul din faţa lor. Cele două tuneluri făurite din buşteni şi pământ se asemănau cu peştera de pe suliţă.

- Este o onoare pentru mine, spuse Angelicul plecându-şi capul înaintea Zhilei.

- Doar fă în aşa fel încât să câştigi competiţia, zise aceasta. Este singura ocazie pe care o vei avea de a-l înfrânge pe Jamin fără ca tatăl său să se înfurie.

Căpetenia anunţă femeile calificate în cea de-a doua rundă. Ninsianna se aşeză în rând. Una după alta, în grupuri mici, tinerele începură să îşi arunce săgeţile spre ţintele mutate acum la o distanţă de 50 de metri.

Săgeata Ninsiannei zbură perfect.

- Da! strigă Mikhal, după care se temperă, dându-şi seama că se comporta nebuneşte.

- Şi eu mi-am câştigat soţul la competiţia oranizată cu prilejul solstiţiului, explică Zhila.

- Da?

- Da, continuă ea. I-am atras atenţia chiar cu acea suliţă pe care o ţii în mână acum.

Un sentiment liniştitor învălui corpul lui Mikhail, propagându-se până la extremităţi. Ninsianna îi atrăsese atenţia *lui* în acelaşi mod ca acum- pe jumătate dezbrăcată, cufundată până la coapse în apa râului, prinzând peşti cu ajutorul unui băţ cu trei vârfuri. Chiar încercase să prindă un peşte, oare? Sau voia să îl prindă pe *el*?

În runda a treia rămaseră doar două competitoare- Ninsianna... şi verişoara ei extrem de slabă, care se asemăna unui copil chinuit, luat de pe străzi.

- Fata aia nici măcar nu ar trebui să concureze! strigă Immanu furios. Tatăl ei nu a contribuit *deloc* la rezervele de grâne de anul trecut!

Tânăra privi spre ei; ochii îi păreau prea mari şi prea negri, dar se asemănau celor ai Ninsiannei ca formă.

O senzaţie stranie străbătu subconştientul lui Mikhail.

Zbură într-un copac.

- *Vino să mă găseşti, chicoti ea.*

El răscoli crengile pline de frunze, căutând-o.

- Seamănă, murmură Angelicul.

- Ai grijă să nu te audă Immanu spunând asta, îl avertiză Yalda în şoaptă. Între el şi tatăl fetei sunt nişte probleme.

Cuvintele femeii îi treziră curiozitatea. Îşi umflă aripile, parţial din cauza căldurii, dar mai curând mânat de instinctele sale naturale de prădător; privea cele două fete care se aşezau în dreptul zidului. Doi dintre războinicii proaspăt investiţi se căţărară pe perete şi dădură drumul unei plase tocmai din vârf.

- Haide, îl îndemnă Yalda pe Mikhail. Trebuie să le încurajăm!

Îi întinse apoi o găleată plină cu paie.

- Pentru ce e asta? întrebă Angelicul.

- Vei vedea, răspunse Yalda zâmbind.

Immanu şi Needa cărau la rândul lor câte o găleată de lemn- una plină cu noroi, cealaltă plină cu pene. Toţi sătenii cărau câte ceva. Cu toţii se aliniară de o parte şi de alta a traseului cu obstacole. Acesta era împânzit de bolovani, buşteni pe care cele două fete aveau să îi sară, plase pe sub care trebuiau să se strecoare, precum şi un bazin plin cu argilă moale.

Căpetenia Kiyan explică următoarea fază a competiţiei:

- Conform legendei Ubaide, după ce Damu-zid a fost omorât, sora sa, Geshtinanna, a coborât în lumea de dincolo şi s-a oferit să îi ia locul. În drumul ei spre tărâmul celor morţi, aceasta a trecut peste multe obstacole. Care dintre aceste femei- arătă către Ninsianna şi verişoara sa- va avea puterea de a-l ghida pe tânărul nostru cioban atunci când zeul războiului, Nergal- arătă către propriul său fiu- i se va opune în cadrul jocurilor pentru bărbaţi?

Jamin îşi înălţă suliţa.

- Promit să îl cruţ oferindu-i o moarte uşoară, râse el. Şi, desigur, o înviere rapidă, urmată de multă bere şi carne.

Sătenii aclamară. Moartea era una ceremonială. Persoana care avea să piardă avea să fie condusă spre sat, unde trebuia să fie readusă la viaţă ca parte a unui festin copios.

- Dar cine spune că va câştiga zeul războiului? strigă Ninsianna. Poate că anul acesta Cea-Care-Este va fi de partea ciobănaşului.

Sătenii râseră. Dar Jamin îl privi pe *el*, ochii săi negri fiind plini de ură.

Penele lui Mikhail fură străbătute de un fior rece.

- Pe locuri, fiţi gata...! anunţă Căpetenia.

Ninsianna şi verişoara sa se aplecară spre înainte, ambele fiind pregătite să se lanseze în viteză spre zid.

- Start!

Fata cu ochii negri era mai rapidă. Reuşi să se caţere rapid pe plasă, în timp ce Ninsianna rămase blocată printre sforile de jos. Pe cealaltă parte a peretelui, însă, sătenii începură să arunce cu nămol în competitoare.

- Ia de aici! strigă Immanu, lovind-o pe adversara fiicei sale în piept.

Fata cu ochii negri slobozi un ţipăt de durere. Majoritatea sătenilor o ţinteau pe ea, nu pe Ninsianna, care era favorita lor.

În cele din urmă, Ninsianna reuşi să se coboare de pe zid şi alergă spre următorul obstacol, plasa pe sub care trebuia să se târască. Verişoara ei o prinse din urmă. Fiind mai micuţă şi mai slabă, aceasta se strecură cu uşurinţă prin nisip, ţâşnind pe partea cealaltă.

Yalda îi întinse lui Mikhail o găleată cu paie.

- Ia-o, zise ea. Trebuie să le distragi, ca să nu le permiţi să se concentreze.

- Dar asta nu o va face să piardă?

- Mai bine pierde aici decât în luptă, explică Zhila.

Mikhail privi către Immanu, care alerga pe marginea traseului cu obstacole, încurajându-şi fiica şi aruncând din când în când cu nămol.

Cele două fete alergară spre bolovani, iar apoi spre buştenii peste care trebuiau să se caţere. Datorită înălţimii net superioare, Ninsianna se bucură de un avantaj în această parte a traseului.

- Haide!!! strigă Immanu.

Ninsianna se lansă spre unul dintre tunelurile-peşteră.

Între ea şi peşteră, războinicii săpaseră o gaură şi o umpluseră cu nămol. Era umed, având consistenţa unei supe şi asemănându-se mai degrabă unei băi de ocru decât uneia de noroi. Din acest amestec se înălța un miros bogat, lutos, ca cel al fundului unei ape. Verişoara Ninsiannei reuşi să îşi ajungă din nou adversara din urmă. Cele două fete îşi croiră drum prin mizerie.

- Paiele! strigă Needa. Aruncaţi cu paie în ea!

Sătenii începură, deci, să îşi arunce paiele spre tinere.

- Hai! Hai! Hai! aclamau ei.

Ambele competitoare se desprinseră de noroi şi năvăliră în câte o peşteră. Fata cu ochii negri ieşi prima din întuneric, dar Ninsianna era chiar în urma ei. Ambele îşi ridicară atlatlul. În timp ce verişoara se balansa pentru a ţinti, fu lovită direct în faţă de un pumn de noroi.

Îşi scăpă săgeata.

Ninsianna lansă, în schimb, suliţa.

Adversara se regrupă rapid şi îşi execută propria aruncare. Lovi ţinta, dar era deja prea târziu.

- O declar învingătoare pe Ninsianna! anunţă Căpetenia. În această seară, ea va juca rolul Geshtinannei.

Mulţimea aclamă.

Ninsianna alergă fericită spre părinţii ei, acoperită aproape în totalitate de paie şi de noroi; braţele sale ţopăiau în aer, formând un „V" victorios.

- Pune-te cu ASTA!!

Immanu îşi întinse braţele ca un paravan în faţa ei.

- Nu, nu, anul acesta nu sari în braţe!

Yalda şi Zhila făcură, la rândul lor, câţiva paşi înapoi.

Ninsianna se îndreptă către mama sa.

Needa imită întocmai gestul lui Immanu, zicând:

- Nu, nu, să nu faci asta!

Se aplecă apoi pentru a-i şopti ceva la ureche fiicei ei.

Ninsianna se întoarse brusc spre *el*, purtând pe buze cel mai frumos zâmbet posibil. Mikhail o privi confuz, încercând să nu se holbeze la sfârcurile ei goale, murdare de noroi. Cu un surâs, fata se îndreptă spre locul în care stătea Angelicul- înalt şi rigid ca un copac.

- O îmbrăţişare?

Înainte ca Mikhail să aibă ocazia de a răspunde, Ninsianna îi sări în braţe, sărutându-l cu buzele umede şi noroioase. Nefiind sigur cum să reacţioneze, Mikhail o strânse aproape.

Trecu o secundă...

...apoi încă una.

Noroiul se scurgea între ei; căldut şi alunecos, făcându-l pe Angelic să se gândească la acele lucruri pe care le spuneau războinicii atunci când femeile nu se aflau prin preajmă. Gura lui se apropie de a ei.

- Ninsianna, spuse el. M-ai murdărit complet.

Immanu îl lovi cu putere pe spate.

- Haha! Te-a prins!

Părinţii fetei şi vecinii mai vârstnici râseră zgomotos.

- Trebuie să îmi fac nevoile! exclamă Zhila.

- Nu pot să cred că a căzut în plasă, râse Yalda.

- Nici nu şi-a dat seama ce îl aştepta, insistă şi Needa.

Întreg satul îi arăta cu degetul şi râdea. Mikhail se luptă împotriva dorinţei de a o săruta. Tot ceea ce conta era că îşi ţinea în braţe femeia visurilor.

- Copiii ăştia doi se iubesc mult, îi şopti Yalda surorii ei.

- E doar o chestiune de timp, şopti Zhila înapoi.

Obrajii Ninsiannei căpătară o nuanţă puternică de roz. Mikhail o aşeză înapoi pe pământ şi îşi răscoli aripile, nefiind sigur de cum ar trebui să reacţioneze.

- Iar acum, anunţă Căpetenia, a sosit momentul ca bărbaţii să concureze pentru rolul lui Damu-zid.

Capitolul 48

Solstiţiul de Vară - Iunie – 3.390 î.Hr.
Pământ: Satul Assur
Colonel Mikhail Mannuki'ili

MIKHAIL

Bărbaţii se aliniară. Nu doar luptătorii, ci toţi cei necăsătoriţi. Deodată, Mikhail descoperi motivul din spatele replicii amuzate a Pareesei:

„Sunt prea tânără pentru un soţ..."

Se putea ca toate astea să fie un soi de rit al fertilităţii?

Aruncă o privire către fata cu ochi negri care pierduse împotriva Ninsiannei. Oare *ea* pe cine ar fi ales pentru a-i fi campion? Biata copilă stătea pe jos, plângând. Era complet singură. În mână ţinea o piatră care avea aceeaşi dimensiune ca pumnul ei. Un semn mare şi roşu îi umbrea pielea prea palidă.

- Sătenilor nu cumva le este permis să arunce doar cu noroi? întrebă Angelicul, adresându-i-se unui tânăr de lângă el.

Adolescentul masiv, cu chip aspru, era aproape la fel de înalt ca el.

- În femei, da, răspunse acesta, ridicând din umeri. În *noi* pot să arunce şi cu pietre sau suliţe.

Pentru prima oară, Mikhail remarcă toate grămezile de pietre adunate de-a lungul traseului cu obstacole. Tocmai văzuse ce i se întâmpla celui care concura împotriva favoritului publicului.

- Asta nu pare tocmai corect, zise el.

- Căpetenia insistă că trebuie să concurăm în aceleaşi condiţii ca pe câmpul de luptă, răspunse adolescentul.

- Tu ai concurat vreodată?

Tânărul voinic dădu din cap în semn de „nu".

- Contra *lor?* răspunse el, înclinându-şi capul către războinicii de elită. Nup. Nu am trecut niciodată de primul tur de calificare.

Mikhail îi întinse mâna.

- Eu sunt Mikhail. Se pare că eu am sarcina de a schimba acest lucru.

- Numele meu este Ipquidad, răspunse adolescentul, strângând mâna Angelicului. Sunt fiul brutarului.

Jamin se apropie de fata care plângea şi îngenunche lângă ea; atitudinea lui era diferită de cea obişnuită, cea plină de aroganţă. Privi către Ninsianna cu o expresie indescifrabilă, după care conduse tânăra cu ochi negri în altă parte, în modul blând în care cineva ar fi ghidat un copil rănit.

- Immanu nu ar fi trebuit să facă asta, zise Ipquidad.

- Immanu?

- Mda. L-am văzut cum a acoperit piatra cu nămol.

Mikhail îşi umflă aripile.

- Minţi! Immanu nu ar face niciodată aşa ceva!

Ipquidad făcu rapid câţiva paşi înapoi.

- Nu mă crezi? Bine atunci.

Adolescentul găsi apoi un alt loc în care să se aşeze.

Mikhail înjură în sinea sa.

„Cum se presupune că ar trebui să îi conving pe aceşti tineri să mă lase să îi antrenez dacă îi jignesc?"

Limbajul trupului tânărului arăta că acesta credea cu adevărat ceea ce spusese, chiar dacă era, cu siguranţă, o minciună. Jamin împrăştiase pretutindeni astfel de zvonuri răutăcioase. Cel mai probabil copilul interpretase greşit ceva ce văzuse.

Prima rundă a competiţiei avea să elimine concurenţi pe baza distanţei la care aruncau. Oricine nu reuşea să arunce mai mult de 150 de coţi- aproximativ 100 de metri- avea să urmărească traseul cu obstacole de pe margine.

- Pe locuri, fiţi gata...! ordonă Căpetenia Kiyan.

Mikhail răsuci suliţa Zhilei, căutându-i centrul gravitaţional pentru a se mai linişti. *Ştia* că învăţase să mânuiască o armă asemănătoare, în acelaşi mod în care *ştia* că nu făurise niciodată vreun cap de suliţă, dar însămânţase cândva un câmp. Aproape că putea să îl *simtă* pe Cerubimul cu înfăţişare ca de furnică arătându-i cum să folosească un soi de lance, un toiag cu două capete care avea vârfuri de oţel. Îşi descoperise talentul atunci când Pareesa venise la el cu suliţa tatălui ei.

- Aruncaţi! ordonă Căpetenia.

Mikhail îşi redistribui greutatea în spatele suliţei. Aceasta zbură dincolo de distanţa minimă şi continuă să străbată aerul, departe de linia de 200 de coţi, direct în zidul care separa terenul de antrenament de valea cu orz.

Sătenii murmurară la unison, uimiţi.

- *Asta depăşeşte chiar şi aruncarea lui Jamin...*

Războinicii mai în vârstă alergară pe teren şi ridicară suliţele care depăşiseră linia minimă. Tânărul voinic pe nume Ipquidad nu reuşise să treacă nici de această dată mai departe de prima rundă.

Ceilalţi se încurajară reciproc, atingându-se unul pe altul pe spate şi spunând: „ne vom descurca mai bine la anul."

În timp ce războinicii pregăteau mai multe ţinte, Ninsianna îşi croi drum până la Mikhail.

- Succes, şopti ea. Dacă pierzi în seara asta, va trebui să stau lângă Nergal la festin.

- Nu mi-ai spus că oamenii lui mă vor lovi cu pietre şi suliţe...

Fata îi zâmbi vinovată:

- Dacă ți-aș fi spus, ai mai fi fost de acord să concurezi?

Mikhail o privi pe femeia care îi furase inima. Cum se putea să nu știe încă?

- Pentru tine, zise el mângâindu-i obrazul, l-aș târî pe Diavolul însuși prin iad.

Căpetenia anunță:

- Acum, vă vom departaja în funcție de pricepere. Dacă nu reușiți să atingeți ținta, veți fi eliminați. Dacă loviți inelul exterior- arătă către el- veți participa la traseu în grup. Cel care nimerește primul inima inamicului- indică două ținte sub formă de bărbați, care aveau desenate cercuri roșii în dreptul inimii- va concura cu cel de-al doilea grup.

Apoi, arătă următorul inel apropiat și continuă:

- Dacă loviți inelul al doilea, veți concura împotriva războinicilor de elită. Cât despre cel care nimerește centrul- indică un punct negru și mic, de mărimea ochiului unui om- asta dacă va exista cineva, desigur, atunci acela va lupta direct împotriva lui Nergal, întruchipat de Jamin, fiul meu. În cazul în care nimeni nu nimerește centrul, atunci rolul va fi primit de cel care va câștiga cea de-a doua rundă.

Jamin ridică sulița pe care o primise de la Ninsianna.

- *Întotdeauna* joacă rolul lui Nergal, șopti unul dintre săteni.

- Asta pentru că este foarte bun, îi răspunse un altul.

- Câștigă doar pentru că războinicii lui sunt în stare să zdrobească fără nicio ezitare capul oricărui alt bărbat care reușește să îi opună rezistență.

- Aliniați-vă! strigă atunci Căpetenia.

Mikhail se așeză într-o poziție similară celei pe care o adoptase Zhila atunci când îi împrumutase sulița, dar părea total lipsit de naturalețe. Cerubimul îl învățase să folosească lancea drept armă de *apărare*. Fiecare fibră din trupul său urla *„nu da drumul armei, o să te dezarmezi singur, idiotule!"*

Angelicul ținu sulița dreaptă, vertical față de corpul său. Lansându-se într-o adevărată kata, învârti lancea, dreapta-stânga-dreapta, respingând inamicii imaginari care îl loveau cu săbiile. Aproape că putea *vedea* cu colțul ochilor trei Cerubimi atacându-l în dreptul capului, al trunchiului și al aripilor, în vreme ce el își folosea arma pentru a bloca și pentru a contracara.

Fii unul cu arma ta...

La un moment dat, un al patrulea Cerubim se apropie de el, manevrând o armă similară cu atlatlul, dar care era însă propulsată de un suport de lemn curbat ale cărui capete erau strânse bine cu un soi de cablu. În mintea Angelicului, Cerubimul își întindea arcul...

- Aruncați! strigă în acel moment Căpetenia.

Mikhail înălță lancea, umflându-și aripile și mișcându-și întregul corp pentru a servi un unic scop: eliminarea inamicului imaginar cu arc.

Suliţa zbură în linie dreaptă.

Lovi punctul negru cu atât de multă forţă încât ieşi pe partea cealaltă a ţintei.

- Da!

Se forţă să manifeste un calm aparent, în timp ce războinicii mai vârstnici se îndreptau către suliţele căzute, strigând numele celor care le lansaseră. Majoritatea bărbaţilor fu eliminată, însă câţiva dintre ei mărşăluiră mândri către unul dintre cele două grupuri anunţate. Într-un final, războinicii ajunseră la suliţa *lui.* Secundul Căpeteniei Kiyan, Varshab, îşi strigă şeful.

Mulţimea aşteptă în timp ce Jamin şi tatăl său se certau. Mikhail auzi un singur cuvânt:

- ...descalificat, insista Jamin.

Căpetenia îi făcu semn lui Rakshan, făuritorul de cremene, îndemnându-l să se apropie. Acesta se aşeză în faţa ţintei şi privi prin gaură, după care se ridică şi îi spuse ceva Căpeteniei.

- Dar nu a rămas acolo! strigă Jamin.

- Dacă în locul ţintei ăleia ar fi fost un om, replică Rakshan, în momentul acesta nu ar mai fi avut cap.

Fiul Căpeteniei plecă furios, ţinându-şi pumnii încleştaţi.

Kiyan rămase calm înaintea oamenilor săi.

- Scopul acestei competiţii este de a ne încuraja oamenii să se pregătească pentru eventualitatea unui atac, declară el. De vreme ce Mikhail a nimerit centrul ţintei, el va lupta direct împotriva fiului meu.

Sătenii aclamară. Yalda şi Zhila îl bătură încurajator pe aripi. Ninsianna îi zâmbi într-un mod care voia să transmită „ţi-am spus eu", în timp ce Immanu şi Needa îl felicitară.

- Mai bine te apuci de copt nişte pâine caldă, nevastă, glumi şamanul. Înainte ca Yalda şi Zhila să ne ademenească musafirul. Trebuie să ne gândim la un mod potrivit de a pune braţul ăla la muncă.

- Sunt vindecătoare, nu bucătăreasă! ripostă Needa. Dacă vrei pâine, poţi să ţi-o faci singur!

Mikhail privi în direcţia în care se afla Jamin. Furiosul Mufahiz stătea ghemuit într-un cerc în care era înconjurat de războinicii săi de elită. Din când în când, unul dintre aceştia arunca o privire spre Angelic. Puneau ceva la cale. Cu siguranţă se gândeau la metode de a-l „distrage".

- Cu ce mă confrunt? îl întrebă el pe Immanu.

- Sătenii vor arunca pietre şi beţe, răspunse acesta. Niciunul mai mare decât pumnul tău. Le este interzis să ţintească spre cap, dar orice altă parte a corpului poate fi lovită.

- Iar războinicii? insistă Mikhail.

- Vor năvăli asupra ta cu suliţe, răspunse şamanul. Le este permis să te taie, dar nu au voie să le lanseze.

- Au apărut adesea răni serioase, completă Needa, arătând către coșul pe care îl adusese cu ea, așa cum făcea de fiecare dată când era chemată la un pacient.

Bărbații se dezbrăcară, lăsând pe ei doar cârpele care le acopereau zona intimă, așa cum procedaseră ceva mai devreme și femeile. Războincii de elită se așezară pe poziții. Restul sătenilor se deplasară către grămezile de pietre. Cu toții glumeau despre a-l „ucide pe Damu-zid".

Căpetenia strigă:

- Fugiți!

Bărbații care ieșiseră pe cea de-a treia poziție în proba anterioară porniră în viteză spre zidul înalt de zece metri. Într-un asemenea grup mare, războinicilor de elită le era greu să țintească o anume persoană, iar competitorii se fereau cu succes de pietre.

- Ar fi mai bine să îți dai jos ăla, îi spuse Yalda lui Mikhail, arătând către tricoul pe care acesta îl purta.

- Asta dacă nu vrei să ți-l distrugă, încheie Zhila.

- De ce? întrebă Angelicul.

- Argila noastră este plină cu ocru galben, răspunse Zhila.

- Nu o să scapi de pete oricât de bine l-ai spăla după aceea, completă și sora ei.

- De obicei, bărbații participă la bustul gol.

- Teoretic, ca să nu își murdărească puținele kilturi.

- Dar adevăratul motiv este... zise Zhila.

- ... că le place să facă paradă în fața femeilor, încheie Yalda.

- Iar noi nu ne supărăm deloc, nu-i așa, Yalda? o întrebă sora ei, dându-i un junghi în coaste.

- Nu, nu ne supărăm, râse Yalda.

Mikhail atinse locul în care suferise fracturile permanente de coaste în urma accidentului. Până în acel moment, avusese întotdeauna pieptul acoperit- nu pentru că s-ar fi simțit rușinat de înfățișarea sa, ci pentru că nu voia ca sătenii să îi cunoască slăbiciunile.

- Ar trebui să scapi și de astea, zise Ninsianna atingându-i penele.

- De ce? întrebă Angelicul.

- Nu cred că vei încăpea în tunel cu ele, răspunse fata, arătând către peștera improvizată. A fost strâmt și pentru *mine,* iar eu nu am și o pereche de aripi în spate.

Mikhail privi către penele acelea inutile care, încă de când își recăpătase cunoștința, nu îl ajutaseră la nimic altceva decât la a-l face să iasă în evidență, asemenea unui ciudat. De ce nu se trezise oare fără ele? Ar fi fost mult mai bine.

În final, se dezbrăcă de tricou, rămânând gol până la brâu; vulnerabil în fața tuturor acelor oameni primitivi, sălbatici.

Yalda şi Zhila amuţiră la vederea cicatricii adânci, hidoase care îi marca pieptul. Mikhail o acoperi instinctiv cu mâna, parcă dorind să îşi protejeze inima care pulsa prin pielea dezgolită.

- Immanu ne-a spus, zise Yalda cu blândeţe, dar probabil că nu am *crezut...*

Angelicul îşi aduse o aripă în faţă. Acelaşi sentiment al autoconservării care îl făcea adesea destul de capricios determina acum fiecare fibră a corpului său să urle „Nu lăsa pe nimeni să se apropie!"

- Este în regulă, îl linişti Ninsianna. Toţi cei de aici îţi sunt prieteni.

Mikhail privi către competitorii de pe locul al treilea. În timp ce primul bărbat se arunca în tunel, cel din spatele său îl trase de picioare înapoi afară, iar *al treilea* sări peste amândoi pentru a trece de groapa de noroi; în scurt timp, fu pus la pământ de un al patrulea, care încerca acelaşi lucru.

Între bărbaţi izbucni o încăierare, căci cu toţii voiau să aibă aceeaşi poziţie. În stânga şi în dreapta ţâşniră pumni încleştaţi, în timp ce sătenii aruncau, la rândul lor, cu pietre.

Deodată, de cealaltă parte a terenului apăru un alt bărbat. Acesta ridică cele două suliţe, dar le scăpă când unul dintre săteni îl nimeri cu o piatră în piept. Un al doilea bărbat se ivi din tunelul adiacent. Înşfăcă cea de-a doua suliţă şi o aruncă spre ţintă.

Rată...

Primul bărbat luă şi el suliţa şi nimeri fix în centrul ţintei.

Mulţimea aclamă. Sătenii ridicară apoi învingătorul pe braţe, ducându-l spre locul său onorific.

- Jocul acesta... este un soi de luptă pentru supravieţuire a celor mai buni? întrebă Mikhail.

- La fel ca în viaţă, răspunse Immanu.

- Dar nu promovează coeziunea, ripostă Angelicul. Atunci când o armată lucrează împreună, este mai puternică.

Bărbaţii din grupa a doua se aliniară în spatele zidului. Majoritatea era, în acest caz, alcătuită din războinici de elită. În timp ce aceştia se ciondăneau pentru o poziţie bună de plecare, Pareesa se căţără pe plasă şi o tăie, înlocuind-o cu frânghii legate între ele.

- Traseul acesta este mai dificil? întrebă Mikhail.

- Odată cu abilităţile creşte şi dificultatea probelor, explică Immanu.

Războinicii mai vârstnici se aliniară la rândul lor de-a lungul terenului şi începură să îi tachineze pe participanţi, aruncându-le insulte prieteneşti cu privire la bărbăţia lor. Chiar şi aşa, suliţele pe care le ţineau în mâini nu erau deloc prietenoase.

Sătenii începură să strige: „Omorâţi-l pe Damu-zid!"

- Start! ordonă Căpetenia.

Războinicii de elită se lansară. În timp ce străbăteau zidul, antrenamentul suplimentar de care avuseseră parte deveni evident, delimitându-i de cei care pur și simplu se calificaseră. Sătenii îi asaltară cu pietre atunci când aceștia încercară să elibereze zona din vârf. Firouz căzu la baza zidului. Prinse din aer o piatră care fusese trimisă spre capul său și o aruncă înapoi spre cel care o lansase.

Săteanul strigă de durere.

- Dacă mă mai lovești o dată, mârâi Firouz, o să te prind imediat ce se termină jocul ăsta!

Războinicul porni apoi în viteză spre plasa pentru cățărare.

- Are *voie* să facă asta? întrebă Mikhail.

- Să facă ce? întrebă Immanu.

- Să amenințe sătenii, explică Angelicul.

- Tu ce crezi? replică șamanul, iar sprâncenele sale stufoase se împreunară, formând o expresie ce sugera „Tu să-mi zici". Până la urmă, festivalul îi este închinat Zeului Războiului.

Competitorii se aruncară sub plasa pe sub care trebuiau să se târască, luptând nu doar unul împotriva celuilalt, ci și împotriva sătenilor pe care, de altfel, îi apărau. Atunci când ajunseră la groapa cu noroi, războinicii de elită nu se sabotară unul pe celălalt, așa cum făcuseră bărbații din grupa cealaltă. Siamek fu primul care ajunse la tuneluri. Războinicii strânseră rândurile, împiedicând orice alt competitor de rang inferior să îl tragă afară. Între timp, bărbatul micuț, Dadbeh, năvăli în cel de-al doilea tunel. Ambii bărbați ieșiră în același timp pe cealaltă parte.

Ambii își lansară sulițele...

Ambii loviră ținta...

Juriul analiză loviturile și declară egalitate.

În timp ce sătenii ridicau pe brațe cei doi învingători, cărându-i spre locul de onoare, Căpetenia le strigă lui Mikhail și lui Jamin să își ocupe pozițiile. Războinicii de elită rămași în urmă își reocupară și ei locurile de-a lungul traseului cu obstacole, urmând a interveni cu sulițele.

Mama Ninsiannei fu chemată pentru a se ocupa de câteva răni...

- Ai grijă, îi spuse Ninsianna Angelicului. Sătenii nu aruncă prea hotărâți, dar oamenii lui Jamin... te vor înjunghia.

- Dar tunelul?

- Tunelul din dreapta este plin de obstacole, zise fata. Nu știu cum e cel din stânga, dar Dadbeh a ieșit destul de repede din el.

- Cred că este posibil ca cel din dreapta să fie mai mare, interveni Immanu. Asta pentru că Siamek s-a îndreptat direct spre acela. Trebuie să ții cont de faptul că Dadbeh e micuț pentru un bărbat.

Mikhail își ocupă locul de la linia de start. În timp ce aștepta, războinicii tăiară frânghiile cu totul, lăsând în urma lor un zid înalt de zece metri, care părea aproape imposibil de escaladat.

Jamin păși țanțoș spre propriul loc. Cu toate că în luptele corp la corp Mikhail avea un avantaj datorită înălțimii sale, atunci când venea vorba de arme şi unelte primitive, Jamin era chiar întruchiparea lui Nergal, zeul războiului.

- Fie ca cel mai bun să câştige, spuse Angelicul, întinzându-i mâna adversarului său.

Jamin o privi îndelung, cu o expresie care nu denota altceva decât dezgust. Se ghemui, pregătindu-se pentru sprint, iar ochii săi se fixară asupra vârfului zidului pe care aveau să se caţere.

- Start! strigă atunci Căpetenia.

Ambii plecară în viteză. În momentul în care apucară buştenii cu degetele de la mâini şi de la picioare, Mikhail trebui să lupte împotriva impulsului de a-şi umfla aripile. Jamin se căţără mai rapid, nefiind nevoit să lupte împotriva greutăţii unei perechi de aripi, dar în momentul coborârii, Angelicul îşi întinse aripile şi pluti pur şi simplu până la sol.

Amândoi loviră pământul în acelaşi timp.

Mikhail îşi întinse o aripă drept paravan, pentru a împiedica mai multe pietre din a-l lovi direct în faţă. Atunci când el şi adversarul său se întinseră la sol pentru a se târî pe sub plase, Angelicul reuşi să evite şi o serie de împunsături de suliţă.

- *Damantia!*

Îşi strânse aripile pe lângă corp, târându-se cot peste cot. Învăţase să facă asta *undeva*. Întregul său trup părea să rememoreze acele lecţii, chiar dacă el nu îşi putea aminti cu exactitate de unde sau de ce.

Nefiind incomodat de vreo pană încâlcită, Jamin se strecură de sub plasă cu câteva secunde bune înaintea Angelicului.

Într-un sfârşit, izbuti şi Mikhail să iasă şi mai evită o serie de suliţe.

Ambii bărbaţi alergară spre bolovani.

Încă o dată, Jamin străbătu obstacolul cu uşurinţă, picioarele sale zvelte fiind obişnuite cu terenul pe care călcaseră încă din copilărie. Mikhail îşi întinse aripile şi sări direct pe bolovani, ţopăind de pe unul pe altul şi apărându-se înaintea pietrelor de mărimea unor pumni încleştaţi. Amândoi trecură şi de acel obstacol în acelaşi timp.

- Haide!! aclama Ninsianna.

Următoarea piedică era alcătuită dintr-o grămadă de buşteni aruncaţi aiurea unul peste altul. Jamin dansă cu uşurinţă pe deasupra lor. Mikhail îşi umflă încă o dată aripile, căţărându-se peste grămadă. Cel puţin de această dată, greutatea aripilor nu îl ţinea în loc.

- Hai! Hai! Hai! strigau sătenii încurajator.

Ambii competitori se aruncară în groapa cu nămol.

Cu chipul marcat de repulsie, Jamin înotă prin mizeria cleioasă.

Mikhail se lansă cu tot corpul direct în noroi, pentru a evita alte câteva suliţe. Sătenii râseră în timp ce el se rostogolea, mânjindu-şi aripile.

- Nu ştie ce face! hohoti unul dintre războinici.

Chiar şi aşa, Angelicul ieşi din groapă cu câteva secunde înaintea lui Jamin.

Un adevărat zid de sulițe se afla între el și tunelul din dreapta. Cel din stânga era liber.

O voce atotștiutoare îi șopti în minte: *„Dadbeh e mic pentru un bărbat."*

Așadar, Mikhail se îndreptă spre tunelul din dreapta, și implicit direct spre sulițe. Războinicii urlară de durere în momentul în care Angelicul își înfoie aripile, întorcând din drum toate lăncile și ignorând durerea celor care voiseră să îl străpungă.

Năvăli direct în tunelul din dreapta.

Strânge-ți aripile...

Nu trebuie să îți fie rușine să te târăști...

Își imagină că era un șarpe, alunecând și strecurându-și trupul mult prea mare într-un tunel care fusese făurit în așa fel încât să fie strâmt chiar și pentru un om obișnuit. Pietrele și bețele îi scrijeleau trupul, îi smulgeau penele și îi zdrobeau aripile.

Angelicul continuă însă vitejește, mânat de un singur gând...

„În niciun caz nu voi permite ca Ninsianna să stea lângă nenorocitul ăla cu ochi negri în seara asta, la masă!"

Avea în sfârșit șansa să le arate tuturor acelor oameni că nu era doar un soi de pasăre frumușică, pogorâtă din ceruri.

Ajunse la capătul tunelului.

Jamin era deja acolo.

Avântându-se înainte, Mikhail înșfăcă cea de-a doua suliță și se ridică în picioare, folosindu-se de aripi pentru a-și accelera mișcarea; își *revărsă* fiecare dram de frustrare în acea suliță, aruncând-o spre țintă.

Ambele arme părăsiră mâinile posesorilor lor în același timp.

Sulița lui Jamin se izbi de marginea țintei.

Sulița *lui* lovi direct în inima pictată în roșu a țintei. Aceasta se sfărâmă de-a dreptul, distrugând nu doar pieptul victimei desenate, ci și bușteanul pe care fusese așezată pentru a sta dreaptă, ca un om.

Mulțimea aclamă entuziasmată.

Căpetenia păși în fața sătenilor, cu o expresie imposibil de descifrat.

- Se pare că, de această dată, Damu-zid a câștigat, zise el.

Jamin plecă furios, strigând și blestemând.

Un *sentiment* anume se eliberă chiar din adâncurile trupului Angelicului.

Un sentiment mult râvnit al apartenenței...

Care izbucni în lumea de dinafară... sub forma unui râset.

Sătenii îl luară în brațe, *cărându-l* și pe el către cele două doamne în vârstă; așa, acoperit cu nămol galben cum era. Niciodată nu avea să se mai simtă incompetent. Tocmai îl învinsese pe Jamin la propriul său joc!

Ninsianna zâmbi timidă și se strecură dincolo de mulțime.

- Ai de gând să o lași să scape așa de ușor? întrebă Yalda.

- Ai face bine să te grăbeşti, băiete! îl încurajă şi Zhila, împungându-l uşor în burta murdară. Nu o lăsa să se piardă în mulţime!

Privirea lui Mikhail se concentră asupra oamenilor; era un prădător la vânătoare. Ninsianna se ascunse în spatele părinţilor săi, chiţăind.

- Nu te uita la noi, râse Immanu.

- Nu avem de gând să te salvăm, insistă şi Needa.

- Ochi pentru ochi... spuse şamanul, cu o voce prefăcut serioasă.

Apoi, privi către Mikhail şi dădu aprobator din cap.

Mikhail îşi deschise aripile, folosindu-se de ele pentru a reduce distanţa dintre el şi Ninsianna. Vântul cald al Mesopotamiei îi îmbrăţişă penele ca o iubită de mult pierdută.

Prima amantă cu care orice creatură înaripată făcea dragoste era vântul. Briza aceea uşoară îi gâdila fiecare aripă plină de sensibilitate, şoptindu-i cum şi-ar fi dorit să îl poarte spre văzduhuri.

Angelicul îşi întinse aripile pentru a-i simţi mângâierea...

...înălţare...

.......capricioasa lui amantă îl purta înapoi în ceruri.

Sătenii priviră şocaţi, dându-şi seama că Mikhail tocmai îşi recăpătase darul zborului. Împăratul îşi concepuse speciile drept vânători de seamă. Cu o privire precisă ca a unui vultur, Angelicul o descoperi pe Ninsianna, care încerca să se piardă în mulţime; în această tentativă de a scăpa de furia lui jucăuşă, fata nu realizase însă că Mikhail se înălţase de la sol pentru a o prinde din urmă.

Angelicul îşi strânse aripile pe lângă corp şi se lansă ca un uliu. Vântul îi fluieră în dreptul urechilor, expirând melodios, în timp ce el se îndrepta vertiginos spre prada sa. O prinse în strânsoare asemenea unei păsări uriaşe.

- Ahh! strigă Ninsianna.

O durere ascuţită străpunse tendonul frânt al lui Mikhail în momentul în care acesta reveni pe pământ pentru a elibera fata din strânsoarea *propriului* ei iubit gelos- gravitaţia- dar durerea nu conta.

Se lansă din nou în aer.

- Eeee!!!

Picioarele Ninsiannei se agitau în zbor, asemenea unui animăluţ care încearcă să scape, prins fiind între ghearele prădătorului.

- Îţi eram dator cu asta! râse Mikhail.

Ninsianna îi cuprinse gâtul cu mâinile, în egală măsură speriată şi entuziasmată; nu voia să privească în jos, către pământul care se îndepărta de picioarele sale cu repeziciune. Deasupra Fluviului Hiddekel, Angelicul profită de curenţii de aer.

Pentru asta se născuse...

Privirile li se întâlniră; Mikhail rămase fără răsuflare.

- Ninsianna, murmură el.

Buzele lui le căutară pe ale ei.

Lacom, se bucură de atingerea buzelor roșii care îl tentaseră încă din clipa în care se trezise după accident, fără a avea nicio amintire din trecut. Cu un suspin ușor, Ninsianna își încolăci picioarele în jurul trupului său. O senzație de căldură cotropitoare izbucni în adâncurile sale, în timp ce căuta limba fetei.

- Mikhail, șopti Ninsianna, apropiindu-și buzele de urechile Angelicului. Poți zbura...

- Cu tine pot face orice, răspunse el.

Se repoziționă în aer pentru a profita de un alt curent. Continuară să facă cercuri leneșe în zbor, deasupra spectatorilor care aclamau entuziasmați; se simțeau ca perechile acelea de vulturi enormi, aurii, ce planau continuu deasupra apei în căutarea peștelui.

Zâmbind viclean, Angelicul spuse:

- Acum te-ai mânjit și tu de noroi, dragostea mea.

Capitolul 49

Zona neutră: Graniţa Sata'an/Alianţă
Portavionul diplomatic: Prinţul din Tyre
Serviciile Secrete ale Alianţei: Agent Special Eligor

ELIGOR

Agentul Special Eligor rămase să supravegheze nava Prim-ministrului, care revenea în golful de lansare al portavionului diplomatic *„Prinţul din Tyre"*. Pentru cine ştie ce motiv, Şeful de Personal, Zepar, sunase înainte ca nava să ajungă şi ceruse ca întregul echipaj să se prezinte acolo. Fiorul anticipării străbătea trupurile tuturor celor care aşteptau.

Uşa se deschise. Trapa se desfăcu încet. Prim-ministrul păşi în afară în acelaşi mod arogant dintotdeauna, conducând lângă el o femeie care purta o rochie ornată cu bijuterii.

- Pare potrivit, zise unul dintre membrii echipajului lui Eligor, pe nume Larajie. Când vine vorba despre el, întotdeauna trebuie să fie implicată şi o femeie.

- O femeie Sata'anică, şopti Eligor. Singurul care a văzut vreodată una a fost Generalul Abaddon. Shay'tan nu le permite niciodată să iasă din Hades.

- Deci acum are de gând să se culce cu o şopârlă? pufni Larajie.

- Nu m-ar surprinde, răspunse un mercenar cu nasul mare, pe nume Ruax. Ştim cu toţii că există doi Luciferi. Unul care apare în faţa camerelor şi unul pe care îl vedem imediat ce scapă de sub papucul Împăratului.

Prim-ministrul îndemnă femeia speriată să se oprească în faţa celor veniţi să îi aştepte, care stăteau aşezaţi pe trei rânduri, şi zâmbi asemenea unei pisici care tocmai înghiţise o pasăre; ochii săi purtau o sclipire aproape sălbatică.

- Asta nu e o şopârlă, zise Eligor. E o...

- Fiinţă umană! încheie Lerajie. La naiba... a reuşit! A găsit rasa sursă! Suntem salvaţi!

Eligor privi în ochii de un argintiu visător ai lui Lucifer şi se cutremură. Ceea ce îl privea înapoi părea atât de malevolent şi de rece încât ar fi putut să jure că nu era muritor.

~ Sfârşitul Volumului al II-lea ~
AICI NU E LOC PENTRU ÎNGERI CĂZUŢI

Fragment: Fructul interzis

Mikhail fu smuls din visul său de o lovitură puternică în uşă.

- Mikhail! Trezeşte-te!

Angelicul se rostogoli din pat, dând la o parte perdeaua care îl separa de restul locuinţei. La uşă se afla Gisou, o fată de obicei zâmbăreaţă; acum, însă, rochia ei şal era zdrenţuită, iar părul i se afla în dezordine. Văzându-l, i se aruncă în braţe.

- Ce s-a întâmplat? întrebă Mikhail.

- Au luat-o pe Pareesa! strigă fata. Ne-au înşfăcat din dreptul unui tufiş, la câteva mile distanţă de aici, în susul râului. Cred... cred că l-am omorât pe unul dintre ei.

O senzaţie cunoscută de *răceală* năvăli în trupul Angelicului, ghidându-l cu privire la modul în care trebuia să acţioneze, cu toate că nu îşi amintea să fi avut parte de un asemenea antrenament. O apucă pe Gisou de umeri şi se aplecă pentru a o privi în ochi; voia să o determine să se oprească din suspinat.

- Acum cât timp?

- Urmăream nişte antilope atunci când ne-au atacat, se bâlbâi fata. Ne-au târât după ei, dar apoi Pareesa a reuşit să mă dezlege şi am scăpat.

- Cât de departe?

- Nu sunt sigură, spuse Gisou. Poate la trei ore de alergat de aici?

Mikhail înjură. Asta se petrecuse deja cu *ore* în urmă.

Ceilalţi se apropiară în spatele său.

- Ai numărat câţi erau? întrebă Immanu.

- Opt, poate nouă, răspunse fata. Nu erau toţi Halifieni. Aveau trei femei cu ei, toate legate. Nu mi-am dat seama din ce trib făceau parte.

Needa strânse fata în braţe, aruncându-i o privire tăioasă lui Mikhail în momentul în care acesta insistă cu întrebările. Femeia o conduse pe tânără înăuntru şi o aşeză la masă.

- Ninsianna, ordonă ea. Adu-i copilei o pătură!

- Ai văzut în ce direcţie se îndreptau? întrebă Immanu.

- Veneau în direcţia asta, răspunse Gisou. L-am auzit pe liderul lor spunând ceva despre un atac.

- Voi anunţa Căpetenia că avem de-a face cu raiduri, zise şamanul.

- Să îmi iau arcul? întrebă Ninsianna.

Mikhail ezită. Acea parte din el care o iubea nu îndrăznea să îi ordone ceea ce o antrenase chiar el să facă. Dar soldatul din interiorul său şoptea: *„încheie misiunea".*

- Mergi să trezeşti arcaşii, o instructă el. Asigură-te că suntem acoperiţi dacă inamicul încearcă să facă raiduri asupra satului. Preia poziţia pe acoperiş, pentru ca duşmanul să nu aibă parte de o ţintă directă.

Spunând acestea, Angelicul se întoarse la patul său pentru a-şi lua arma cu impulsuri şi sabia.

- Dar *tu* unde vei fi? îl întrebă Ninsianna.

Mikhail începu să rostească meditaţii în limba Cerbumilor, meditaţii atât de adânc întipărite în mintea sa încât nici măcar pierderea memoriei nu reuşise să le şteargă. Sângele părea să i se transforme în gheaţă, în timp ce antrenamentul de altădată îl transforma din soldatul Angelic în asasinul Cerubim.

Cei care organizaseră incursiunea răpiseră unul dintre oamenii *săi...*

O sărută pe Ninsianna, după care sări peste prag şi îşi întinse aripile, zburând spre văzduh. Cuvintele lui Immanu îl urmară:

- Zeii nu vor avea milă pentru cei ce au luat-o pe Pareesa.

Va continua...

Sinopsis:
Fructul interzis

Încă de când s-a prăbuşit cu nava sa, Colonelul Forţelor Speciale Angelice, Mikhail Mannuki'ili, s-a luptat cu sentimentul că ar trebui să încheie o anume misiune. Din păcate, accidentul l-a făcut să îşi piardă toate amintirile, astfel că Angelicul nu mai ştie *cui* ar trebui să i se adreseze sau ce scop avea acea misiune. Acum că el şi Ninsianna şi-au mărturisit în sfârşit iubirea unul faţă de celălalt, pare din ce în ce mai tentant să uite povestea misiunii. În fond, cui i-ar păsa de o planetă atât de primitivă ca Pământul?

Cea-Care-Este îi trimite continuu Ninsiannei viziuni legate de o apocalipsă pe cale să se producă, o apocalipsă ce nu poate fi oprită decât de Mikhail. Este o tentaţie uşoară- Mikhail o iubeşte- tot ce trebuie să facă este să îi convingă pe războinici să îl lase să îi antreneze. De ce ar trebui să îi spună că un rival cunoaşte locaţia Templului lui Ki?

Între timp, în ceruri, Lucifer pune la cale un plan de a se folosi de femeile umane pentru a-i instiga pe *ceilalţi* Angelici aflaţi pe cale de dispariţie să organizeze o revoltă împotriva tatălui său nemuritor.

Saga „Sabia Zeilor" continuă în volumul al III-lea: *Fructul interzis.*

In curand...
https://wp.me/P2k4dY-Lv

Buletin informativ

Dragă cititorule,

Sper că ți-a plăcut Sabia Zeilor. Dacă da, aș fi foarte recunoscătoare dacă ai revedea site-ul oricărei librării din care ai achiziționat-o și ai lăsa o recenzie în scris. Fără bugetul de publicitate al unei edituri mari, cele mai multe cărți nu înapoiază costul de producție. Cu excepția cazurilor în care... cititorii ca tine răspândesc ideea ca le-a plăcut.

Și dacă dorești să primești o notificare atunci când voi lansa următoarea carte, te invit să te abonezi la NEWSLETTER-ul meu, iar eu îți voi trimite un e-mail când va fi gata! Drept răsplată, odată ce vei confirma abonarea, vei primi acces instant către ediția digitală gratuită a volumului Ceasornicarul: O Nuvelă, disponibilă în format .epub, .mobi sau .pdf. Îți promit că nu vei primi niciodată mesaje spam din partea mea și că informațiile tale personale vor rămâne confidențiale. Folosesc MailChimp, așa că te poți dezabona oricând.

Mulțumesc!

Ce ai face dacă ai putea retrăi o oră din viața ta? Află chiar acum ! Abonează-te aici :

Află mai multe >>
https://wp.me/P2k4dY-16O

FRAGMENT:
Un înger gotic de Crăciun

Câştigător al eFestivalului "Words Best of Independent eBook Awards"- Cea mai bună povestire a anului 2014

Rămăşiţele vechilor suferinţe nu sunt niciodată lăsate în urmă...

Părăsită de prietenul ei în Ajunul Crăciunului, Cassie Baruch crede că poate pune capăt suferinţei sale izbindu-se cu maşina de un copac bătrân. Dar atunci când un înger superb, cu aripi întunecate, apare şi îi spune "asta nu e vreo afurisită de poveste de dragoste paranormală, copilo", îşi dă seama că moartea nu îi rezolvă problemele. Poate Jeremiel să o ajute să scape de rămăşiţele problemelor din trecut şi să îşi regăsească liniştea?

Această reinterpretare modernă a mitului îngerilor păzitori îmbină "O colindă de Crăciun" şi "O viaţă minunată", într-o încercare de a le oferi oamenilor speranţa că îşi pot stăpâni şi depăşi trecutul.

„Foarte puţine cărţi mă înduioşează până la lacrimi, dar aceasta a reuşit într-o manieră glorioasă. Mesajul ei este redat cu umor şi graţie. Minunat!" – recenzia cititorului

Află mai multe >>
http://wp.me/P5T1EY-x3

Piesele de Şah

Apausha: Locotenent în Marina Comercială a lui Sata'an

Baal Zebub: echivalentul politic pentru Primul-ministru al grupării Sata'anice

Behnam: un bărbat în vârstă din Assur. Un membru al Tribunalului..

Bishamonten: zeul de război al Cherubim.

Cea-Care-Este: creatoarea universului, Zeiţa

Cel-Care-Nu-Este: haosul primordial, Lordul Întunericului, paznicul Celei-Care-Este

Dadbeh: războinic Assur. Pus pe glume

Dahaka: sergent în armata lui Shay'tan, mâna dreaptă a Generalului Hudhafah

Dephar: geneticianul şef al Împăratului Etern. El este un dragon Mu'aqqibat care nu este un dragon adevărat, dar poate fi descris ca ceva asemănător cu un "dragon chinezesc".

Eligor: un Angelic aşezat pe *'Prinţul din Tyre.'*

Firouz: războinic Assur, parţial pus pe glume

Furcas: unul dintre cei doi bodyguarzi personali ai lui Lucifer. Un brute.

Gimal: un comerciant de la Gasur.

Gita: fata cu ochi negri, verişoara Ninsiannei

Glicki: ofiţer major Mantoid, staţionat pe *'Răsăritul de Lumină'*. Secundul lui Raphael

Harrood: un războinic adolescent de la Gasur.

Hashem: Împăratul Etern, fiinţă transcedentală

Hudhafah: general în infanteria Sata'anică, responsabil cu anexarea Pământului la Imperiul Sata'anic

Immanu: tatăl Ninsiannei, şaman

Jamin: fostul logodnic gelos al Ninsiannei, fiul Căpeteniei Kiyan

Jiljab: Șef al unui sat din apropiere, Gasur.

Jophiel: Comandantul General Suprem al flotei Alianței

Kasib: locotenent în infanteria Sata'anică, Ofițerul Șef de Achiziții al Generalului Hudhafah

Ki: Zeița mamă a Celei-Care-Este

Kiaresh: războinic Assur din generația Căpeteniei

Kiyan: Căpetenia Assurului, tatăl lui Jamin

Klik'rr: Cel de-al doilea comandant al lui Jophiel pe *'Lumina Eternă'*. Un "Mantoid."

Lucifer: Prim-ministrul Alianței, fiul adoptiv a lui Hashem

Lugalbanda: războinic-șaman decedat, care avea puterea de a opri inima inamicului. Tatăl lui Immanu. Bunicul Ninsiannei și al Gitei

Marbas: pilot al pilotului Aliantei, *'Prințul din Tyre.'*

Marwan: Șeicul tribului rival al Halifienilor

Merariy: Fratele amar, beat al lui Immanu și tatăl lui Gita. El și Immanu nu vorbesc.

Micuța Nemesis: capra

Mikhail: Colonelul Mikhail Mannuki'ili, Forțele Speciale Angelice. Pregătit de Cherubim

Moloch: Cel Diabolic, Devoratorul de Copii

Namhu: un băiat al lui Assur, unul dintre frații lui Pareesa.

Needa: vindecătoare din Assur. Mama Ninsiannei

Ninsianna: tânără din Assur care are o relație specială cu Cea-Care-Este

Nusrat: unul dintre fiii lui Marwan, un Halifian. "Omul cu ochi verzi".

Pravuil: unul dintre secretarii lui Lucifer. Nu este frumoasă.

Pruflas: unul dintre cei doi bodyguarzi personali ai lui Lucifer. Un brute.

Qishtea: fiul șefului Sinalshu din Ninive, un sat aliat.

Raphael: Comandantul *'Răsăritului de Lumină,'* prietenul cel mai bun al lui Mikhail

Re Harakhti: Generalul Re Harakhti se ocupă de forţele multifuncţionale Leonid.

Roshan: din tribul Halifian, ginerele lui Marwan. Moştenitorul grupului puternic Baranuman River

Sagal-Zimu: un tânăr şaman de la Gasur.

Shahla: fosta iubită a lui Jamin. Prostituată.

Shay'tan: Împăratul Imperiului Sata'anic. Un dragon "adevărat".

Siamek: războinic din Assur. Secundul lui Jamin

Sinalshu: Şef al Ninive, un sat aliat.

Tinashe: femeia cu piele de abanos

Tirdard: tânăr războinic din Assur

Ugazum: un războinic al lui Assur.

Valepor: un locotenent general pentru Leonidii.

Varshab: Personalul bodyguard personal al lui Kiyan.'

Yadiditum: Cel mai bun prieten al lui Ninsianna.

Yalda: cea mai în vârstă femeie din Assur, şeful Tribunalului. Sora ei mai mică este Zhila.

Yazan: shaykh din tribul Halifian occidental. Fiul său Nusrat (acum decedat) era căsătorit cu Aturdokht, fiica lui Marwan.

Yoritomo: cel mai înalt şef de Cherubim, al doilea numai reginei Jingu. Cel mai de încredere păstor personal al Împăratului Etern.

Zahid: cel mai mare fiu al lui Marwan, un Halifian. Are o faţă cu cruzime.

Zartosht: un şaman în vârstă din Ninive.

Zhila: a doua cea mai veche femeie din Assur. Sora lui Yalda.

Zepar: şeful de personal al lui Lucifer

Lista Speciilor

Angelicii: super-soldați modificați genetic, combinând baza genetică a oamenilor cu vederea perfectă și aripile uliilor. Reprezintă Flota Aeriană a Alianței. Datorită împerecherii încrucișate pentru păstratea caracteristicilor animale, în prezent mai există mai puțin de 7500 de Angelici.

Arahnoid: specie de insecte însuflețite cu opt picioare care s-au dezvoltat în mod natural. Acestea li s-a alăturat Leonizilor în Flota Aeriană a Alianței.

Catoplebas: o specie evoluată natural, similară cu porcii sălbatici, care face parte din armatele lui Shay'tan. Sunt cunoscuți pentru caracterul combativ.

Centauri: super-soldați modificați genetic prin combinarea bazelor genetice ale cailor și ale oamenilor. Servesc drept cavaleria Alianței. Datorită împerecherii încrucișate pentru păstrarea calităților animalice, în zilele noastre mai există mai puțin de 4000 de centauri.

Cherubim: o specie evoluată natural de creaturi feroce asemănătoare furnicilor, care locuiesc în colonii-stup de călugări conduși de o singură regină. Sunt garda personală a Împăratului Etern și se află pe punctul de a deveni ființe supreme.

Delphinium: specie dezvoltată natural, similară cu amfibienii. I-au înlocuit aproape în totalitate pe Merfolk ca Flotă Militară a Alianței.

Ființe Transcedentale: sau "vechii zei". Majoritatea sunt creaturi născute muritoare, dar care ajung, după nenumărate vieți, suficient de evoluate genetic încât să devină nemuritoare. Posedă varii nivele de abilități, de la semi-zei semi-muritori care se pot doar vindeca singuri până la zei "elementali", care au învățat să exploateze legile fizicii. Câțiva dintre ei, cum ar fi Cea-Care-Este, s-au născut zei cu drepturi depline datorită faptului că descend din părinți zei.

Grigori: o specie de dragoni elementali care au dispărut în totalitate din galaxie în urmă cu multe milenii, toți cu excepția Împăratului Shay'tan.

Leonizi: super-soldați modificați genetic prin combinarea genelor leilor și ale oamenilor. Sunt forțe situaționale cu scopuri multiple. Când situația se înrăutățește, Împăratul spune "Trimiteți Leonizii!" Datorită împerecherii încrucișate pentru păstrarea trăsăturilor animale, mai există în acest moment mai puțin de 3500 de Leonizi.

Mantoizi: specie evoluată natural de insecte sensibile cu şase picioare. Au suplimentat Angelicii în Flota Aeriană a Alianţei.

Marid: umanoizi cu piele albastră care au fost cuceriţi şi încorporaţi în armatele lui Shay'tan.

Merfolk: super-soldaţi modificaţi genetic care combină oamenii şi mamiferele acvatice. Au fost creaţi pentru a face parte din Flota Navală a Alianţei. În urmă cu 500 de ani, această specie s-a unit cu specia-soră a Leviathans-ilor. În zilele noastre, mai există doar câţiva Merfolk-i pur sânge. Hibrizii rezultaţi sunt cunoscuţi drept Mer-Levi.

Mu'aqqibat: specie evoluată natural de creaturi asemănătoare şerpilor, cu mâini şi picioare scurte şi cap asemănător cu al dragonului chinezesc. Sunt o "specie antică", mulţi dintre ei fiind la graniţa de a deveni fiinţe transcedentale.

Oamenii: specie care a dispărut când un asteroid a lovit Nibiru, în urmă cu 74000 de ani. Toate încercările de a reloca oamenii pe alte planete au eşuat, iar ei au dispărut. Există zvonuri că Împăratul Etern se trage din această specie, dar Palatul Etern a refuzat să comenteze.

Serafim: sub-specie de Înger Întunecat care a fost distrusă în urmă cu 25 de ani de agresori necunoscuţi. Un singur membru al speciei a supravieţuit, Colonelul Mikhail Mannuki'ili. Colonelul a dispărut şi este actualmente considerat mort.

Şopârle Sata'anice: specie de şopârle însufleţite care alcătuiesc cea mai mare parte a armatelor lui Shay'tan. Acesteau au apărut spontan în urmă cu 74.000 de ani, înlocuind Nefilimii, o specie astăzi dispărută, care servea drept soldat pentru Shay'tan.

Despre Autor

Anna Erishkigal este un avocat care se recuperează și scrie ficțiune drept alternativă la ideea de a se întoarce acasă de la tribunal și a-și supune copiii vreunui interogatoriu. Creează sub un pseudonim, astfel încât colegii săi să nu îi pună la îndoială pledoariile, considerând că ar fi la rândul lor rodul ficțiunii. În cele mai multe cazuri, dreptul *este*, după câte se pare, pură ficțiune. Însă avocații preferă să își numească activitatea „apărare plină de zel a clientului".

Șansa de a analiza cotloanele cele mai întunecate ale ființei umane face posibilă construirea unor personaje ficționale interesante, acel gen de personaje pe care îți dorești fie să le încarcerezi, fie să scrii despre ele acasă. În ficțiune, poți jongla cu faptele fără a-ți face prea multe griji privind adevărul. În pledoariile legale, dacă propriul client te minte, ești pus într-o situație stupidă în fața judecătorului.

Cel puțin în ficțiune, dacă un personaj devine supărător, îl poți omorî...

Alte cărți de Anna Erishkigal

„Ceasornicarul (o nuvelă)"
„Un înger gotic de Crăciun"

Saga „Sabia Zeilor"
(fantezie epică)
„Eroi de Demult (o nuvelă)"
„Sabia Zeilor"
„Aici nu e loc pentru îngeri căzuți"
Fructul interzis (în curând)

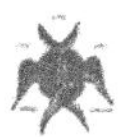

Mai multe cărți în limba română:

http://wp.me/P5T1EY-oU

www.ingramcontent.com/pod-product-compliance
Lightning Source LLC
Chambersburg PA
CBHW071237190726
48292CB00007B/2325